El síndrome E

FRANCK THILLIEZ

El síndrome E

Traducción de Joan Riambau

Círculo de Lectores

A mis allegados

I

Llegar el primero.

En cuanto leyó el anuncio, al alba, Ludovic Sénéchal se lanzó a la carretera y devoró en un tiempo récord los doscientos kilómetros que separan el extrarradio de Lille y Lieja.

«Se vende colección de films antiguos de 16 mm y 35 mm, mudos y sonoros. Todos los géneros: cortometrajes, largometrajes, años treinta y posteriores. Más de 800 bobinas, entre ellas 500 películas de espías. Hacer oferta in situ...»

Ese tipo de anuncio es más bien raro en un sitio generalista de Internet. Normalmente, los propietarios acuden a ferias, como la de Argenteuil, o subastan sus bobinas por unidad en eBay. Aquel anuncio parecía el de un frigorífico del que quisieran deshacerse. Era buena señal.

Ludovic aparcó con dificultad en pleno centro de la ciudad belga. Alzó la vista hacia el número de la casa y se presentó a su ocupante, Luc Szpilman, de unos veinticinco años, zapatillas Converse, gafas de surf, camiseta de los Bulls y también algunos *piercings*.

—Ah, sí, viene por las pelis. Sígame, están en el desván.

—¿Soy el primero?

—He recibido varias llamadas y los demás no tardarán en llegar. No me imaginaba que todo fuera a ir tan deprisa.

Ludovic le siguió. En el interior de la casa, colores tibios y ladrillos oscuros. Todas las habitaciones se articulaban en torno al hueco de la escalera, con la estancia principal iluminada por un pozo de luz.

—¿Por qué se deshace de esas películas viejas?

Ludovic había escogido cuidadosamente las palabras: «deshacerse», «viejas»... El regateo ya había comenzado.

—Ayer murió mi padre, y nunca me dijo qué había que hacer con ellas.

Ludovic alucinaba: aún no lo habían enterrado y ya despojaban al patriarca de sus bienes. Además, aquel hijo zoquete no veía interés alguno en conservar unos largometrajes que podían pesar hasta veinticinco kilos, cuando se pueden almacenar mil veces más imágenes con un peso mil veces inferior. ¡Vaya generación sufrida...!

La escalera era muy empinada, como para romperse el cuello. Una vez en el desván, Szpilman encendió una bombilla de poca potencia. Ludovic sonrió y su corazón de coleccionista brincó de alegría. Allí estaban, completamente al abrigo de la luz natural... Latas multicolores apiladas en torres de veinte. Olía a celuloide y el aire circulaba sutilmente entre las estanterías. Una escalera con ruedecillas permitía acceder a los estantes más altos. Ludovic se aproximó: a un lado las de treinta y cinco milímetros, muy voluminosas, y al otro las de dieciséis milímetros, que le interesaban más. Las latas estaban etiquetadas y perfectamente ordenadas. Clásicos del cine mudo, largometrajes de la edad de oro del cine francés y sobre todo películas de espías, en gran número en más de la mitad de los estantes... Ludovic tomó una: *La sombra del zar amarillo*, un film de John Lee Thompson sobre la CIA y la China comunista. Una copia íntegra, intacta, preservada de la humedad y de la luz, como un buen reserva. Incluso había tiras de pH en las latas para controlar la acidez. Ludovic apenas podía contener la emoción. Aquel tesoro debía de valer, por sí solo, unos quinientos euros en el mercado.

—¿Su padre era muy aficionado a las películas de espías?

—Y que lo diga, y no ha visto su biblioteca. Teoría de la conspiración y esas cosas. Rayaba en la obsesión.

—¿A cuánto las vende?

—He mirado en Internet y a ojo de buen cubero son cien euros la bobina. Pero lo que me interesa es desembarazarme de todo lo antes posible porque necesito espacio, así que podemos negociar.

—Eso espero.

Ludovic siguió rebuscando.

—Imagino que su padre tenía una sala de proyección privada...

—Sí, pronto vamos a reformarla. Hay que tirar

lo viejo y reemplazarlo por lo nuevo. Pantalla LCD y *home-cinema* de última generación. Aquí ensayaré con mi grupo de música.

Asqueado ante semejante falta de respeto, Ludovic se dirigió hacia la derecha, rebuscó en las pilas y se impregnó del perfume del celuloide. Descubrió películas de Harold Lloyd y de Buster Keaton y luego, más allá, otras como *Hamlet* o *El capitán Fracassa*. Hubiera querido quedarse con todas, pero su salario de funcionario de la seguridad social y sus diversas cuotas —Meetic, Internet, cable, satélite— no le permitían más que un estrecho margen de maniobra cada mes. Así que había que elegir.

Se aproximó a la escalera. Luc Szpilman le previno:

—Vaya con cuidado. De ahí se cayó mi padre y se partió la crisma. ¡Menuda ocurrencia subirse ahí a los ochenta y dos años!

Ludovic dudó un instante y, sin embargo, se aventuró. Pensó en el anciano, tan apasionado que al final sus películas lo habían matado. Se encaramó tan alto como pudo y prosiguió con su selección. Detrás de *La carta del Kremlin*, en una hilera invisible, descubrió una lata negra sin etiqueta. Ludovic la alzó, manteniendo el equilibrio. A primera vista, en el interior había un cortometraje, ya que la longitud de la película no llenaba el espacio de la lata. Entre diez y veinte minutos de proyección, como máximo. Probablemente un film perdido, único, que el propietario nunca logró identificar. Ludovic se hizo con la lata, descendió y la apiló con las nueve películas de culto que había seleccionado. Esas bobinas anónimas eran la guinda de sus sesiones de proyección.

Al darse la vuelta aparentó calma, pero sus arterias hervían de emoción.

—Desgraciadamente, la mayoría de sus películas no valen gran cosa. Son muy comunes. Y además... ¿no nota ese olor?

—¿Qué olor?

—Vinagre. El celuloide sufre el síndrome del vinagre, lo que quiere decir que en poco tiempo estará muerto.

El joven se aproximó y olisqueó.

—¿Está seguro?

—Absolutamente. Le desembarazaré de esas diez. Treinta y cinco euros cada una, ¿de acuerdo?

—Cincuenta.

—Cuarenta.

—De acuerdo...

Ludovic le extendió un cheque de cuatrocientos euros. En el momento en que largaba velas, un coche con matrícula francesa intentaba aparcar.

Sin duda se trataba ya de otro comprador, a aquella hora tan temprana.

Ludovic salió de su cabina de proyección privada y se instaló, solo con una lata de cerveza, en uno de los doce sillones de escay estilo años cincuenta recuperados tras el cierre del Rex, el cine de su barrio. En el sótano de su casa se había construido una auténtica sala que llamaba su cine «de bolsillo». Tenía todo lo necesario: butacas abatibles, tarima, pantalla de tela perlada y proyector Tri-Film Heurtier. A sus cuarenta y dos años, sólo le faltaba una novia a la que abrazar mientras visionaban la versión original de *Lo que el viento se llevó*. Pero, hasta el momento, los sitios de Internet de contactos y relaciones que frecuentaba sólo le habían conducido a amoríos o a fracasos.

Eran casi las tres de la madrugada. Atiborrado de imágenes de espionaje y de guerra, remató su interminable sesión de proyección con aquel cortometraje desconocido, increíblemente preservado. Aparentemente, se trataba de una copia. Esos films sin nombre a veces desvelan auténticos tesoros o, con suerte, obras perdidas de célebres cineastas: Méliès, Welles, Chaplin... Como a todo buen coleccionista, le gustaba soñar. Al desenrollar el inicio de aquella película anónima para engranarla en el proyector, Ludovic leyó en el celuloide: «50 imágenes por segundo». Era extraño, pues la norma habitual de 24 por segundo ofrecía una velocidad suficiente para crear la impresión de movimiento. A pesar de ello, cambió la velocidad de obturación de su aparato para fijar el valor aconsejado. No era cuestión de ver un film al ralentí.

De inmediato, la blancura de la pantalla dio paso a una imagen oscura, velada, sin título ni créditos. En el ángulo superior derecho apareció un círculo blanco. Ludovic se preguntó, en un primer momento, si acaso no se trataría de un defecto de la película, como a menudo sucede con las bobinas antiguas.

Y la película comenzó.

Ludovic cayó pesadamente mientras corría hacia la planta baja.

No veía nada, ni siquiera con las luces encendidas.

Se había quedado ciego.

2

El violento timbrazo despertó a Lucie Henebelle. Se incorporó en el sillón, sobresaltada, y respondió a la llamada de su móvil.

—Diga...

Una voz pastosa. Lucie miró el reloj de la habitación. Las cuatro y veintiocho minutos de la madrugada. Su hija Juliette, con una perfusión de solución de glucosa en el antebrazo derecho, dormía profundamente frente a ella.

Al otro lado de la línea, la voz temblaba:

—¿Diga? ¿Quién es?

Lucie, con los nervios a flor de piel, se echó la larga melena rubia hacia atrás. Apenas acababa de dormirse. No era momento para bromas.

—Creo que es usted quien debe decirme quién es. ¿Sabe qué hora es?

—Soy Ludovic, Ludovic Sénéchal... Eres... ¿Eres Lucie?

Lucie Henebelle salió silenciosamente de la habitación al pasillo iluminado por fluorescentes. Bostezó y tironeó de su camisón para tratar de tener mejor aspecto. El llanto lejano de unos recién nacidos se deslizaba a lo largo de las paredes. En pediatría, el silencio es una simple quimera.

Lucie tardó unos segundos en situar a su interlocutor. Ludovic Sénéchal. Una aventura Meetic que, tras varias semanas de MSN intensivo, se acabó por «incompatibilidad de caracteres» siete meses después de su cita en un café de Lille.

—¿Ludovic? ¿Qué sucede?

A través del auricular, Lucie oyó un estrépito, como un cristal que se hiciera pedazos al caer al suelo.

—Que vengan a buscarme. Es necesario que...

No conseguía articular palabra, aparentemente presa del pánico. Lucie trató de calmarle, le aconsejó que hablara más despacio.

—No sé qué ha pasado. Estaba en mi cine «de bolsillo». Escúchame, Lucie, no puedo ver. He encendido todas las luces, y no pasa nada. Creo que... creo que me he quedado ciego. He marcado un número al azar y...

Eso de ver películas a las cuatro de la madrugada era muy propio de él. Lucie, con una mano apoyada sobre los riñones, iba y venía frente a un gran ventanal que daba a los diferentes hospitales del centro hospitalario regional universitario de Lille. Aquel maldito sillón le había dejado la espalda hecha cisco. A los treinta y siete años, el cuerpo ya no aguanta según qué cosas.

—Voy a pedirte una ambulancia.

Tal vez Ludovic se hubiera golpeado la cabeza contra algo. Una herida en el cuero cabelludo o un traumatismo craneal pueden provocar esos síntomas y ser fatales.

—Comprueba que no estés sangrando, tantéate la cabeza y chúpate los dedos. El cráneo, la nariz, las sienes. Si sangras, ponte hielo y aprieta con un paño. La ambulancia te llevará al hospital de aquí al lado e iré a verte. Sobre todo, no te tumbes. ¿Aún vives en la misma dirección?

—Sí. Date prisa, por favor...

Lucie colgó y se dirigió rápidamente a la recepción de urgencias, desde donde dio instrucciones para que enviaran una ambulancia. Definitivamente, sus vacaciones de julio no podían empezar mejor. Su hija de ocho años acababa de ser ingresada con una gastroenteritis viral. Y las desgracias, en verano, nunca vienen solas... Esa enfermedad era un tornado que había deshidratado a la chiquilla en menos de veinte horas. Juliette era incapaz de beber ni un vaso de agua. Los médicos preveían varios días de hospitalización, a los que debería seguir una temporada de reposo y de alimentación regulada. Por eso la pobre no había podido ir a sus primeras colonias con su hermana, Clara. Dura separación para las gemelas.

Lucie se acodó en la ventana. Al ver que se iluminaba el girofaro de una ambulancia, se dijo que en la comisaría central o en cualquier otro sitio, de vacaciones o en el trabajo, la vida siempre acababa por joderla.

3

Unas horas más tarde, a doscientos kilómetros de Lille, Martin Leclerc, jefe de la OCRVP, la Oficina Central para la Represión de la Violencia contra las Personas, observaba la representación en tres dimensiones de una facies humana en la pantalla de un Macintosh. Podían verse claramente el cerebro y diversas zonas relevantes del rostro: la punta de la nariz, la cara externa del ojo derecho, el trago izquierdo... Luego apareció una zona verde, situada en la circunvolución temporal superior izquierda.

—¿Eso de ahí se ilumina cada vez que te hablo?

Recostado en un sillón hidráulico, con un gorro con ciento veintiocho electrodos encasquetado en el cráneo, el comisario Franck Sharko observaba el techo sin moverse.

—Es el área de Wernicke, asociada al hecho de oír las palabras. Tanto en tu caso como en el mío, la sangre afluye ahí en cuanto oímos una voz y por eso adquiere esa coloración.

—Impresionante.

—No tan impresionante como tu presencia a mi

lado. Ignoro si lo recuerdas, Martin, pero te invité a tomar una copa en mi casa, porque aquí, aparte de un café nauseabundo, no obtendrás nada más.

—Tu psiquiatra no tiene inconveniente en que asista a una sesión y además me lo propusiste. ¿Acaso también has perdido la memoria?

Sharko aplastó sus manos grandes contra los reposabrazos y su alianza chasqueó contra el metal. Hacía ya semanas que acudía a aquellas sesiones de «entrevista», y aún no conseguía relajarse.

—¿Qué quieres?

El jefe de la OCRVP, con aspecto fatigado, se masajeó las sienes. Andaban metidos en el mismo fregado desde hacía ya veinte años y a menudo ambos habían coincidido en sus días más negros. Escenarios de crímenes que les llevaban al límite, golpes duros para sus familias y graves problemas de salud.

—Sucedió hace un par de días, en un pueblucho, entre Le Havre y Rouen: Notre-Dame-de-Gravenchon. Con ese nombre ya te lo podrás imaginar... Seguro que oíste hablar de ello en la tele, unos cadáveres exhumados a orillas del Sena.

—¿Esa historia de las obras del gasoducto?

—Sí. Los medios de comunicación se han regodeado con la noticia, ya estaban allí porque las obras habían armado mucho jaleo. Se han descubierto cinco fiambres con el cráneo serrado. El SRPJ* de Rouen está trabajando en ello, en coordinación con la gen-

* El Servicio Regional de Policía Judicial (SRPJ) es una división territorial de la Policía Judicial (PJ) que depende de la Dirección Central de la Policía Judicial (DCPJ). *(N. del t.)*

darmería local. El fiscal de allí incluso quería enviar a los tipos del GAC,* pero finalmente nos ha caído el marrón a nosotros. No te ocultaré que me molesta sobremanera. Algo así, a principios de verano, es asqueroso.

—¿Y Devoise?

—Lleva un caso delicado, no puedo apartarlo de él. Y Bertholet está de vacaciones.

—Y yo, ¿acaso no estoy de vacaciones?

Leclerc ajustó el nudo de su estrecha corbata rayada. Parecía una verdadera eminencia de la policía judicial en todo su esplendor: la cincuentena ya sobrepasada, traje de tergal negro, zapatos relucientes, rostro enjuto y terso. Tenía la frente perlada de gotillas de sudor y se las enjugó con un pañuelo.

—Eres el único que nos queda sobre el terreno. Los demás están con sus mujeres y sus chavales... Joder, ya sabes cómo son estas cosas.

El silencio los abatió. Mujer, hijos... Las pelotas en la playa, las risas perdidas entre las olas. En aquel momento, a Sharko todo le parecía muy lejano y borroso. Volvió la cabeza hacia la animación en tiempo real de la actividad de su cerebro, un viejo órgano cincuentenario invadido por las tinieblas. Inclinó el mentón, como si invitara a Leclerc a seguir la dirección de su mirada. Aunque nadie pronunciara palabra alguna, la zona verde, en la parte superior de la circunvolución, se iluminaba.

* Grupo de Análisis Criminal, perteneciente a la gendarmería, del Servicio técnico de investigación judicial de Rosny-sous-Bois.

—Si se ilumina es porque ella me habla, en este preciso instante...

—¿Eugénie?

Sharko asintió. Leclerc sintió un escalofrío. Ni siquiera se oía volar una mosca, pero las meninges del comisario reaccionaban de aquella manera ante la palabra y daba la impresión de que en la habitación hubiera un fantasma.

—¿Y qué te dice?

—Quiere que compre un litro de salsa de cóctel y castañas confitadas la próxima vez que vaya de compras. Discúlpame un par de segundos...

Sharko cerró los ojos y apretó los labios. Veía y oía a Eugénie por todas partes. En el asiento delantero de su viejo Renault 21. De noche, al acostarse. Sentada, con un traje chaqueta, mientras observaba los trenes en miniatura dar vueltas sobre los raíles. Dos años antes, a Eugénie la acompañaba a menudo un negro, Willy, que fumaba constantemente Camel y marihuana. Aquel tipo era un sinvergüenza, mucho más insoportable que la chiquilla, porque hablaba a voz en grito y gesticulaba mucho. Gracias al tratamiento, el rastafari había desaparecido definitivamente, pero la otra, la chiquilla, reaparecía a menudo, resistente como un virus.

La zona verde siguió brillando durante unos segundos en la pantalla del Mac antes de extinguirse gradualmente. Sharko abrió los ojos de nuevo y contempló a su jefe con una mirada cansada.

—Si sigues observando cómo se me va la olla, acabarás por darle una patada en el culo a tu comisario.

—Eso no te impide hacer tu curro correctamente y resolver casos. Hasta diría que a veces te ayuda.

—¡Anda ya, ve con ésas a Josselin! No deja de tocarme los cojones y me temo que quiere mandarme a tomar por culo.

—Siempre pasa lo mismo con los nuevos jefes. Lo único que les importa es hacer limpieza.

El profesor Bertowski, del servicio de psiquiatría de la Salpêtrière, llegó por fin, acompañado de su neuroanatomista.

—¿Vamos, señor Sharko?

«Señor Sharko» le sonaba extraño desde que «Sharko» se había convertido en el nombre de una forma avanzada de atrofia muscular: el mal de Charcot.* Como si todos los males del mundo fueran culpa suya.

—Vamos...

Bertowski hojeaba el contenido de una carpeta de la que nunca se separaba.

—Por lo que he podido leer, los episodios paranoicos de persecución son ya muy raros. Excelente, sólo persisten algunas trazas de desconfianza. ¿Y sus visiones?

—Vuelven a menudo y no sé si es porque estoy encerrado en mi apartamento. No hay día en que Eugénie no me visite. La mayoría de las veces sólo hace de okupa dos o tres minutos, pero es bastante desagradable. No sé cuántos kilos de castañas confitadas me ha hecho comprar desde la última vez.

* Sharko y Charcot se pronuncian de manera idéntica en francés. *(N. del t.)*

Leclerc se retiró al fondo de la habitación mientras le quitaban el gorro a Sharko.

—¿Ha tenido mucho estrés últimamente? —preguntó el médico.

—El calor, sobre todo.

—Su profesión no facilita las cosas. Vamos a espaciar más las sesiones de entrevista. Una vez cada tres semanas me parece suficiente.

Tras inmovilizarle la cabeza con dos correas blancas, el neuroanatomista acercó a su cráneo un instrumento en forma de ocho, una bobina capaz de descargar impulsos magnéticos en un lugar preciso del encéfalo para que las neuronas sobre las que se deseaba actuar, como si se tratara de microimanes, reaccionaran y se reorganizaran de manera diferente. La estimulación magnética transcraneal permite atenuar considerablemente las alucinaciones ligadas a la esquizofrenia, e incluso erradicarlas. La principal dificultad, evidentemente, estriba en acertar en el lugar preciso, dado que la zona en cuestión no mide más que unos centímetros y un error de simplemente un milímetro haría maullar al paciente o recitar el alfabeto al revés *ad vitam aeternam*.

Sharko permaneció inmóvil, con los ojos tapados y con una única orden: no moverse. En aquellos instantes, sólo las pequeñas pulsaciones magnéticas propulsadas con la frecuencia de un hercio crepitaban en la habitación. Sharko no sentía dolor alguno, ni molestia, sólo la profunda angustia de saber que, diez años antes, hubieran tratado de sanarlo con electrochoques.

La sesión transcurrió sin problemas. Mil doscientas pulsaciones más tarde —o sea, alrededor de veinte minutos después— el poli se puso en pie, con los músculos algo entumecidos. Se ajustó su impecable camisa y se acicaló los cabellos negros cortados a cepillo. Transpiraba. El bochorno reinante en el hospital y su ligero sobrepeso debido a los comprimidos de Zyprexa no eran ajenos a ello. En aquellos primeros días de julio, incluso el aire acondicionado tenía problemas para regular las infernales temperaturas del exterior.

Tomó nota de la siguiente cita, le dio las gracias a su psiquiatra y abandonó la sala.

Se encontró con Leclerc frente a la máquina de café al final del pasillo. El jefe de la OCRVP tenía ganas de fumarse un cigarrillo. Aquellos minutos de observación le habían afectado sobremanera.

—Me pone de los nervios. Verles jugar con tu cerebro de esa manera...

—La rutina. Es igual que estar bajo el casco del secador en la peluquería para hacerse una permanente.

Sharko sonrió y se llevó el vaso a la boca.

—Anda, háblame del caso.

Ambos comenzaron a avanzar lentamente.

—Cinco cuerpos, más que desagradables a la vista, enterrados dos metros bajo tierra. Tras los primeros exámenes, se ha averiguado que a cuatro de ellos se los habían comido los gusanos y el quinto se hallaba en un relativo buen estado. Y a todos les faltaba la parte superior del cráneo, como si se la hubieran serrado.

—¿Y qué piensan acerca de lo ocurrido los que se ocuparon de ello?

—¿Tú qué crees? Estamos en una pequeña ciudad de provincias donde el delito más grave debe de ser el de no reciclar la basura doméstica. Esos cadáveres llevan allí semanas, incluso meses. No olisquean más que el aceite por reciclar, así que la investigación se les antoja complicada. Un punto de vista psicológico podría ayudarles. Haz como de costumbre, ni más ni menos. Recoges la información, te ves con quien haga falta y luego se lo pasamos a los de Nanterre. Es cuestión de dos o tres días. Luego podrás dedicarte a tus trenes en miniatura o a tus ocupaciones. Y yo haré lo mismo. No tengo ningunas ganas de que esto se alargue. Ahora mismo, lo único que deseo es largarme.

—¿Kathia y tú os vais de vacaciones?

Leclerc apretó los labios.

—Aún no lo sé. Depende.

—¿De qué?

—De una serie de parámetros que sólo me conciernen a mí.

Sharko no le dio mayor importancia. Al franquear las puertas del hospital, los abatió una ola de fuego. Con las manos en los bolsillos de su pantalón de lino, el comisario volvió la vista hacia el largo edificio de piedra blanca, con su cúpula centelleando bajo el sol implacable. Aquel establecimiento, en los últimos años, se había convertido en su segundo hogar después de la oficina.

—Me da miedo volver a trabajar sobre el terreno... Eso ya queda muy lejos.

—Uno se acostumbra enseguida.

Sharko permaneció un momento en silencio, como si sopesara los pros y los contras, y luego se encogió de hombros.

—Pues habrá que joderse. A fuerza de permanecer sentado con el culo pegado a la silla, estoy empezando a adquirir forma de sillón. Diles que me pasaré por allí a media tarde.

4

Lucie acababa de tomarse un café en el vestíbulo del hospital Salengro cuando se le acercó el médico de urgencias que había atendido a Ludovic Sénéchal. Era un hombre alto y moreno, de rasgos finos y dientes hermosos, el tipo de tío que la hubiera hecho flipar en otras circunstancias. En su bata demasiado ancha podía leerse: Doctor L. Tournelle.

—¿Y bien, doctor?

—No hay ninguna herida aparente, ni ninguna equimosis que haga suponer que hay un traumatismo. Los exámenes oftalmológicos no han mostrado nada anormal. Movilidad ocular, fondo del ojo, todo está en orden. Los reflejos fotomotores, como la contracción de la pupila, también están bien. Y, sin embargo, Ludovic Sénéchal no puede ver absolutamente nada.

—¿Y qué le sucede?

—Vamos a hacerle otros exámenes, y en primer lugar una resonancia magnética para descartar un tumor cerebral.

—¿Un tumor puede provocar ceguera?

—Sí, si comprime el quiasma óptico.

Lucie tragó saliva con dificultad. Ludovic sólo era un recuerdo lejano, pero a pesar de ello no dejaban de haber compartido siete meses de su vida.

—¿Y puede curarse?

—Depende del tamaño, de la posición, de si es maligno o benigno. Prefiero no decirle nada más antes del escáner. Si lo desea, puede ver a su amigo en la habitación 208.

El doctor la saludó con mano firme, antes de alejarse raudo. Lucie no se atrevió a subir los pisos a pie y esperó el ascensor. Sus dos noches en vela en el ala de pediatría, entre llantos y vómitos, habían agotado sus fuerzas. Afortunadamente, su madre la relevaba durante el día para que pudiera dormir un poco.

Tras llamar suavemente a la puerta, entró en la habitación de Ludovic. Estaba acostado en la cama, con la mirada fija. Lucie sintió un nudo en la garganta. No había cambiado... La calvicie más acentuada, eso sí, pero conservaba los rasgos de tipo maduro, de rostro dulce y redondo, que la atrajeron en Internet.

—Soy Lucie...

Se volvió hacia ella. Sus pupilas no la miraban directamente, sino que se clavaban en la pared, justo al lado. Lucie sintió un escalofrío y se frotó los hombros. Ludovic trató de sonreír.

—Acércate si quieres, no es contagioso.

Lucie avanzó unos pasos y le tomó la mano.

—Te pondrás bien.

—Es curioso que marcara tu número, ¿no? Hubiera podido ser cualquier otro...

—Y también es casualidad que me encontrara precisamente aquí. Ahora mismo, los hospitales son mi especialidad.

Le explicó lo que le sucedía a Juliette. Ludovic conocía a las gemelas, y las chiquillas le tenían mucho aprecio. Lucie se sentía nerviosa, pensaba en aquel horror que tal vez estuviera madurando en la cabeza de su ex.

—Descubrirán qué te está pasando.

—Supongo que te han hablado del tumor...

—No es más que una hipótesis.

—No hay ningún tumor, Lucie. Es a causa de la película.

—¿Qué película?

—La del pequeño círculo blanco. La encontré ayer en casa de un coleccionista. Era...

Lucie observó que sus dedos se aferraban a la sábana.

—Era extraña.

—¿Por qué extraña?

—Tan extraña que he perdido la vista, ¡mierda!

Había gritado y temblaba. Tanteó y asió la mano de su interlocutora.

—Estoy seguro de que el antiguo propietario fue a buscar esa película en el desván. Se partió la crisma al subir a la escalera. Algo debió de... no sé, hacer que sintiera la necesidad de subir esos peldaños empinados para visionarla.

Lucie le notaba a punto de estallar. Detestaba ver pasar un mal trago a sus allegados, a los amigos.

—Veré esa película.

Él sacudió la cabeza.

—No, ni hablar. No quiero que...

—¿Que me quede ciega? ¿Y puedes explicarme cómo unas simples imágenes proyectadas en una pantalla pueden dejar ciego a alguien?

No hubo respuesta.

—¿La bobina aún está en el proyector?

Tras un silencio, Ludovic acabó por abdicar.

—Sí. Sólo tienes que manipularla como te enseñé. ¿Te acuerdas?

—Sí... Fue con *Sed de mal*, me parece.

—*Sed de mal*... Orson Welles...

Lanzó un suspiro doloroso. Por sus mejillas rodaban unas lágrimas. Señaló con el índice al vacío.

—Mi cartera debe de estar en la mesita de noche. Dentro hay unas tarjetas de visita. Coge la de Claude Poignet. Es restaurador de películas antiguas, y quisiera que le llevaras la bobina. Que le eche un vistazo, ¿de acuerdo? Me gustaría saber de dónde procede ese metraje. Coge también el anuncio. Tiene la dirección y el número de teléfono del hijo del coleccionista: Luc Szpilman.

—¿Qué quieres que haga con ello?

—Cógelo... Cógelo todo. ¿Quieres ayudarme? Pues ayúdame, Lucie.

Lucie suspiró en silencio. Abrió la cartera y cogió la tarjeta y el anuncio.

—Ya está.

Él pareció sosegarse. Ahora estaba sentado, con los pies en el suelo.

—Y aparte de eso, Lucie... ¿cómo estás?

—La rutina de siempre. Tantos asesinatos y agresiones como de costumbre. Creo que el paro no va a afectar a la policía.

—Me refería a ti, no a tu oficio.

—¿Yo? Eh...

—Déjalo. Ya hablaremos.

Le dio las llaves de su casa y le apretó con fuerza la mano. Lucie se estremeció cuando la miró fijamente a los ojos, con su rostro a diez centímetros del suyo:

—¡Ten cuidado con esa película!

5

Media tarde en Notre-Dame-de-Gravenchon... Un hermoso pueblecillo perdido en el departamento del Sena Marítimo. Tiendas agradables, tranquilidad, y árboles y campos por doquier, si uno mira en la dirección adecuada. Porque hacia el sudoeste, apenas a un kilómetro, la orilla del Sena está obstruida por una especie de gigantesco buque de acero que vomita humo grisáceo y tufo de gas hasta decolorar el cielo.

Sharko tomó la dirección indicada por el teniente de policía con el que iba a visitar el lugar de los hechos. A pesar de que el día anterior ya habían levantado los cadáveres —fue necesario un día entero para extraerlos del suelo sin contaminar el escenario del crimen, un trabajo casi de arqueólogos—, al comisario le gustaba seguir un caso desde el principio. Las tres horas de carretera con el sol en la cara le habían puesto de los nervios, más aún porque desde hacía años ya casi nunca conducía. Los desplazamientos los hacía en los trenes de cercanías del RER B Bourg-la-Reine-Châtelet-Les Halles y del RER A Châtelet-Nanterre.

Frente a él, un panel. Tomó la bifurcación y atravesó la zona industrial de Port-Jerôme con las ventanillas cerradas y la climatización a tope. A pesar de todo, el aire era pegajoso, cargado de limaduras y ácido. Allí, afincadas en plena naturaleza, las grandes marcas se repartían el imperio de los carburantes, el fuel y los aceites: Total, Exxon, Mobil, Air Liquide. El comisario aún condujo un par de kilómetros entre ese magma de chimeneas hasta salir de él y llegar a un sector más apacible en pleno baldío industrial. Unos *bulldozers* estáticos desgarraban el paisaje. Aparcó a cierta distancia de las obras, descendió del coche y se ajustó el cuello de la camisa. Al diablo la americana... La abandonó en el asiento delantero, junto con la bolsa de deporte en la que llevaba su neceser para el hotel. Estiró las piernas y oyó un crujido al hacer una flexión.

—¡Dios mío!

Se puso las gafas de sol, una de cuyas varillas estaba remendada con cola, y observó los alrededores. El Sena a la derecha, una nube de árboles a la izquierda, la zona industrial a su espalda. Reinaba una inmensa impresión de vacío, de abandono. Ni una casa, sólo carreteras desiertas, solares, como si la zona estuviera muerta, chamuscada por el fuego del cielo.

Frente a él, más abajo, charlaban dos o tres hombres con casco. A sus pies, una amplia herida ocre partía la tierra en dos y remontaba la orilla del río a lo largo de varios kilómetros. Se detenía en seco allí donde las cintas amarillas y negras de la policía nacional batían flácidas al viento. Olía a arcilla caliente, a humedad.

El policía descubrió a simple vista, por la pistolera a su cintura, al colega de Rouen que le aguardaba. La pipa brillaba bajo la luz como un reclamo. El tipo se perdía en unos vaqueros de cintura baja, una camiseta negra y unas zapatillas viejas de tela. Moreno, alto, enjuto, veinticinco o veintiséis años como mucho. Discutía con un cámara y con la que parecía una periodista. Sharko alzó sus gafas sobre su cabello cortado a cepillo y le presentó su identificación.

—¿Lucas Poirier?

—¿Es el comisario *profiler* de París? Encantado.

Entrar en los detalles y explicar que, a fin de cuentas, su trabajo poco tenía que ver con esas historias de *profiler* podía ser un coñazo.

—Llámeme Sharko, o Shark. Sin apellido, ni nombre, ni grado.

—Lo siento, comisario, pero me es imposible.

La periodista se aproximó.

—Comisario Sharko, nos han informado de su visita y...

—Aunque pueda parecerle desagradable, usted y su tomavistas ya pueden largarse de aquí inmediatamente.

Le dirigió su mirada más sombría. Detestaba a los periodistas. La mujer se alejó, no sin pedir a su cámara que tomara unas imágenes. Probablemente bordarían una pieza insulsa sostenida a base de planos de transición, en la que recalcarían que un *profiler* se había sumado al caso. Eso causaría sensación.

Sharko los alejó con la vista y se dirigió a Poirier.

—¿Sabe si me han reservado una habitación en el hotel? ¿Quién se ocupa de eso?

—Pues no lo sé... Seguro que...

—Quiero una habitación grande, con bañera.

Poirier asintió como la mayoría de aquellas personas a quienes Sharko pedía algo, tal era su capacidad de imponerse. El comisario observó de nuevo los alrededores.

—Manos a la obra. No perdamos más tiempo. ¿Me explica?

El joven teniente bebió buena parte del botellín de agua que sostenía en la mano y señaló a los operarios de Algeco, que se alejaban.

—Las obras comenzaron el mes pasado. Construyen un gasoducto que permitirá transportar todo tipo de productos químicos desde las fábricas de Gonfreville a la refinería de Exxon, allá abajo. Treinta kilómetros de tuberías subterráneas. Les quedaban por excavar unos quinientos o seiscientos metros, pero con lo que acaban de desenterrar han detenido los trabajos. Están muy cabreados, ni se lo imagina.

A lo lejos, un hombre con corbata —sin duda el encargado de la obra— no paraba de ir y venir, con el móvil pegado a la oreja. Ese tipo de descubrimiento era lo último que podía esperar. Aunque no pudiera hacer nada, aquel desgraciado tendría que rendir cuentas ante los financieros.

Sharko se enjugó la frente con un pañuelo. En sus axilas habían aparecido unas grandes ronchas. Poirier se encaminó hacia la zona.

—Allá abajo fue donde los descubrieron los obreros. Cinco cadáveres enterrados a dos metros de profundidad. El conductor del *bulldozer* no hizo muchos estropicios, dejó de excavar en el acto en cuanto apareció un brazo.

Sharko pasó bajo las cintas que delimitaban el terreno y se asomó al borde de la profunda zanja. Volvió la cabeza, arrugando la nariz. Poirier le acompañó y escondió la nariz bajo la camiseta.

—Aún huele que apesta. Todo estaba impregnado de esa peste y la temperatura no ayudaba. Los de la científica y el forense se lo están pasando de miedo, se lo aseguro.

El comisario tomó aire y observó el fondo.

—¿Qué eran? ¿Hombres, mujeres, niños? ¿Tienen alguna idea acerca de la edad?

—Hombres, ya se lo explicará el antropólogo. Cuatro de ellos, a trozos. La humedad de la tierra y la cercanía del Sena han debido de acelerar el proceso de putrefacción. Casi se habían convertido en esqueletos. He dicho casi porque aún había carne podrida y flujos, usted ya...

—¿Y el quinto?

Poirier aferraba con fuerza su botellín de agua. Bajo su camiseta estaba completamente cubierto de sudor. Las frentes goteaban, las pieles expulsaban centilitros de agua y sal.

—Era un hombre, relativamente bien conservado. Es una manera de hablar... Los otros cuerpos, unos debajo y otros encima, debieron de crear una especie de capa aislante.

—¿Había alguna lona o algún material de embalaje junto a los cadáveres?

—No, y tampoco ropa. Estaban completamente desnudos. Por lo que respecta al tipo mejor conservado, le... le habían desollado una parte del cuerpo. Los brazos y el torso. Lo vi con mis propios ojos... joder... Parecía una naranja pelada. Ni se lo puede imaginar.

Sí, podía imaginarlo. Suspiró. El caso se presentaba complicado, un expediente que podría apilarse con los otros, en Nanterre, y que los ordenadores procesarían de vez en cuando. Tendió la mano al teniente.

—Ayúdeme a bajar.

El policía le agarró de la mano. Sharko tuvo la sensación de que aquel joven ya había visto demasiadas cosas en su incipiente carrera. Se había metido en un barrizal del que, al cabo de unos años, no saldría indemne. Todos los polis siguen el mismo camino, el que conduce al abismo e impide ascender de nuevo. Esa mierda de oficio le devora a uno, se lo traga, hasta las tripas.

El comisario soltó la mano y se halló en el fondo. Se sacudió la tierra de la camisa con la mano. El aire apestaba a cajón de morgue, el sol había desaparecido y reinaba un tufo malsano. El policía se agachó y desgranó la tierra entre sus dedos. La habían tamizado para rastrear hasta el menor indicio: huesecillos, cartílagos o pupas de insectos. La científica había hecho un buen trabajo. Sharko se puso en pie y alzó la vista hacia los muros oscuros. Dos metros de profundidad representaban un montón de tierra que remover para enterrar a unos fiambres. Un meticuloso...

—Mi jefe me ha hablado de unos cráneos partidos en dos.

Poirier se asomó al hoyo. Una gota de sudor surcó su frente y cayó en la zanja.

—Así es, y la prensa se ha regodeado con el tema, eso siempre causa sensación en los periódicos. Hasta hablan de un asesino en serie, un delirio. No se encontró ninguna de las partes superiores de sus cráneos. Volatilizadas.

—¿Y los cerebros?

—No había nada en el interior de los cráneos. Bueno, sí, tierra. El forense aún trabaja en ello. Parece que el cerebro y los ojos son lo primero que se destruye y desaparece completamente tras la muerte. Así que, de momento, no se sabe nada.

Sacó la lengua y depositó en ella la última gota de agua de su botella.

—¡Joder, vaya bochorno!

El joven aplastó el recipiente con la palma de la mano, presa de los nervios.

—Oiga, comisario, ¿y si nos largamos? Llevo horas aquí de plantón y necesito un poco de aire fresco. De todas formas tengo que ir con usted y podemos hablar por el camino.

Sharko examinó una vez más el lugar. De momento no había nada más que ver ni que descubrir. Sin duda, las fotos del escenario del crimen, los detalles o las vistas aéreas de los alrededores le aportarían más información.

—¿Los cuerpos presentaban alguna otra particularidad? ¿Les habían arrancado los dientes?

Silencio. El joven asintió con la cabeza, estupefacto.

—Lleva razón. No había dientes. Y también les habían cortado las manos. ¿Cómo puede...?

—¿A los cinco?

—Sí, creo que sí. Yo... Discúlpeme...

Desapareció del campo de visión de Sharko. A buen seguro era un día duro para el chico. El comisario recorrió lentamente el contorno de la zanja. A lo lejos podía ver a los dos reporteros de la televisión que aparentemente dirigían su zoom hacia él. Desaparecieron discretamente, hacia su coche de alquiler. El policía se quedó allí solo y miró fijamente el hoyo vacío. Imaginó a los cinco allí, apilados... Uno de ellos había sido parcialmente desollado, ¿por qué? ¿Había merecido un trato de favor? ¿Antes o después de su muerte? Tenía en la punta de la lengua todas las preguntas relativas a la escena del crimen. ¿Se conocían entre ellos, las víctimas? ¿Frecuentaban a su asesino? ¿Murieron al mismo tiempo? ¿En qué circunstancias?

Sharko sintió el primer escalofrío de la investigación, el más excitante. Allí olía a muerte, a la gasolina de los *bulldozers*, a humedad, pero se sorprendió al constatar que aún le gustaban aquellos olores nauseabundos. Hubo un tiempo en que se chutaba con adrenalina y tinieblas, en el que era incapaz de contar sus regresos a medianoche, mientras Suzanne dormía sola en el sofá, hecha un ovillo y cubierta de lágrimas.

Odiaba esa época ya pasada tanto como la añoraba.

Encontró una escalera, apoyada en la pared, y pudo subir con facilidad. Una carretera asfaltada pasaba a unos treinta metros de la zanja. A buen seguro la que habían tomado el asesino o los asesinos para depositar los cuerpos. La PJ de Rouen debía de haber lanzado la investigación de proximidad, haber comenzado a interrogar a los trabajadores de la fábrica, por si acaso. Pero visto el lugar, cabía esperar que esa investigación no diera fruto alguno.

Más allá aún, Lucas Poirier estaba sentado junto al Sena, con el móvil pegado a la oreja. Probablemente llamaba a su esposa para decirle que regresaría tarde a casa. Pronto ya ni siquiera la llamaría y sus ausencias demasiado largas serían gajes del oficio. Y años más tarde se daría cuenta de que, en definitiva, ese curro consiste en aprender a vivir solo con los propios demonios, a beber copas en barras cochambrosas y a vomitar el propio rencor cuando uno ya no puede más. Con un suspiro, Sharko le dio a entender que se marchaba. El de Rouen colgó y corrió para alcanzarle.

—Dígame, ¿cómo ha sabido lo de los dientes?

—Una visión. Soy *profiler*, no lo olvide.

—Me está tomando el pelo, comisario...

Sharko le recompensó con una sonrisa sincera. Le gustaba la inocencia de esos chavales, demostraba que en ellos aún había algo de pureza, un destello que ya era imposible hallar en los veteranos curtidos, aquellos que ya estaban de vuelta de todo.

—El autor del crimen desnudó a sus víctimas y eligió un suelo blando y húmedo, cerca del agua, para que la descomposición fuera rápida. A pesar del aislamiento de esta zona, y de que seguramente no es edificable, tuvo miedo de que los descubrieran y por eso cavó una zanja tan profunda. Con tantas precauciones, seguro que no iba a dejar unos cadáveres identificablcs. Hoy cn día, los cspccialistas hasta pucdcn tomar las huellas digitales a un cuerpo apergaminado. El asesino tal vez lo sabía y por eso puso remedio a lo bruto. Sin dientes y sin manos, esos cadáveres seguirán siendo anónimos.

—Anónimos, no. Van a descubrir el ADN.

—El ADN, sí... Siempre cabe confiar en eso.

Subieron al coche, Sharko dio al contacto y se pusieron en marcha.

—¿A quién tengo que llamar para lo de mi habitación de hotel? Sé que me repito, pero quisiera una habitación grande y con bañera.

6

Ludovic Sénéchal vivía detrás del hipódromo de Marcq-en-Baroeul, una ciudad discreta pegada a Lille. Un lugar tranquilo, en una casa unifamiliar de estilo «contemporáneo» de obra vista, y con un jardín lo bastante pequeño como para no tener que pasar todos los sábados segando el césped. Lucie alzó la vista hacia la ventana del piso, con una sonrisa en la comisura de los labios. Fue en esa pequeña habitación coqueta donde hicieron el amor la primera vez. Una especie de velada Meetic, en un paquete. Uno se encuentra con otra persona en broma, luego en serio, se acuestan juntos y luego ya se verá.

Y ella sí lo vio. Ludovic era un hombre como es debido en todos los aspectos —serio, atento, ataviado con un montón de otros adjetivos resplandecientes—, pero le faltaba arrojo. Llevaba una vida de abuelo en zapatillas, viendo películas y matando el tiempo a lo largo del día en la seguridad social para ver luego más películas. Sin olvidar una marcada tendencia a verlo todo negro. Le costaba imaginárselo como el futuro padre de sus gemelas, aquel que las animaría en sus festivales de danza o iría en bicicleta con ellas.

Lucie introdujo la llave en la cerradura, pero advirtió que la puerta no había sido cerrada con llave. Era fácil adivinar el motivo: presa del pánico, Ludovic lo había dejado todo de cualquier manera. Entró en la estancia y echó el cerrojo tras ella. Era amplia y bonita, y había el espacio que les faltaba a sus hijas. Un día, quizás...

Recordaba el acceso al sótano. Las sesiones de cine, con la cerveza y las palomitas salteadas en la sartén, tenían algo memorable, intemporal. Al avanzar por el recibidor descubrió objetos rotos o que habían caído al suelo. Podía imaginar a Ludovic ascendiendo a tientas, completamente ciego, y golpeándose aquí y allá antes de lograr hablar con ella.

Lucie descendió los escalones que conducían al cine «de bolsillo». Desde el año anterior, nada había cambiado. Moqueta roja en las paredes, olor a alfombra vieja, ambiente de los setenta... Tenía su encanto. Frente a ella, la pantalla perlada palpitaba bajo la luz blanca del proyector. Henebelle empujó la puerta de la minúscula cabina, en la que la potente bombilla de xenón provocaba un calor de horno. Un zumbido espeso llenaba el espacio, la bobina receptora giraba inútilmente y el extremo de la película chasqueaba en el aire a cada rotación. Sin pensarlo, Lucie pulsó el botón rojo del alimentador, un mastodonte de sesenta kilos. Por fin cesaron los ronquidos.

Le dio a un interruptor y un fluorescente parpadeó. En el pequeño local, las latas vacías, los magnetófonos y los carteles se apilaban en desorden. Era la huella de Ludovic, un caótico organizado. Trató de recordar las maniobras para proyectar un film: invertir la bobina alimentadora y receptora ajustando los ejes a los brazos del proyector, bloquearlas con las lengüetas, pulsar «motor», poner en contacto las perforaciones de la película con los dientes del alimentador... Con todos aquellos botones ante ella, la operación era más complicada de lo que parecía, pero Lucie logró poner en marcha el aparato con la ayuda de la suerte. Gracias a la magia de la luz y del ojo, la sucesión de imágenes fijas iba a transformarse en un movimiento perfecto.

Lucie apagó el fluorescente, cerró la puerta de la cabina alzada y descendió los tres escalones que conducían a la sala. Se quedó de pie contra la pared del fondo, con los brazos cruzados. Aquella salita vacía, aquellos doce sillones de escay verde tenían algo profundamente deprimente, a imagen y semejanza de su propietario. Al mirar la pantalla, Lucie no pudo evitar sentir cierta aprensión. Ludovic había hablado de una película «extraña», y ahora estaba ciego... ¿Y si en esas imágenes había algo peligroso, como... como una luz tan viva que pudiera cegar? Lucie sacudió la cabeza, eso era completamente absurdo. Seguro que Ludovic tenía un tumor cerebral.

El haz de luz titiló en la oscuridad y cubrió el gran rectángulo blanco. Primero apareció una imagen de un negro uniforme. Luego, cinco o seis segundos después, en la esquina superior derecha se incrustó un círculo blanco. De repente, una música hizo temblar las paredes. Una melodía alegre, de las que antaño se oían en las ferias, en los tiovivos. A pesar de todo, a Lucie le hicieron sonreír los chisporroteos zafios que podían oírse. La banda sonora procedía probablemente de un disco de 45 revoluciones por minuto o incluso de un fonógrafo.

No había título, ni créditos. El rostro de una mujer, en primer plano, se dibujó en un óvalo que ocupaba la parte central de la pantalla. Alrededor de ese óvalo, la imagen era oscura, una especie de bruma grisácea, casi negra, como si el cineasta hubiera puesto un filtro frente al objetivo. En definitiva, uno tenía la impresión de *voyeurismo*, de observar el espectáculo por el ojo de una cerradura.

A Lucie la actriz le parecía guapa, con unos ojazos misteriosos e hipnotizadores. Tendría unos veinte años y miraba fijamente al objetivo. Lápiz de labios oscuro, pelo azabache peinado hacia atrás y una mecha en forma de caracol sobre la frente. Se adivinaba la parte superior de su traje a cuadros, y un cuello puro, inmaculado. Lucie pensó en esas fotos de familia en el interior de los medallones austeros ocultos en los viejos joyeros de los abuelos. La actriz no sonreía, altiva, el tipo de mujer fatal que a Hitchcock le hubiera gustado en sus rodajes. Sus labios se movieron, muy brevemente: hablaba, pero Lucie no alcanzó a comprender sus palabras mudas. Dos dedos —unos dedos de hombre— aparecieron por la parte superior y separaron los párpados de su ojo izquierdo. Bruscamente, desde la izquierda surgió la hoja de un escalpelo que cortó el ojo en dos, hacia la derecha, al son de una punzante música circense y entre el tintinar de los platillos.

Lucie apartó la vista, apretando los dientes. Demasiado tarde, la imagen la había golpeado de pleno y eso la sulfuró. No tenía nada en contra de las películas de terror de serie B —al contrario, a menudo alquilaba algunas, sobre todo los sábados por la noche—, pero detestaba ese proceder: arrojar a la cara lo insoportable sin darle al espectador la menor oportunidad de evitarlo. Era bajo y cobarde.

De repente, la fanfarria se detuvo.

Ni un ruido, aparte del ronquido afligido del proyector.

Estremecida, Lucie volvió de nuevo la mirada a la pantalla. Otra secuencia de ese calibre y lo daría por acabado. Con su paso por urgencias, francamente, ya tenía su dosis de escenas sangrientas.

La tensión aumentaba. Lucie ya no se sentía tan segura como antes.

El proyector lanzaba su cono de luz y en la pantalla aparecieron unas suelas de zapatos. Se alejaron hacia atrás, con un movimiento de traslación, y lució el resplandor del cielo, tranquilizador. Una chiquilla rubia, con un vestido, se columpiaba, con una amplia sonrisa en los labios. Una escena en blanco y negro, muda aunque la pequeña hablara en varios planos. Tenía el pelo largo y claro, sin duda rubio, y resplandecía de vida. Sus iris captaban la luz, las sombras proyectadas por unos árboles bailaban sobre su piel. La iluminación, los ángulos de las tomas, las expresiones de su rostro infantil, hacían pensar que se trataba de un film profesional. A menudo, unos planos móviles —quizá filmados cámara al hombro— se detenían en el ojo de la cría. Claro, puro, lleno de vida. Palpitaba y la pupila se retraía y se abría como un diafragma. El círculo blanco no desaparecía de su posición, arriba a la derecha, y Lucie trataba sin éxito de no mirarlo. No porque la atrajera sino porque más bien la molestaba. No supo explicar el porqué, pero sentía unos retortijones en el vientre. Definitivamente, la escena del ojo cortado la había impresionado.

Los planos cortos de la chiquilla se sucedían. Una sucesión de secuencias inconexas, como en un sueño que no fuera posible situar ni en el tiempo ni en el espacio. Algunas imágenes saltaban, posiblemente a causa de la calidad de la película, del ojo cortado al columpio, del columpio a la mano de la chiquilla que jugaba con unas hormigas. Primer plano de su boca de niña mientras come, de sus párpados, que se abren y se cierran. Otro, en el que acaricia cariñosamente a unos gatitos en la hierba durante dos o tres minutos. Los besa, los abraza, mientras la niebla —a Lucie le intrigaba el filtro utilizado— se extendía a su alrededor. Cuando la niña alzaba los ojos hacia la cámara, no estaba actuando. Sonreía con complicidad y hablaba a alguien a quien conocía. En una ocasión, se acercó a la cámara y se puso a girar sobre sí misma, una y otra vez... La imagen también se arremolinó, al compás de la danza, y provocó una sensación de vértigo en el corazón de la niebla.

Siguiente secuencia. Algo había cambiado en la

expresión de la chiquilla. Una forma de tristeza permanente. La imagen era muy sombría y la niebla bailaba a su alrededor, chorreaba. La cámara avanzaba y retrocedía para mofarse de ella, y la pequeña la rechazaba con ambas manos hacia delante, como si espantara a un insecto. Lucie se sentía fuera de lugar al ver aquella película, que estaba de más, un *voyeur* que observa en secreto una escena que podría tener lugar entre un padre y su hija.

Y súbitamente el film saltó a una nueva secuencia. A Lucie se le pusieron los ojos en blanco y se impregnó del decorado: una extensión de hierba vallada, un cielo negro, brumoso, caótico y apenas natural. ¿Se trataba de efectos especiales? En el extremo del prado, la chiquilla aguardaba con los brazos estirados a lo largo del cuerpo. En la mano derecha sostenía un cuchillo de carnicero, inmenso entre sus deditos inocentes.

Zoom sobre sus ojos. Miraban a la nada, las pupilas parecían dilatadas. Alguna cosa había trastocado a aquella chiquilla, Lucie lo sentía. La cámara, situada tras las vallas, se dirigió rápidamente hacia la derecha para enfocar a un toro bravo. El animal, de una fuerza monstruosa, espumeaba, escarbaba con la pezuña o embestía el cercado. Sus cuernos apuntaban hacia delante como sables.

Lucie se llevó la mano a la boca. No se atreverían a...

Se apoyó en el respaldo de un sillón, con la cabeza inclinada hacia la pantalla. Sus uñas se clavaron en el escay.

De golpe, un brazo desconocido entró en el campo y abrió un cerrojo. El autor del gesto había tomado la precaución de permanecer fuera de campo. Se abrió la portezuela y el animal, excitado, se lanzó hacia delante con todas sus fuerzas. Su cuerpo hacía gala del poderío más puro, más violento. ¿Cuánto pesaba aquella bestia? ¿Tal vez una tonelada? Se detuvo en el centro, se dio la vuelta finalmente y pareció concentrarse en la niña, que permanecía inmóvil.

A Henebelle le pasó por la cabeza subir a la cabina de proyección y detener la película. Aquello ya no era un juego, ya no era cuestión de columpios, sonrisas y complicidad. Se estaba adentrando en lo inconcebible. Lucie, con un dedo sobre sus labios, ya no podía apartar la mirada de aquella maldita pantalla. El film la engullía. En el cielo, los nubarrones negros se hinchaban, todo se oscurecía, como para preparar un final trágico. Lucie tuvo en ese momento la sensación de estar asistiendo a una puesta en escena: la del Bien contra el Mal. Con un Mal desmesurado, de una fuerza extrema, inatacable. David contra Goliat.

Y el toro embistió.

El hecho de que la película fuera muda y careciera de música añadía una sensación de asfixia. Se adivinaba, sin oírlo, el ruido de cada pisada del animal, el resoplido de sus ollares aceitosos. Ahora la cámara tenía a los dos personajes en el cuadro: el toro a la izquierda y la chiquilla a la derecha. La distancia entre el monstruo y la niña inmóvil se reducía. Treinta metros, veinte... ¿Cómo era posible que la niña estuviera inmóvil? ¿Por qué no huía corriendo? Lucie pensó brevemente en las pupilas dilatadas de la chiquilla. ¿Estaba drogada o hipnotizada?

El toro se disponía a cornearla.

Diez metros. Nueve, ocho...

Cinco metros.

Bruscamente, el toro ralentizó su carrera, sus músculos se retorcieron y del suelo salieron despedidos terrones de tierra. Se detuvo completamente apenas a un metro de su víctima. Lucie creyó que la imagen se había detenido, no podía respirar. Continuaría, seguro, y el drama ocurriría. Pero todo permanecía inmóvil. Y, sin embargo, el monstruo seguía resoplando, espumeando. En sus ojos encolerizados podía leerse su determinación de seguir, de matar, pero su carcasa se negaba a obedecer.

Paralizado era la palabra más apropiada.

La chiquilla lo miraba sin pestañear. Dio un paso adelante, hasta situarse bajo la testuz del animal, cuarenta o cincuenta veces más pesado que ella. Sin dar muestra de emoción alguna, alzó el cuchillo y le rebanó el gaznate con un gesto limpio. Brotó una cascada negra y, como si un torero enloquecido le hubiera vencido, el animal cayó de costado y levantó una nube de polvo.

De repente, una pantalla negra, como al inicio, y lentamente el círculo blanco de la parte superior derecha desapareció.

Y entonces, destellos en la sala, cual aplausos luminosos. La película hacía una reverencia.

Lucie se quedó inmóvil. Sacudida en su interior, tenía mucho frío. Se frotaba nerviosamente la frente.

¿En verdad había visto a un toro encolerizado inmovilizarse completamente frente a una chiquilla y dejarse degollar sin reaccionar, todo ello en un largo plano secuencia sin corte alguno aparente?

Estremecida, fue a la cabina y pulsó el botón con un movimiento seco. Los ronquidos callaron, y el fluorescente chisporroteó de nuevo. Lucie sintió un infinito alivio. ¿Qué mente retorcida podía rodar tales delirios? Veía aún aquella niebla lúgubre desparramarse sobre la pantalla, aquellos primeros planos de los ojos, las escenas de inicio y final, de inusitada violencia. En aquel cortometraje había algo que era ajeno a las películas de terror clásicas: el realismo. La chiquilla, de siete u ocho años, no era en absoluto una actriz. O, por el contrario, era una actriz excepcional.

Lucie se disponía a abandonar el sótano cuando oyó un ruido en la planta baja. El crujido de una suela al pisar un cristal. Contuvo la respiración. ¿Lo habría imaginado, nerviosa a causa de la proyección? Subió, peldaño a peldaño, con prudencia, y por fin llegó al recibidor.

La puerta de entrada estaba entreabierta.

Lucie se lanzó hacia la puerta, segura de haberla cerrado.

Fuera no había nadie.

Desconcertada, Lucie regresó a la casa y observó en su derredor. A priori, ni habían registrado ni habían tocado nada. Recorrió el pasillo e investigó las otras habitaciones: baño, cocina y... despacho.

El despacho... Allí donde Ludovic almacenaba sus kilos de películas.

Aquella puerta también estaba entreabierta. Lucie se aventuró entre las pilas de bobinas. Por el suelo había decenas de latas y por todas partes chorreaba celuloide. La policía observó que sólo aquellas que no disponían de etiqueta —ni título, ni director, ni año de producción...— habían sido examinadas.

Alguien se había introducido en la casa para registrarla en busca de algo muy concreto.

Una película anónima.

Ludovic le había explicado que la víspera se había procurado unas bobinas en casa de un coleccionista, incluida la que acababa de ver. Dubitativa, examinó la estancia. Le parecía inútil llamar a un equipo para el atestado. No había violencia, ni roturas, ni siquiera robo... Y, sin embargo, descendió de nuevo al sótano y tomó aquel extraño film para llevárselo al restaurador del que tenía la tarjeta. Nunca había visto un cortometraje que la hubiera afectado tanto psíquicamente; se sentía extenuada, ella, una persona acostumbrada a las autopsias y a las escenas del crimen desde hacía ya bastantes años.

Una vez en la calle, se dijo, finalmente, que aquella luz en el rostro no era mala cosa.

7

—¿A qué se dedicaba antes de trabajar en la OCRVP, comisario Sharko?

—Para ir al grano, le diré que estuve bastante tiempo en la criminal.

—Está bien...

Georges Péresse, comisario del SRPJ de Rouen encargado del caso, era un hombre de rostro duro. En el coche, Lucas Poirier lo había descrito como un individuo rígido, testarudo y alérgico a cualquier forma de intromisión en sus dominios. Péresse, ataviado con un traje gris, medía a duras penas un metro y sesenta centímetros pero tenía una voz a lo Barry White. Cuando alzaba la voz, uno tenía la impresión de que la atmósfera vibraba.

—No tenemos costumbre de trabajar con... analistas. Espero que se las componga usted solo, pues andamos cortos de efectivos y mis hombres están muy ocupados.

Sharko estaba sentado frente a él, con las manos sobre las rodillas. El calor le asfixiaba.

—Puede estar tranquilo, seré mudo como un informe de autopsia y es probable que en sólo dos o tres días alce el vuelo con un montón de fotocopias bajo el brazo. Lo importante es que pueda tener acceso a la información —apoyó su índice sobre el rutilante escritorio—, toda la información, quiero decir, y que mi habitación de hotel disponga de bañera, pues con estas temperaturas me gusta disfrutar de un baño helado.

El comisario Péresse soltó una carcajada prodigiosa. Se puso en pie y aumentó la velocidad del ventilador, situado justo frente al retrato del presidente Sarkozy.

—Así que desea toda la información... Pues bien, la investigación de proximidad, por el momento, *niet*. Testigos directos o indirectos, *niet*. Aparte de los cadáveres putrefactos, sobre el terreno no hemos hallado indicio alguno, cosa lógica teniendo en cuenta que llevan meses enterrados y que hemos soportado unos cuantos aguaceros. El cuerpo médico al completo —forense, antropólogo y entomólogo— lucha denodadamente para saber qué pertenece a quién. Es peor que un puzzle de mil piezas. Doy por hecho que aún tendrán que dedicar toda la noche a su trabajo. Nuestra única certidumbre es que se trata de seres humanos y adultos. Desgraciadamente, me temo que tendrá que conformarse con eso, comisario. O lo que es lo mismo, con poca cosa.

Sharko cerraba los ojos cada vez que el aire del ventilador le rozaba las mejillas.

—¿Y qué hay del archivo de personas desaparecidas?

—Aún es pronto para decirlo, estoy a la espera del informe del Instituto de Medicina Legal con la datación de los cadáveres y sus características físicas. Lo que sí es seguro es que no tenemos ninguna desaparición en masa ni individual, ni en la región ni en el territorio nacional.

—¿Y fuera del territorio nacional? ¿Han contactado con la Interpol?

—Lo haremos a su debido momento, la investigación acaba de ponerse en marcha. La prioridad es, simplemente, saber a qué nos enfrentamos. No tengo inconveniente en pedir información a la Interpol, pero estaría bien saber qué información queremos que nos den, ¿no cree?

Se cruzó de brazos y observó a través del cristal ahumado. La comisaría central, un búnker de cristal y acero, desentonaba en el entorno de la orilla izquierda. Péresse se volvió hacia su colega parisino.

—¿Y cuáles son sus primeras deducciones?

Por lo general, en los expedientes voluminosos, Sharko se basaba en cuatro elementos primordiales para comenzar a trazar un perfil. La escena del crimen en sí misma, el modus operandi, el estado psíquico del asesino durante el crimen y su estado psíquico cotidiano. De momento, no disponía de ningún indicio preciso. La única hipótesis plausible era que las víctimas no fueron asesinadas en el lugar donde fueron halladas. Abrir un cráneo no es una operación que pueda practicarse en una esquina.

—Para serle sincero, no tengo gran cosa. Sin embargo, sería bueno que investigara a los delincuentes o los criminales violentos de la región. Aquellos que han salido de la cárcel recientemente, por ejemplo. A la vista del número de cadáveres, no puede descartarse una venganza. En la mayoría de las ocasiones, los criminales atacan a personas a las que conocen. Habría que buscar a alguien que dispusiera de una camioneta o de un vehículo de gran capacidad. No es tan fácil transportar cinco fiambres. ¿Quizá habría que echar un vistazo a las empresas de alquiler de vehículos?

—Así lo haremos.

Sharko recuperó la americana que había colgado del respaldo de la silla y se la echó al hombro.

—Mañana pasaré por el Instituto de Medicina Legal, una vez que hayan concluido las autopsias. ¿Podrá encargarse de que estén al corriente de mi visita?

Un leve suspiro.

—Como desee. ¿Alguna cosa más?

Sharko le ofreció su pesada mano.

—Hasta mañana, comisario. Esperemos que esos cadáveres sean parlanchines. En otro tiempo estuve en su lugar. Sé que no es divertido.

Media hora más tarde, Sharko cenaba tranquilamente en la terraza de una cervecería frente a la magnífica catedral de Rouen. Un antiguo recuerdo de la escuela hizo que le viniera a la mente que la cripta guardaba el corazón de Ricardo Corazón de León. Sharko sonrió, aún tenía buena memoria, y la mantenía en forma regularmente con crucigramas. Una de sus pocas cualidades que no le habían abandonado. En ese momento se sentía satisfecho, casi feliz. Deshacerse de los gigantescos tentáculos que le aprisionaban en su vida cotidiana le sentaba bien. Allí, la vida parecía diferente, más lánguida y pausada. Para su satisfacción, había encontrado una habitación con bañera, en la quinta planta de un hotel Mercure, detrás de la catedral.

Se hinchó a comer pasta hasta saciarse, luego ingirió un infecto helado de reblochon y camembert —a todas luces, una estafa para los turistas— y bebió agua hasta encharcarse. Aquel calor, incluso nocturno, acabaría con él.

Regresó al hotel. Tras el baño helado, se quedó en calzoncillos, lustró sus zapatos y extrajo de su bolsa de deportes un paquete embalado y un viejo magnetófono a pilas. Desenvolvió delicadamente el papel de burbujas y descubrió una locomotora Ova Hornby a escala 0, con su vagoneta negra para la leña y el carbón. Una de las bombillas frontales estaba rota, pero la máquina batía récords de velocidad en el gran circuito instalado en su apartamento.

El comisario la depositó sobre la mesilla de noche, se tragó un Zyprexa con un vaso de agua y se tumbó sobre las sábanas, con las manos detrás de la cabeza. El hotel... La humedad de una habitación anónima... Para él, que desde hacía algunos años llevaba a cabo sus investigaciones sin despegar el culo de un sillón de cuero, todo eso quedaba muy lejos.

Ahora se hallaba de nuevo sobre el terreno, en

contacto con la sangre y las vísceras, y desconocía aún el impacto que aquello tendría. A buen seguro podría retomar su antiguo olfato, pero el pasado amenazaba con aparecer de nuevo y en bloque. Sería mejor mantener cierta distancia, mantenerse dentro de los límites de los procedimientos, hacer su trabajo y volver detrás de un cristal. De lo contrario, Eugénie se lo haría pagar caro. La chiquilla que tenía en la cabeza detestaba que se saliera del camino trazado.

Una vez apagadas las luces, se tumbó de costado y puso en marcha el magnetófono. Aquella noche probablemente Eugénie no le visitaría. Esas radiaciones en su cerebro conseguían adormecerle un poco.

Los chirridos de los trenes en miniatura, a toda máquina sobre los raíles, retumbaron a través del altavoz. Sharko se durmió con una sonrisa, contemplando los rostros de su esposa y de su hija, desaparecidas cinco años antes en unas condiciones abominables.

Había ido a Rouen para investigar un crimen infame, pero eso poco importaba. Solo en medio de la cama, con sus trenes y una bañera cerca de él, se sentía bien.

8

Tras su desventurado paso por casa de Ludovic Sénéchal, Lucie depositó el execrable film en la dirección de Claude Poignet, el restaurador. El septuagenario especialista en autopsias de films encajó la noticia de la ceguera de Ludovic y se quedó con la bobina, a la que prometió echarle un vistazo de inmediato.

En aquel momento, Lucie se hallaba junto a su hija. Con un largo suspiro, aproximó una vez más la cuchara a la boca de Juliette. Los médicos le habían dicho que insistiera, que era necesario que comiera. Pero era más fácil decirlo que hacerlo.

—Vamos, haz un pequeño esfuerzo, por favor.

La niña sacudió la cabeza y se echó a llorar. Tenía la tez olivácea y las mejillas hundidas. Lucie empujó el carrito sobre el que reposaba el plato asqueroso de puré de guisantes y abrazó a su hija. Sintió sus manitas ya sin fuerzas agarrarse a su espalda. Era difícil soportar ver a una chiquilla de ordinario tan viva y sonriente perdida en un pijama demasiado grande por lo mucho que había adelgazado, desplazarse con una perfusión en el brazo.

—No pasa nada, cariño.

—¿Cuándo voy a ver a Clara, mamá?

Desde hacía dos días, Lucie había sopesado el alcance de su error. Dudaba si hacer que la gemela regresara de sus primeras colonias en Isère. Pero Clara anhelaba tanto aquellas vacaciones con sus amigas...

—Muy pronto, Juliette. Muy pronto. Te enviará una postal muy bonita, lo prometió.

Lucie comprobó que no estuviera por llegar algún miembro del personal y sacó de su bolsillo unas galletas de chocolate.

—¿Te apetece una?

Juliette asintió pausadamente.

—¿Puedo?

—Por supuesto. Pero no se lo digas a nadie, ¿de acuerdo? Chócala.

Juliette palmeó suavemente la mano de su madre con una sonrisa y a continuación se comió dos galletas. Su cuello se tensó. Podían distinguirse las venas y tendones. Lucie se ocupó de esconder el envoltorio, feliz de que su hija por fin tuviera algo en el estómago.

Juliette se tumbó en la cama, exhausta por la enfermedad. Al pasar la enfermera para anotar los datos, apuntó con una mueca: «Dos cucharadas de puré, media galleta y nada de jamón». En otras palabras, que no iban a quitarle la perfusión. Y, en consecuencia, quedaba lejos siquiera la sombra de una próxima salida.

Lucie, agotada, se quedó con su hija hasta que ésta se durmió, con los ojos hacia la pantalla de la tele.

Hablaban del sórdido asunto junto al gasoducto, en la región de la Alta Normandía. Un montón de cadáveres, cráneos partidos... Un *profiler*, cuyo rostro pudo ver en pantalla en aquel mismo instante, se había sumado al caso. Un tipo robusto, corpulento como un policía, nadie hubiera dicho que pudiera tratarse de un psicólogo. ¿De dónde había salido aquel tipo, de qué escuela? ¿Había estado metido ya en algún caso de asesinatos en serie? En cierta medida, Lucie lo envidiaba. Aquella historia de cadáveres con el cráneo serrado era el tipo de investigación en la que se hubiera metido sin pensárselo dos veces. El subidón del descubrimiento, la persecución de un ente maligno, pernicioso... Pero, Dios mío, si estaba de vacaciones, en pleno verano. Un momento en el que parece que todo el mundo está obligado a divertirse, a andar de fiesta y vaciar su cerebro. Aquella noche, sola con su hijita en un hospital, se sentía a años luz de ese mundo.

Lucie dejó junto a Juliette el nuevo peluche —un elefante azul que le había regalado su madre—, informó a la enfermera de que se marchaba y se fue a Salengro, a un centenar de metros del ala de pediatría. El doctor Tournelle tenía noticias acerca de Ludovic Sénéchal.

El médico la recibió en una sala amplia desde donde podía verse, a través de unos grandes ventanales, un escáner y material ultramoderno. Frente a Lucie, y sobre una pared luminiscente, colgaban expuestas unas radiografías. Encima de una mesa había documentación y láminas anatómicas del ojo, del sistema nervioso y del cerebro. El doctor se rascó nerviosamente el mentón. Desde que le había visto aquella madrugada, el cabello se le había aplastado sobre el cráneo y las bolsas debajo de los ojos se habían hinchado. Ya no parecía tan atractivo, simplemente un tipo reventado por el trabajo, como cualquier otro.

—Le hemos hecho pruebas durante todo el día. Ludovic Sénéchal ha sido trasladado a psiquiatría, en Freyrat, apenas hace una hora.

Lucie se quedó de piedra.

—¿Psiquiatría? ¿Y cómo es eso?

Tournelle se quitó las gafas y se masajeó las sienes.

—Permítame que le explique... Ludovic no está ciego, en el sentido fisiológico del término. Como le he dicho esta mañana, la evaluación de los reflejos pupilares y de las estructuras oculares no muestra ninguna anomalía significativa. En cambio, el paciente presenta mirada errante y ausencia de contacto visual.

—¿Ha dicho psiquiatría...? ¿Así que no se trata de un tumor?

El doctor se volvió hacia la veintena de radiografías del cerebro de Ludovic y descolgó una.

—No. Mire, está limpio, ni una anomalía.

Era como si le hubiera mostrado el cerebro de una vaca, pero Lucie se sentía tranquilizada. Ludovic no iba a morirse.

—Si usted lo dice, le creo.

—También hemos comprobado que no hubiera lesiones en las zonas del córtex visual, que podrían explicar una ceguera cortical, pero no hemos hallado nada.

—¿Una ceguera cortical?

El doctor le dirigió una sonrisa fatigada.

—Tenemos tendencia a creer que es el ojo el que ve, pero no es más que un instrumento, en definitiva, un pozo de luz. Lea esto y lo comprenderá.

Lucie tomó la cartulina impresa que le ofrecía:

Este txeto meustra que nuesrto cererbo no traudce literlamente lo que ve nuesrto ojo. Inlfuido por su epxeriencia, rceonoce globlamente las palarbas, sin perocuparse del odren de las lertas.

—Impresionante...

—¿Verdad? La retina simplemente presta su cuerpo, si me permite la expresión, para materializar una imagen física, como lo haría una pantalla de cine. Se trata simplemente de un objeto pasivo, de una lentilla. Es el cerebro el que interpreta, a partir del conocimiento y de la experiencia o del entorno cultural. Es el cerebro el que hace de la imagen lo que es: un objeto significativo.

Volvió a colgar la radiografía en su sitio.

—Lo prodigioso en el caso de este paciente es que puede evitar ciertos objetos sin verlos. Por ejemplo, una caja situada en su trayecto. Una silla, un mueble. Le hemos filmado y podrá ver las grabaciones. Es impresionante.

—No, gracias, le creo. Así que ve sin ver. Es incomprensible.

—Incomprensible desde el punto de vista médico. Pero si nosotros los médicos no encontramos nada, es que el origen es psíquico.

—¿Se refiere a algo como... depresión o esquizofrenia? ¿Alguna cosa así le impide ver?

—Estaría más cerca si hablara de neurosis, angustia, fobia o histeria. En este caso, sospechamos que pueda tratarse de una ceguera histérica. Se trata de un trastorno sensorial que forma parte de las histerias de conversión: parálisis imaginarias, sordera, anestesias de los miembros... Uno de los ejemplos más conocidos es el del miembro fantasma.

Apagó las luces e invitó a Lucie a que le acompañara por los pasillos de la unidad de neurología. La iluminación pálida le daba un aire futurista, aséptico.

—Un psiquiatra se lo explicaría mejor que yo, pero la histeria es un mecanismo de defensa cuya función es proteger la psique de una agresión repentina. Aparece brutalmente a consecuencia de un elemento desencadenante relacionado con la infancia del paciente, un elemento profundamente traumático.

—¿Eso podrían provocarlo determinadas imágenes?

—Sé en lo que está pensando. Esa película, que al parecer le ha dejado ciego... El señor Sénéchal me ha hablado mucho de ella. Sí, es posible, en teoría, y a la vista de las circunstancias creo que ésa es la causa, puesto que la ceguera se produjo en plena proyección. El quid de la cuestión, sin embargo, es que el paciente afirma que las imágenes proyectadas no le impresionaron. Está acostumbrado a ver ficciones y ese ojo cortado del que me ha hablado al inicio de la película no le sobrecogió. Por lo que respecta al resto, y por lo que cuenta, no parece traumático. Ni siquiera pudo ver el final del cortometraje, pues ya estaba ciego.

—¿No vio la escena del toro?

—¿Un toro? No, no lo ha mencionado. En cambio, ha hablado mucho acerca de sentirse indispuesto, de una angustia creciente y progresiva. Como si algo le ásiera la garganta y le asfixiara hasta hacerle perder la vista.

Lucie también la había sentido, aquella misma sensación de ahogo. Se frotó los brazos. Y, sin embargo, entre el corte del ojo y la degollación del animal, que Ludovic no había visto, no había nada inquietante, sólo una chiquilla que acariciaba unos gatos o desayunaba.

—¿Es posible que eso lo hayan provocado unas imágenes ocultas?

El doctor se quedó en silencio mientras reflexionaba.

—¿Se refiere a unas imágenes subliminales? Es una pista que habría que explorar.

—Y... ¿qué le sucederá a Ludovic? Podría...

El doctor detuvo sus pasos. Llegaban a su oficina.

—Debería recuperar la vista progresivamente. La cuestión es tratar de comprender el origen del trauma y hacer que salga a la luz. Mis colegas psiquiatras saben perfectamente cómo lograrlo, sobre todo mediante hipnosis. Si lo desea, le daré los datos del doctor que se ocupará del señor Sénéchal. No lo visite antes de mañana por la tarde. Y mientras, intente avanzar con el film.

Lucie tomó nota de los datos y regresó junto a su hija, reconcomida por aquella disparatada historia. El *shock* traumático, las pesquisas en casa de Ludovic, la sensación de malestar durante el visionado... ¿Qué escondía aquella misteriosa película? ¿Quién trataba de hacerse con el film? ¿Y por qué razón?

Sin hacer ruido, se lavó en el minúsculo baño y se puso el pijama. Inmóvil, se contempló en el espejo. No a ella sino a su reflejo, aquella proyección de luz sobre los objetos. El doctor Tournelle llevaba razón: el ojo no discernía más que un conjunto de colores, de formas, pero el cerebro, en cambio, veía a una mujer de treinta y siete años, con los rasgos cansados por falta de sueño, de amor y de sexo. El cerebro interpretaba cada pulsación luminosa y trataba de apegarse a episodios vividos.

Eso llevó a Lucie a pensar en los diferentes primeros planos del rostro de la chiquilla del columpio en el cortometraje. La pupila palpitante, los movimientos del iris. Aquella sensación de intrusión, de *voyeurismo*, con el filtro en forma de óvalo: el ojo que absorbe la luz y observa en silencio... Y, sobre todo, en aquel globo ocular cortado en dos, la primera secuencia de la proyección. Recordaba haber vuelto la cabeza, prueba de que su cerebro había reaccionado violentamente, de que se había producido una interpretación.

A partir de ello, su visión del film cambió. El realizador tal vez había insertado aquella secuencia inicial, muy impresionante, no por el mero deseo de hacer gala del terror, sino para significar algo: «Concéntrense y no se pierdan detalle de lo que voy a mostrarles» o «Hagan como yo con mi escalpelo. Abran los ojos...».

Abran los ojos...

A medianoche vibró su móvil, situado a los pies del sillón. En esta ocasión Lucie no se despertó; estaba demasiado cansada.

El SMS rezaba: «Claude Poignet, el restaurador. Pase mañana hacia mediodía. Tengo noticias extrañas acerca de su película».

9

Los dos forenses y el antropólogo del Instituto de Medicina Legal de Rouen habían trabajado todo un día y una noche, y las autopsias prácticamente habían concluido cuando Sharko llegó al Instituto de Medicina Legal, a la mañana siguiente, ávido de plantear sus preguntas. Más adelante, en Nanterre, posiblemente habría que enfrascarse en la lectura de los centenares de páginas técnicas que saldrían de aquellas oficinas, así que era mejor estar informado y lograr que le explicaran a uno el máximo de cosas.

Más adelante... No tenía una prisa especial por regresar, aunque moverse por aquellos edificios consagrados a la muerte no fuera algo agradable. Le volvían a la memoria muchos recuerdos violentos, muchos crímenes sin respuesta, demasiados. Un niño hallado muerto en el fondo del Sena. Prostitutas degolladas en habitaciones sórdidas. Mujeres, hombres, apaleados, lacerados, cortados a pedazos, estrangulados... Dramas que habían sacudido su existencia y le habían empujado a funcionar a base de pastillas de Zyprexa.

Y, sin embargo, allí estaba. Allí y en aquel momento.

Antes de encontrarse con el forense se dejó atrapar por el especialista de huesos y dientes, el doctor Pierre Plaisant. El médico estaba a punto de marcharse a una conferencia sobre las caries de Lowenthal, específicas de los heroinómanos. Ambos intercambiaron unas palabras banales antes de entrar en el meollo del asunto.

—Los huesos son bastante reveladores. ¿Cómo lo quiere? ¿Simple o complicado?

Plaisant era alto y delgado, de unos treinta años. Un cerebro brillante bajo una frente alta y lisa como una peladilla. Detrás de él se extendían las radiografías de los cuerpos, ramificaciones de huesos comidas por los rayos X.

—Da lo mismo. Dígame lo suficiente para ahorrarme tener que tragarme las cincuenta páginas de detalles técnicos que me entregará Péresse.

El doctor condujo a Sharko junto a las superficies de trabajo graduadas: mesas de acero inoxidable con reglas longitudinales y transversales para medir los huesos, sobre las que reposaban cuatro esqueletos parcialmente reconstituidos. En aquella sala que más parecía una cocina que un laboratorio reinaba un olor a tierra seca y detergente. Los restos habían sido tratados al baño María para despegar las partes blandas.

—El quinto cadáver, el mejor conservado, le espera en la sala de autopsias antes de ir al frigorífico.

Tomó un lápiz y lo introdujo en la espina nasal anterior del esqueleto a su izquierda, el más pequeño.

—La punta del lápiz toca el mentón. Los zigomáticos son prominentes, la cara es plana y redonda. Probablemente se trata de un mongoloide. Los otros cuatro son caucásicos.

Primera buena noticia, la presencia de un cadáver asiático facilitaría la búsqueda en los archivos informáticos. Plaisant dejó el lápiz en la nariz del muerto, tomó un cráneo hendido, lo apoyó sobre las mandíbulas y lo empujó adelante y atrás. Comenzó a oscilar.

—El de los hombres siempre hace ese balanceo. El cráneo de las mujeres, por el contrario, no se mueve. Un cerebro demasiado pequeño —dijo con una sonrisa—, es broma...

Sharko mantuvo impasible el rostro, sin ganas de reír. Había pasado una noche agitada debido al ruido del tráfico y al zumbido de una mosca a la que había sido imposible aplastar. El doctor se dio cuenta de que su pulla jocosa no había caído en gracia y se puso serio.

—Lo he verificado con las pelvis, es más fiable. En todas las etnias, el hueso que arranca de la cresta del pubis está más alzado en las mujeres. Todos los sujetos son de sexo masculino.

—¿De qué edad?

—A eso iba. Visto que no tienen dientes, me he basado en la unión de las suturas craneanas, las degeneraciones artrósicas de las vértebras y, sobre todo, el borde esternal de la cuarta costilla...

Sharko señaló de repente con el mentón hacia la cafetera.

—¿Me ofrece uno? Esta mañana no he desayunado y este olor me está provocando náuseas.

Interrumpido en su discurso, Plaisant permaneció unos segundos sorprendido y se dirigió al rincón del laboratorio. Habló de espaldas, sin darse la vuelta:

—Tenemos suerte con estos sujetos. Cuanto más jóvenes son, más se reducen los márgenes de estimación. Pasados los treinta años se vuelve más difícil. Para la edad, nos basamos en la fase sinfisaria del pubis. En los adultos jóvenes, esa parte es muy rugosa, con crestas y surcos profundos. Luego los...

—¿De qué edad?

El café comenzaba a brollar, la cafetera ronroneaba. Plaisant regresó junto a los esqueletos.

—Todos estos hombres tenían entre veintidós y veintiséis años en el momento de la muerte. Por lo que respecta a la talla y otros detalles antropométricos, lo verá en el informe.

El comisario Sharko se apoyó en la pared. Unos individuos jóvenes, todos de sexo masculino. Tal vez aquello fuera un criterio importante, de elección, para el asesino. ¿Era de su misma generación? ¿Los frecuentaba? ¿Dónde? ¿En la universidad, en un club deportivo? El policía señaló con el dedo hacia medio cráneo en el que aparecía, hacia el occipucio, un agujero rodeado de pequeñas fracturas.

—¿Muertos por bala?

El antropólogo cogió una aguja de punto.

—Muertos o heridos, aunque para estos cuatro la opción que prima es la de muertos por bala. El quinto probablemente sólo estaba herido en el hombro, ya lo verá con el doctor Busnel.

Con su aguja, señaló la columna vertebral del asiático.

—A éste le dieron en la espalda. Tiene la cuarta vértebra estallada por detrás. A estos dos parece que les dispararon y les mataron de frente. Algunas costillas están fragmentadas, es probable que la bala rebotara antes de alcanzar algún órgano vital. Mi colega de radiografía las pasará por el escáner para hacer una reconstrucción en 3D y tratar de reproducir los puntos de entrada y de salida de los proyectiles. Pero no será fácil, a la vista del estado. En cuanto al último... Le mataron de un tiro en la cabeza. El proyectil ni siquiera salió por la parte anterior.

Sirvió el café en dos tazas y ofreció una a Sharko, que miraba los cuerpos sin moverse. No había coherencia alguna en la manera en que habían sido eliminados aquellos hombres. De espaldas, de frente, en la cabeza... No había ritual y la masacre parecía desorganizada mientras que la ocultación y la deshumanización de los cuerpos daban muestra de gran maestría. ¿De qué podía tratarse? ¿Una ejecución? ¿Un ajuste de cuentas? ¿El resultado de un enfrentamiento?

Sharko se mojó los labios con café.

—¿Y supongo que no se han encontrado las balas?

—No, ni en los organismos, ni en el lugar donde fueron hallados. Las recuperaron todas y a veces de manera brutal. Dan prueba de ello las costillas descuartizadas en uno de los esqueletos.

En el fondo, Sharko esperaba aquella respuesta.

El asesino había hecho gala de su voluntad de llegar hasta el escalofriante final, borrando cualquier pista. No había manera de recurrir a balística y de tratar de dar con el arma.

—¿Algún fragmento de proyectil?

Las balas sin blindar siempre dejan fragmentos, rastros en forma de cola de cometa o de tempestad de nieve.

—Absolutamente nada... Probablemente se trataba de balas blindadas.

De hecho, para Sharko no era una revelación. La mayoría de las municiones clásicas eran de aleación, macizas y no huecas y de plomo como las de algunos rifles de caza. El comisario se mesó los cabellos cortados a cepillo. Quería otra cosa, un medio de seguir una pista seria, palpable, pero recordó que no era más que un simple espectador. Sólo debía averiguar la psicología, los motivos del asesino. No se dejaría arrastrar por los demonios de la investigación sobre el terreno.

—¿Cuándo murieron?

—Eso es más complejo. El campo raso siempre nos crea problemas de estimación. Depende de la humedad, de la profundidad, del pH y de la composición del suelo. Allí la tierra es particularmente ácida. Visto el estado de esos cuatro tipos, diría que entre seis meses y un año. Es imposible ser más preciso.

Era lo mismo que si dijera en la Antigüedad.

—¿Los mataron al mismo tiempo?

—Eso creo. El entomólogo halló pocas pupas de moscas domésticas sobre los cadáveres, de la primera cuadrilla. Eso significa que los cuerpos fueron enterrados uno o dos días después del fallecimiento. Seguramente los transportaron hasta ese lugar.

La parte intacta del cerebro de Sharko ya rumiaba los datos. Habría que revisar el archivo de desapariciones desde otro ángulo, aplicando más un criterio de fecha que de geografía. El antropólogo prosiguió su explicación:

—Creo igualmente que fueron dos personas diferentes las que trabajaron sobre los cuerpos tras la muerte. El que serró los cráneos y... el que se ocupó de las manos y de los dientes.

Le tendió una lupa al policía.

—Los cráneos fueron cortados con precisión quirúrgica. Se trata, según las evidencias, de una sierra Streker o similar, utilizada en medicina forense y en cirugía. El gesto es profesional. Puede comprobarlo con la lupa, hay unas estrías características.

Sharko cogió la lente de aumento y la depositó sobre la mesa sin utilizarla.

—Profesional... ¿Alguien del gremio?

—Alguien acostumbrado a serrar. El punto de inicio, por ejemplo, coincide exactamente con el punto de llegada, y puedo darle fe de que no es fácil hacerlo sobre una estructura circular. En cuanto al gremio, tanto podría ser el de los forenses como el de los leñadores.

—Si quiere que le diga mi opinión, no veo yo a un leñador cortando robles con una sierra de cirugía. ¿Y en cuanto al otro posible individuo?

—Los dientes fueron arrancados brutalmente,

aún había raíces en el hueso alveolar. Se hizo con alicates. Y por lo que respecta a las manos, se hizo con un hacha. Si se tratara del mismo autor, habría mayor rigor y seguramente hubiera utilizado la sierra.

Se miró el reloj y depositó la taza junto a la cafetera, que apagó.

—Lo siento, pero debo dejarle. Lo tendrá todo en...

—¿Los cerebros fueron extraídos?

—Sí, de lo contrario hubiéramos hallado restos de líquido raquídeo o de duramadre, que está hecha de fibras de colágeno que hubieran resistido un año bajo tierra. También les quitaron los ojos.

—¿Los ojos?

—Figura en el informe. La tierra hallada en las cavidades oculares no presentaba resto alguno de fluidos, como el humor vítreo. Por lo demás, vaya a ver al doctor Busnel, en el sótano. He pasado la noche sin dormir y, si me lo permite, por lo menos iré a darme una ducha antes de mi conferencia.

Los dos hombres se despidieron en el pasillo. Sharko se dirigió a las escaleras sin haberse repuesto aún de la impresión que le habían causado aquellas revelaciones. En su cabeza se dibujaba ya un primer esbozo posible que partía de dos pistas opuestas. Por un lado, el asesinato por bala y la disimulación dejaba entrever una ejecución: unos tipos intentan huir o atacar y se les mata y se les hace desaparecer de manera «profesional». El entierro profundo, en sí mismo, es un método excelente, como el fuego o el ácido. Por otro lado, estaba esa historia de cerebros y ojos extraídos, que orientaba el análisis hacia un proceso ritualizado, perfectamente controlado, que exigía sangre fría y una buena dosis de sadismo. Cinco cadáveres hacían pensar de inmediato en una serie o en un crimen en masa... pero ¿con dos asesinos? En resumidas cuentas, en cualquier caso se trataba de algo fuera de lo común. Sharko se dijo a sí mismo que no había que dejar de lado ninguna pista respecto al móvil del asesino o de los asesinos. Sobre la faz de la tierra existen individuos suficientemente perturbados como para asesinar a gente y luego devorar el interior de sus cráneos a cucharaditas.

El comisario llegó a la morgue. Al fondo, una puerta acristalada daba a una lámpara cielítica. En un Instituto de Medicina Legal, la sala de autopsias siempre es fácil de encontrar. Basta con seguir el olor, omnipresente. Cuando llegó Sharko, el doctor Busnel rociaba con agua el suelo alicatado. El policía parisino se quedó en la puerta. Esperó a que el hombre se diera cuenta de su presencia y se le acercó.

—¿Es el comisario Sharko, de París?

Sharko le tendió la mano. Un apretón sólido.

—Veo que el comisario Péresse ha hecho circular la información correctamente.

—Llega usted después de todos los demás, y debo confesar que me aburre tener que repetir las cosas. Ya llevo dos días con lo mismo. Estoy muy cansado, están los informes y...

Sharko señaló una mosca, sobre la sábana verde que cubría el cuerpo.

—También había una mosca en mi hotel. Y, sin embargo, aquí está refrigerado. Nada las detiene.

Tengo aversión a los insectos, sobre todo a los que vuelan.

Busnel hizo ostensible su malestar. Se dirigió a la mesa y levantó la sábana.

—De acuerdo. Acérquese, por favor, y acabemos cuanto antes...

El comisario contempló el agua que se filtraba plácidamente en un canal. Se acercó lentamente, como si anduviera pisando huevos.

—Voy con cuidado por mis zapatos. Son de piel de Córdoba y...

—¿Hablamos del tipo mejor conservado, por favor? Supongo que mi colega antropólogo ya le habrá informado.

—Sí, por supuesto.

Busnel era un buen mozo, cercano al metro noventa. Con su rostro cuadrado y su nariz achatada hubiera podido formar parte de un equipo de rugby. Sharko dirigió la mirada al fiambre. Ante él apareció una entidad indescriptible, un magma de carne, de tierra, de huesos y ligamentos. Estaba tan deshumanizado que ya ni siquiera impresionaba. A aquél también le habían cortado el cráneo.

El forense señaló el hombro izquierdo.

—Éste es el lugar donde recibió el proyectil. Salió por detrás del deltoides. A priori, ésa no es la causa de la muerte, y digo a priori puesto que dado el estado de degradación no tengo medio alguno de definir con precisión la causa de la muerte.

Busnel señaló a continuación la parte descarnada en los brazos, las muñecas y el torso.

—Esas zonas fueron despellejadas.

—¿Con qué instrumento?

El doctor se volvió hacia una mesa y tomó un frasco cerrado. Sharko entrecerró los ojos.

—¿Uñas?

—Sí, estaban clavadas en la carne. Los análisis lo confirmarán, pero me parece que se trata de sus propias uñas. Uñas del pulgar, del índice y del corazón de la mano derecha.

—El tipo se arañó a sí mismo antes de morir.

—Sí, y con tanta fuerza y violencia que es inconcebible. El dolor debía de ser insoportable.

El policía sentía cada vez más que nadaba en aguas turbias. Aquellos descubrimientos eran más jugosos de lo que había imaginado.

—Y... por lo que respecta a los otros cadáveres...

—Es más difícil de decir, visto su estado. Creo que también fueron despellejados en algunas zonas, como los hombros, las pantorrillas, la espalda. Pero no con las uñas. Las marcas son nítidas, regulares y, sobre todo, profundas. Como las producidas por un cuchillo o un instrumento cortante. Es una técnica clásica entre los que tratan de hacer desaparecer tatuajes.

Señaló de nuevo las uñas.

—A cualquiera se le puede obligar a mutilarse encañonándole con una pistola en la sien. La cuestión es saber por qué.

—¿Me dará las fotos?

—Las tiene junto al informe. Pero créame que no son muy bonitas.

—Siempre he confiado en los forenses.

El médico señaló con una inclinación de cabeza hacia una mesita sobre la que reposaba una bolsita transparente.

—También tenemos eso, un minúsculo fragmento de plástico verde que encontramos bajo su piel, entre el cuello y la clavícula.

Sharko se aproximó a la mesita.

—¿Tiene idea de qué es?

—Es cilíndrico y agujereado en el centro. Probablemente se trate de un resto de catéter subcutáneo utilizado en cirugía.

—¿Con qué objeto?

—Lo veré en detalle con un cirujano, pero si recuerdo bien, hay un montón de posibilidades. Tal vez se trate de una cánula implantable utilizada para verter productos de quimioterapia, por ejemplo. Pero también se utiliza como vía central, para evitar tener que pinchar al paciente varias veces. Los análisis tóxicos y de las células deberían decirnos más cosas. ¿Acaso sufría una enfermedad? ¿Tal vez un cáncer?

—¿Más cosas?

—No que yo sepa. Lo demás son tecnicismos médico-forenses que no le interesarán. Por otra parte, tomé unas muestras del psoas para el ADN de cada individuo. Dado que les habían afeitado el cráneo, son los pelos púbicos los que están en manos de los muchachos de la tóxica. Ahora les toca trabajar a ellos. Y esperemos que eso nos ayude a conseguir una identificación, puesto que de lo contrario este asunto será interminable y sumamente complejo.

—Ya lo es, ¿no cree?

El forense comenzó a quitarse la bata manchada. Sharko se frotó los ojos, con la mirada en el suelo.

—Incluso cuando me pateaba las morgues jamás se me ocurrió comprarme un calzado de caucho como el suyo. No puede ni imaginarse la cantidad de pares de mocasines que llegué a cargarme. El olor de los muertos parecía haberse... incrustado en el cuero. ¿Dónde venden este tipo de calzado?

El especialista miró fijamente a su interlocutor y se dirigió al fondo de la sala para ordenar su instrumental, luciendo una leve sonrisa.

—Puede ir a Leroy Merlin, en la sección de jardinería, allí los encontrará. Y ahora, hasta la vista, comisario. Si me lo permite, iré a acostarme.

Una vez en el exterior, Sharko respiró una generosa bocanada de aire puro mientras miraba su reloj. Casi las once... La mayoría de los informes no estarían listos hasta última hora del día. Observó el cielo sin nubes y olisqueó su ropa. Menos de dos horas allí dentro y ya estaba impregnada de aquel olor. El policía parisino decidió regresar al hotel para cambiarse antes de ir al SRPJ con el objetivo de tomar el pulso y de consultar los archivos informatizados. Aprovecharía, además, para liquidar a aquella maldita mosca que se le había escapado durante toda la noche.

Y luego, si no se producía ningún avance concreto a lo largo de las siguientes cuarenta y ocho horas, haría las maletas para procesarlo todo en Nanterre. Añoraba mucho sus trenes en miniatura.

10

El restaurador de películas Claude Poignet residía en la calle Gambetta, hervidero de comercios heteróclitos y de tiendas llamativas. Por un lado, la calle daba a Wazemmes, con su mercado cubierto y su mezcolanza de etnias, y por el otro se adentraba en el barrio estudiantil, entre las calles Solférino y Vauban. Recluido en su pequeña casa, ahogada entre un restaurante chino y un puesto de venta de tabaco, el septuagenario tenía mala facha. Gafas de montura marrón de doble foco, un jersey viejo de lana de cuello de pico, camisa de cuadros mal planchada. ¿Era realmente un restaurador de películas antiguas o antaño había sido restaurador de películas?

—Diría que fui restaurador de películas antiguas. Lo dejé hará diez años a causa de la vista. Mis ojos ya no perciben la luz como antes. Y como sabrá, el cine es, ante todo, luz. Sin luz no hay cine.

Lucie se adentró en la casa, una de esas viejas casas del Norte con las baldosas del salón pegadas con cemento, paredes altas y las tuberías a la vista. Un hervidor se calentaba al fuego y desprendía un olor agrio de café. Al llenar Claude las dos tazas, a Lucie le pareció que vertía carbón líquido. Ella, que habitualmente se bebía el café sin azúcar, sumergió dos terrones a la vez.

—¿Ha podido hacerle la autopsia al cortometraje?

Poignet sonrió. Sus dientes eran la viva estampa del decorado, cien por cien rústicos. Y, sin embargo, tras sus arrugas, aún lucía los rasgos de un hombre que tuvo que ser muy atractivo, como Redford.

—Eso de la «autopsia» es un término realmente policial. ¿Cómo a una joven atractiva como usted le dio por perseguir a criminales?

—Probablemente sea una cuestión de escalofríos. Usted ante sus bobinas y yo ante la calle. A fin de cuentas, ambos tratamos de arreglar lo que no funciona.

Hizo un esfuerzo para tragarse el brebaje. Verdaderamente repulsivo, incluso con todo el azúcar del mundo. Un gato de angora ronroneó entre sus piernas; lo acarició cariñosamente.

—¿Conoce desde hace mucho a Ludovic?

—Su padre y yo estuvimos juntos en el ejército. Hace ya más de veinte años le regalé a Ludovic su primer proyector, un 9,5 milímetros de Pathé del que iba a deshacerme por falta de espacio. Ya entonces, organizaba sesiones de cine con proyector en una de las paredes de casa de su padre. Lo que le ha sucedido es horrible. Su madre murió de enfermedad cuando él aún no había cumplido nueve años. Es un buen chico, ¿sabe?

—Lo sé, y estoy aquí para ayudarle. ¿Me hablará de la película?

—Sea.

Ascendieron por unos peldaños estrechos y crujientes que daban fe de la antigüedad de la casa. En las paredes colgaban decenas de retratos. No de estrellas de cine, sino de una mujer anónima cuyo rostro delicadamente maquillado captaba magníficamente la luz. Probablemente eran los restos de una obsesión, de un amor desaparecido demasiado pronto. Una vez en la primera planta, atravesaron una sala con un entarimado gastado, sumergida en la penumbra.

—A la izquierda, el laboratorio de revelado. Aún filmo con una vieja cámara de dieciséis milímetros, para entretenerme. Le aseguro que me iré de este mundo con celuloide entre los dedos.

Abrió el cuarto oscuro y aparecieron cámaras, bobinas, bidones de productos químicos; empujó la puerta.

—Vamos al fondo.

La última estancia era un verdadero laboratorio consagrado al universo del cine. Mesa de montaje, moviola, lupas, material informático perfeccionado y escáner de películas. Había también numerosos aparatos más arcaicos. Tijeras, cola, una pequeña guillotina, cinta adhesiva, reglas. Lucie había utilizado el término «autopsia» apropiadamente. Ahí debían de desmenuzarse las películas como se disecciona un cadáver. Incluso había unos guantes blancos, que el restaurador se puso.

—Pronto nada de esto existirá. Las cámaras digitales de alta definición acabarán con el treinta y cinco milímetros de toda la vida. La magia del cine desaparece, créame. Una película en la que la imagen ya no salta, ¿es aún una película?

La bobina en cuestión estaba fijada en un eje rotativo vertical, a la izquierda de la mesa de visionado. La película, extendida a lo largo de un metro, pasaba por un instrumento central que servía de lupa y de pantalla, y luego seguía hasta una bobina de arrastre. La única luz de la habitación era un fluorescente.

—Empecemos por el principio. Acérquese, querida señorita. Permítame que le diga que es usted encantadora.

No se mordía la lengua. Lucie sonrió y se situó al lado de él, frente a la moviola.

—¿Cómo lo quiere? ¿Sencillo o complicado?

—No dude en explicar todos los detalles; aunque me encanta el cine, no sé nada sobre él. Cuando usted le regaló el proyector a Ludovic, yo veía mi primera película de terror, sola a las once de la noche. Era *El exorcista*. El mejor y el peor de mis recuerdos.

—*El exorcista*... Una de las producciones más rentables de la historia del cine. El director de la primera, William Friedkin, sumió a los actores en unas condiciones abominables. Disparos por sorpresa junto a las orejas, habitaciones gélidas para dar alas a su interpretación. Ahora, los actores exigen comodidades.

Lucie le contemplaba con ternura. Hablaba apasionadamente, como su padre cuando disertaba de anzuelos y cañas de pescar... Entonces ella era muy pequeña.

—Así que, nuestra película...

—Sí, nuestra película. Primero, el formato: dieciséis milímetros. Fue filmada íntegramente cámara al hombro. Sin duda, una Bolex. Ligera, portátil, la mítica cámara de los años cincuenta. Misteriosamente rodada a cincuenta imágenes por segundo, como indica el inicio, mientras que el estándar es de veinticuatro imágenes por segundo. La Bolex permitía ese tipo de fantasías y era muy efectiva para numerosos requerimientos.

—¿Ésta es la película original?

—No, no. El original, lo que sale de la cámara, se imprime en negativo sobre película, como en una fotografía. Esto es el tiraje positivo, el que ve el ojo. Siempre se trabaja con positivos, que a la vez sirven de copia de seguridad. Así se pueden cortar y manipular sin miedo.

Tiró de la cinta con la ayuda de una manivela. En la pantalla apareció, en la parte inferior de la cinta:

S•AFETY

—Este término inscrito en el inicio, SAFETY, indica que el soporte de la emulsión es acetato, sin peligro. Hasta los años cincuenta, la mayoría aún eran de nitrato, inflamable. Seguro que ha visto la escena en la que Philippe Noiret incendia el interior de una cabina de proyección, en *Cinema Paradiso*, al abrir una lata que contiene una película de nitrato. Mítica escena.

Lucie asintió, aunque no había visto la película. Los clásicos italianos no eran su estilo, al contrario que el cine negro americano de los años cincuenta, que devoraba con pasión.

—El punto negro sobre la A indica que la película se fabricó en Canadá. Es el código internacional utilizado por Kodak.

Canadá... Ludovic explicó que dio con la bobina en el desván de un coleccionista belga. Ahora, aquella misma bobina se hallaba en Francia. Esos films anónimos debían de llevar la misma vida que los sellos o las monedas de colección, y viajar de país en país. Lucie hizo un hueco en su cabeza para recordar que sería conveniente interrogar al hijo del coleccionista, si merecía la pena. Tuvo que admitir que esa pequeña investigación personal, lejos de los caminos trillados, la excitaba. Claude pareció conectar con sus pensamientos.

—Esos films viajan y se extravían. Más del cincuenta por ciento de las obras de antes de la segunda guerra mundial ha desaparecido, ¿se imagina? Entre ellas verdaderas obras maestras, que probablemente se pudren en desvanes. Obras de Méliès, Chaplin o también un montón de John Ford.

—¿Sabe de cuándo es ésta?

Claude Poignet hizo girar la manivela. Al llegar a la primera imagen del film, enteramente negra con el círculo blanco, señaló la parte inferior de la cinta.

Lucie pudo ver dos símbolos, + ■, justo sobre las perforaciones, y también unos números.

—Kodak utilizaba un código compuesto de figuras geométricas para fechar sus películas, y ese código se reutilizaba cada veinte años.

Entregó una hoja plastificada a Lucie, una especie de ficha técnica.

—Mire esta tabla. La cruz y el cuadrado demuestran que se positivó en 1935, 1955 o 1975. A la vista del estado de la película y de la ropa de la actriz que aparece en la primera escena, no hay duda de que se trata de 1955. —Señaló la pantalla con el índice—. Ese número, ahí, presente cada veinte fotogramas, es lo que se llama número de tira. Identifica el fabricante, Kodak en nuestro caso, el tipo de película, el número de bobina y un sufijo de cuatro cifras que identifica cada fotograma. En resumen, podríamos saber dónde y cuándo salió esta película del laboratorio. Y, sin embargo, ya puedo garantizarle que esos números no la conducirán a ningún lado, puesto que han pasado muchos años y es más que probable que el laboratorio de origen ya no exista.

Contempló a Lucie con aire satisfecho. Los cristales de sus gafas aumentaban sus globos oculares de manera considerable. Lucie le devolvió la sonrisa.

—¿Y si vamos al contenido?

El rostro del hombre se ensombreció. Perdió instantáneamente su buen humor.

—Tendría que habérselo dicho al principio, pero este film es obra de un genio y de un psicópata, ambos reunidos en una misma mente maligna.

Lucie sentía nacer la excitación en su interior. En plenas vacaciones se hallaba en un taller, a las puertas de un universo malsano que frecuentaba a diario en comisaría.

—¿Qué quiere decir con eso?

—Ahí hay imágenes por lo menos... perturbadoras. Usted tuvo que sentirlo en su propio interior, sin quizá entender el porqué.

—Sí, tuve sensación de malestar. Sobre todo con la escena del ojo, al principio, que te sumerge de inmediato en un ambiente gélido.

—Un puro truco, evidentemente. El ojo cortado es el de un animal, tal vez un perro. Pero esa secuencia muestra ante todo que el ojo, de hecho, no es más que una vulgar esponja que capta la imagen, una superficie lisa que no comprende el sentido de las cosas. Y que, para ver mejor, hay que perforar esa superficie lisa. Ir más allá. Al interior del film...

Claude Poignet hizo girar la manivela hasta presentar bajo la lupa la imagen de una mujer completamente desnuda. De senos generosos y en una postura provocadora: era la altiva actriz del inicio del film, a la que le cortaban el ojo. Estaba en un decorado sombrío, poco contrastado. Sobre esa imagen fija, surgían por detrás decenas de manos para explorar su cuerpo y su sexo. No podía distinguirse a los actores, probablemente vestidos de negro como los ayudantes de un mago en el escenario. El restaurador hizo avanzar un fotograma accionando la manivela. Aparecía de repente la chiquilla, instalada en el columpio. Su rostro se superponía al centímetro al de la mujer.

—La vigesimoquinta imagen, como se la denomina, aunque en este caso se trataría más de la quincuagésima primera. El film está repleto de ellas. Es de 1955, y el procedimiento subliminal no fue utilizado oficialmente por James Vicary, un publicista americano, hasta 1957. Tengo que confesarle que es muy desconcertante.

Lucie conocía el principio de las imágenes subliminales. Aparecen de manera tan breve que el ojo no tiene tiempo de reconocerlas, a diferencia del cerebro, que sí consigue «verlas». La policía recordó que François Mitterrand utilizó esa técnica en 1988. El rostro del candidato a la presidencia francesa apareció en la careta del informativo de Antenne 2, pero no durante el tiempo suficiente para que el espectador pudiera percibirlo de manera consciente.

—¿Así que el creador de este film fue un precursor?

—Por lo menos alguien con talento. El gran Georges Méliès lo inventó todo en el terreno de los efectos especiales, de manipulación de la película, pero no las imágenes subliminales. Y no hay que olvidar que estamos hablando de los años cincuenta, cuando el conocimiento acerca del cerebro y del impacto de las imágenes en la mente era relativamente arcaico. Un amigo mío trabaja en neuromarketing, le daré su dirección. Además, haré que vea la película, si usted no tiene inconveniente. Con sus máquinas ultraperfeccionadas tal vez podrá descubrir cosas interesantes que mis ojos no han podido ver.

—Desde luego, adelante.

Rebuscó en una cesta llena de tarjetas de visita.

—Tenga, su tarjeta, por si acaso. Podrá hablarle de las imágenes subliminales con mayor autoridad que yo. El cerebro, las imágenes, su impacto en la mente. Descubrirá hasta qué punto hoy nos manipulan sin que nos demos cuenta. ¿Tiene hijos?

La expresión de Lucie se endulzó.

—Sí, gemelas, Clara y Juliette. Tienen ocho años.

—Y probablemente ya les habrá hecho descubrir a *Los Rescatadores*.

—Como todas las madres.

—En esos dibujos animados hay una imagen subliminal de una mujer desnuda oculta en una ventana, en un momento dado. Un pequeño delirio personal del dibujante, seguramente, que no tiene consecuencia alguna para la mente de sus hijas, puede estar usted tranquila, puesto que la imagen es minúscula. Y, sin embargo, tras tantos años de difusión de esos dibujos animados, nadie se ha dado cuenta de ello.

La conversación se volvía desagradable. Lucie observó la imagen de la *starlette* desnuda. Provocativa, abierta. Un puro escándalo para la época.

—¿Cómo consiguió el realizador insertar imágenes subliminales en el film?

—¿Hizo usted trabajos de recortar y pegar en el colegio? Esto es lo mismo. Primero filmó las escenas de esta actriz desnuda sobre otra película. Luego, cortó las imágenes de la película A que le interesaban y las insertó en la película B, cortando y pegando. Una vez terminado eso, se duplica la cinta y se obtiene lo que tiene ante sus ojos. Muchos directores famosos han utilizado ese procedimiento para dar más fuerza a sus secuencias. Hitchcock en *Psicosis*, Fincher en *El club de la lucha*, y muchos realizadores de films de terror. Pero fue mucho después. En esa época, nadie podía sospechar la presencia de esas imágenes.

—Y, por lo que respecta a las otras imágenes subliminales de esta película, ¿de qué son?

—Imágenes lúbricas, pornográficas, chorreantes de sudor y sexo. Hay también escenas de amor desagradables y osadas, con hombres enmascarados, y luego, al final hay escenas de asesinatos.

—¿Asesinatos?

Lucie sintió una brusca tensión en los músculos. Había oído hablar de las *snuff movies*. Asesinatos captados en películas, cintas de vídeo que circulaban de mano en mano por circuitos marginales, clandestinos. ¿Era posible que estuviera frente a una de esas películas? ¿Ante una *snuff movie* de más de medio siglo de antigüedad?

Claude hizo girar la manivela lentamente. Los contadores de tiempo aumentaban. El restaurador se detenía en cada imagen oculta. Algunas escenas de desnudos eran particularmente osadas, poco excitantes, al límite de lo mórbido. No había duda de que en una época en la que una mujer apenas podía mostrarse en bañador, aquello hubiera provocado un escándalo.

—Las escenas sangrientas aparecen sobre todo al final. La escena entre la chiquilla y el toro está repleta de ellas. Discúlpeme, pero me llevará unos segundos dar vueltas con esta manivela, mi rebobinador automático está averiado. Este film dura unos trece minutos, o sea que hay más de cien metros de película. Dígame, ¿ve a menudo a Ludovic? Siempre le han gustado las mujeres de su tipo.

—¿Mi tipo? ¿Qué quiere decir?

—Una pequeña Jodie Foster.

Lucie rió con ganas.

—Supongo que es un cumplido.

—Lo es.

—Bueno... Y la escena del toro que se detiene en seco frente a la chiquilla, ¿cómo la hicieron? ¿Es un truco?

Lucie cruzó las manos a su espalda. Era muy curioso, pero pocas películas le habían causado una impresión tan fuerte. Se sentía capaz de describir cada escena del cortometraje con precisión, como si éstas hubieran quedado impresas en su materia gris.

—Probablemente. Pero el animal es degollado de verdad en un momento dado. En cuanto a la niña frente al toro... Tengo que analizar las imágenes en detalle. Tal vez primero filmó al toro solo, rebobinó la película sin exponerla a la luz y luego filmó a la chiquilla sola, jugando con las sobreimpresiones. Pero todo esto me parece extremadamente complicado y, sobre todo, hay que reconocer que está muy bien hecho para una época en la que no existían ordenadores y en la que el material era más que rudimentario.

—¿Y se ha fijado en las pupilas dilatadas de la niña? ¿Tal vez la drogaron?

—No se droga a las actrices. Hay productos para el cine y los efectos especiales que lo simulan muy bien. Ya existían en los años cincuenta.

Ralentizó la cadencia del desfile de imágenes. Lucie veía las imágenes sucederse en la pantalla, cómo el movimiento nacía y variaba según la velocidad de rotación. Llegaron a la imagen del prado rodeado por la valla. Claude bobinó lentamente hasta detenerse en una imagen chocante. Hierba, la actriz desnuda, tumbada al sol con candidez, los cabellos esparcidos como serpientes bíblicas. Una incisión circular, negruzca, le perforaba el vientre como un pozo. Lucie se llevó la mano a la boca.

—¡Dios mío!

—Y que lo diga.

Claude se apartó, tomó la cinta y la expuso al fluorescente.

—Mire... Está muy logrado porque, al igual que en los clichés pornográficos, la imagen subliminal tiene el mismo tono que las otras imágenes. Los mismos colores dominantes, los mismos contrastes, la misma luminosidad. El prado es diferente, pero apenas se percibe. Cuando el film desfila a velocidad normal no hay ninguna ruptura de color y, por lo tanto, no se ve absolutamente nada. Y, por el contrario, el cerebro recibe un buen castañazo.

Lucie acercó la nariz a la película. Y pensar que esas imágenes habían atravesado sus ojos sin que ella se diera cuenta. Un metro más allá, sobre la cinta translúcida, aún pudo ver de nuevo a la mujer en esa posición de muerta. Y luego de nuevo, a medida que Claude hacía circular la cinta entre sus dedos.

—A cada aparición de la actriz, más o menos cada doscientos fotogramas, hay una incisión suplementaria que parte de ese círculo negro en su vientre, como en una continuidad temporal. Y todo ello para formar...

Siguió dando vueltas a la manivela y se detuvo en la escena increíble en la que el toro y la chiquilla están frente a frente. La imagen siguiente era totalmente diferente.

—... un ojo.

A Lucie le costaba hacerse una idea de en qué se había metido. Habían lacerado progresivamente a la mujer por todas partes a partir del ombligo, como un sol de incisiones. Heridas abiertas en su cuerpo blanco tendido sobre la hierba espesa. A la vista estaba que los cortes formaban una pupila con su iris. Un ojo oculto, maléfico, que le observaba a uno, le atravesaba, le daba ganas de apartar la mirada. De no ver más. Lucie tenía la impresión de hallarse ante fotografías de la escena de un crimen: una víctima confrontada a un asesino retorcido, sádico.

—No puede tratarse de un truco —afirmó ella—. Es tan... real.

Claude se quitó las gafas y las limpió con una gamuza. Sin las gafas que le aumentaban los ojos, tenía un rostro equilibrado, de rasgos finos a pesar de las profundas arrugas.

—Es el principio de los trucajes bien hechos. No tengo la menor duda de que ése es el caso.

El blanco y negro amplificaba la violencia del cliché, disociaba el cuerpo mutilado de su entorno. Lucie no acababa de creérselo:

—¿Cómo puede estar tan seguro?

—Porque se trata de cine, señorita, y no de la realidad. El séptimo arte es magia, ilusión, engaño. Esa mujer podría ser perfectamente un maniquí. Con dedos hábiles, maquillaje y algunos efectos de puesta en escena, daría el pego. Nada es real. Lo que sí es seguro es que el director está obsesionado con el ojo y la incidencia de las imágenes en la mente. Un precursor, como ha dicho usted, cuando hoy vemos hasta qué punto la imagen forma parte de nuestra vida y la alimenta de violencia. Nuestros hijos se enfrentan a diario a más de trescientas mil imágenes, ¿se imagina lo que eso significa? ¿Y sabe cuántas de ellas están ligadas a la violencia, la muerte o las guerras?

Los ojos de aquella a la que Lucie llamaba interiormente «la víctima» se dirigían hacia el cielo, vacíos de cualquier forma de vida. Estremecida, la policía volvió a mirar el rostro de Claude.

—¿Cree que esta película se proyectó en algún cine?

—No creo. La forma de las perforaciones, sobre todo las situadas al principio de la bobina, es impecable. Por lo menos esta copia nunca fue explotada a gran escala.

—Y en ese caso, ¿por qué las imágenes subliminales? ¿Por qué esa puesta en escena?

—Tal vez para proyecciones privadas... Un film que ese director mostraba a otros ojos, ¿quién sabe? ¿Una perversión? Como sabe, lo subliminal posee una fuerza extraordinaria, es un flujo directo entre la imagen y el inconsciente que ninguna censura puede bloquear. Se coge esta imagen y se la encasquetan a uno en el cerebro, y punto. Un medio ideal para transportar la violencia, el sexo y la perversión por otros caminos. Hoy en día, eso se hace en Internet, en las imágenes y también en el sonido. Grupos que hacen circular mensajes subliminales en las letras de sus canciones, por ejemplo. ¿Tal vez este director se regodeaba con ese delirio? Cuando pienso que era en 1955... El tipo era brillante... impone respeto.

Claude apagó la pantalla. Lucie no dejaba de mirar la bobina. Miles de imágenes que se sucedían, imprimiendo la vida o la muerte. Pensó en un río refulgente, magnífico, en cuyo fondo anidaban parásitos invisibles, peligrosos.

—¿Eso es todo lo que podemos saber del film?

Claude se mostró dubitativo.

—No, creo que contiene otra cosa. De entrada, ¿por qué cincuenta fotogramas por segundo? ¿Y qué significa ese círculo blanco en la parte superior derecha? Aparece en todos los fotogramas. Y luego...

Sacudió la cabeza, mordiéndose los labios.

—... Hay esas brumas, esas zonas de la pantalla muy oscuras, esa neblina grisácea omnipresente, esa especie de velo frente al objetivo. El cineasta parece jugar con los contrastes, la luz, lo no dicho. He sentido la misma angustia que usted al ver la película. Las imágenes porno o las de la mujer torturada no bastan para crear esa desazón. Y no hay que olvidar que Ludovic se encuentra en un psiquiátrico a causa de esta película. Se me ha debido de escapar alguna cosa. Deberé volver a examinarlo todo con precisión.

Cada fotograma, cada parte de cada fotograma. Pero eso llevará tiempo...

Lucie no conseguía librarse de la visión de aquella mujer mutilada. Un enorme ojo como una herida en su vientre. Tal vez tenía la prueba de un asesinato y aun cuando el asunto hubiera ocurrido hacía cincuenta años, quería tener la conciencia tranquila. O al menos, comprender.

—¿Cómo podríamos dar con esa mujer?

A Claude no pareció sorprenderle la pregunta. Al manipular films en su mayoría perdidos o anónimos, debía de estar acostumbrado a ese tipo de preguntas.

—Creo que habría que buscar en Francia. Lleva un traje de Chanel de 1954, o sea de un año antes de que revelaran la película. Mi madre tenía uno igual..

¿Rodada en Francia y revelada en Canadá? ¿O bien «la actriz», si en realidad se trataba de una actriz, se había desplazado allí? ¿Por qué? ¿Cómo la habían convencido para trabajar en el cortometraje de un enfermo? En cualquier caso, se trataba de una nueva incógnita.

—Senos generosos, caderas en forma de pera, estamos en plena época Bardot, en la que los realizadores por fin osan mostrar a la mujer. Su rostro no me dice nada, pero puedo ponerme en contacto con un historiador del cine de los años cincuenta. Tiene contacto con todos los archivos cinematográficos del país. El medio del porno o del cine erótico era muy cerrado y estaba muy censurado en aquella época, pero a pesar de todo existía un circuito. Si esa mujer fue actriz y rodó otras películas, mi amigo la encontrará.

—¿Podrá hacerme fotocopias de las imágenes subliminales a partir de la bobina?

—Puedo ofrecerle algo mejor, le voy a digitalizar el film. Mi escáner de dieciséis milímetros puede zamparse dos mil imágenes por hora en baja resolución. No se preocupe, será de una calidad excelente mientras no pretenda proyectarlo en una pantalla de cine. En cuanto haya terminado, lo pondré en un servidor y podrá descargárselo desde su casa.

Lucie le dio las gracias calurosamente a su interlocutor y dejó su tarjeta de visita en la cesta.

—Llámeme en cuanto descubra algo.

Claude asintió y le estrechó la mano entre las suyas.

—Lo hago por Ludovic. Gracias a sus padres conocí a mi esposa. Se llamaba Marilyn, como la otra... —suspiró, un suspiro cargado de nostalgia—, y tengo ganas de saber por qué este maldito film le ha dejado ciego.

Una vez en el exterior, Lucie echó un vistazo a su reloj. Casi mediodía... Su entrevista con Claude Poignet le había provocado náuseas. Pensaba en aquellas imágenes subliminales, que habían entrado en ella contra su voluntad. Sentía cómo vibraban en algún lugar de su organismo, sin alcanzar a saber exactamente dónde. La escena del ojo cortado le había impactado, pero por lo menos había sido consciente de ella, mientras que de las otras... Simplemente guarrerías de un pervertido que le habían metido en la cabeza sin haber podido defenderse.

¿Quién había visto aquella película de locos? ¿Por qué había sido realizada? Al igual que Claude

Poignet, presentía que aquella cinta maldita aún guardaba secretos siniestros.

Con la cabeza repleta de preguntas, se dirigió hacia su coche, estacionado en el aparcamiento de République. En el automóvil, antes de darle al contacto, sacó el anuncio del hijo de Szpilman que Ludovic le había dejado. «Se vende colección de films antiguos de 16 mm y 35 mm, mudos y sonoros. Todos los géneros: cortometrajes, largometrajes, años treinta y posteriores. Más de 800 bobinas, entre ellas 500 películas de espías. Hacer oferta in situ...» Tal vez el hijo estuviera al corriente de alguna cosa y valiese la pena acercarse a Lieja. Pero antes se dirigiría al hospital para almorzar con su madre y Juliette. Almorzar, por fin... No tenía que ser difícil.

Añoraba ya mucho a su hijita.

11

Sharko, fuera de sí, abrió las puertas de los lavabos del SRPJ de Rouen una tras otra, para asegurarse de que nadie andaba por allí. A través de los cristales, caía un sol de justicia y el sudor se le pegaba a las sienes. Era abominable. Se volvió bruscamente, con los ojos inyectados de sal y de cólera.

—¿Quieres dejarme en paz, Eugénie? Ya te devolveré la salsa de cóctel, ¡pero ahora no! Estoy trabajando, por si no lo sabes.

Eugénie estaba sentada en el borde del lavabo. Llevaba un vestido azul, zapatos rojos de hebilla, y se había recogido sus largos cabellos rubios con una goma. Disfrutaba maliciosamente jugueteando con un mechón de cabellos entre sus dedos. No sudaba ni una gota.

—No me gusta cuando haces esas cosas, Franck. Tengo horror a los esqueletos y los muertos. Éloïse también tenía miedo, así que ¿por qué vuelves a las andadas y me haces eso? ¿Acaso no estabas bien en tu oficina? Ahora ya no quiero marcharme. Quiero estar contigo.

Sharko iba y venía como un hervidor a punto de estallar. Corrió hasta el lavabo y hundió la cabeza bajo el agua helada. Cuando alzó de nuevo la cabeza, Eugénie aún estaba allí. La apartó con el brazo pero ella no se movió.

—Cállate, Eugénie. Lárgate. Con el tratamiento tendrías que haberte largado, tendrías que haber desapa...

—Pues volvamos a París ahora mismo. Quiero jugar a los trenes. Si eres malo conmigo, si vuelves a ver esqueletos, esto acabará mal. El tonto de Willy ya no te puede molestar, pero yo aún sí. Y cuando quiera.

Peor que una sanguijuela. El comisario se llevó las manos a la cabeza, salió bruscamente de los lavabos y cerró la puerta tras de sí. Giró en un pasillo. Eugénie, con su traje chaqueta, estaba sentada frente a él sobre el linóleo. Sharko pasó junto a ella ignorándola y se dirigió al despacho de Georges Péresse. El jefe de la criminal hacía malabarismos con su móvil y el teléfono fijo. Frente a él se había acumulado el papeleo. Tapó el auricular con la palma de la mano y señaló a Sharko con el mentón.

—¿Qué pasa?

—Interpol... ¿Tiene noticias?

—Sí, sí, ayer se envió el formulario a la oficina central nacional.

Péresse retomó su conversación. Sharko permaneció en el marco de la puerta.

—¿Puedo ver el formulario?

—Por favor, comisario... Estoy ocupado.

Sharko asintió y volvió a su lugar de trabajo, un

pequeño espacio que le habían cedido en una sala abierta en la que había cinco o seis funcionarios de policía. Era julio, el cielo azul, las vacaciones. A pesar de la importancia de los casos en curso, el servicio funcionaba al ralentí.

El policía se sentó en su silla. Eugénie le había puesto nervioso, no había logrado canalizarla como en su despacho, en París. Llegaba con las alforjas cargadas de viejos recuerdos, obsesiones, para verterlos en su cabeza. Sabía perfectamente dónde pulsar para herirle profundamente. En definitiva, le castigaba cada vez que volvía a comportarse como un policía.

Se sumergió de nuevo en sus papeles, con un bolígrafo entre los dedos, mientras la chiquilla jugueteaba con un abrecartas. No cesaba de hacer ruido, y Sharko sabía que era inútil que se tapara los oídos: ella estaba dentro de él, en algún lugar bajo su cráneo, y no se largaría hasta que ella misma lo decidiera.

Por supuesto, el policía hizo todo lo posible para que nadie notara nada. Debía parecer normal, lúcido. Así era como había podido salvar el culo en las oficinas de Nanterre. Cuando por fin Eugénie se largó, pudo examinar sus notas. Por el lado médico-forense y el toxicológico, se había avanzado mucho. Los análisis más exhaustivos de los huesos, principalmente con escáner, habían permitido descubrir, en cuatro de los cinco esqueletos, fracturas antiguas —muñecas, costillas, codos...— con consolidación, lo que significaba que se remontaban a menos de dos años, y anteriores a la muerte, puesto que estaban coloreadas. Así que aquellos hombres anónimos no eran de los de matar el tiempo tras una mesa de despacho. Las fracturas podían deberse a caídas relacionadas con su oficio, un deporte singular como el rugby, o peleas. Aquel mismo día, más temprano, Sharko había pedido que trataran de establecer conexiones con los diferentes hospitales y clubes deportivos de la región. La investigación estaba en curso.

A falta de cabellos, el análisis toxicológico del vello púbico fue muy clarificador. Tres de los cinco individuos —y el asiático era uno de ellos— habían sido consumidores de cocaína y de Subutex, un sustitutivo de la heroína. El examen segmentario del pelo, por corte en fragmentos, había mostrado que en los tres casos la absorción de productos estupefacientes primero había disminuido de manera considerable para finalmente desaparecer en las últimas semanas antes de su muerte. El análisis de las pupas de insectos no había revelado nada. Si los hombres se hubieran drogado durante sus últimas horas, se hubieran hallado restos en la queratina de los caparazones de los insectos. Por ese motivo, el comisario había anotado que se verificaran las salidas de los centros de desintoxicación y de las prisiones, ya que el Subutex era una droga corriente entre rejas. Tal vez se trataba de un asunto de ex presidiarios, camellos o tipos implicados en una historia ligada al tráfico de drogas. No había que desestimar ninguna pista.

Por último, el pequeño conducto de plástico hallado junto a la clavícula en el cadáver mejor conservado. Los análisis no habían mostrado presencia de productos ligados a una quimioterapia. Además de las hipótesis planteadas por el forense, el informe establecía que aquella cánula también hubiera podido utilizarse para unir finos electrodos implantados en el cerebro a un estimulador colocado bajo la piel. A esa técnica se la denomina estimulación cerebral profunda y se utiliza para curar depresiones graves, limitar los temblores de la enfermedad de Parkinson o eliminar el trastorno obsesivo compulsivo. Ése era un punto interesante, dado que el asesino parecía interesarse por el cerebro de sus víctimas.

—¿Qué estás escribiendo?

Eugénie había regresado. Sharko la ignoró displicentemente y trató de proseguir su reflexión. La chiquilla golpeteaba la mesa con un abrecartas, cada vez más fuerte.

—Éloïse está muerta, tu mujer está muerta. Éloïse y tu mujer están muertas. Y todo por tu culpa...

La pequeña cabrona... Era su frase preferida, la que lo hería en lo más profundo del corazón. El policía apretó los dientes.

—¡Que te calles, joder!

Unas cabezas se volvieron hacia Sharko. Se puso en pie de un salto, con los puños apretados. Se abalanzó sobre un brigada que hacía fotocopias y le mostro su identificación de comisario.

—Sharko, OCRVP.

—Lo sé, comisario. ¿Desea alguna cosa?

—Necesito que vaya a por unas castañas confitadas y salsa de cóctel. Un bote de un kilo de *pink salad*. ¿Podrá hacerlo? No importa la marca de las castañas, pero la salsa, no lo olvide, tiene que ser *pink salad*, no puede ser otra.

El hombre abrió los ojos de par en par.

—Es que...

El policía parisino se llevó las manos a las caderas y sus hombros se ensancharon. Con sus kilos de más, Sharko, ya de constitución robusta, imponía respeto.

—Dígame, brigada...

El joven policía no volvió a protestar y desapareció. Sharko volvió a su lugar. Eugénie le sonreía.

—Hasta luego, Franck.

—Eso, eso, quédate en tu casa.

Ella se puso a correr dando saltitos y desapareció tras un panel de corcho. El comisario inspiró, con los párpados cerrados. Por fin volvía la calma. Ronroneo de los ordenadores, suelas rechinantes de los colegas. Prosiguió con sus cavilaciones y hojeó rápidamente las páginas técnicas de los diferentes informes. No descubrió gran cosa más. Los análisis de ADN estaban en curso, al igual que la reconstrucción facial, que sin duda no conduciría a ningún lado. Hasta el momento, el caso podía reducirse a esta breve descripción: cinco hombres entre veintidós y veintiséis años, uno de ellos asiático, en su mayoría ex consumidores de droga, habían sido heridos o muertos por bala. Cráneos serrados, ojos arrancados, manos cortadas y cuerpos enterrados. Genial...

La investigación en sí misma no progresaba en demasía. Lo peor era que el archivo de desapariciones inquietantes permanecía completamente mudo. No daba respuesta alguna, por ejemplo, cuando se le interrogaba acerca de la desaparición a lo largo de los últimos quince meses de un asiático cuya talla, peso estimado o edad correspondiera con los de la víctima. Pero a fin de cuentas, no era más que un fracaso a medias. La ausencia de registros indicaba que esos hombres podían ser marginados, inmigrantes en situación irregular o simplemente extranjeros.

Más tarde, Sharko fue a refrescarse a la fuente, con la impresión de tener el cerebro hecho puré. Podía imaginarse en el exterior, en la terraza de un café. El brigada le había traído el bote de salsa de cóctel, y las castañas confitadas y, desde entonces, afortunadamente Eugénie le había dejado en paz. No tardaría en volver al hotel, hablar con Leclerc y probablemente largar velas al cabo de un día o dos, porque, cuanto más tiempo pasaba, más pistas se cerraban. Nada en los hospitales. Los tenientes que regresaban de la investigación de proximidad no habían averiguado nada. Entre los cientos de empleados, y de ex empleados, que trabajaban en la zona industrial nadie había visto nada. Además, los crímenes estaban tan alejados en el tiempo que sin duda los recuerdos se habrían desvanecido.

Hasta aquel momento, los cadáveres seguían siendo anónimos. Sharko, sumergido de nuevo en sus documentos, sintió de pronto una presión sobre el hombro. Se volvió. Era Péresse, que observaba el bote de salsa de cóctel y las castañas confitadas. Finalmente dijo:

—Tenemos una pista seria. Venga a ver.

Sharko le acompañó hasta su despacho. El comisario de Rouen cerró la puerta y señaló la pantalla de su ordenador. En ella podía verse el escáner de un documento manuscrito, en inglés.

Un telegrama.

—Lo hemos recibido de la Interpol. No puede imaginarse cómo ha llegado hasta aquí este telegrama. Uno de sus muchachos, que se llama Sánchez, les ha llamado desde el lugar donde pasa sus vacaciones, un *camping* cerca de Burdeos. Estaba mirando la televisión mientras sorbía tan ricamente su aperitivo cuando le vio a usted cerca de la zona donde se descubrieron los cadáveres, junto al gasoducto.

—¿He salido en la tele? ¡Dios mío, no se les escapa una!

—Así que Sánchez llamó a la oficina y preguntó, quería saber en qué asunto estaba usted trabajando.

—Conozco a Sánchez. Trabajamos juntos en algunos casos a finales de los años noventa, antes de trasladarse a Lyon.

—No es que hubiera visto mucho la televisión últimamente, y desconocía el jaleo mediático en torno a esta historia. Así que sus colegas le explicaron... los cráneos serrados y demás. Y eso le trajo una idea a la cabeza. Pidió que buscaran en los archivos de la Interpol, y ¿a que no sabe qué encontraron allí?

—Ese viejo telegrama...

—Justamente. Un telegrama enviado desde Egipto. Desde El Cairo, para ser exactos.

Sharko plantó su dedo sobre la pantalla.

—Dígame que mis ojos aún ven bien.

—Lo confirmo. Está fechado en 1994. Tres muchachas egipcias que vivían en El Cairo, asesinadas violentamente. Cráneos serrados limpiamente «con una sierra médica», como está escrito, cerebro extraído y enucleadas. Cuerpos mutilados, lacerados a cuchilladas, de la cabeza a los pies, incluidas las partes genitales...

Sharko sentía que le invadía una innoble ebriedad. Su caja torácica se hinchaba, su pecho se comprimía. El monstruo sediento de persecución volvía a asomar la cabeza. Péresse prosiguió su lectura.

—... Y todo ello en menos de dos días. Y esa vez no hubo entierro bajo tierra. Los cuerpos fueron abandonados al aire libre. Nuestro asesino no se entretuvo con tonterías.

El policía parisino se levantó y bajó los párpados. Imaginó a las chicas tendidas sobre la arena del desierto, cosidas a puñaladas. Los órganos a la vista, ofrecidos a los carroñeros. Todas esas imágenes, en su cabeza. Miró la pantalla con un suspiro.

—Fue hace mucho tiempo. Por lo general, las series están más próximas en el tiempo. Y luego la distancia. Normandía y El Cairo no es que estén a la vuelta de la esquina... ¿Acaso nos las vemos con un viajero? ¿La Interpol ha descubierto otros casos similares?

—Ninguno.

—Eso tampoco significa nada. Hace diez años, ese tipo de telegrama era bastante raro. Dedicar tiempo al papeleo es lo último que hace un policía, y eso si quiere devanarse los sesos. Nuestro homólogo egipcio era un policía meticuloso. Y eso es casi una paradoja.

Sharko guardó silencio, sus ojos seguían recorriendo el telegrama mientras su cerebro ya carburaba. Tres chicas en África, cinco hombres en Francia. Laceraciones, cráneos abiertos, ojos arrancados. Dieciséis años de diferencia. ¿Cuál era el motivo de esa espera tan larga entre ambas series? Y, sobre todo, ¿cuál era el motivo de esas dos series? El comisario volvió sobre la descripción sumaria enviada a la Interpol.

—El autor del informe es Mahmud Abdelaal... ¿Es ése el nombre del oficial egipcio que levantó la liebre?

—Eso parece.

—¿Sólo disponemos de ese papel?

—De momento. Primero nos hemos puesto en contacto con la Interpol en Egipto, luego con el servicio de cooperación técnica internacional de la policía cairota, que nos ha remitido a un comisario de la embajada francesa, Mickaël Lebrun, en contacto directo con las autoridades locales. Las primeras noticias no son para lanzar cohetes.

—¿Por qué?

—Al parecer, ese tal Abdelaal no ejerce desde aquel caso.

Sharko guardó silencio.

—¿Alguien puede permitirnos acceder al dossier?

—Sí, se llama Hasán Nuredín, es el inspector principal que dirige la brigada. Según Lebrun, es una especie de dictador. Los locales no se van de la lengua, no les gusta que los occidentales metan las narices en sus asuntos. En Egipto la tortura de los detenidos o el encarcelamiento por una divergencia de opiniones aún son moneda corriente. Por teléfono no habrá manera, y se niegan a enviar sus informes por correo electrónico o postal.

Sharko suspiró; Péresse tenía razón. Las policías de los países árabes, y en particular la de Egipto, estaban a años luz de los modelos europeos. Corrompidas por el dinero y el poder, se dedicaban únicamente a la seguridad interior.

Con un clic del ratón, Péresse ordenó que se imprimiera el telegrama.

—Me he puesto en contacto con su jefe. Está de acuerdo en que le enviemos allí. El Cairo sólo está a cuatro horas en avión. Si lo desea, puede pasar por la embajada francesa. Mickaël Lebrun le presentará a la policía cairota. Y le llevará hasta Hasán Nuredín.

Eugénie entró de pronto en la habitación, colérica. Sharko volvió la cabeza hacia la chiquilla, que le tironeaba de la camisa.

—Venga, vamos, nos marchamos —gruñó ella—. Ni hablar de ir a ese país horrible. No soporto el calor ni la arena. Y tengo pánico a los aviones. No quiero.

—¿... misario? ¿Comisario?

Sharko se volvió hacia Péresse, con la mano en el mentón. Egipto... ¡quién se lo hubiera imaginado!

—Huele a James Bond de pacotilla...

—No hay elección. Nosotros tenemos que ocuparnos de la investigación sobre el terreno y usted...

—Del papeleo, ya lo sé.

Con un suspiro, Sharko recuperó la copia del telegrama. Unas pocas líneas enviadas casi por casualidad, perdidas entre dos continentes, con las cuales tendría que arreglárselas. Pensó en aquel país que sólo conocía gracias a los catálogos de las agencias de viajes, de aquellos tiempos en que aún los hojeaba. El Nilo, las grandes pirámides, el calor aplastante en el corazón de los palmerales... una fábrica para turistas. Suzanne siempre quiso ir, y él se había negado a causa del trabajo. Y hoy era el mismo maldito trabajo el que le empujaba a las arenas malditas de África.

Pensativo, observaba a Eugénie, sentada en una silla del jefe de la criminal y jugando con unas gomas elásticas que hacía restallar contra los muslos de Péresse.

—¿Qué le hace reír? —dijo el de Rouen, volviéndose.

Sharko alzó la cabeza.

—Me imagino que tengo que marcharme lo antes posible.

—Mañana como muy tarde. ¿Tiene pasaporte de servicio?

—Por supuesto. Estoy obligado a ocuparme de investigaciones internacionales. Aunque eso ocurra rara vez.

—Pues acaba de ocurrir. Ándese con cuidado, en El Cairo estará usted atado de pies y manos. La embajada le endosará un intérprete y sólo podrá avanzar merced a la voluntad de los locales. Andará usted pisando huevos. Estaremos en contacto.

—¿Puedo llevar arma?

—¿En Egipto? ¿Está de guasa?

Se dieron la mano educadamente. Sharko intentó

marcharse y dejar allí plantada a la muchacha, pero Péresse le llamó de nuevo.

—¿Comisario Sharko?

—¿Sí?

—La próxima vez, no envíe a uno de mis brigadas a hacerle la compra.

Sharko salió del edificio, en dirección al hotel. Bajo un brazo, las copias de los informes, y el bote de salsa *pink salad* y las castañas confitadas bajo el otro. De camino a un asunto a todas luces particularmente venenoso.

Y dispuesto a sumergirse en las entrañas de una ciudad ardiente y perfumada con especias.

La mítica ciudad de Al Ahira.

El Cairo.

12

Tras el infecto almuerzo con su hija —una loncha de asado y patatas hervidas—, Lucie se pasó por su casa, un pequeño apartamento entre residencias de estudiantes, junto al barrio de la Universidad católica. El bulevar arbolado estaba flanqueado por edificios de arquitectura neogótica, entre ellos el de la Universidad católica, que regurgitaba a sus miles de alumnos a través de las arterias de la ciudad. Rodeada de tantos jóvenes, y con sus hijas que se iban haciendo mayores, Lucie se sentía cada día un poco más vieja.

Abrió la puerta, entró en el apartamento y dejó la bolsa de ropa sucia junto a la lavadora. Necesitaba poner de inmediato una en marcha para deshacerse del horrible tufo del hospital. Luego se dio una ducha tibia y dejó que el chorro de agua le azotara la nuca y le mordisqueara los senos. Esos dos días sin pasar por casa, comiendo hervidos, lavándose de cualquier manera y durmiendo en un sillón le habían hecho ver hasta qué punto a ella le gustaba su vida, con sus hijas, sus costumbres y la película que veía cada noche calzada con las zapatillas con forma de conejo que las gemelas y su madre le regalaron para su santo. Cuando uno se aleja de las cosas más sencillas se da cuenta de que en definitiva no son tan feas.

Una vez seca, optó por ponerse una túnica azul de seda, ligera y suave, que dejó caer naturalmente sobre sus caderas, por encima del pantalón pirata que le llegaba a la pantorrilla. Le gustaba el perfil de sus piernas, bronceadas gracias al *footing* que practicaba dos veces por semana alrededor de la Ciudadela. Desde que las gemelas iban a la escuela y se quedaban a comer allí, había conseguido conciliar el trabajo, el ocio y la familia. Como decía su madre, volvía a ser una mujer.

Echó un vistazo a su ordenador para consultar su cuenta en Meetic. Su fracaso con Ludovic no había enfriado sus relaciones con el ordenador. No conseguía desprenderse de esa forma de relación, virtual, empaquetada. Era peor que una droga y, sobre todo, permitía ahorrar tiempo. Porque, como a todo el mundo, siempre le faltaba tiempo.

En su perfil se habían acumulado siete nuevas peticiones. Las consultó rápidamente y de entrada rechazó cinco y separó dos, unos hombres morenos de cuarenta y tres y cuarenta y cuatro años. La seguridad que desprende un macho alrededor de la cuarentena era una de las prioridades en su búsqueda. Una presencia tranquilizadora, fuerte, que no la dejaría de lado a las primeras de cambio.

Salió, sintiendo el fresco en la nuca. Se dio cuenta entonces de que su llave encajaba con un roce distinto al habitual en la cerradura. Parecía que se enganchaba con algo en el momento de cerrar con dos vueltas. Lucie se inclinó y observó atentamente el metal, y volvió a intentarlo. Y aunque consiguió cerrar la puerta, el obstáculo seguía allí. Contrariada, volvió a abrir y registró visualmente el interior de su salón y se aventuró en las otras habitaciones. Exploró los armarios donde guardaba sus DVD y sus novelas. A primera vista, parecía que no se había tocado nada... Evidentemente, le vino a la cabeza la presencia fantasmal en la casa de Ludovic. El tipo que había hurgado allí podría perfectamente haber tomado nota de la matrícula de su coche al salir y dirigirse a su casa. Cualquier otra persona hubiera pensado que aquella cerradura ya era vieja y que tal vez le convenía un poco de aceite. Lucie se encogió de hombros, sonrió y finalmente se marchó. Tenía que dejar de preocuparse por minucias. Y sin embargo, no pudo evitar observar largo tiempo a través del retrovisor tras su marcha y trató de convencerse de que la película estaba a salvo en manos de Claude Poignet.

Llegar hasta Lieja en un coche viejo sin aire acondicionado por las autopistas llenas de baches de Bélgica era una proeza, pero logró hacerlo de una tirada. Luc Szpilman le abrió la puerta. Un inmundo *piercing* le atravesaba el labio inferior.

—¿Es usted con quien he hablado por teléfono?

Lucie asintió y le mostró su carnet tricolor. Había justificado su visita explicando una media verdad: uno de los films que Ludovic Sénéchal se había llevado intrigaba a la policía por la naturaleza de sus imágenes violentas.

—En efecto. ¿Puedo entrar?

Él la examinó con sus ojitos porcinos. Parecía que los cabellos le hubieran estallado sobre la cabeza, al estilo de los Tokyo Hotel.

—Pase, pero sobre todo no me diga que mi padre estaba implicado en algún tipo de tráfico.

—No, no. No se preocupe.

Se instalaron en el amplio salón al que se accedía por unos escalones que sumergían la habitación bajo el nivel del suelo. Un techo de cristal dejaba ver el cielo límpido, de un azul profundo. A Lucie le pareció una especie de invernadero gigante. Luc Szpilman se abrió una cerveza y ella optó por un vaso de agua. En algún lugar de la casa alguien tocaba un instrumento de música. Las notas danzaban, ligeras y hechizantes.

—Un clarinete. Es mi novia.

Sorprendente. Lucie se lo hubiera imaginado más bien con una compañera que tocara la guitarra eléctrica o la batería. Decidió no perder tiempo y centrarse en el motivo de la visita.

—¿Aún vivía con su padre?

—A veces. La verdad es que los dos ya casi no nos hablábamos pero él nunca tuvo el valor de echarme a la calle. Así que me movía entre aquí y la casa de mi novia. Ahora que él ya no está aquí, la decisión está tomada.

Se bebió de un trago la mitad de su cerveza —una Chimay roja de 7°— y la depositó sobre una mesa de cristal, junto a un cenicero en el que había colillas de porros. Lucie intentaba situar a aquel zángano: un chaval rebelde, sin duda mimado en su juventud. La reciente muerte de su padre no parecía haberle afectado mucho.

—Me gustaría conocer las circunstancias del fallecimiento.

—Ya se lo he explicado todo a la policía y...

—Por favor.

Él suspiró.

—Estaba en el garaje. El viejo ya no tenía coche, así que habíamos instalado allí nuestros instrumentos de música. Estaba componiendo un tema con un colega y mi novia. Debían de ser las 20:25 cuando oí un fuerte estruendo en el piso. Primero me precipité aquí, porque a esa hora, la de las noticias, mi padre nunca se levantaba de su sillón. Luego subí al primer piso y entonces vi que la puerta del desván, en el segundo, estaba abierta. Eso sí que era extraño.

—¿Por qué?

—Mi padre tenía más de ochenta tacos. Aún podía andar, incluso a veces iba a pie a la ciudad para ir a la biblioteca, pero ya nunca subía allí porque los escalones son muy empinados. Cuando quería ver una de sus pelis, me la pedía a mí.

Lucie sintió que estaba ante una buena pista. Un hecho tan repentino como inesperado había espoleado al padre a subir sin pedir ayuda a su hijo.

—Y luego, ¿en el desván?

—Allí fue donde descubrí su cuerpo, al pie de la escalera.

Luc miró al suelo, con las pupilas dilatadas, y se recobró en una fracción de segundo.

—Había sangre bajo su cráneo. Estaba muerto. Me pareció curioso verle así, inmóvil, con los ojos abiertos. Inmediatamente llamé a una ambulancia.

Volvió a asir su cerveza con pulso firme, sin dejar entrever nada. En cierta medida, un hijo nacido de un padre ya maduro sin duda no había visto en su progenitor más que a un viejo torpe que nunca pudo jugar un partido de fútbol con él. Lucie señaló con el mentón hacia el retrato de un hombre entrado en años, de mirada firme e iris negros. Un rostro tan severo como la muralla de China.

—¿Es él?

Asintió, estrujando la cerveza con ambas manos.

—«Papá», en todo su esplendor. Cuando lo pintaron yo ni siquiera había nacido y él tenía ya cincuenta años... ¿qué le parece?

—¿Cuál era su profesión?

—Conservador de la FIAF, la Federación Internacional de Archivos Fílmicos. Iba allí a menudo a husmear. La FIAF es el organismo encargado de preservar el patrimonio cinematográfico de numerosos países. Mi padre se pasó la vida en el cine. Era su gran pasión, junto con la historia y la geopolítica del último siglo. Los conflictos más importantes, la guerra fría, el espionaje y el contraespionaje... Lo sabía todo sobre esos temas.

Alzó los ojos.

—Por teléfono me dijo que había un problema con una de las películas del desván...

—Sí, probablemente la que trataba de recuperar aquella noche. Un cortometraje de 1955, en el que en la primera escena aparece una mujer a la que le cortan un ojo. ¿Le suena?

Se tomó un tiempo para pensar.

—Nada, en absoluto. Nunca miraba sus películas, sus viejas historias sobre espionaje no me interesaban. Y mi padre las veía todas en su sala privada. Estaba loco por el cine, y era testarudo, capaz de ver la misma película veinte o treinta veces.

Soltó una risa nerviosa.

—Mi padre... Creo que mangaba muchas de esas bobinas en la FIAF.

—¿«Mangaba»?

—Sí, las mangaba. Era uno de sus defectos de coleccionista, nunca pudo evitarlo. Una especie de tic obsesivo, si quiere llamarlo así. Sé que muchos otros colegas estaban al tanto y hacían lo mismo, puesto que, por lo general, esas películas nunca salen de allí. Mi padre no quería que esas bobinas se pudrieran en largos pasillos sin alma. Era de esos que acarician las latas como si acariciaran a su viejo gato.

Lucie le escuchó y luego le habló de la chiquilla en el columpio, de la escena del toro. Luc siguió negando y parecía sincero, así que ella le pidió que la acompañara al desván.

En las escaleras comprendió por qué el padre ya no subía allí, pues los escalones desafiaban la verticalidad. Una vez en el desván, Luc se dirigió hacia la escalera y la empujó hasta la esquina opuesta.

—La escalera se hallaba aquí, justo en este sitio, cuando descubrí el cuerpo.

Lucie observaba con atención aquel lugar. El antro íntimo de un apasionado.

—¿Por qué se ha movido?

—Por aquí ha pasado un montón de gente, y aún pueden venir más. Desde ayer por la mañana, las películas se venden como rosquillas.

Lucie sintió de repente que en su mente se establecía una conexión.

—¿Todos los visitantes han comprado películas?

—No, todos no.

—Sea más preciso.

—Hubo un tipo que llegó justo después de su amigo, y que tenía una pinta rara.

Hablaba a borbotones, se estaba volviendo locuaz. Efecto de la cerveza, sin duda.

—Sea aún más preciso.

—Llevaba el pelo corto. Rubio, cortado a cepillo. Menos de treinta años. Un tío corpulento con botas militares o unos zapatones similares. Registró el desván de arriba abajo, parecía buscar algo muy concreto entre las bobinas. Al final no se llevó nada pero me preguntó si ya habían pasado otras personas y si se habían llevado películas. Le hablé de Ludovic Sénéchal y cuando le expliqué lo de la película sin etiqueta que se había llevado me dijo que quería hablar con Sénéchal. Por eso le di la dirección.

—¿Tenía su dirección?

—En el cheque de cuatrocientos euros que él me dio.

Así que todo comenzó de esa manera. Al igual que Ludovic, el misterioso individuo debió de leer el anuncio por casualidad y se dirigió allí de inmediato. Llegó demasiado tarde puesto que Ludovic, que vivía cerca de la frontera, le pasó la mano por la cara. ¿Acaso eso significaba que aquel tipo se pateaba los mercadillos, vigilaba los anuncios clasificados desde hacía lustros, con la secreta esperanza de poder hacerse con esa película desaparecida?

Lucie frió a Szpilman a preguntas. El visitante llegó en un coche común, le pareció que era un Fiat negro. Con matrícula francesa, de la que era incapaz de recordar el número.

Regresaron al salón. Lucie observó la gigantesca pantalla plana, incrustada en la pared. Szpilman había dicho que su padre estaba viendo las noticias poco antes de su muerte.

—¿Tiene usted idea de qué llevó a su padre a subir al desván de repente?

—No.

—¿Qué cadena estaba mirando?

—La nacional francesa, TF1. Era su preferida.

Lucie se dijo que tendría que ver las noticias del día de la muerte, por si acaso.

—¿Vino alguien a verle, antes de que subiera al desván? ¿Por la mañana? ¿Aquella tarde?

—No, que yo sepa.

Ella miró en derredor. En la habitación no había teléfono fijo.

—¿Su padre tenía móvil?

Luc Szpilman asintió con la cabeza. Lucie se sirvió otro vaso de agua de la jarra, fingiendo despreocupación. En su interior, estaba en plena ebullición.

—¿Lo llevaba encima en el momento de su fallecimiento?

El joven pareció dar un brinco y aplastó el dedo índice sobre la mesa baja.

—Estaba ahí. Esta mañana lo he recogido y lo he puesto en aquella estantería, allí. La policía ni siquiera preguntó por él. Cree que...

—¿Puede mostrármelo?

Fue en busca del móvil. Evidentemente, no tenía batería. Lo conectó al cargador y enchufó éste, y se lo tendió a Lucie. Un teléfono en un estado lamentable, pero que aún permitía consultar el listado de llamadas, con la fecha y la hora. Primero examinó las llamadas recibidas. La última era de la víspera de la muerte, del domingo por la tarde. Una tal Delphine De Hoos. Luc le explicó que era la enfermera, que de vez en cuando le visitaba para extraerle sangre. Las otras llamadas se alejaban en el tiempo y, según el hijo, eran normales. Simplemente algunos viejos amigos o colegas de la FIAF, con los que su padre bebía vodka de vez en cuando.

Lucie se sumergió luego en la lista de llamadas efectuadas. Su corazón dio un vuelco.

—Vaya, vaya...

La última era del lunes de los hechos, a las 20:08, o sea un cuarto de hora antes de caer de la escalera. Pero había algo aún más interesante que la fecha. El número de teléfono era, como mínimo, poco corriente: +1 514 689 8724.

Lucie mostró la pantalla a Szpilman.

—Llamó al extranjero pocos minutos antes de morir. ¿El número o el prefijo le suenan?

—¿Estados Unidos, tal vez? A veces llamaba allí para sus investigaciones históricas.

—No lo creo...

Lucie sacó su propio móvil y marcó un número, una intuición le rondaba en la cabeza. No pondría la mano en el fuego, pero...

Una voz, al otro lado de la línea, interrumpió sus pensamientos. Información telefónica. Lucie planteó su pregunta:

—Quisiera saber a qué país corresponde este número de teléfono: +1 514 689 8724.

—Un momento, por favor.

Silencio. Lucie, con el móvil sostenido entre la oreja y el hombro, le pidió a Luc papel y bolígrafo y anotó rápidamente el número. La voz volvió al auricular.

—¿Señora? Es el prefijo de la provincia de Quebec. Montreal, para ser más precisa.

Lucie colgó. Una palabra se formaba entre sus labios mientras observaba fijamente a Luc.

—Canadá...

—¿Canadá? ¿Por qué llamaría a Canadá? Si no conocemos a nadie allí...

Lucie se dio tiempo para asimilar la información. Por alguna razón desconocida, Wlad Szpilman llamó de repente a alguien que vivía en el país donde se fabricó la película. Repasó las llamadas precedentes, hasta una semana antes, pero no había rastro alguno de aquel número.

—¿Su padre escribía acerca de sus films o de sus contactos? ¿Unas fichas? ¿Algún cuaderno, tal vez?

—No, que yo sepa. Estos últimos años la vida de mi padre se reducía a unos pocos metros cuadrados, entre aquí, la sala de proyección y su despacho.

—¿Podría echar un vistazo a su despacho?

Luc se mostró dubitativo y acabó su cerveza.

—De acuerdo, pero tendrá que explicarme qué está pasando. Era mi padre y tengo derecho a saber.

Lucie asintió. Luc la condujo a una habitación limpia, bien ordenada, con ordenador, revistas, periódicos y biblioteca. Echó un vistazo a los papeles y los cajones. Sólo material de oficina, un PC, nada sorprendente. La biblioteca, al fondo, contenía muchos libros de historia acerca de las guerras, masacres y genocidios. Armenios, judíos, ruandeses... Había también un buen espacio dedicado a la historia del espionaje: CIA, MI5, teoría de la conspiración... Y libros en inglés, con nombres que nada le decían a Lucie: Bluebird, Mkultra, Artichoke. Wlad Szpilman parecía preocuparse por el lado oscuro del mundo en el siglo pasado. Lucie se volvió hacia Luc, señalando los libros.

—¿Cree que su padre ocultaba algo importante, algún secreto?

El joven se encogió de hombros.

—Mi padre era más bien paranoico. No era de los que me hubieran hablado de cosas así, era su pequeño universo secreto.

Tras recorrer la habitación, Lucie se hizo acompañar a la salida, y le dio las gracias a Luc Szpilman mientras le entregaba su tarjeta profesional, en cuya parte posterior anotó su número de móvil personal, por si le era necesario. Ya en su coche, más tranquila, sacó su móvil y marcó el número de Canadá. Sonaron cuatro señales de llamada estresantes antes de que alguien descolgara. Ni un ruido, ni un diga. Así que Lucie espetó:

—¿Diga?

Un largo silencio. Lucie repitió:

—¿Diga? ¿Con quién hablo?

—¿Quién es usted?

Una voz masculina, con un fuerte acento quebequés.

—Lucie Henebelle. Llamo de...

Un sonido brusco. Habían colgado. Lucie pensó en un tipo nervioso, desconfiado, prevenido. Desconcertada por la brevedad de la conversación, salió de su coche y llamó de nuevo a la puerta de la casa de Szpilman.

—¿Otra vez usted?

—Necesito el móvil de su padre.

13

Pulir la estrategia. Sorprender al otro antes de que tuviera tiempo de colgar.

Lucie dejó transcurrir más de un cuarto de hora, y luego volvió a marcar el número desde el teléfono con la batería poco cargada de Wlad Szpilman. Con un poco de suerte, su interlocutor reconocería a su contacto por el número y no le colgaría. Por lo menos, no de inmediato.

Iba y venía, angustiada, frente a la casa del belga. A pesar de que hasta el momento se había mostrado cooperativo e incluso amable, no quería que Luc pudiera escuchar la conversación, si ésta llegaba a producirse.

Descolgaron tras dos señales de llamada.

—¿Wlad? —dijo la voz con acento quebequés.

—Wlad ha muerto. Lucie Henebelle al teléfono, teniente de la policía judicial. Policía francesa.

Lo soltó todo, de golpe. Era el momento decisivo. Un interminable silencio se alargó, pero no le colgaron.

—¿Cómo ha muerto?

Lucie apretó los puños. El pez había mordido el anzuelo. Ahora había que tirar del hilo con suavidad, sin tirones.

—Le responderé, pero antes dígame quién es usted.

—¿Cómo ha muerto?

—Un accidente de lo más tonto, se cayó de una escalera y se partió la crisma.

Pasaron unos cuantos segundos. En los labios de Lucie ardían unas cuantas preguntas, pero temía que le cortaran la comunicación. Fue su interlocutor quien rompió el hielo.

—¿Por qué me ha llamado?

Lucie apostó por hablar con franqueza. Percibía que su interlocutor, ya de por sí desconfiado, notaría a la primera que le estaban mintiendo.

—Tras llamarle el lunes, Wlad Szpilman subió de inmediato al desván de su casa a buscar un film. Un film anónimo de 1955, realizado en Canadá, que tengo en mis manos. Quiero saber el porqué.

A todas luces le había dejado sin aliento. Podía oír cómo su respiración se hacía más y más pesada, segundo tras segundo.

—Usted no es policía, me está mintiendo.

—Llame a mis jefes, si lo desea. Policía judicial de Lille, dígales que...

—Hábleme del caso.

Lucie trataba de pensar a cien por hora. ¿De qué le estaba hablando?

—Lo siento, pero...

—No es policía.

—¡Claro que soy policía! ¡Teniente de la policía de Lille, por Dios!

—Si es así, hábleme de los cinco cadáveres descubiertos cerca de las fábricas. ¿En qué punto se hallan las investigaciones? Deme detalles técnicos.

Lucie vio la luz: los cadáveres del gasoducto. Así que era eso lo que provocó la llamada de Wlad Szpilman. Hablaron de ello en las noticias de la televisión.

—Lo lamento, pero funcionamos por regiones y yo trabajo en el Norte. Nosotros no nos ocupamos de ese caso, tendría que hablar con...

—Me da igual. Hable con los que se ocupan del caso. Si de verdad es policía, podrá obtener la información. Y, simplemente por si desea identificarme, puedo decirle que mi teléfono es un móvil registrado con un nombre falso y una dirección igualmente falsa. Su llamada me obliga a destruirlo.

Se disponía a colgar. Lucie se la jugó.

—¿Hay alguna relación entre ese caso y la película?

—Ya lo sabe. Hasta...

—¡No cuelgue! ¿Cómo podré ponerme en contacto con usted?

—Su número me aparece en pantalla. Luego la llamaré... —permaneció un momento en silencio—. La llamaré a las 20 horas, hora francesa. Y consiga la información, o no volverá a oír hablar de mí.

Punto final. Un pitido. Lucie se quedó boquiabierta. Era, sin duda alguna, la llamada telefónica más densa e intrigante de su vida.

Tras agradecer a Luc que le prestara el teléfono

móvil, se hundió en el asiento de su coche, con las manos en la frente. Pensaba en aquella voz separada de ella por más de seis mil kilómetros. Estaba claro que su interlocutor tenía auténtico pavor a que le descubrieran, pues se ocultaba tras números falsos y ponía límites de tiempo a cualquier conversación. ¿Por qué se ocultaba? ¿Y de quién? ¿Cómo se había puesto en contacto con Wlad Szpilman? Y, sin embargo, la pregunta que más la torturaba era qué vínculo invisible podía existir entre la película anónima y los cadáveres descubiertos en Normandía.

De hecho, tal vez aquella bobina maléfica era el árbol que ocultaba el bosque.

Herida en su amor propio, Lucie supo desde aquel instante que ya no tenía elección. Su conciencia le impedía echarse atrás, soltar la presa. Ella siempre había llegado hasta el final de sus casos de aquella manera, por arrebatos. Era la misma tozudez que la llevó a lucir la placa y, a veces, también a ir más allá de los límites establecidos.

Desde aquel momento, se iniciaba la cuenta atrás. Tenía hasta las ocho de la tarde para dar con el contacto adecuado en París y hacerse con la información que le pedían.

14

El apartamento de un esquizofrénico suele estar desordenado. El desorden interior de la personalidad —la fractura mental— a menudo se manifiesta con un desorden exterior, por lo que algunos de ellos acaban por pagar los servicios de una asistenta. Por el contrario, el apartamento de un analista del comportamiento reclama cierto rigor, espejo de una mente rectilínea, habituada a ordenar en cajones la información como se ordenan los zapatos en sus cajas. Por ello, el apartamento de Sharko navegaba entre dos aguas. Si en el fregadero se apilaban tazas de café, o los trajes y corbatas sin planchar se amontonaban en un rincón del baño, las diversas habitaciones, muy limpias, daban la impresión de que allí vivía una familia apacible. Muchas fotos enmarcadas, una pequeña planta, una habitación de niña con sus viejos peluches y un empapelado amarillo ornado con un friso de delfines.

En el suelo de esta última habitación, un magnífico circuito ferroviario en miniatura desplegaba sus raíles y sus viejas locomotoras, bordeado por un decorado de espuma, corcho y resina. Lo primero que hizo Sharko a su regreso de Rouen, dos horas antes, fue dar vida de nuevo a ese mundo en miniatura, que había requerido cientos, miles de horas de montaje, pintura y encolado. Las locomotoras silbaban alegremente y desprendían su buen olor de vapor, entremezclado con el perfume de su mujer Suzanne, que Sharko introducía en el depósito. Como de costumbre, Eugénie estaba sentada en medio del circuito y sonreía, y en esos instantes el policía era feliz al sentirla a su lado.

Cuando ella decidió marcharse, Sharko se puso en pie y, de debajo de un armario, sacó una maleta polvorienta. Una vez abierta, resurgieron los olores del pasado, cargados de nostalgia. El gran corazón de Sharko se encogió.

El viaje a El Cairo estaba previsto para la mañana siguiente, desde el aeropuerto de Orly, con la compañía Egyptair. En turista, qué cerdos. Se había acordado de que el comisario de policía destinado en la embajada francesa le esperaría al llegar a su destino. Sharko había consultado en Internet las temperaturas locales: las llamas del cielo hacían arder el país, una verdadera sauna que no le ayudaría en sus asuntos. Llenó su maleta con camisas, dos trajes de baño —¿quién sabía si se presentaría la ocasión?—, dos pantalones de franela y bermudas. No olvidó su magnetófono, la salsa de cóctel, las castañas confitadas y su locomotora Ova Hornby a escala 0, con su vagoneta negra para el carbón y la leña.

Cuando cerraba la maleta, sólo medio llena para

dejar espacio para regalos, sonó su teléfono. Era Leclerc. Sharko descolgó con una sonrisa:

—Cartones de cigarrillos, un whisky egipcio de cuyo nombre ya no me acuerdo, un pebetero para Kathia... ¿Qué más me vas a pedir? ¿Una pirámide de cartón?

—¿Tienes tiempo de llegarte a la estación del Norte?

Sharko consultó su reloj. Las seis y media. Habitualmente cenaba media hora más tarde leyendo el periódico o haciendo un crucigrama, y detestaba alterar sus costumbres.

—Depende.

—Una colega de la PJ de Lille desea verte. Ya está en camino a bordo del TGV.

—¿Es una broma?

—En principio, parece que tiene relación con nuestro caso.

Silencio.

—¿Qué tipo de relación?

—Del tipo peregrino e inesperado. Me llamó a mi teléfono directo. Vete a saber si es un marrón. Pero tenéis algo en común: en principio, ambos estáis de vacaciones.

—¿A eso le llamas algo en común?

—Su tren llega a las 19:31. Es rubia, treinta y siete años, lleva una túnica azul y un pantalón pirata beis. De todas formas, te reconocerá, porque te ha visto en la tele. Ahora eres una estrella.

Sharko se frotó las sienes.

—No es lo que más me apetece. Háblame de ella.

—Te envío algunos elementos. Imprímelos y ponte en marcha.

Sharko tenía los billetes de avión electrónicos a la vista.

—De acuerdo, jefe, a sus órdenes, jefe. Dime, sólo un par de días en El Cairo es poco tiempo, ¿no crees?

—Los locales no quieren que nos quedemos más tiempo. Hay que respetar los procedimientos.

—¿Por qué me envías allí? Ya sabes que los procedimientos no son mi fuerte. Además, si se me va... ¿Recuerdas la lucecilla verde en mi cerebro?

—Y precisamente cuando se enciende esa lucecilla es cuando eres el mejor. Tu enfermedad hace cosas extrañas en tu cabeza, una especie de bullabesa que te permite captar cosas que nadie más puede sentir.

—Si pudieras decirle eso a nuestro gran jefe, tal vez tendría algo más de consideración conmigo.

—Cuanto menos tengamos que decirle, mejor irán las cosas. De hecho, Auld Stag...

—¿Qué?

—El whisky egipcio se llama Auld Stag. Apúntatelo en algún sitio, mierda. Y para Kathia, compra el pebetero más caro. Quiero hacerle un buen regalo.

—¿Cómo está? Hace mucho que no he ido a verla. Espero que no me guarde rencor y que...

—Y no te olvides de coger un antimosquitos o se te comerán vivo.

Colgó bruscamente, como si quisiera poner fin a la conversación.

Un cuarto de hora más tarde, Sharko se instalaba en el RER en Bourg-la-Reine, con la hoja impresa sobre las rodillas. Se enfrascó en el breve informe que su jefe le había proporcionado. Lucie Henebelle... soltera, dos hijas, padre fallecido de cáncer de pulmón cuando ella tenía diez años, madre de profesión sus labores. Brigada en Dunkerque a principios de los años 2000. Destinada al papeleo, consiguió trabajar en un caso sórdido, el de la «cámara de los muertos», que sacudió la región del Norte. Sharko conocía la barrera que existía en aquellos años entre el grado de brigada y el de OPJ. ¿Cómo una simple chupatintas consiguió encabezar una investigación como aquélla, en la que había psicópatas y rituales? ¿Qué fuerzas internas habían empujado a aquella madre de familia a pasar «al otro lado»?

Luego, fue trasladada al SRPJ de Lille y ascendida a teniente. Buen ascenso. Buscaba una gran ciudad, donde hay más posibilidades de dar con lo peor. Hasta ahí, una carrera impecable. Una mujer tozuda, puntillosa, según sus superiores, pero que cada vez con más frecuencia tenía tendencia a salirse del camino establecido. Intervenciones sin pedir refuerzos, enfrentamientos regulares con la jerarquía y una molesta tendencia a no dedicarse más que a los casos con connotaciones violentas, en particular asesinatos. Kashmareck, su comandante de policía, la describía como «enciclopédica, con talento, fina psicóloga sobre el terreno. Pero a menudo difícil de controlar». Sharko se sumergió aún más en la lectura del informe. Tenía la sensación de estar leyendo su propia historia. En 2006 se había pegado un batacazo, al parecer. Una intensa persecución hasta la Bretaña profunda que, al final, le costó una baja por enfermedad de tres semanas. El término oficial era «agotamiento». Entre los policías, eso significaba depresión.

Depresión... Y, sin embargo, sobre el papel, aquella mujer parecía sólida. ¿Por qué ese descenso al fondo del pozo? La depresión se te viene encima cuando una investigación te pega una patada en los morros, cuando de repente la desgracia de los demás se convierte en propia. ¿Qué le había ocurrido que la afectara tanto en lo personal?

Sharko alzó la vista, sosteniendo el mentón con una mano. Aún era treintañera y el lado oscuro la atraía ya hasta el punto de controlar su vida. Y él, ¿a qué edad había comenzado a inclinarse hacia el lado oscuro? Tal vez incluso antes de esa edad. Y el resultado lo tenía ante sí. Cualquier observador hubiera comprendido su situación en un abrir y cerrar de ojos: un tipo atiborrado de medicamentos que envejecería solo, marcado por el sello de una vida fragmentada, incrustada en sus arrugas como un río de dolor.

Llegó a la estación del Norte a las 19:20, menos sudado que de costumbre. En julio, los trabajadores eran sustituidos por turistas, más disciplinados y menos pesados. El pulso de París batía al ralentí.

Andén número 9. Sharko esperaba entre las palomas, en una corriente de aire desapacible, brazos cruzados, con sus bermudas beis bajo una camisa amarilla, zapatos náuticos. Detestaba los andenes de estación, los aeropuertos, todo cuanto pudiera recordarle que, cada día, había gente que se despedía. A sus espaldas, había padres que acompañaban a sus hijos a los trenes, repletos en aquel inicio de vacaciones. Aquella separación era buena, pues amplificaba la alegría del reencuentro, pero en el caso de Sharko el reencuentro ya nunca tendría lugar...

Suzanne... Éloïse...

La masa de viajeros surgió torrencialmente del TGV procedente de Lille. Colores, una tempestad de voces y el ruido del rodar de las maletas arrastradas. Sharko estiró el cuello entre los taxistas que alzaban cartelas con nombres escritos y descubrió de inmediato a la persona que esperaba. Ella se aproximó, sonriente. Bajita, delgada, con los cabellos que le caían hasta los hombros, le pareció frágil y, sin la sonrisa torcida y esa fatiga que se percibe en ciertos policías, la habría tomado tal vez por una chavala que iba a París en busca de un empleo de temporada.

—¿Comisario Sharko? Lucie Henebelle, SRPJ de Lille.

Sus dedos se rozaron. Sharko observó que ella pasaba el pulgar por encima, en su apretón de manos. Quería controlar el terreno o expresar una forma de dominación espontánea. El comisario le sonrió a su vez.

—¿Aún existe el Némo, en la calle Solitaires del Vieux-Lille?

—Creo que está en venta. ¿Es usted del Norte?

—¿En venta? Vaya... Todo lo bueno acaba por

desaparecer. Sí, soy del Norte, pero hay que remontarse a mucho tiempo atrás. Vayamos al Terminus Nord, no tiene mucho *glamour* pero está aquí enfrente.

Salieron de la estación y encontraron una mesa a la sombra en la terraza del café-restaurante. Frente a ellos, los taxis se alineaban en una interminable cola coloreada. La estación daba la impresión de vomitar a la totalidad del mundo. Blancos, árabes, negros y asiáticos se desplazaban de un lado a otro en un enjambre indigesto. Lucie se deshizo de su mochila y pidió una Perrier, y Sharko una cerveza de trigo con una rodaja de limón. La joven policía estaba impresionada por el tipo, por su estatura principalmente: corte de cabello a cepillo, mirada de soldado veterano, corpulento. De él se desprendía la ambigüedad de un material heterogéneo, imposible de definir. Y, sin embargo, ella trató de no dejar entrever nada de ello.

—Me han dicho que es usted experto en comportamientos criminales. Debe de ser un oficio apasionante.

—Vayamos al grano, teniente, se hace tarde. ¿Qué tiene para mí?

El tipo era directo como el puñetazo de un boxeador. Lucie ignoraba a quién se dirigía ella, pero sabía que el otro no le daría nada sin recibir algo a cambio. En aquella profesión todo el mundo funcionaba igual. Toma y daca. Así que retomó su historia, desde el principio. La muerte del coleccionista belga, el descubrimiento de la película, las imágenes pornográficas y violentas ocultas en ella, el tipo al volante de un Fiat que parecía buscar esa película en concreto. Sharko no mostraba emoción alguna. El tipo de individuo que debía de haberlo visto todo a lo largo de su carrera, oculto tras un caparazón. Lucie no olvidó hablarle de la misteriosa llamada a Canadá efectuada a primera hora de la tarde. Señaló la mesa con el índice cuando el camarero les llevó las bebidas.

—He visto en Internet todos los informativos de las televisiones de la semana. El lunes por la mañana, los operarios descubrieron los cadáveres y por la noche el suceso ya era noticia de portada en todos los informativos. Se habló del descubrimiento de varios cadáveres enterrados con el cráneo abierto.

Sacó un cuaderno de su mochila. Sharko observó su minuciosidad, y la peligrosa pasión que en ella anidaba. Los ojos de un policía nunca deberían brillar, y los suyos irradiaban exageradamente al rememorar el caso.

—Apunté que ese lunes por la noche el reportaje sobre los cadáveres con el cráneo cortado comenzó a las 20:03 y terminó a las 20:05. A las 20:08 el viejo Szpilman llamó a Canadá. En su móvil pude comprobar la duración de la llamada, once minutos, así que colgó a las 20:19. Hacia las 20:25 se mató al tratar de recuperar ese film.

—¿Ha podido comprobar las otras llamadas de Szpilman?

—Aún no he puesto a mi brigada a trabajar en el caso. Me hubiera llevado una eternidad explicarles todo. La prioridad era encontrarle a usted lo antes posible.

—¿Por qué?

—Porque el interlocutor misterioso llamará dentro de menos de un cuarto de hora y si no tengo nada sabroso que ofrecerle se habrá acabado.

—Hubiera podido pedir información a la brigada por teléfono. ¿Quería ver a uno de verdad?

—¿Uno de verdad?

—Un verdadero analista. Un tipo que sabe de qué habla.

Lucie se encogió de hombros.

—Me gustaría poder darle coba, comisario, pero no tiene nada que ver. Ya le he explicado todo. Ahora es su turno.

Era directa, desprovista de artificios. A Sharko le gustaba el combate sordo que le proponía. Y, sin embargo, quiso vacilarla un poco.

—No, ahora basta de cachondeo... ¿De verdad cree usted que voy a darle informaciones confidenciales a un desconocido procedente del país de los caribús? ¿Quiere también que pongamos carteles en las marquesinas de las paradas de autobús?

Lucie, nerviosa, se sirvió la Perrier en un vaso. «Una angustias», pensó Sharko.

—Escúcheme, comisario. He estado de viaje todo el día y me he gastado casi cien euros en billetes de tren para venir a beberme una Perrier. Uno de mis amigos está tirado en un hospital psiquiátrico a causa de esta historia. Tengo calor, estoy hecha cisco, estoy de vacaciones y, sobre todo, mi hija está enferma.

Así que, y con el debido respeto, puede ahorrarse sus bromas de dudoso gusto.

Sharko mordió su rodaja de limón y se relamió los dedos.

—Todos tenemos nuestros pequeños problemas personales. Hace algún tiempo, estuve en un hotel sin bañera. El año pasado, creo... Sí, fue el año pasado. Eso sí que es un verdadero problema.

A Lucie le pareció estar alucinando. Un viaje de ida y vuelta entre Lille y París para oír semejantes sandeces.

—¿Y qué hago, entonces? ¿Me levanto y me marcho?

—¿Sus jefes estarán al corriente de esta historia, por lo menos?

—Acabo de decirle que no.

Ella era igual que él, por Dios. Sharko intentó ponerla en su sitio.

—Está usted aquí porque su propia vida se le está escapando de las manos. En su cabeza hay fotos de cadáveres que reemplazan a las de sus hijas, ¿no es cierto? Dé media vuelta, de lo contrario acabará como yo. Solo en medio del populacho que muere a fuego lento.

¿Qué dramas se habían abatido sobre él para que conjurara tantas tinieblas? Lucie recordó las imágenes del informativo de la televisión en las que le vio, en las obras de un gasoducto. Y la horrible impresión que había causado en ella: la de un hombre al borde del abismo.

—Me gustaría compadecerle, pero no puedo. No tengo por costumbre apiadarme de los demás.

—Su tono me parece demasiado directo, teniente. ¿Sabe usted que se está dirigiendo a un comisario?

—Siento...

No tuvo tiempo de terminar la frase. Su teléfono sonaba. Lucie miró su reloj, el hombre se había adelantado un poco. Tomó el móvil con aprensión. Un número, con el prefijo +1 514. Miró a Sharko con expresión sombría.

—Es él. ¿Qué hago?

Sharko le tendió la mano. Lucie apretó las mandíbulas y le puso el móvil en la palma de la mano. Se inclinó hacia él para poder escuchar la conversación. El comisario descolgó sin hablar. La voz, al otro lado de la línea, preguntó con brutalidad:

—¿Tiene las informaciones?

—Soy el experto que tal vez haya visto en televisión. El tipo con una camisa que debía ser verde y que estaba harto de los periodistas y del calor. Así que sí, tengo la información.

Lucie y Sharko intercambiaron una mirada tensa.

—Pruébelo.

—¿Y cómo quiere que lo haga? ¿Me hago una foto y se la envío por correo? Dejemos ya de jugar al escondite. La mujer policía que le llamó por teléfono está a mi lado. Esta infeliz se ha gastado cien euros en billetes de tren por su culpa. Así que díganos cuanto sabe.

—Usted primero. Es su última oportunidad. Le juro que colgaré.

Lucie palmeó el hombro de Sharko, invitándole a aceptar y a moderar sus palabras. El comisario obedeció, cuidando de no ir demasiado lejos en sus revelaciones.

—Hemos descubierto cinco cadáveres de individuos de sexo masculino. Adultos jóvenes.

—Lo he visto en Internet. No me está descubriendo nada.

—Entre ellos hay un asiático.

—¿Cuándo murieron?

—Hará entre seis meses y un año. Su turno. ¿Por qué le interesa este caso?

La tensión se podía palpar en el crepitar de las voces que transitaban de una oreja a otra.

—Porque llevo dos años investigándolo.

Dos años... ¿Quién era? ¿Un policía? ¿Detective privado? ¿Y qué investigaba?

—¿Dos años? Los cadáveres fueron desenterrados hace sólo tres días y, como mucho, hace un año que murieron. ¿Cómo puede llevar dos años investigando?

—Hábleme de los cadáveres. De los cráneos, por ejemplo.

Lucie no perdía palabra. Sharko decidió soltar algo de lastre, toda negociación exige a menudo concesiones.

—Los cráneos fueron serrados, de manera limpia, con un instrumento quirúrgico. Les habían extirpado los ojos y también...

—El cerebro...

Lo sabía. Un tipo, a seis mil kilómetros de distancia, estaba al corriente de los hechos. Lucie, por su cuenta, ató cabos con la película: por un lado los ojos arrancados, por otro las escarificaciones en forma de iris. Le murmuró algo a Sharko. Él asintió y habló a su interlocutor:

—¿Qué relación hay entre los cadáveres de Normandía y el film de Szpilman?

—Las niñas y los conejos.

Lucie trató de recordar. Sacudió negativamente la cabeza.

—¿Qué niñas y qué conejos? —preguntó Sharko—. ¿Qué significan?

—Son la clave, el origen de todo. Y lo sabe.

—¡No, no lo sé! ¿El origen de qué, joder?

—¿Qué más sobre los cadáveres? ¿Hay manera de identificarlos?

—No. El asesino ha eliminado cualquier posibilidad de identificación. Manos cortadas, dientes arrancados... Uno de los cadáveres, el mejor conservado, tenía numerosas zonas de piel cortadas en los brazos y los muslos, que él mismo se había arrancado.

—¿Tienen alguna pista en su investigación?

Sharko optó por ser sutil.

—Tendrá que preguntárselo a mis colegas. Oficialmente, estoy de vacaciones y me marcho diez días a Egipto, a El Cairo.

Lucie alzó los brazos, furiosa. Sharko le dirigió un guiño.

—El Cairo... Entonces ustedes... No, no ha podido ir todo tan deprisa. Ustedes... ¡Ustedes son ellos!

Colgó. Sharko aplastó la boca sobre el móvil.

—¿Oiga? ¿Oiga?

Un silencio atroz. Lucie estaba literalmente pegada a su hombro. Sharko sentía su perfume, su sudor, y no tuvo coraje de rechazarla.

Se había acabado. Sharko depositó el móvil sobre la mesa. Lucie se incorporó, furiosa.

—¡No puede ser! ¡Joder, comisario! ¡Unas vacaciones en El Cairo! Y ahora, ¿qué hacemos?

El comisario anotó el número desde el que habían llamado en la esquina de una servilleta y se la guardó en el bolsillo.

—¿«Hacemos»?

—Usted, yo. ¿Vamos cada uno por su cuenta o comemos en el mismo plato?

—Un comisario no come en el plato de una teniente.

—Por favor, comisario...

Sharko mojó sus labios en la cerveza. Un poco de frescor para tener la mente clara. Aquel día había estado particularmente colmado de emociones.

—De acuerdo. Usted se olvida del restaurador de películas y entrega la bobina a la científica. Ponga a su brigada a trabajar en el caso, y que diseccionen el film. Pídales también que me den una copia. Y que se pongan en contacto con los belgas, para registrar la casa de Szpilman. Tenemos que descubrir imperativamente quién es el canadiense que me acaba de colgar en mis propias narices.

Lucie asintió, con la sensación de desmoronarse bajo el peso de las cosas pendientes de hacer.

—¿Y usted?

Sharko, tras dudar un instante, se puso a hablarle del telegrama enviado por un policía llamado Mahmud Abdelaal. Le explicó qué había sucedido con las tres muchachas, los cráneos serrados como allí, en Francia, las mutilaciones. Lucie estaba absorta en sus palabras, el caso se apoderaba cada vez más de ella.

—Ha dicho «Ustedes son ellos» —añadió Sharko—. Eso confirma el hecho de que el asesino tras el que ando no está solo. Hay uno que corta limpiamente los cráneos y otro, el tarado, que corta con un hacha.

Sharko siguió reflexionando unos segundos y le tendió su tarjeta de visita. Lucie hizo lo mismo. Él se la guardó en el bolsillo, acabó su cerveza y se puso en pie.

—Voy a tratar de encontrar antimosquitos antes de acostarme. Decirle que detesto los mosquitos sería una litotes. Los odio más que cualquier otra cosa.

Lucie miró la tarjeta de Sharko, le dio la vuelta. Estaba completamente en blanco.

—Pero...

—Cuando uno encuentra a otro una vez, lo encuentra siempre. Manténgame al corriente.

Dejó el importe exacto de las bebidas sobre la mesa y le tendió la mano. En el momento en que Lucie se la estrechó, él le bloqueó el pulgar y pasó el suyo por encima. Lucie hizo rechinar los dientes.

—Buena jugada, comisario. Uno a cero.

—Todo el mundo me llama Shark, no comisario.

—Discúlpeme, pero...

—No podrá, ya lo sé. En ese caso... dejémoslo en comisario. De momento.

Le sonrió, pero Lucie percibió algo profundamente triste en sus pupilas oscuras. Luego se volvió y se encaminó al bulevar Magenta.

—¿Comisario Shark?

—¿Qué?

—En Egipto, sea prudente...

Él asintió, cruzó la calle, entró en la estación del Norte y desapareció.

Solo... Era la única palabra que Lucie retenía de su entrevista.

Un hombre solo, terriblemente solo. Y herido. Como ella.

Miró la tarjeta en blanco, que sostenía entre sus dedos, sonrió y anotó, en diagonal, en una de las caras: «Franck Sharko, alias *Shark*». Sus dedos se unieron durante unos segundos a las letras de esa identidad de resonancias duras, germánicas. Un tipo curioso. Lentamente pronunció, silabeando, «Fran-ck Sharko». Shark... El Tiburón...

Acto seguido guardó la tarjeta en su cartera y se levantó a su vez. El sol rojo y ardiente caía sobre la capital, dispuesto a incendiarla.

Dirección al CHR de Lille, a doscientos cincuenta kilómetros de allí. La distancia, como siempre, separaba su trabajo y su familia.

15

Eran las diez de la noche cuando Lucie entró en la habitación de Juliette. Aquel paisaje aséptico empezaba a parecerle familiar. Las enfermeras por los pasillos, los carros cargados de pañales y biberones, el zumbido de los fluorescentes... Su madre jugaba a la consola, la nuca apoyada con indolencia en el reposacabezas del sillón marrón.

Marie Henebelle no tenía nada de la imagen que uno puede hacerse de una abuela, o incluso de una madre. Cabello corto erizado de mechas rubias decoloradas, ropa a la moda, al corriente de los últimos chismes para niños: Wii, Playstation, Nintendo DS... Se pasaba horas jugando a *Cerebral Academy* en la DS y a *Call of Duty* en la Playstation, un juego en el que el objetivo es matar al mayor número de enemigos posible. La contaminación del mundo virtual ya no tiene límite de edad.

Marie recibió a su hija sin una sonrisa, se puso en pie bruscamente y cogió su bolso de piel rojo.

—Juliette ha vuelto a vomitar dos veces esta tarde. Me temo que el médico te echará una reprimenda.

Lucie le dio un beso a su hijita adormecida, frágil como una aguja de marfil, y se volvió hacia su madre. En la pantalla, *Call of Duty* estaba en pausa. Marie acababa de cargarse a tres soldados con un fusil de percusión y parecía muy enfadada.

—¿Una reprimenda? ¿Por qué?

—El chocolate y las galletas que le das a escondidas. ¿Crees que son tontos? Cada día ven a padres de tu estilo. Padres que no escuchan.

—¡No come otra cosa! ¡Y ver sus muecas de asco frente a ese puré infecto me parte el corazón!

—Su estómago no soporta ni un gramo más de materia grasa, ¿lo entiendes? ¿Por qué siempre tienes que saltarte las reglas?

Marie Henebelle estaba muy nerviosa. Todo el día encerrada, la televisión, el llanto, aquellos videojuegos que ponen a cualquiera de los nervios. Aquel hospital estaba lejos de ser un lugar relajante, como un centro de talasoterapia de tres estrellas en Saint-Malo.

—Estás de vacaciones y podrías pasar un poco de tiempo con tus niñas, pero no. A una la mandas de colonias y, mientras tú te paseas por Bélgica y París, tu otra hija se queda en los huesos.

Lucie no podía más, aquellas últimas horas ya habían sido suficientemente agotadoras.

—Mamá, vuelvo a tener vacaciones en agosto y nos iremos las tres a la Vendée. Ya estaba previsto que ése sería nuestro verdadero momento para estar juntas.

Marie se dirigió hacia la puerta.

—Creía que tenías prioridades en tu vida, pero veo que estaba equivocada. Y ahora, voy a acostarme, porque dentro de unas horas tengo que volver aquí, si lo he entendido bien. Por suerte, la «abuelita Marie» está aquí, ¿verdad?

Desapareció. Lucie se pasó una mano por el rostro, fatigada, y apagó el televisor. La imagen del soldado pixelado se desvaneció de golpe. Lucie recordó las palabras de Claude Poignet, el restaurador: la violencia de las imágenes puede golpear en cualquier lugar, incluso en aquella habitación de una niña, dentro de un hospital. ¿Acaso no basta la agresividad de las calles que hay que llevarla incluso a lo más hondo de la intimidad familiar?

Las sombras descendieron, por una vez tranquilizadoras.

Lucie, en pijama, empujó el sillón hasta la cama y se instaló junto a Juliette. A la mañana siguiente se llegaría hasta la brigada para informar a sus superiores de aquella historia de la bobina, aunque ningún fiscal ordenaría una investigación en torno a una vieja película de hacía cincuenta años. El comisario Sharko era hombre de grandes miras: ¡entregarle la bobina a la científica, registrar la casa de Szpilman! Como si las cosas fueran tan fáciles. ¿De dónde había salido aquel policía estrafalario con bermudas y zapatos náuticos? Extrañamente, Lucie no podía deshacerse de la impresión que le había causado: la de un tipo que tenía en su activo más crímenes de los que ella vería en toda su vida, pero que no deseaba dejar traslucir nada. ¿Qué horrores se almacenaban en su cabeza? ¿Cuál fue su peor caso? ¿Se había enfrentado ya a asesinos en serie? ¿A cuántos?

Acabó por dormirse, con la cabeza llena de imágenes sombrías, y sosteniendo la mano de su hija.

El despertar fue brutal, una vez más. Los fluorescentes se encendieron y le desgarraron los párpados. En su duermevela, Lucie no se tomó la molestia de abrir los ojos. Probablemente se trataba de una enfermera que pasaba por allí por enésima vez para comprobar que todo iba bien. Se acurrucó aún más en el sillón hasta que una voz grave la arrancó definitivamente de su torpeza.

—En pie, Henebelle.

Lucie gruñó levemente. Podía tratarse de...

—¿Comandante?

Kashmareck se erguía frente a ella. Cuarenta y seis años, rígido como una barra de acero. La luz blanca cincelaba sus rasgos y excavaba zonas de sombra en su rostro cuadrado. Señaló con el mentón a la chiquilla que aún dormía, arrebujada bajo las sábanas.

—¿Cómo se encuentra?

Lucie se ocultó bajo una manta, avergonzada de mostrarse en pijama. Se acabó la intimidad.

—Regular... Pero no creo que haya venido usted aquí para saber cómo se encuentra. ¿Qué sucede?

—¿Tú qué crees? Tenemos un asesinato. Algo... poco corriente.

Lucie seguía sin comprender el motivo de la visita. Se incorporó y se calzó las zapatillas con forma de conejo.

—¿De qué tipo?

—Sangriento. Esta mañana nos ha llamado un repartidor de periódicos. Tenía por costumbre entrar en casa de su cliente cada día a las seis de la mañana, para tomar un café. Pero se ha encontrado al cliente colgado de la lámpara de la cocina, con las muñecas atadas a la espalda. Y destripado, entre otras cosas...

Lucie hablaba en voz muy baja. Aún no comprendía lo que sucedía.

—Discúlpeme, comandante, pero... ¿Por qué me concierne esta historia? Estoy de vacaciones y...

—El muerto tenía tu tarjeta de visita en la boca.

16

Cuando llegó Lucie, los coches de la policía y la camioneta de la científica aún estaban aparcados a lo largo de la calle Gambetta. Esperó a que llegara su madre, a las nueve, y durante una hora pudo charlar con Juliette para explicarle que pronto se irían a la Vendée, las tres, que construirían cientos de castillos de arena frente al océano y comerían helados.

Pero, de momento, ni castillos de arena ni helados. Había que dar paso a algo pegajoso y malsano: la pestilencia del escenario de un crimen.

Kashmareck ya estaba de vuelta. En el hospital, Lucie le explicó todo acerca del film, como había hecho con el comisario Sharko. Sin embargo, su encuentro con el comisario parisino, el día antes, así como su llamada a la OCRVP sin informar a sus jefes habían puesto al comandante de un humor de perros. Más adelante ajustarían cuentas.

Lucie se adentró en el salón de Claude Poignet, el restaurador de films, con un nudo en la garganta. La estancia no tenía vida, iluminada profusamente mediante los halógenos de la policía científica para no dejar escapar ningún indicio. El hombre o los hombres que primero se presentaron en casa de Ludovic y luego en la de Szpilman se habían hecho finalmente con el film. Según los colegas que registraban el piso superior, no quedaba ni rastro de la misteriosa bobina. Lucie sacudió la cabeza, mordiéndose los labios.

—Ha muerto por mi culpa. Yo le metí en la boca del lobo. Vivía aquí tan tranquilo y hoy...

Se agachó y acarició al gato, que se frotó contra sus piernas.

—¿Quién se ocupará ahora de ti?

Kashmareck le plantó unas fotografías ante las narices.

—Lo hecho, hecho está. No estamos aquí para compadecernos.

Apenada, Lucie no protestó y se interesó por las fotos del escenario del crimen. Decenas de rectángulos mórbidos, nauseabundos. Kashmareck le hablaba mientras le mostraba las fotos.

—Le ataron y amordazaron y le colgaron allí, del gancho de la lámpara, con película. Veo difícil que alguien pueda hacer eso solo. Creo, a la vista de la altura del techo, que por lo menos eran dos. Uno para levantarlo y otro para colgarlo.

—El comisario Sharko tiene la hipótesis de que en Gravenchon hubo dos asesinos. Eso podría confirmar que nos las vemos con los mismos individuos.

El comandante señaló el sillón con el índice.

—Sobre los cojines hemos encontrado una lata de película vacía. El film con el que le colgaron era *El árbol del ahorcado*, una vieja película del Oeste. La víctima guardaba un centenar de películas del Oeste en los armarios del piso de arriba. *El árbol del ahorcado,* ¿te das cuenta? Hay que reconocer que estos asesinos tienen un humor negro muy jodido.

Lucie sólo había tomado un café y se sentía mareada. Le volvió a la cabeza una frase que pronunció la víctima: «Le aseguro que me iré de este mundo con celuloide entre los dedos». No sabía cuánta razón llevaba. Y, además, sus problemas personales con su madre y su hija no facilitaban las cosas. Por fortuna, ya habían levantado el cadáver y eso hacía que la escena del crimen fuera más impersonal, menos difícil de soportar.

La científica había dividido en zonas los espacios afectados. Se podía circular por la casa, pero únicamente siguiendo los caminos señalizados. En el suelo, bajo la lámpara, se extendía un charco de sangre. Por doquier había salpicaduras de sangre, como si hubiera llovido: en las baldosas, los zócalos y las patas de la mesa.

—Una vez colgado, lo destriparon como a un pescado. Luego le rellenaron el interior de película, en lugar de los intestinos. El forense está convencido de que, en ese momento, la víctima ya había fallecido. Muerte por asfixia, y aún se desconoce si fue por el ahorcamiento.

El gato se dirigió a la puerta de entrada y maulló para salir. Lucie le abrió la puerta y luego observó una de las fotos. El viejo, abierto del cuello al pubis. Las tripas esparcidas por el suelo, tras caer desde un metro de altura. Le faltaban los ojos. En ese caso había también enucleación. En el lugar de los ojos, dos pequeños trozos de celuloide hundidos en las órbitas, que daban la sensación de que llevara gafas ahumadas.

—Sus ojos...

—Han desaparecido...

Lucie se percató del nuevo punto en común con el caso de Sharko y los cadáveres de Gravenchon. La importancia del ojo, como en el film... Era cada vez más probable que los que habían enterrado a los cinco tipos en la Alta Normandía fueran los asesinos de Poignet. Kashmareck se mesó los cabellos cortos y suspiró. Cogió una bolsa sellada y se la tendió a Lucie, que se estaba poniendo unos guantes de látex. En el interior de la bolsa transparente había dos imágenes casi idénticas, cortadas de una película. Lucie frunció el ceño y miró los fotogramas al trasluz.

—No se ve gran cosa. Parece... un plano general a ras de suelo. ¿Se ha podido identificar de qué film proceden?

—Aún no, se las daremos a los informáticos, y si hace falta recurriremos a especialistas en cine. Debe de tener un significado.

Lucie miró de nuevo los rectángulos perforados.

—Dieciséis milímetros, como el film robado.

Con el índice, el comandante señaló la boca del cadáver.

—Que tuviera tu tarjeta de visita en la boca me inquieta. Quizás deberíamos hacer vigilar tu edificio durante unos días por un equipo.

Lucie sacudió la cabeza.

—No es necesario. Parecen una manada de lobos. Nos descubrieron a Ludovic y a mí, y han seguido nuestro rastro... Ayer, mi cerradura parecía forzada. Probablemente entraron en mi casa, como en casa de Ludovic o aquí.

Ese pensamiento la hizo estremecer. ¿Qué hubiera sucedido si en aquel momento se hubiera hallado en casa?

—Y, finalmente, se han salido con la suya y se han hecho con el film, así que han querido que lo supiéramos. Han marcado su territorio. Ahora que tienen lo que querían probablemente desaparecerán y caerán en el olvido.

Miró a los técnicos de la científica que trabajaban con sus polvos y sus pinceles.

—¿Han descubierto rastros o huellas?

—Probablemente las de la víctima. Nada interesante de momento. Y poco podemos esperar del vecindario, la calle es comercial y vive muy poca gente. Por la noche casi no pasa nadie.

—¿Hora del fallecimiento?

—Entre medianoche y las tres de la madrugada, según las primeras estimaciones. La cerradura prácticamente no fue forzada. A priori, la víctima aún no dormía, puesto que su cama no estaba deshecha.

En el salón todo estaba ordenado, no había señales de lucha. Lucie podía imaginar perfectamente a dos tipos corpulentos enfrentándose a aquel anciano indefenso. Hubieran podido coger el film y marcharse, pero habían querido «limpiarlo» todo, no dejar rastro alguno, ningún testigo. Y regalarse un extra, con su puesta en escena digna de una película de David Fincher. Asesinar a sangre fría no es un acto fácil. Hay que controlar las propias pulsiones, luchar contra lo que prohíben la sociedad, la religión y la conciencia. Deshacerse de los propios pilares del espíritu humano. Pero aquellos habían liquidado, enucleado y eviscerado a un hombre e incluso se habían tomado su tiempo rebuscando entre las películas del Oeste para crear su efecto. ¿Qué tipo de locos se ocultaba tras ese crimen? ¿Qué móvil les había llevado a transgredir los límites de aquella manera?

Lucie subió al primer piso. En la escalera, los cuadros seguían allí. La policía evitó la mirada de aquella mujer en las fotos. Marilyn...

Unos colegas registraban las habitaciones. Lucie echó un vistazo al laboratorio. Encima de una tablilla había cámaras antiguas, bobinas y productos de revelado. Entró a continuación en el taller de restauración, acompañada por el comandante. La silla, frente a la moviola, estaba caída en el suelo.

—A las tres de la madrugada, me ha dicho... ¿Qué había descubierto Poignet para trabajar hasta tan tarde?

Se situó junto al aparato, procurando no entrar en la zona delimitada por las cintas amarillas y negras de la policía. Un técnico disponía papeles numerados frente a los objetos y los fotografiaba.

—Los indicadores temporales de la moviola están a cero, así que debieron de rebobinar la película para llevársela. Poignet debía de estar estudiándola con detenimiento.

Lucie se volvió hacia el fondo del taller. Cables arrancados y el escáner destrozado.

—¡Mierda!

—¿Qué sucede?

—Claude Poignet tenía que digitalizarme el film, yo lo esperaba. Pero el ordenador portátil ha desaparecido.

Chasqueó los dedos.

—Quizá tuvo tiempo de enviarme el archivo o un enlace para descargármelo. Tengo que consultar mi correo electrónico. ¿Tiene conexión a Internet en su móvil?

—Es un iPhone de última generación.

Le tendió su aparato. Lucie rezó por que Poignet le hubiera enviado el film. Quería proseguir el viaje con la mujer mutilada, la chiquilla en el columpio, quería ir más allá de lo que las imágenes habían mostrado. Sumergirse en la mente del cineasta, comprender su locura artística y tal vez también real. Se conectó a su correo. Algunos mensajes de Meetic, pero nada más. La impotencia la abatió.

—Nada...

Suspiró y con voz queda, dijo:

—Hay que ponerse en contacto con los belgas. Hay que interrogar al hijo, conseguir retratos robot, registrar la casa de Szpilman de cabo a rabo y saber dónde pudo conseguir el film. Remontarnos al origen. De momento, es la única manera de seguir la pista de esa maldita bobina.

—Nos ocuparemos de ello.

Su mirada recorrió la moviola, los enrolladores

ahora vacíos, la cesta con las tarjetas de visita que los equipos no tardarían en llevarse.

—A menos que...

Se volvió hacia el teléfono, al fondo.

—Sé qué estás pensando —dijo Kashmareck—. Ya tenemos la lista de las llamadas recibidas y efectuadas por la víctima. Seguimos el procedimiento. Nos pondremos a trabajar en ello y nos pondremos en contacto con esas personas, pero cada cosa en su momento.

—Muy bien. Entre ellos, hay un historiador del cine. Aún tendríamos alguna oportunidad si hubiera podido reconocer a la actriz a la que le cortan el ojo. Y también... —sacó una tarjeta del bolsillo y se la tendió al comandante— este tipo, Beckers. Es un especialista en el impacto de la imagen en el cerebro con el que Poignet tenía que ponerse en contacto.

Kashmareck se guardó la tarjeta en el bolsillo.

—Nos ocuparemos de ello.

—Esa maldita película deja fuera de combate a todos los que se acercan a ella. Wlad Szpilman, Ludovic Sénéchal y ahora Claude Poignet. Tenemos que hacernos con ella.

—¿Y tus vacaciones?

—Se han acabado. Voy a casa a cambiarme e iré a comunicar a Ludovic Sénéchal que su amigo ha muerto. Luego, regresaré de inmediato con ustedes. Quiero dar con los cerdos que le han hecho esto.

17

Cuando la puerta delantera del A320 se abrió sobre la pista del aeropuerto internacional de El Cairo, Sharko tuvo la sensación de que una vaharada de fuego le abofeteaba el rostro. Un aire sofocante, cargado de humo y de queroseno, que hacía arder la garganta. El auxiliar de vuelo había anunciado una temperatura exterior de 36 °C, lo que provocó un amplio clamor entre los pasajeros, en su mayoría turistas. Desde el mismo instante en que pisó suelo egipcio, el comisario supo que iba a detestar aquel país.

Como habían convenido, Mickaël Lebrun le esperaba al pie de la escalerilla.

El hombre tenía un aspecto imponente. Con pantalón beis claro y camisa de estilo colonial, el rostro cuadrado como la base de una pirámide, observaba detalladamente el flujo coloreado que se esparcía por los meandros del aeropuerto. Moreno, de tez bronceada y cabello corto, se le hubiera podido tomar fácilmente por un temible aduanero. Ambos intercambiaron un fuerte apretón de manos —pulgar por encima para Sharko—, y luego Lebrun se apartó ligeramente.

—Espero que haya tenido un buen viaje. Le presento a Nahed Sayed, una de las traductoras de la embajada. Ella le acompañará en sus visitas por la ciudad y estará a su disposición para las entrevistas con la policía.

Sharko la saludó. Sus manos eran suaves, delicadas y con las uñas cortas. Su largo cabello negro, fino y flotante, enmarcaba unos ojos cautivadores. Debía de tener treinta y pocos y no se parecía en absoluto a la imagen que Sharko tenía de las mujeres egipcias, con velo, sumisas, viviendo a la sombra de su marido.

En los interminables pasillos climatizados hablaron sobre todo de papeleo. Lebrun le aconsejó que se procurara libras egipcias en los cajeros del aeropuerto, ya que, en la ciudad, era difícil obtener billetes pequeños, a causa del turismo. Tras intercambiar algunas banalidades —entre ellas, el interrogatorio por parte de un aduanero acerca de la presencia de una locomotora en miniatura y de un bote de salsa de cóctel en su equipaje—, el comisario finalmente pudo recuperar sus pertenencias. A lo largo de su conversación, Sharko comprendió mejor el papel de Mickaël Lebrun en aquel país. Mano derecha del embajador de Francia en los asuntos de seguridad en Egipto, ejercía también como asesor técnico del director de la policía de El Cairo, un general. Su especialidad eran, principalmente, los casos de terrorismo internacional. Nahed escuchaba, algo retirada, casi diluida su presencia.

La explosión de ruidos, el ajetreo de la masa y el calor estuvieron a punto de hacer tambalearse al policía francés. Rezó por que Eugénie se quedara en su cubil, lejos, en lo más profundo de su cabeza. A la vista de las circunstancias, sin embargo, y de su falta de interés por la arquitectura egipcia, parecía evidente que no tardaría en asomar la cabeza y acosarle.

Embarcaron en un Mercedes Phantom, el modelo más grande del país. A pesar de la insistencia del comisario Sharko, Nahed prefirió sentarse atrás. El potente automóvil dejó atrás Heliópolis y se metió en la autopista Salah Salem, que les conduciría hasta las entrañas de El Cairo. Justo frente a ellos, la masa negra de la ciudad vibraba bajo un cielo de color cobre.

Por el camino, Lebrun le ofreció una botella de agua a Sharko, que trataba de reponerse absorbiendo a pleno pulmón el oxígeno reciclado del aire acondicionado.

—Su jefe, Martin Leclerc, no quiere que pierda mucho tiempo, puesto que su regreso está previsto para mañana por la tarde. Ha sugerido que vaya hoy mismo a comisaría. Personalmente, hubiera preferido esperar un poco, por lo menos para que tuviera tiempo de descansar y visitar la ciudad, pero...

—Martin Leclerc desconoce el significado de la palabra descanso. ¿Cuál es el plan?

—Le dejaré en el hotel, en la calle Mohamed Farid, no muy lejos de la comisaría. Nahed le aguardará en el vestíbulo. Ella le acompañará allá donde usted desee. Aproveche para refrescarse un poco y luego diríjase a comisaría, supongo que será a eso de las cuatro de la tarde. El inspector principal Hasán Nuredín, jefe de la brigada, le recibirá.

—Una vez allí, ¿tendré acceso a toda la información?

Mickaël Lebrun adoptó un semblante afectado. Alrededor, el tráfico se hacía cada vez más y más denso. Autobuses y taxis repletos adelantaban por doquier en una algarabía ensordecedora.

—En estos momentos estamos en un momento delicado por culpa del sacrificio de cerdos. A la vista de la propagación de la gripe A, numerosos diputados de la Asamblea del Pueblo han conseguido que se apruebe la erradicación de esos animales. Desde finales de abril se han producido diversos enfrentamientos entre ganaderos y las fuerzas de seguridad. No llega usted en el mejor momento y, por desgracia, mi relación con el inspector principal no es nada del otro mundo. Tiene autoridad absoluta sobre la gobernación de Kasr El Nil, que lleva con mano firme. Pero, créame, Nahed le será de gran ayuda, Nuredín la conoce muy bien.

Sharko dirigió la mirada al retrovisor interior. Nahed permanecía erguida como una esfinge entre los reposacabezas de cuero. Cuando sus miradas se cruzaron, volvió los ojos hacia la ventanilla. A Sharko le pareció entender, en un segundo, qué quería decir Lebrun con aquello de «la conoce muy bien».

Por fin El Cairo mostraba su corazón ardiente, ese músculo batiente que a Suzanne tanto le hubiera gustado palpar con sus manos. Sharko observó con mirada triste los minaretes de trabajada arquitectura que bordeaban las universidades, las mezquitas de tejados de oro resplandeciente entre el polvo levantado por el rugido de las calles, los terrenos reservados a los clubes de fútbol, ocultos tras los puestos de mercado de frutas desmesuradas. Reinaba allí un bullicioso caos urbano que hacía de París un pueblecillo. Veinte millones de habitantes que daban la impresión de caber en un pañuelo. Vendedores de recambios para automóviles se lanzaban por entre las calles abarrotadas, la gente cruzaba por cualquier sitio, a veces ayudados por «pasadores de calles». Allí era un buen oficio. Había quienes empujaban carros cargados de ladrillos, y asnos fatigados tiraban de montañas de telas junto a los viejos taxis negros Nasr 1300. Por las peligrosas aceras corrían criaturas cubiertas por el velo que al mismo tiempo hablaban por teléfono, con el móvil calado entre la mejilla y su *hiyab* ya no muy blanco.

—Como podrá observar, el peatón es el rey —dijo Nahed, que había recuperado su sonrisa—. El peatón que va en coche, naturalmente. Sin claxon es imposible circular por El Cairo. Y sin buen oído es imposible cruzar las calles.

Era la primera vez que Sharko escuchaba verdaderamente su voz, una hermosa mezcla de francés y de sabores orientales.

—¿Y cómo se puede vivir cada día en un entorno así?

—¡Oh, El Cairo tiene muchos otros rostros! Podrá escuchar cómo bate su corazón en sus arterias más profundas.

—¿Esas mismas arterias donde encontraron a las tres muchachas asesinadas hace dieciséis años?

Sharko siempre había tenido el don de poder enfriar una conversación, la diplomacia no era su fuerte. Señaló a Lebrun con un gesto de cabeza.

—¿Me puede hablar de esa historia, ya que al fin y al cabo estoy aquí por ese motivo?

—Mi misión en Egipto comenzó hace cuatro años. Nuestros destinos nos exigen viajar a menudo. Y, si le digo la verdad, aún no he visto el dossier.

Sharko comprendió de inmediato que su interlocutor no quería mojarse. Un diplomático...

—Ese tal Nuredín, ¿me llevará al lugar del crimen si fuera necesario? —preguntó.

—Debe saber una cosa, comisario. El país avanza, y los gobernantes egipcios detestan volver al pasado. ¿Qué espera, además, después de tanto tiempo?

—¿Me acompañaría usted, si fuera necesario?

El comisario Lebrun hizo sonar el claxon sin razón aparente. Un tipo estresado, pero ¿cómo no estar estresado en medio de aquel tornado de acero y ruido?

—No podemos hacer nada sin el consentimiento de Nuredín. Por un lado, en la embajada no nos gustan ese tipo de derivas, ya que la organización y los asuntos de la policía de Egipto son información clasificada. Por otra parte, no tendrá usted tiempo.

En el rostro de Sharko apareció una sonrisa pretenciosa.

—Sin duda ése es el motivo de que mi viaje dure sólo dos días... Y supongo que Nahed no está a mi lado simplemente para traducir —se volvió hacia ella—. ¿No es cierto, Nahed?

—Tiene usted una imaginación muy fértil, comisario —replicó Lebrun en tono seco.

—No se imagina usted hasta qué punto.

Calle Mohamed Farid. El Mercedes se detuvo frente al hotel Happy City, un tres estrellas de fachada rosa y negra.

—Limpio y con encanto —dijo Lebrun—, y la mayoría de los otros hoteles de la capital están completos. En El Cairo, julio no es precisamente el período de menos turismo.

—Mientras haya bañera...

El comisario de la embajada le ofreció su tarjeta.

—Le espero esta tarde en el restaurante Maxim, al otro lado de la plaza Talaat Harb, no muy lejos de aquí, a las siete y media. Cantan canciones de Piaf y se bebe vino francés. Así podrá usted informarme acerca de su encuentro con Nuredín.

Habían decidido no dejar nada al azar. Una vez fuera, Sharko fue avasallado por la canícula e instantáneamente quedó cubierto de sudor. El ronroneo de los motores, el chillido estridente de los cláxones y el olor de los tubos de escape eran insoportables. Rápidamente, extrajo su maleta del portaequipajes. Al volverse, Eugénie estaba frente al hotel, con los brazos cruzados, vestida como siempre. Ponía mala cara y observaba cómo los coches se debatían a lo largo de la elegante avenida de los Campos Elíseos.

—¿... misario?

Lebrun aguardaba, con la mano tendida al frente. Sharko volvió hacia él y se la estrechó nerviosamente. El agregado de la embajada lanzó una mirada rápida en la dirección en que el policía francés miraba fijamente unos segundos antes. No había nadie.

—Un último consejo. Nuredín no se anda por las ramas. Es el tipo de individuo que cree que uno traiciona a Egipto en cuanto se opone a él, usted ya me entiende. Así que no le incomode y sea discreto.

—No será muy difícil ser discreto en el país de los jeroglíficos...

18

La comisaría central de la gobernación de Kasr El Nil recordaba el palacio mal conservado de un difunto jeque. Protegido por altas verjas negras, la oscura fachada daba a un jardín en el que se entremezclaban palmeras y vehículos de policía que más bien parecían camionetas de vendedores de frutas y verduras. Únicamente los diferenciaban de ellas los grandes girofaros azules, de dos tonos. Frente a un tramo de escaleras, seis centinelas —camisa blanca, quepis con un águila estampada con la bandera nacional por insignia, fusil MISR en bandolera— hicieron restallar el canto de sus manos contra el pecho a la salida de un hombre corpulento, cargado de tres estrellas en las portapresillas de las hombreras.

Hasán Nuredín apoyó sus dedos como salchichas en las caderas y olisqueó el aire saturado de gas y de polvo. Bigotillo negro, ojos oscuros como dátiles demasiado maduros bajo unas cejas espesas, mejillas picadas de viruelas. Esperó a que Sharko y Nahed Sayed llegaran a su altura para saludarlos. Estrechó educadamente la mano de su homólogo francés, obsequiándole incluso con un «Bienvenido» lánguido. Se interesó en especial por la joven, con la que intercambió algunas palabras en árabe. Ésta se inclinó hacia delante con una sonrisa forzada. Luego, el hombre se volvió, con el torso muy erguido, y se adentró en el edificio. Sharko y Nahed intercambiaron una mirada que hizo superfluo cualquier otro comentario.

En el gigantesco vestíbulo salpicado de oficinas funcionales, unas escaleras vigiladas por policías se hundían hacia el sótano. De allí ascendían clamores, cantos árabes, letanías de un coro de mujeres. Sharko aplastó un mosquito en su antebrazo. El quinto ya, a pesar de la tonelada de crema con la que se había untado. Aquellos bichitos se incrustaban en cualquier lugar y parecían inmunizados contra cualquier forma de protección.

—¿Qué cantan esas mujeres?

—«La prisión no acabará con las ideas» —murmuró Nahed—. Son estudiantes, protestan contra la prohibición de que los Hermanos Musulmanes se presenten a las elecciones.

Sharko descubrió una policía moderna y bien equipada —ordenadores, Internet, especializaciones técnicas como el establecimiento de retratos robot—, pero que aún parecía funcionar a la antigua. Hombres y mujeres —la mayoría de éstas con velo— esperaban en grupos en el vestíbulo, las puertas de las oficinas se abrían como en las consultas de los médicos y los más veloces —la noción de «cola» no existía— pasaban los primeros.

Sharko y su traductora tuvieron que entregar sus teléfonos móviles —para evitar que tomaran fotografías o grabaran conversaciones— y llegaron a un despacho digno de un salón de Versalles. En él imperaba la desmesura: mármol en el suelo, jarrones canopes y minoicos, tapices con figuras, bronces dorados. En el techo giraba un inmenso ventilador que removía el aire pegajoso. Sharko sonrió para sí. Patrimonio nacional, todo pertenecía al Estado y no al gordo engreído que se instalaba pesadamente en su silla fumando un puro local. Si muchos cairotas lucían su tripa con gracia, no era el caso de aquel tipo.

El egipcio tendió sus manos abiertas hacia dos sillas en las que se acomodaron Sharko y Nahed, que sacó un pequeño cuaderno y un bolígrafo. Llevaba una falda larga de tela caqui y una túnica a juego que mostraba ligeramente su nuca bronceada. El inspector principal la contempló sin disimulo con sus ojos porcinos. Aquí les gusta hacer patente que uno aprecia a las mujeres, al contrario que en la calle, donde los «chisss, chisss» peyorativos surcan el aire en cuanto un ejemplar femenino sin velo se cruza en el camino de un musulmán. El inspector se frotó el bigote y acto seguido alzó un papel frente a él. A medida que hablaba, Nahed llenaba su cuaderno de signos estenográficos antes de traducir.

—Dice que es usted un especialista de los asesinos en serie y de los crímenes complicados. Más de veinte años al servicio de la policía francesa, en el departamento de la criminal. Dice que es impresionante. Pregunta cómo está París.

—A París le cuesta respirar. ¿Y cómo está El Cairo?

El inspector principal mascó su Cleopatra entre los dientes con una sonrisa, mientras hablaba. Nahed tomó el relevo.

—Pachá Nuredín dice que El Cairo tiembla al ritmo de los atentados que sacuden Oriente Medio. Dice que El Cairo está ahogado por las redes islamistas, mucho más peligrosas que la peste porcina. Dice que se han equivocado de objetivo al quemar todos esos cerdos en los fosos de la ciudad.

Sharko recordó las lejanas humaredas negras entrevistas en la periferia de la ciudad: cerdos que estaban siendo quemados. Respondió mecánicamente, pero su frase le dio ganas de vomitar:

—Estoy de acuerdo con usted.

Nuredín asintió con la cabeza, y siguió despotricando aún un rato antes de tenderle un sobre viejo al comisario.

—Por lo que respecta a su caso, dice que está todo ahí, ante usted. El expediente de 1994. No hay nada informatizado, es demasiado antiguo. Dice que aún ha tenido suerte de que lo haya podido encontrar.

—Debo darle las gracias, supongo.

Nahed tradujo que Sharko le estaba muy agradecido.

—Dice que puede consultarlo aquí y que si lo desea puede volver mañana. Tiene usted las puertas abiertas.

Las puertas abiertas sí, pero blindadas, con centinelas que vigilarían el menor de sus pasos y de sus gestos. Sharko se obligó a darle las gracias con un movimiento del mentón, retiró las gomas elásticas y abrió la carpeta. En una funda transparente había apiladas varias fotos de la escena del crimen. Había también diversos informes, fichas de unas muchachas con sus identidades, probablemente las víctimas. Decenas y decenas de páginas escritas en árabe.

—Pídale que me hable del caso, por favor... Sólo pensar que tendrá que traducirme todo esto me da náuseas.

Nahed hizo lo que le había pedido. Nuredín aspiró con parsimonia su puro y escupió una nube de humo.

—Dice que el asunto se remonta muy lejos en el tiempo, y que ya no se acuerda. Está pensando.

Sharko sentía que formaba parte de un álbum de Tintín, *Los cigarros del faraón*, y que tenía frente a él al gordo Rastapopoulos. Rozaba lo ridículo.

—Y, sin embargo, unas chicas con el cuerpo entero mutilado y el cráneo abierto es algo que deja una fuerte impresión.

Nahed se contentó con una mirada halagadora hacia el comisario. El oficial egipcio comenzó a articular lentamente, con pausas y silencios para que la joven pudiera traducir.

—Ahora recuerda algo, ya estaba al mando de la brigada. Dice que murieron con uno o dos días de intervalo. La primera vivía en el barrio de Chubra, al norte de la ciudad. Otra en un barrio irregular cercano a la fábrica de cemento Tora, junto al desierto. Y la tercera cerca del núcleo de chabolas de Ezbet

El Nagl, el barrio de los traperos... Dice que la policía no logró establecer vínculos entre ellas. No se conocían e iban a escuelas diferentes.

Para Sharko, aquellos nombres de los barrios no significaban nada en absoluto. Sacudió su camisa para secarla. El sudor le corría por la espalda. El aire fresco le sentaba bien, pero se moría de sed. La hospitalidad no parecía ser la principal cualidad de aquellos policías.

—¿Hubo sospechosos? ¿Testigos?

El gordo sacudió la cabeza y habló. Nahed dudó unos instantes antes de traducir sus palabras.

—Nada en concreto. Sólo se sabe que las muchachas fueron asesinadas por la noche, cuando regresaban a su domicilio, y que los cadáveres fueron hallados cerca de donde fueron secuestradas. En todas las ocasiones, a algunos kilómetros de su lugar de residencia. A orillas del Nilo, junto al desierto, en los campos de caña de azúcar. Todos los detalles figuran en los informes.

No estaba mal, para un tipo desmemoriado, pensó Sharko. Lugares aislados, donde el asesino podía actuar tranquilamente. En cuanto al modus operandi, había tantos puntos en común como diferencias con los cadáveres de Notre-Dame-de-Gravenchon.

—¿Podría proporcionarme un mapa de la ciudad?

—Dice que se lo dará inmediatamente.

—Gracias. Me gustaría poder estudiar esos informes en el hotel esta noche, ¿es posible?

—Dice que no. No pueden salir de aquí. Es el procedimiento. Sin embargo, puede tomar notas y los documentos que le interesen, tras ser controlados, evidentemente, se enviarán por fax a su departamento.

Sharko dio un paso más, quería saber cuáles eran los límites de su investigación.

—Mañana me gustaría visitar los lugares donde se produjeron las desapariciones y los crímenes. ¿Podrá acompañarme alguien?

El hombre encogió sus hombros grasientos y estrellados.

—Dice que sus hombres están muy atareados, y que no entiende por qué quiere ir a unos sitios que probablemente ya no existan. El Cairo se expande como... Se expande como el moho.

—¿Moho?

—Es el término que ha utilizado... Pregunta por qué ustedes, los occidentales, no tienen confianza en ellos y quieren rehacer el trabajo a su manera.

La voz del egipcio seguía sonando despreocupada, pesada, pero se tintaba de matices. Los de la dominación, la autoridad. Estaban en su casa, en sus tierras.

—Sólo quiero comprender cómo unas pobres muchachas acabaron entre las manos de un asesino de la peor calaña. Sentir cómo ese depredador pudo desplazarse por esta ciudad. Todos los asesinos dejan olores, incluso años más tarde. Los olores del vicio y la perversión. Quiero olerlos. Quiero andar por allí donde mató.

Sharko miraba fijamente a Nahed, como si se dirigiera directamente a ella. La joven egipcia tradujo sus palabras. Nuredín apagó con gesto firme su puro a medio consumir en un cenicero y se puso en pie.

—Dice que no entiende su oficio, ni sus métodos. Los policías de aquí no están para husmear como los perros, sino para actuar, para acabar con la chusma. No quiere volver sobre cosas hundidas ya en el pasado, ni abrir de nuevo heridas que Egipto desea olvidar. Nuestro país tiene ya suficientes males por culpa del terrorismo, de los extremistas y de la droga —señaló el informe con el mentón—. Ahí está todo, no puede hacer nada más. Este caso es demasiado antiguo. Al lado hay un despacho. Le invita a ponerse en pie y a dirigirse a ese despacho...

Sharko obedeció, pero antes plantó la copia del telegrama de la Interpol ante las narices del inspector principal. Se dirigió a Nahed, que repitió en árabe egipcio:

—Un inspector llamado Mahmud Abdelaal envió este telegrama. Él era quien investigaba el caso, en aquella época. El comisario Sharko desearía hablar con él.

Nuredín se quedó helado, apartó el papel lejos de su vista y soltó una sarta de palabras indigestas.

—Traduzco palabra por palabra: «Ese hijo de perra de Abdelaal ha muerto».

Sharko sintió como si le hubieran dado un puñetazo en el vientre.

—¿Cómo?

El policía egipcio hablaba mostrando los dientes. Debajo del cuello cerrado de su camisa se hinchaban las venas del cuello.

—Dice que le hallaron quemado al fondo de una callejuela sórdida del barrio de Sayeda Zenab, unos meses después de aquel asunto. Un ajuste de cuentas entre extremistas islamistas. Pachá Nuredín explica que cuando la policía fue al apartamento de Abdelaal, tras el drama, descubrieron el manual de la acción islamista oculto entre sus pertenencias, con párrafos señalados de puño y letra por Abdelaal. Era un traidor. Y en nuestro país, los traidores acaban por «reventar» como perros.

En el vestíbulo, Nuredín se ajustó la boina con firmeza. Se inclinó hacia el oído de Nahed, apoyando su mano en el hombro de ella. La joven dejó caer su cuaderno. El inspector principal le habló un buen rato y luego tomó la dirección de las escaleras de donde provenían los cánticos.

—¿Qué ha dicho? —preguntó Sharko.

—Que en el despacho adonde vamos hay un mapa de la región.

—Me ha parecido que le decía más cosas.

Nerviosa, se echó los cabellos por encima de los hombros.

—Habrá sido sólo una impresión...

Le condujo a una sala funcional que contenía lo mínimo indispensable. Mesa de despacho, sillas, un cuadro y material de oficina. Una ventana cerrada daba a la calle Kasr El Nil. No había ordenador. Sharko le dio a un interruptor que debía poner en marcha el ventilador del techo.

—No funciona. Nos han cedido expresamente este despacho.

—No, no... ¿cómo puede pensar eso? Será una casualidad.

—Con gente así no hay casualidad que valga.

—Desde que ha llegado le noto un poco... desconfiado con nosotros, comisario.

—Habrá sido sólo una impresión...

El policía descubrió la presencia de un centinela no muy lejos de la puerta. Les vigilaban. Estaba claro que habían recibido instrucciones.

—¿Se pueden hacer fotocopias?

—No, todo está protegido por códigos. Sólo los ordenadores de los oficiales disponen de *pen drive* y USB o de lectores de CD. Nada sale nunca de aquí.

—Información clasificada, evidentemente. Bueno, nos las apañaremos.

Sharko abrió la carpeta. Introdujo la mano en el sobre de fotos y dudó antes de extenderlas. No estaba en muy buena forma y Nahed, a su vez, parecía perturbada.

—¿Se encuentra bien? —le preguntó él.

Ella asintió sin responder. El comisario dispuso los clichés ante él. La joven trató de mirarlos y se llevó la mano a la boca.

—¡Es monstruoso!

—Si no fuera así, yo no estaría aquí.

Decenas de fotos representaban la muerte desde todos los ángulos. Seguramente fotografiaron los cadáveres unas horas después de la muerte, pero el calor había amplificado los estragos. Sharko desmenuzó el horror. Los restos habían sido desperdigados de manera salvaje, lacerados, mutilados a cuchillo, sin una voluntad particular de crear una puesta en escena. El comisario cogió las fichas de identidad y observó atentamente las fotos de las víctimas proporcionadas por la familia. Eran fotos de mala calidad, hechas en la escuela, en la calle o en casa. Eran muchachas vivaces, sonrientes, jóvenes y tenían puntos en común. Sus edades —quince o dieciséis años—, sus ojos y sus cabellos morenos. El comisario tendió las fichas a Nahed y le pidió que tradujera. A la par, observó el mapa de El Cairo colgado con chinchetas de la pared, con todos los nombres de las calles en árabe. Aquella ciudad era un monstruo de la civilización, abierta en canal de norte a sur por el Nilo, limitada al este y al sudeste por las colinas de Moqattam, contorneada al sur por un vasto espacio de arena sembrado de ruinas de la antigua ciudad.

Sharko clavó chinchetas en los lugares clave indicados por la joven. Los cuerpos de las víctimas fueron hallados en lugares que distaban unos quince kilómetros entre sí, a lo largo de un arco de círculo que rodeaba la urbe. El barrio de los traperos al nordeste, las orillas donde el Nilo se desdobla al noroeste —a cinco kilómetros de la comisaría de policía—, y el desierto blanco al sur. Unas muchachas escolarizadas, de clase modesta o pobre. Nahed conocía El Cairo como la palma de su mano y fue capaz de señalar las escuelas y los barrios de cada una de ellas. Sharko se interesó por el increíble espacio ocupado por las fábricas de cemento Tora, las más grandes del mundo, cerca de las cuales vivía una de las víctimas.

—Antes ha hablado usted de un barrio irregular cercano a las fábricas de cemento. ¿Qué significa eso?

—Se trata de barrios de viviendas precarias construidas por los pobres sin respetar las normas urbanísticas y sin poder disponer de servicios públicos. No tienen agua potable, ni red de saneamiento, ni recogida de basuras. En Egipto hay muchos y hacen que el tamaño de la ciudad se dispare. El Estado proporciona unas 100.000 viviendas anuales cuando para absorber el crecimiento demográfico serían necesarias 700.000.

El policía tomaba notas. Los nombres de las muchachas, los lugares donde fueron halladas, la situación geográfica...

—¿Son barrios de chabolas?

—Los barrios de chabolas de El Cairo aún son peores. Hay que verlo para creerlo. La segunda víctima, Busaína, vivía cerca de uno de ellos...

El comisario observó de nuevo las fotos con detenimiento. Los rostros, los rasgos físicos. Se negaba a creer que fuera obra simplemente del azar. El asesino había tenido que desplazarse para ir de un barrio a otro. Eran muchachas pobres, no especialmente guapas, y no llamaban la atención. ¿Por qué aquellas tres muchachas? ¿Acaso por su actividad estaba acostumbrado a codearse con la miseria? ¿Las había conocido ya antes? Un punto en común... Tenía que haber un punto en común.

Una hora más tarde, Nahed tuvo que sudar tinta para detallar las principales características del informe de la autopsia, muy técnico y complicado para un traductor. Reveló que en los tres organismos se hallaron restos de ketamina, un potente anestésico. Las estimaciones de la hora del fallecimiento probaban que los crímenes se cometieron en plena noche. Y la causa de la muerte era lo más escalofriante, pues las mutilaciones se habían realizado post mórtem con un cuchillo, por lo que el fallecimiento se habría producido por los daños causados por la abertura del cráneo y, evidentemente, por la extracción del cerebro y de los ojos.

Al parecer, a las muchachas les abrieron el cráneo cuando estaban vivas y a continuación las acuchillaron.

Sharko se enjugó la frente con un pañuelo, mientras Nahed se quedaba muda, con los ojos en blanco. El policía podía imaginar perfectamente el escenario. El asesino primero secuestró a las muchachas al anochecer, anestesiándolas, para llevarlas luego a un lugar apartado y perpetrar sus horrores armado con su mortífero instrumental. La sierra de forense, escalpelo para la enucleación y un cuchillo de hoja ancha para las mutilaciones. Seguramente disponía de un vehículo, conocía la ciudad y sin duda había localizado previamente los lugares. ¿Por qué aquellas mutilaciones post mórtem? ¿Una irreprimible necesidad de deshumanizar los cuerpos? ¿De poseerlos? ¿Acaso sentía un odio interior tan fuerte que tenía que desahogarse mediante un desesperado acto de destrucción?

Envuelto en el aire asfixiante y bochornoso del despacho, el comisario trataba de establecer relaciones entre aquel modus operandi y el utilizado en Francia. Allí, a pesar de todo, había un ritual, organización y no había una voluntad especial de esconder los cadáveres. Además, el asesino había abierto los cráneos de sus víctimas en vida. En Francia, sin embargo, la mayoría habían muerto por bala, y en un caos, a la vista de los lugares en los que impactaron los proyectiles. Sin olvidar, además, la minuciosa tarea para convertirlos en restos anónimos: manos cortadas y dientes arrancados.

Dos series de asesinatos, a la par próximas y lejanas en el tiempo y en el espacio. ¿Existía en realidad una relación? ¿Y si no la hubiera? ¿Y si, finalmente, el azar tenía su papel en aquella historia? Dieciséis años... Dieciséis largos años...

Y, sin embargo, Sharko sentía una conexión impalpable, la misma diabólica voluntad de hacerse con los órganos más preciados del cuerpo humano: el cerebro y los ojos.

¿Por qué aquellas tres muchachas allá en Egipto?

¿Por qué aquellos cinco hombres en Francia, uno de ellos asiático?

El policía bebía los vasos de agua que Nahed le servía regularmente y se hundía cada vez más en las tinieblas mientras los rayos de Ra le martirizaban la espalda. Chorreaba sudor. Afuera se extendía un infierno de arena, de polvo y de mosquitos y Sharko soñaba ya con disfrutar del aire acondicionado de su habitación refugiado bajo la mosquitera.

Desgraciadamente, el resto de la documentación no era más que charlatanería y bobadas. No se había hecho nada de manera seria. Algunos papeles sueltos, manuscritos, sellados por el fiscal, acerca de las declaraciones de los padres o de los vecinos. Dos de las muchachas regresaban del trabajo, y la tercera del barrio al que tenía por costumbre ir para trocar leche de cabra por telas. Había también una lista inútil de las pruebas. En aquel país parecía que despachaban los casos de asesinato como los robos de radios de coches en Francia.

Y era eso precisamente lo que no encajaba.

Sharko se dirigió a Nahed.

—Dígame, ¿ha visto que apareciera el nombre de Mahmud Abdelaal en alguno de esos documentos? ¿Hay alguna nota escrita de su puño y letra aparte de estas pocas páginas?

Nahed revisó rápidamente los escritos y sacudió la cabeza.

—No... Pero no se sorprenda por la levedad de estos informes. Aquí se prefieren los actos a los papeles. La represión a la reflexión. Todo está manipulado, carcomido por la corrupción. Ni se lo puede imaginar.

Sharko sacó la fotocopia del telegrama de la Interpol.

—Como puede ver, la Interpol recibió este telegrama más de tres meses después del hallazgo de los cadáveres. Sólo un inspector tozudo e implicado en el caso pudo enviarlo. Un policía honrado, con valores, que tal vez quería llegar hasta el final.

Sharko levantó las hojas y las dejó caer frente a él.

—¿Y pretenden hacerme creer que sólo hay esto?

¿Sólo formalidades? ¿Que no existen notas personales? ¿Ni siquiera una copia del famoso telegrama? ¿Adónde fue a parar el resto? Por ejemplo, ¿se investigaron farmacias y hospitales para averiguar de dónde procedía la ketamina?

Nahed se limitó a encogerse de hombros. Su rostro estaba serio. Sharko sacudía la cabeza y se llevaba una mano a la frente.

—¿Y sabe qué es lo que más me preocupa? Pues que extrañamente Mahmud Abdelaal está muerto.

La joven se volvió y se dirigió hacia la puerta acristalada. Echó un vistazo al vestíbulo. El centinela no se había movido.

—No sé qué decirle, comisario. Yo estoy aquí sólo para traducir y...

—Me he dado cuenta de cómo la acosaba Nuredín y de cómo usted trataba de evitarlo sin lograrlo. ¿De qué se trata? ¿Un intercambio protocolario? ¿Una costumbre de su país, que la obliga a doblegarse a las exigencias de ese gordo seboso?

—Nada de eso.

—He visto cómo se estremecía varias veces, frente a esas fotos, al leer la descripción del caso. Usted tenía la edad de esas muchachas cuando fallecieron. Iba a la escuela, como ellas.

Nahed apretó los dientes. Sus manos entrelazadas se crispaban. Con mirada esquiva, miró su reloj.

—Pronto será la hora de nuestra cita con Mickaël Lebrun y...

—Y yo no iré. Tendré todo el tiempo del mundo para beber vino francés en Francia.

—Puede que le ofenda.

Cogió una de las fotos de las muchachas sonrientes y la empujó hacia Nahed.

—Me traen sin cuidado la diplomacia y otras mandangas. ¿No cree que esas muchachas se merecen que alguien se interese por ellas?

Un silencio pesado. Nahed era de una belleza superior, y Sharko sabía que la mayoría de las mujeres bellas tienen generalmente un corazón frío. Pero en la egipcia percibía una herida, una herida abierta que a veces empañaba su mirada de azabache.

—Muy bien. ¿Qué quiere que haga por usted, comisario?

Sharko se acercó a su vez a las cortinas y bajó la voz.

—Ninguno de los policías presentes en esta comisaría me hablará. Lebrun tiene las manos atadas por la embajada. Busque la dirección de Abdelaal. Tiene que tener mujer, hijos o hermanos. Quiero hablar con ellos.

Tras un largo silencio, Nahed accedió.

—Lo intentaré, pero sobre todo...

—En boca cerrada no entran moscas, puede confiar en mí. En cuanto recupere mi móvil, llamaré a Lebrun para excusarme diciéndole que me siento mal. El calor, el cansancio... Le diré que mañana aún volveré un rato por aquí para aprovechar el viaje. Usted, reúnase conmigo en el hotel a las ocho en punto, y confío que con la dirección.

Ella dudó.

—No, en el hotel no. Tome un taxi y... —garabateó unas palabras en un pedazo de papel y se lo dio—dele este papel al taxista. Él sabrá adónde llevarle.

—¿Adónde?

—Frente a la iglesia de Santa Bárbara.

—¿Santa Bárbara? El nombre no es muy musulmán...

—La iglesia se halla en el barrio copto del viejo El Cairo, al sur de la ciudad. El nombre es el de una muchacha martirizada por haber tratado de convertir a su padre al cristianismo.

19

Freyrat, en el corazón del CHR de Lille, a última hora de la tarde. El reducto de la psiquiatría. Un monstruo de hormigón de dos pisos, punto de encuentro de todos los trastornos mentales. Esquizofrénicos, paranoicos, traumatizados, psicóticos. Lucie entró en el austero edificio y preguntó en la recepción por la habitación de Ludovic Sénéchal. Quería ser ella quien le comunicara la muerte de su amigo, Claude Poignet. Le indicaron que fuera a la unidad Denecker, en el primer piso.

Era una habitación pequeña capaz de deprimir hasta a un payaso. El televisor, inaccesible, estaba encendido. Ludovic estaba tumbado en la cama, con las manos en la nuca. Volvió lentamente el rostro hacia ella y sonrió.

—Lucie...

Sorprendida, ésta se acercó.

—¿Ya puedes ver?

—Puedo distinguir las formas y los colores. La gente que no lleva bata son visitantes, seguro. ¿Y qué otra mujer sino tú podría venir a verme?

—Estoy muy contenta de que te encuentres mejor.

—El doctor Martin dice que recuperaré progresivamente la vista. Es cuestión de dos o tres días.

—¿Cómo lo han conseguido?

—Hipnosis... Comprendieron qué era lo que no funcionaba. En fin, lo comprendieron sin comprenderlo.

Lucie sentía desazón. Detestaba aquel penoso papel de mensajera de la muerte. Tener que afrontar la mirada de los allegados de las víctimas era sin duda el aspecto más difícil de su profesión. Hizo todo lo posible para retrasar el momento del anuncio. Ludovic era muy sensible, y no estaba en forma.

—Cuéntame.

El hombre se incorporó. Sus pupilas habían recuperado una movilidad tranquilizadora.

—El psiquiatra me lo ha explicado todo. Me hipnotizó y luego me pidió que le contara qué había pasado durante las horas y los minutos anteriormente a quedarme ciego. Así que le expliqué qué había hecho durante el día. Mis compras en casa del viejo coleccionista de Lieja, la bobina anónima descubierta en el desván. Yo, solo, en mi cine «de bolsillo», viendo películas toda la noche. Luego, las imágenes del cortometraje anónimo. El ojo cortado, los planos de la chiquilla en el columpio. Y fue entonces cuando, sin saber por qué, comencé a hablarle de mi padre. De las mujeres que traía a casa durante mi infancia, unos años después de la muerte de mi madre.

—Nunca me habías hablado de ello.

Una breve risa seca atravesó la habitación.

—¿Y tú me lo dices? Nos pasamos semanas chateando, siete meses saliendo y casi no sé nada de tu vida privada. Sí, sé que eres policía, que tienes dos hijas a las que les caigo bien, pero además de eso, ¿qué más hay?

—Ése no es el tema.

Él suspiró, triste.

—Contigo, nunca es el tema. Bueno, resumiendo... Ocurrió repentinamente durante la hipnosis. Las mujeres desnudas que a veces veía salir de la habitación paterna. Esos jadeos que oía a través de las paredes. No tenía ni diez años. El psiquiatra comprendió que el bloqueo podía venir de ahí. Algo, probablemente una imagen, hizo resurgir esos recuerdos y provocó la ceguera histérica.

Lucie sospechaba que aquello tenía que ver con las imágenes subliminales. Sin la censura de la conciencia, habían alcanzado zonas más profundas de la psique de Ludovic y habían sembrado la cizaña.

—Pero eso no fue lo que me dejó ciego, porque podía explicar cómo continuaba la película. Hablar de la chiquilla. Cuando comía, cuando dormía. Cuando hacía gestos con la mano para alejar la cámara, como si estuviera enfadada. Luego, bruscamente, el psiquiatra me dijo que había gritado durante la hipnosis y que tuvo que despertarme. Logró calmarme, y me preguntó qué había ocurrido. Así fue como le hablé del episodio del conejo.

Lucie reaccionó de inmediato. El misterioso quebequés, por teléfono, también había hablado de conejos. Había dicho que toda la historia empezaba con las niñas y los conejos.

—¿Qué conejos?

Ludovic se encogió y se llevó las rodillas al pecho.

—Yo debía de tener ocho o nueve años. Un día, mi padre me llevó a su taller, allí donde guardaba sus herramientas. Había un conejo que se había refugiado al fondo de un antiguo conducto en forma de codo. Un conejo común de buen tamaño. Mi padre no podía pasar por el conducto para cogerlo, pero yo sí. Así que me ordenó que me metiera allí. Y lo hice. Me arrastré a cuatro patas y obligué al conejo a salir de su madriguera. Mi padre lo atrapó por las orejas. Al conejo le sangraban las patas traseras y se debatía de un lado a otro. Grité para que lo soltara, pero... mi padre estaba fuera de sí. Cogió una hacha y...

Se cubrió el rostro con ambas manos, como si acabara de salpicarle un chorro de sangre.

—Esa escena... Hasta la hipnosis no la recordaba, Lucie. Había desaparecido completamente de mi cabeza.

—Más bien estaba escondida en tu cabeza. Tan escondida que hasta ahora nada había logrado que volviera a la superficie. En esa película anónima, ¿viste conejos?

—No, no...

La policía seguía sin comprender. Poignet había desmenuzado las imágenes y tampoco había hallado nada. ¿De qué se trataba, entonces?

Ludovic cogió patosamente una botella de agua y bebió unos tragos.

—Tú has visto la película. Explícame qué has descubierto. ¿Se la pudiste entregar a mi amigo restaurador?

Lucie le miró a los ojos y murmuró:

—Claude Poignet ha muerto.

Los puños de Ludovic estrujaron las sábanas. Un largo silencio.

—¿Cómo?

—Ha sido asesinado. Los que lo hicieron iban a por la bobina.

Ludovic se levantó y se peinó el cabello hacia atrás, con un gesto lento. Estaba al borde de las lágrimas.

—Él no... Claude no... Era un viejo tranquilo.

Ludovic se dirigió tanteando hacia una ventana de Plexiglás, con la mirada perdida. Lucie pudo ver a través del reflejo en el cristal que estaba llorando.

—Te garantizo que daremos con los responsables. Y que descubriremos qué ha pasado.

Se quedó un rato con él y le explicó los primeros pasos de su investigación. Incluso le habló del episodio del desconocido que había hurgado en su colección de films. Ludovic tenía que saber toda la verdad.

—Me siento tan solo, Lucie...

—Los psiquiatras te ayudarán.

—¡A la mierda los psiquiatras!

Suspiró.

—¿Por qué lo nuestro no funcionó?

—No fue culpa tuya. Por lo que a mí respecta, nunca ha funcionado con nadie.

—¿Por qué?

—Porque siempre, tarde o temprano, me pregunta «por qué»...

Se sentía incómoda, el calor la ponía nerviosa. Y aquel olor a productos químicos...

—El hombre con el que pasaré mi vida deberá aceptarme tal como soy aquí y ahora, y no tratar siempre de hacer que el pasado pase a un primer plano. Ni preguntarme sobre esto y aquello. Soy policía porque soy policía, es así, y hay que apechugar. El pasado está muerto y enterrado, ¿de acuerdo?

Ludovic se encogió de hombros.

—Vale, de acuerdo. Seguramente tienes otras cosas que hacer.

—Volveré a visitarte.

—Vendrás a visitarme, de acuerdo...

Ludovic apoyó la frente contra el cristal. Apenada, Lucie salió y aspiró una bocanada de aire puro. Le molestaba ser tan ruda con él, y con todos los hombres en general. Pero eran los estigmas de sus sufrimientos pasados. El primer hombre al que había amado de verdad la había abandonado inopinadamente y la había dejado sola con sus hijas.

A última hora de aquel día fue al SRPJ, en el bulevar de la Liberté, a un centenar de metros del centro de Lille. Allí, intercambiaban informaciones a buen ritmo el OCRVP parisino, el SRPJ de Rouen y los equipos de Lille. En aquel momento, estaban trabajando en los correos electrónicos y las llamadas telefónicas. Los diversos datos se integrarían pronto en los archivos informáticos, accesibles a todos los agentes. Eso permitiría cotejar la información y que ésta circulara de manera fluida. Todos los elementos debían estar a favor de las fuerzas del orden.

Lucie entró en el despacho de su comandante. Kashmareck discutía con el teniente Madelin. El pardillo arribista, de apenas veinticinco años y cara del primero de la clase, acababa de zamparse la autopsia de Claude Poignet. La triple fractura del hueso hioides indicaba estrangulación, y el nacimiento de livideces —una acumulación de sangre en los puntos de presión del cuerpo contra el suelo— en el deltoides y la cadera izquierdos demostraba que Poignet murió en una posición lateral: antes de colgarle, los asesinos le dejaron tumbado al menos media hora.

Kashmareck vació su taza de café. Carburaba a base de cafeína como otros a base de agua.

—Media hora... El tiempo de rebobinar el film y de husmear un poco para preparar su puesta en escena. Unos asesinos a sangre fría, que no se dejan dominar por el pánico.

Lucie se sumó a sus reflexiones.

—Así que Poignet no murió ahorcado, sino estrangulado.

El comandante cogió una foto del taller y señaló el suelo, en un rincón de la habitación.

—Sí, en ese lugar. Hemos encontrado gotas de sangre. Probablemente una hemorragia nasal debida a la asfixia. ¿Qué más nos dice la autopsia?

Madelin consultó sus notas.

—Cuchillo para abrir el pecho, la hoja poco importa, lo que es seguro es que era cortante. Según el forense, la enucleación es muy... profesional. Leo: «obertura circular de la membrana translúcida que recubre el ojo, sección de los músculos oculomotores y del nervio óptico, y finalmente, extracción del globo ocular». No estamos lejos de una operación quirúrgica.

El comandante asintió.

—Coincide con los datos que comienzo a recibir de Rouen. Los cráneos de los cinco cadáveres, serrados de manera profesional... Eso refuerza la teoría de que se trata de los mismos asesinos. Prosigue.

—Por lo demás... Es técnico, pero nada concluyente. Se han enviado algunas muestras a toxicología, por si acaso, pero no creo que drogaran a Poignet.

—De acuerdo. Todos leeremos el informe. Estamos a la espera de la comisión rogatoria internacional del juez y ya está en curso ante las autoridades belgas la solicitud para el registro en casa de Szpilman. Allí no podremos meter baza, ellos mandan y nosotros miramos, pero eso es mejor que nada... ¿Qué más? Ehh... Estamos verificando los números de teléfono canadienses que nos proporcionaste, Henebelle, para comprobar que verdaderamente es imposible cazar al interlocutor anónimo de Montreal.

Se llevó las manos a la cabeza y resopló, con la mirada puesta en sus notas escritas con rotulador sobre una pizarra que ya no era demasiado blanca. Un laberinto de flechas.

—Madelin, revisa las llamadas efectuadas o recibidas por Poignet a lo largo de las veinticuatro horas antes de su muerte. Y tú, Henebelle, ve ahí al lado. La científica ha hecho ampliaciones de los trozos de película que la víctima tenía en lugar de los ojos.

Tráete las informaciones aquí y averigua qué más tienen que contar. Huellas, pistas... Yo me acercaré a ver a los muchachos que se ocupan del vecindario, para ver si tienen algo nuevo. Esta noche lo mezclamos todo en un sombrero de copa y cruzamos los dedos. De momento, necesito cosas concretas, cosas materiales, antes de que nos veamos obligados a ponernos a pensar.

20

La imagen que Sharko se hacía de El Cairo cambiaba como los reflejos del agua en la superficie del Nilo. El taxista, un *osta bil-fitra* —un taxista nato— que hablaba un poco de francés, le hizo circular por las callejuelas de la ciudad. El pueblo egipcio vivía en la calle, entre la efervescencia y la despreocupación. Cada momento del día era un pretexto para la comunicación. Los carniceros cortaban la carne en las aceras, las mujeres pelaban verduras frente a sus casas, el pan se vendía por las calles, incluso en el suelo. Sharko tenía la sensación de estar dentro de un cuadro viviente cuando, en medio de la caótica circulación, se sentía arrollado por el movimiento perfecto de una *galabieh* de algodón, al ritmo del paso noble de su propietario. Percibía la respiración del islam en las calles sobrecalentadas, las mezquitas ardían de belleza y, en su desmesura, dirigían los ojos hacia su dios único. No hay más dios que Dios.

Luego apareció El Cairo copto, allí donde los jóvenes calzados con unas simples sandalias de cuero no pedían monedas ni bolígrafos, sino que ofrecían estampitas de la Virgen María. Allí donde los muros recordaban la antigua Roma, donde la Biblia parecía deshojar sus escritos apergaminados. Callejuelas de color ocre, tranquilas, en las que sólo rechinaban los granos de arena traídos por el soplo cálido del jamsin. En el corazón de la ciudad más poblada de África, Sharko se sentía por fin en paz. Solo en el mundo. Ahí abarcaba toda la ambigüedad de la ciudad.

Pagó al taxista —un tipo increíble, desbordante de anécdotas divertidas que explicar— y llamó a Leclerc para informarle de sus investigaciones. A la vez, supo de la noticia de la muerte del viejo restaurador de films y del robo de la bobina. En Francia, las cosas se movían, pero no en el sentido que hubiera deseado. La investigación adquiría proporciones apocalípticas, los cadáveres se multiplicaban y el misterio se ensombrecía.

Se reunió con Nahed, que le esperaba frente a la iglesia de Santa Bárbara. La joven vestía con gran elegancia, un vestido fino y plisado de colores pastel. Debía de ser de lino. Tenía los ojos muy maquillados y sobre sus hombros caían los extremos de una tela ligera, como una capa. Sharko se acercó a ella señalando la iglesia con un gesto de cabeza.

—¿Es ése el corazón de su ciudad que evocaba en el coche de Lebrun?

—¿Le gusta?

—Me sorprende.

Nahed descubrió su dentadura impecable. Sharko tuvo que reconocer que cualquier hombre hubiera deseado perderse en su compañía en el dédalo de la capital. Y aquella tarde, él era uno de ellos.

—Cada barrio de El Cairo es una pequeña ciudad tranquila. Un espacio con sus códigos y sus tradiciones. Quería que se diera cuenta.

Unió las manos ante ella, tímidamente.

—Mi coche está un poco más lejos, y tengo lo que le interesa.

—¿La dirección de Abdelaal?

—Mahmud vivía solo, justo al lado de su hermano, en el otro extremo de la calle Talaat Harb. El hermano se llama Atef Abdelaal y sigue viviendo en el mismo lugar.

—Talaat Harb... ¿No es ahí donde nos había citado Lebrun?

—Efectivamente. Talaat Harb es una calle de la Belle Époque, llena de historia y de nostalgia. Su homólogo probablemente quería anotarse un tanto. Tuve ocasión de verle, después de que nos marcháramos de la comisaría. Se ha tomado bastante bien su renuncia.

—Mejor. Le estoy muy agradecido.

Hablaron, y pasaron junto al cementerio copto. Nahed explicó que su padre, periodista en el diario *Le Caire*, quedó inválido de una pierna a consecuencia de un enfrentamiento entre los coptos y los musulmanes en 1981. Su madre, de origen francés, había vivido en París antes de abandonarlo todo para incorporarse a la misión de los dominicos de la ciudad. Nahed nació en el barrio modesto en el que sus padres se conocieron y nunca había salido del país. Había ido a escuelas con refuerzo de francés para estudiar esa lengua en la universidad, con profesores incompetentes que la hablaban peor que ella. Acabó trabajando en la embajada de Francia gracias al apoyo del dueño de un periódico, un egipcio influyente. Su salario era bajo, pero no se quejaba. Allí, un trabajo —honesto, precisó insistiendo en la palabra— no permitía escapar de la miseria profunda, tenaz, de Egipto, pero la atenuaba y permitía hacerse ilusiones.

Le invitó a sentarse en un auténtico Peugeot 504, aparcado en el límite de El Cairo copto, cerca de la mezquita de Amr. Remontaron la orilla derecha del Nilo por la calle Kurnisch. La luz del cielo se debilitaba. Los minaretes de las mezquitas lejanas, los barcos en los que se iluminaban los *auama*. La gente paseaba en familia y compraba habas amarillas al limón. Sharko sentía la fuerza del río y la necesidad del pueblo de rendirle homenaje.

Siguieron hablando. Cuando Nahed le pidió que le hablara de su mujer, Sharko apoyó su ceja contra el cristal, la mirada fija en las suaves olas, y únicamente le confió que echaba de menos a su esposa y a su hija, y que ya no volvería a verlas nunca más fuera de sus sueños. No volvió a abrir la boca. ¿Por qué debería hacerlo? ¿Qué podía explicar? ¿Que no había noche en la que su ausencia no le ahogara hasta el punto de despertarle, casi asfixiado? ¿Que su oficio había destruido la vida de los suyos y le arrastraba lento pero seguro hacia los abismos de una vejez sin sol? No, no, no había nada que explicar. Allí no, en aquel momento no. No a ella.

Al cabo de unos diez minutos llegaron a la calle Talaat Harb. Tiendas de ropa por todas partes, bares, cines con nombres franceses, viejos edificios de aspecto hausmanniano, con sus columnas y sus ventanales decorados con estatuas de estilo griego que recordaban que, a principios del siglo XX, la élite egipcia trató de convertir el centro de la ciudad en un barrio europeo. Casi lo había conseguido. Los paseantes deambulaban en hordas desorganizadas. Americanos, franceses, italianos. Nahed encontró aparcamiento en una calle vecina y un instante más tarde le dio una propina al conserje del edificio, simplemente porque les había abierto las puertas. El *baou ab* de barba teñida con henna, de aspecto miserable, con unas zapatillas agujereadas, hacía de portero, limpiador de coches, recadero y contrastaba terriblemente con el distinguido interior del lugar. Un edificio de ricos, parecía, resplandeciente de grandeza.

Una vez sola con Sharko en el ascensor, la joven se cubrió la cabeza y el rostro con el velo. Se transformó en una enigmática seductora, llena de secretos. Sólo podían verse sus ojos, verdaderas joyas, mientras su boca, sugerida tras la transparencia del tejido, decía con voz pura:

—Sería una lástima que Atef Abdelaal se molestara por cuestiones de religión.

Sharko estaba subyugado, casi hechizado.

—¿Cómo sabe que es musulmán?

—Hay más posibilidades de que lo sea que de lo contrario.

—¿Qué sabe de él?

—En los archivos de la embajada no hay gran cosa. Era vendedor, y hoy cuenta con dos talleres de artesanos camiseros, un negocio boyante que emprendió un año después de la muerte de su hermano. Fabrica trajes que vende al por mayor a las tiendas de Alejandría. Él y su hermano fallecido eran originarios del Alto Egipto, de padres pobres procedentes del campo. Emigraron a El Cairo en la adolescencia, con un tío suyo.

Nahed llamó a una puerta y se abrió otra, tras la que apareció el rostro agrietado de una vieja. La joven habló con ella antes de dirigirse al comisario.

—Su vecina dice que está en el terrado, a esta hora siempre se toma el té allí arriba antes de la oración de la tarde. Le reconoceremos porque lee *Al Ahram*, un diario independiente.

Al llegar al terrado, Sharko se quedó estupefacto. Había gente que vivía en aquella terraza del edificio, en el exterior y en minúsculas cabañas de hierro. Unos farolillos multicolores suspendidos de cables bailaban como las velas de las falúas. Había gente sentada en sillones o tumbada sobre colchones, al raso. Aquí y allá los televisores encendidos centelleaban en la noche. Parecía una especie de hormiguero luminoso al aire libre, aplastado por la precariedad. Nahed se acercó a su oído.

—Antaño, la flor y nata de la sociedad vivía en estos edificios de la calle Talaat. Terratenientes, pachás, ministros. Esas cabañas eran utilizadas para almacenar alimentos, para lavar la ropa o para alojar a los perros. Tras la revolución de 1952, todo cambió.

Hoy, los *sufragi*, los antiguos criados de aquella época, se han instalado en los locales del edificio y alquilan esas cabañas a los pobres.

Era difícil de creer, pero aquella gente vivía realmente en unas pequeñas cabañas de menos de cinco metros cuadrados, en mitad de la calle más comercial de El Cairo. La miseria no estaba a ras de suelo ni en el metro, como en París, sino sobre los tejados. Nahed señaló con el índice hacia el fondo de la terraza.

—Está allí...

Unas miradas desconfiadas se volvieron hacia él. Unos hombres tensos, con los ojos inyectados en sangre, preparaban el «carbón», una piedra de opio que calentaban para colocársela bajo la lengua, mientras otros fumaban *muasel* mezclado con hachís en viejas pipas de agua. Unos niños jugaban al dominó y otros estudiaban; las mujeres cocinaban. Sharko y Nahed abordaron a Atef Abdelaal, sentado en una silla de mimbre frente a la calle Talaat Harb. Vestía un traje bien cortado y zapatos relucientes. Cabello engominado y peinado hacia atrás, unos cuarenta y cinco años. Su taza de té humeante reposaba sobre la barandilla de piedra blanca. No se puso en pie para saludarles y les espetó un par de palabras secas, que Sharko no comprendió. Nahed le replicó con un largo discurso en árabe, en el que expuso la situación. Dijo que el hombre a quien acompañaba era comisario de policía francés y que quería hacerle algunas preguntas acerca de su hermano y de un antiguo caso criminal que presentaba similitudes con una investigación en curso.

Atef dobló cuidadosamente el periódico sobre sus rodillas, observó a Nahed de la cabeza a los pies y comenzó a desgranar lentamente un rosario de ámbar. De nuevo la traductora tuvo que actuar como mediadora entre los dos hombres.

—No quiere hablar de su hermano.

—Dígale que justo antes de morir, Mahmud trabajaba en un caso de asesinatos. Tres muchachas asesinadas cuatro meses antes de su propia muerte. Pregúntele si estaba al corriente.

Atef guardó silencio unos instantes antes de hablar.

—Quiere ver su identificación de policía.

Sharko se la mostró. Atef la observó atentamente y recorrió con su índice los colores de la bandera francesa, antes de devolvérsela al comisario. Luego volvió a hablar.

—Dice que su hermano era muy reservado. No hablaba de sus casos. Por ese motivo Atef nunca sospechó que perteneciera a redes extremistas.

Sharko dejó que su mirada errara entre las luces de la ciudad. Por fin el aire se depuraba y los egipcios volvían a sus calles, a sus raíces, a la tranquilidad de sus mezquitas y de sus iglesias.

—¿En algunas ocasiones llevaba consigo informes o expedientes? Ustedes eran vecinos, vivían uno al lado del otro, ¿trabajaba a veces en su apartamento?

—Dice que no.

—¿Conoce a Hasán Nuredín? ¿Ha ido a verle a su casa?

—De nuevo, no... Por sus respuestas, diría que no sabe nada.

Sharko sacó de su bolsillo la foto de una de las víctimas y la plantó ante la mirada del egipcio. Nahed le dirigió una mirada sulfurada al darse cuenta de que había debido de robarla en comisaría mientras ella había ido a por unos vasos de agua.

—¿Y ella? —gruñó el policía—. ¿Tampoco le dice nada? No me dirá que su hermano jamás le mostró el rostro de esta joven.

Atef apartó la mirada de los ojos de color miel de la muchacha y se mordisqueó los labios. Se alzó y dio al comisario un empujón en el pecho.

—*Izhab mine huna! Izhab mine huna! Sauf atacilu bil churta!*

Miró a Nahed y sacó su móvil. Algunos de los presentes en el terrado dirigieron sus miradas hacia ellos.

—Nos ordena que nos marchemos o llamará a la policía. Déjelo, no sacaremos nada de él.

El policía dudó, no quería soltar la presa. La reacción violenta del árabe tal vez ocultara otra cosa. Atef volvió a empujarle, agresivo.

—*Izhab mine huna!*

Sharko tenía ganas de arrearle un puñetazo en la cara, pero los hombres del terrado se habían puesto en pie y se aproximaban peligrosamente. Eran unos cabilios de huesos finos y rasgos nervudos. El ambiente se caldeaba. Sharko, que se había vuelto hacia los potenciales agresores, sintió de pronto una mano en el bolsillo trasero de su pantalón. Su mirada se cruzó en aquel momento con la de Atef. En una fracción de segundo comprendió que el hombre le había metido algo en el bolsillo y le pedía que guardara silencio.

Sharko cogió de la mano a Nahed.

—¡Vámonos!

Les costó trabajo abrirse camino entre codazos y empujones, y los ojos taladrados por el opio se oscurecían. Murmullos de «chisss, chisss» surcaban el aire. Descendieron rápidamente las escaleras. Nahed le dijo tajante:

—¡No debería haber robado esa foto! ¿Cuántas más tiene?

—Algunas.

—Puede estar seguro de que Nuredín lo descubrirá e informará a la embajada. ¿Dónde tiene la cabeza?

—Vamos, siga.

Nahed avanzaba delante de él. Sharko rebuscó en el bolsillo y halló un papel. Mientras seguía caminando, desdobló discretamente el pedazo de página de periódico y leyó el texto escrito en francés: «Cairo Bar, barrio Tewfikieh, dentro de una hora. Que no le vean. Ella le vigila».

Lo guardó inmediatamente y escrutó a Nahed, decepcionado. Vestida con su ropa fina, al bajar las escaleras oscilaba de una manera maravillosa. Y le traicionaba. Al llegar a la calle y empezar a recorrerla, la joven se quitó el velo, que dejó caer sobre los hombros. Sharko la observó.

—Es muy curioso. Sin el velo le cambia completamente el rostro. La criatura misteriosa, ambigua, recupera de repente la tez clara de la mujer moderna. ¿Cuántas personalidades se ocultan en usted, Nahed?

—Sólo una, comisario...

Pareció sonrojarse y pensó qué decir.

—Y ahora, ¿qué hacemos?

Sharko descubría cada vez más su juego. Gracias a la nota de Atef, todo parecía mucho más claro. La decisión de Nahed de ayudarle a pesar del riesgo de que su superior se enojara. La dirección y los detalles de Mahmud Abdelaal que había logrado obtener... Le aflojaban la correa pero le vigilaban. De momento, decidió actuar con tranquilidad, ya tendría tiempo de interrogarla más adelante.

—Creo que volveré al hotel, me ducharé y me acostaré. Desde que me he levantado en Francia esta mañana han pasado muchas cosas.

—Ni siquiera ha cenado. Le invito a un restaurante típico de Mohandesín, a orillas del Nilo. Sirven un pescado excelente y vino suizo, no vino francés.

Quería retenerle tanto tiempo como fuera posible. Sharko llegó a pensar que sin duda le había traducido algunas palabras erróneas en el terrado, e incluso en comisaría. Como Hasán Nuredín, ella jugaba en casa y él no podía hacer absolutamente nada. ¿Quién estaba detrás de aquello? ¿La policía? ¿La embajada? ¿En qué avispero se había metido?

—Me encantaría, pero no tengo hambre, gracias... Demasiado calor, demasiado cansancio, demasiadas picadas de mosquitos.

Sacó un mapa que había obtenido en el hotel.

—Podré volver al hotel solo, está justo aquí detrás.

Podemos vernos mañana a las diez frente a la comisaría, ¿de acuerdo? En realidad, no hay prisa. Las puertas se cierran una tras otra, y ya tengo claro que volveré con las manos vacías. Este caso no es el mío.

Ella bajó la mirada, aparentemente apenada. Sharko tenía ganas de tirarle de la lengua. ¡Menuda farsante!

—De acuerdo —concedió ella—. Hasta mañana...

Y antes de que él se marchara, añadió:

—Ese cerdo de Nuredín nunca ha puesto sus manos sobre mi cuerpo. Y nunca lo logrará.

Sus caminos se separaron. Sharko dejó que se alejara y vio cómo se volvía, varias veces. Aquello confirmaba sus dudas. Entonces se encaminó lentamente hacia la calle Zaruat, perpendicular a la calle Mohamed Farid. Pero nada más desviarse, desapareció corriendo por una calle tomada al azar.

El perrito bueno acababa de librarse de la correa.

Ahora, El Cairo y su noche ardiente le pertenecían.

Sintió una satisfacción sin límites.

21

En el departamento informático de la policía científica, a dos pasos de la brigada, Lucie sostenía en sus manos las ampliaciones de los fotogramas de película hallados en el lugar antes ocupado por los ojos de Claude Poignet. Dos superficies de papel satinado, de grano sucio, en blanco y negro. Las imágenes eran prácticamente idénticas. Se veía, en una posición un poco torcida, como si la cámara se hubiera caído, el bajo de un pantalón vaquero y una punta de zapato que Lucie no había percibido la primera vez. El fondo estaba sumido en la penumbra, pero se adivinaban las patas de una mesa y una pared. El suelo era de madera.

—¿El calzado es de tipo bota militar?

Lucie se dirigía al técnico sentado frente a su ordenador, junto a ella. Julien Marquant, cuarenta años cumplidos, era uno de los fotógrafos de los escenarios de crímenes. A cada homicidio, ofrecía a los policías lo peor sobre papel satinado. Algunos fotografían a *top models*, él a muertos. Cabezas de suicidas reventadas con un calibre 22, ahogados hinchados por el agua, ahorcados... Julien era un excelente fotógrafo cuyo talento permanecería en los cajones de la policía. A aquella hora, ya muy tarde, era la persona más indicada para aclarar el tema a la brigada.

—Eso parece.

Le mostró las fotos que él mismo había hecho en el domicilio de la víctima. En particular las de la sangre hallada en el suelo del laboratorio, en el primer piso. Lucie estableció una relación que ahora le parecía evidente:

—Es en su domicilio... En casa de Claude Poignet. Tenía cámaras y películas. El film se rodó en su propia casa. ¡Mierda...!

—Sí. Las dos imágenes halladas en sus ojos eran negativos, procedían de una película original y no de una copia, que, por lo general, se tira en positivo.

Lucie lamentaba no haber reaccionado antes. Poignet le había explicado aquellas historias de tirajes en negativo y en positivo, de original y copia. Julien Marquant golpeó con el índice las fotos.

—¿Quiere saber mi opinión? Creo que fueron los asesinos quienes manejaron la cámara. Debieron de, no sé..., situarla junto al cuerpo yaciente de la víctima, como si quisieran capturar las últimas imágenes que vio antes de morir.

Lucie sintió un escalofrío al mirar las fotos. Frente a ella se hallaban los últimos segundos de la vida de Claude Poignet, ante sus ojos. El pobre hombre se fue de este mundo con aquellas imágenes... Las de un desconocido calzado con botas militares que miraba cómo moría mientras otro le estrangulaba.

—Como si... Claude Poignet fuera él mismo la cámara. Esos cabrones querían ir hasta el interior de él.

—Exactamente. Como usted ha dicho, la víctima disponía de un laboratorio de revelado, una cámara antigua de dieciséis milímetros y bobinas de película virgen. Los asesinos se aprovecharon de ello. Filmaron, fueron al cuarto oscuro y sumergieron en el líquido de revelado las imágenes que les interesaban. A continuación, las cortaron para disponerlas en las cuencas oculares de la víctima. La operación, toda una técnica, debió de llevarles una hora.

Lucie apretó los labios. Aquellos dos enfermos no se habían contentado con hacerse con la bobina, sino que habían elaborado un guión digno de una película de terror pensado incluso para darle trabajo a la policía. Unos individuos que pensaban las cosas antes de hacerlas, organizados, tan seguros de sí mismos que hasta se habían permitido quedarse en el lugar del crimen a jugar. Lucie expresó sus sentimientos:

—Al hacerlo, nos han ofrecido amablemente dos elementos. La posición exacta del cuerpo antes de colgarlo y el calzado. Unas botas militares... Eso confirma que quien fue al domicilio de Szpilman y quien participó en el asesinato de Poignet es el mismo individuo. ¿Un militar, tal vez?

—O alguien que pretende hacerse pasar por un militar... O ni lo uno ni lo otro, cualquiera puede tener en su casa unas botas militares. Añadiría sobre todo que saben de cine. Uno de ellos sabe filmar, extraer la película de la cámara en un cuarto oscuro y revelarla. Créame que, sin algunas nociones, usted no podría ni siquiera poner en marcha uno de esos viejos aparatos.

—Los de las huellas no han descubierto nada en el cuarto oscuro, aparte de las de la víctima. Habrá que enviar de nuevo a los hombres allí, para que inspeccionen el material, las cámaras. Seguro que hay rastro del ADN de los asesinos, sobre todo si el ojo estuvo en contacto con el visor. Por fuerza tuvieron que cometer errores. No se puede jugar así con la muerte...

Cogió las fotos y le dio las gracias. Una vez en la calle, caminó lentamente, en plena reflexión. Se preguntaba por el cómo, el porqué. ¿Por qué los asesinos dejaron aquellas imágenes en el lugar de los ojos? ¿Qué trataban de demostrar aquellos sádicos?

Sumida en sus preguntas puramente psicológicas, pensó en Sharko, aquel curioso tipo al que había conocido durante sólo unos momentos frente a la estación del Norte. ¿Sería capaz él de dar con la respuesta gracias a sus conocimientos y sus años de oficio? ¿Sería mejor que ella frente a aquella escena del crimen particularmente dura e insólita? Ardía en deseos de hablarle de aquel nuevo homicidio, de ver cómo se las apañaría él a sus cincuenta años.

Por asociación de ideas, Lucie trató de atar cabos con el caso de Gravenchon. En aquél, las víctimas también habían sido enucleadas. Un médico, alguien del oficio, según Sharko. Ahora se le añadía también la competencia de «cineasta». El perfil comenzaba a dibujarse, aunque no pudiera adivinarse nada concreto. ¿Por qué el robo de los ojos? ¿Qué importancia revestían los ojos para quien los robaba? ¿Qué hacía con ellos tras robarlos? ¿Acaso los conservaba como trofeo? A Lucie le venía a la cabeza también la obsesión en el cortometraje por la retina, el iris... El tajo del escalpelo en la córnea, la palpitación de los párpados... Recordó también el comentario de Poignet: «El ojo no es más que una vulgar esponja que capta la imagen».

Una esponja...

Repentinamente excitada, Lucie cogió su móvil, rebuscó en sus contactos y llamó al forense.

—¿Doctor? Soy Lucie Henebelle. ¿Le molesto?

—Espere un momento, se lo digo al negrazo manido que tengo sobre la mesa... No, dígame. ¿Qué quiere saber, Lucie?

Lucie sonrió, el forense la conocía muy bien. Hay que reconocer que era una «buena clienta».

—Puede parecer estúpido, pero... Se trata de algo de lo que he oído hablar, pero para lo que no tengo respuesta: ¿el ojo puede conservar algún tipo de huella de lo que sucedió justo antes de la muerte?

—Perdone, ¿a qué se refiere?

—¿Una imagen violenta, por ejemplo? ¿La última imagen antes del cese de las funciones vitales? ¿Un conjunto de granos de luz que podrían ser reconstruidos, no sé, analizando las células fotorreceptoras excitadas, o partes del cerebro que hubieran conservado la información en algún lugar?

Silencio. Lucie se sentía incómoda, probablemente el forense se echaría a reír.

—El fantasma del optograma...

—¿Cómo dice?

—Me está hablando del fantasma del optograma. Hacia finales del siglo XIX, la creencia popular era que un asesinato, por la violencia y su carácter instantáneo, podía impresionar la retina del muerto como si ésta fuera una película sensible...

Película sensible, ojo, celuloide... Unas palabras que aparecían una y otra vez en bucle desde el inicio del caso.

—Algunos médicos de la época se interesaron por el tema. Creían que de la retina de un cadáver se podía extraer el retrato de un criminal. El fantasma del optograma es la grabación directa del asesinato por el cuerpo en el que ha sido perpetrado. En aquella época se creía que, fotografiando el globo ocular desprendido de su órbita, una vez eliminado el cristalino, se podrían interpretar las pruebas tangibles del crimen. Algunos médicos llegaron a utilizar ese método para colaborar con la policía, y se llegó a detener a gente. Probablemente a inocentes.

—Y... ¿esa impresión retiniana es verosímil?

—No, no, evidentemente. Como su nombre indica, forma parte del mundo de los fantasmas.

Lucie planteó una última pregunta.

—Y, en 1955, ¿aún creían en eso?

—No. En 1955 no estaban tan atrasados, créame.

—Gracias, doctor.

Se despidió y colgó.

El fantasma del optograma...

Fantasma o no, el asesino o los asesinos habían pretendido llamar la atención sobre la imagen, su poder, su relación con los ojos. Ese órgano sensitivo debía de ser importante para el asesino, simbólico. Ese instrumento increíble era el pozo que ofrecía luz al cerebro, el túnel que conducía hasta el conocimiento del mundo físico. Y era también, desde el punto de vista artístico, el origen del cine. Sin ojo, no hay imágenes y no hay cine. La relación era tenue, pero existía. Lucie consideraba desde aquel momento al asesino como una personalidad escindida entre lo médico —el ojo como órgano que se diseca— y lo artístico —el ojo como medio de comunicación y portador de imágenes—. Al ser dos los asesinos, tal vez cada uno tuviera una competencia. Un médico y un cineasta...

Sumida aún en sus cavilaciones, Lucie se detuvo frente a una sandwichería. Su móvil vibró. Era Kashmareck. Sin preámbulos, le dijo:

—¿En qué andas?

—Acabo de salir de la policía científica con algunas noticias, llego enseguida.

—Perfecto. Sé que es tarde, pero nos vamos a la clínica universitaria Saint-Luc, cerca de Bruselas.

Lucie compró un bocadillo y se puso de nuevo en camino.

—¿Otra vez Bélgica?

—Sí. Hemos revisado las llamadas efectuadas por la víctima. Entre otros, Poignet habló con un tal Georges Beckers, especialista de las imágenes y del cerebro. Me diste su tarjeta. Trabaja en neuromarketing. No sabía siquiera que existiera ese oficio. Justo después de escanear el film, Claude Poignet le envió la dirección del servidor en el que había guardado una copia, y le pidió que lo analizara. Tenemos el film digitalizado, Lucie. Nuestros servicios están descargándolo. Voy a poner a trabajar de inmediato en ello a un especialista en lenguaje labial y a técnicos de la imagen. Vamos a despiezarlo al detalle.

Lucie suspiró en silencio. Los asesinos habían sido derrotados por la tecnología. Habían asesinado para guardar su secreto y éste se difundía en aquellos mismos instantes a través de los ordenadores de la policía.

—Y Beckers, ¿ha descubierto algo?

—Según él, Wlad Szpilman ya había pasado por su centro de investigación con el mismo film hará unos dos años. Szpilman conocía al director de entonces, fallecido de un paro cardíaco hace unos meses.

Lucie reflexionó, antes de responder.

—Wlad Szpilman debió de tener la misma intuición que el restaurador. Según su hijo, era de los que veían la misma película decenas de veces, tenía ojo de experto. Debió de acabar por sospechar que el film ocultaba cosas extrañas y por ello hizo analizarlo. Dos años es mucho tiempo, sin embargo.

—Vamos para allá ahora mismo. Hemos hablado con Beckers y nos espera. ¿Estás bien?

Ella miró su reloj. Más de las ocho.

—Déjeme pasar primero por el hospital. Quiero ver a mi hija y decirle por qué hoy no podré quedarme a dormir a su lado.

22

Sharko se preguntaba si realmente iba a entrar en el Cairo Bar, un local cutre en una callejuela sombría y sin iluminación del barrio de Tewfikieh. A lo largo de la callejuela dormían carretones cubiertos simplemente con una sábana, y gatos negros, los *mau*, saltaban por lo alto de las paredes de cal. Sharko descendió los escalones que conducían al café. Para penetrar en su interior era necesario, realmente necesario, que a uno le gustaran las emociones fuertes. Un rótulo descolorido indicaba *Coffee shop*, y los grandes cristales estaban cubiertos de hojas de periódico enganchadas unas a otras, que impedían ver qué se tramaba en el interior. La fachada era tan sórdida como las de los miserables *sex-shops* que florecen en las calles de París.

El policía comprobó una última vez que llevaba consigo su identificación de policía, aunque sinceramente dudaba de que allí le pudiera ser de alguna utilidad, y se adentró en la boca del lobo. Sobre él se abatió un mareante olor a hachís, mezclado con el de la menta y el *muasel* de los narguiles. La luz estaba tamizada, el potente aire acondicionado roncaba. Las mesas de madera maciza, las lámparas antiguas de estilo vienés, los objetos de arte de bronce colgados de las paredes y las grandes jarras de cerveza daban a aquel lugar la apariencia de un pub inglés. Una camarera, caucásica y con poca ropa, oscilaba entre las siluetas con la bandeja cargada de vasos que desbordaban de alcohol. Sharko esperaba encontrarse con rostros picados por la viruela, devastados por la droga y el bebercio. Le sorprendió la buena apariencia de la clientela, formada en su mayoría por jóvenes. Y vestidos como Michou.

Locas. Se había metido en un antro de locas.

¡Lo que faltaba!

Mientras ojos de color miel no le perdían de vista, avanzó con paso seguro hasta la barra, tras la cual había un tipo de piel blanca, iris azules y cabello rubio. Sharko miró su reloj —el taxi le había dejado allí diez minutos antes de la hora convenida— y señaló con el mentón una botella de color ámbar, con una etiqueta en la que se leía Old Brent.

—Whisky, por favor...

El barman le miró de arriba abajo con particular insistencia antes de servirle su copa. Sharko fue abordado de inmediato por la derecha. ¡Ya empezaban los preliminares! El tipo tendría unos veinte años, piel morena, cabello cortado como un recluta. Alrededor del cuello se había anudado un fular rosa bajo una camisa amarilla. Le murmuró a la oreja:

—¿*Kudiana* o *bargal*, «por favor»?

—Ni lo uno ni lo otro. Déjame en paz, «por favor».

El poli cogió su vaso —allí servían dosis más que generosas— y fue a sentarse a un rincón. Observó a los clientes, y vio los modos de los ricos con sus trajes de marca y sus zapatos de importación, al acecho, y los pobres, mucho más afeminados, de una asombrosa belleza, vestidos con sus ropas modestas. El sexo o la prostitución debían de ser, allí como en todas partes, una manera de salir de la miseria, en una noche y gracias a unos cuantos billetes. Se saludaban a la egipcia, cuatro besos y manos que se palmean las espaldas, y si no se besaban en la boca no era por falta de ganas. Sharko se llevó el vaso a los labios con un suspiro y de pronto llegó hasta él una voz, desde detrás:

—Yo que usted, no me lo bebería. Dicen que un joven pintor se quedó ciego aquí después de beber ese whisky. El dueño, el inglés, fabrica él mismo su alcohol para doblar los beneficios. Es habitual en los viejos cafés de El Cairo.

Atef Abdelaal se instaló junto a él. Dio unas palmadas e indicó «dos» a la camarera. Sharko dejó su whisky sobre la mesa con gesto de asco, sin haberlo probado.

—Habla usted un francés impecable.

—Durante mucho tiempo frecuenté a un amigo de su país. Y trabajo con muchos compatriotas suyos instalados en Alejandría. Los franceses son buenos para los negocios.

Se inclinó por encima de la mesa. Había subrayado sus ojos con un trazo de kohl y se había peinado hacia atrás sus cabellos finos. Sus pupilas estaban sutilmente congestionadas a causa del hachís, que probablemente había consumido antes de llegar al bar.

—¿No le han seguido?

—No.

—Sólo aquí podemos estar tranquilos. La policía ni se acerca, algunas de las personas que nos rodean son importantes hombres de negocios y controlan el barrio. Ahora que la policía sabe que nos hemos visto en el terrado, me vigilarán. He pasado por los tejados para llegar hasta aquí.

—¿Por qué van a vigilarle? ¿Y por qué me vigilan a mí?

—Para evitar que meta la nariz donde no debe. Devuélvame el papel que le di en el terrado. No quiero dejar ningún rastro de nuestro encuentro en este bar.

Sharko se lo entregó y con un gesto de cabeza señaló a los rostros hundidos en la penumbra.

—¿Y esos que nos rodean? Nos han visto juntos.

—Aquí estamos al margen de la ley y de las reglas sociales. Nos conocemos por nombres de mujer, tenemos nuestros códigos, nuestro lenguaje. El único objeto de nuestros encuentros es la *uasla*, la relación homosexual entre *kudiana*, los pasivos, y *bargal*, los activos. Siempre negaremos haber visto a uno de los nuestros aquí, pase lo que pase. Son las reglas.

Sharko tenía la sensación de hundirse en las entrañas secretas y desconocidas de la ciudad, al ritmo de la noche.

—Explíqueme con mayor detalle el motivo de su visita a Egipto —dijo Atef.

Sharko contó la historia a grandes rasgos, sin desvelar los elementos confidenciales del caso. Habló sin entrar en detalles de los cadáveres descubiertos en Francia, de las semejanzas con el modus operandi que se usó con las jóvenes víctimas egipcias, del telegrama enviado por su hermano. Atef adquirió el aspecto sombrío de un yin. Su mirada se había enturbiado.

—¿Cree realmente que esas dos historias tan alejadas en el tiempo y el espacio están relacionadas? ¿Qué pruebas tiene?

—No puedo decirle nada, pero noto que me ocultan cosas, que en el informe faltan documentos. Estoy atado de pies y manos.

—¿Cuándo se marcha?

—Mañana por la tarde... Pero le aseguro que si hace falta volveré como turista, daré con las familias de esas pobres muchachas y las interrogaré.

—Es usted testarudo. ¿Por qué le interesa la suerte que corrieron unas miserables egipcias asesinadas hace tanto tiempo?

—Porque soy policía. Porque el paso del tiempo no debe apagar la ira que provoca un crimen.

—Bellas palabras para un justiciero.

—Soy sólo padre y marido. Y me gusta ir hasta el final de las cosas.

La camarera les sirvió dos cervezas de importación y unos *mezés* calientes. Atef invitó a Sharko a que se sirviera y habló en voz queda.

—Está atado de pies y manos porque todo el sistema policial egipcio está corrompido. En sus filas reclutan a pobres e ignorantes, la mayoría de los cuales vienen del campo o del Alto Egipto, para que no se opongan al sistema. Les dan apenas para comer para que ellos mismos se vean obligados a corromperse. Proporcionan documentación falsa a cambio de dinero y chantajean a los taxistas y a los dueños de restaurantes, amenazándoles con quitarles las licencias. De El Cairo a Asuán, por todas partes se habla de violencia policial. Hace sólo unos años, nos condenaban por homosexualidad. Nos pudríamos en sus calabozos, se lo aseguro. Con menos de trescientas libras al mes para vivir, treinta de sus euros, se acomodan al sistema. La mitad de los policías de este país ignoran por qué hacen lo que hacen. Si les dicen que repriman, reprimen. Pero mi hermano no era de esa cuerda. Tenía los valores de los hombres del Saïd. Orgullo, respeto.

Atef sacó una foto de su cartera y se la tendió a Sharko. En ella se veía a un hombre erguido, joven, robusto, vestido de uniforme. Irradiaba la belleza orgullosa de los pueblos del desierto.

—Mahmud siempre soñó con ser policía. Antes de su admisión, se inscribió en la Casa de la Juventud de Abdín para hacer musculación, quería estar en forma para las pruebas de gimnasia de la academia de policía. Obtuvo un ochenta sobre cien en el examen de bachillerato. Era brillante. Y lo logró, sin dinero, sin sobornos. Nunca fue extremista, no tenía nada que ver con esa gangrena. Fue un montaje para hacerle desaparecer.

Sharko puso delicadamente la fotografía sobre la mesa.

—¿Un montaje de la policía, dice?

—Sí, de ese hijo de perra de Nuredín.

—¿Por qué?

—Nunca he sabido el porqué. Hasta hoy, cuando, gracias a usted, he comprendido que todo estaba relacionado con esa famosa investigación. Aquellas muchachas asesinadas de una manera salvaje...

Atef miraba al vacío, hacia su lata de cerveza. Con aquel maquillaje, desprendía una sensualidad muy femenina.

—Mahmud se metió a fondo en esa historia. Se llevaba a su apartamento los informes, las fotos, sus apuntes y notas personales. Me dijo que el caso fue archivado rápidamente y que sus superiores le habían asignado otro caso. Aquí, investigar mucho tiempo la muerte de una pobre gente no da dinero, ¿me entiende?

—Sí, comienzo a comprenderle.

—Pero Mahmud seguía investigando, discretamente. Cuando la policía registró su apartamento, después del hallazgo de su cuerpo carbonizado, se lo llevó todo. Y ahora me dice usted que todo ese material ya no existe. Alguien tenía interés en que desaparecieran.

Al menor ruido, Atef observaba a su alrededor. El humo de las chichas enturbiaba los rostros, ensombrecía los gestos atrevidos. Salieron unos hombres. A aquel lugar se entraba solo y se salía en pareja para una noche movida.

Sharko bebió un trago de cerveza. El ambiente era el fiel reflejo de la situación: tenso.

—Y su hermano, ¿le contó alguna cosa? ¿Algún detalle? ¿Había puntos en común entre las muchachas asesinadas?

El árabe sacudió la cabeza.

—Fue hace mucho tiempo, comisario. Y contándome tan poco tampoco me ayuda mucho.

—En ese caso, le refrescaré la memoria.

Sharko extendió las fotos de las víctimas sobre la mesa. Esa vez, explicó exactamente lo que Nahed le tradujo en el despacho sin aire acondicionado de la comisaría. El descubrimiento de los cadáveres, los elementos precisos del informe de la autopsia. Atef escuchaba atentamente, y ni tocaba su bebida o los *mezés*.

—Ezbet El Nagl, el barrio de los traperos... —repitió—. Ahora que lo dice, sí, creo que mi hermano fue allí en el curso de la investigación. Luego Chubra... Chubra... Las fábricas de cemento. Todo eso lo recuerdo vagamente.

Cerró los ojos unos segundos, volvió a abrirlos, cogió una de las fotos y la observó detenidamente.

—Creo que mi hermano estaba convencido de que había alguna relación entre las tres muchachas. Los crímenes estaban demasiado cerca uno del otro en el tiempo y eran demasiado similares para que el asesino hubiera actuado al azar. El asesino por fuerza tenía que tener un plan, una ruta trazada.

A Sharko se le había hecho un nudo en la garganta que le asfixiaba cada vez más. Mahmud había sentido al asesino, había actuado como era debido, partiendo del principio de que un asesino rara vez actúa al azar. Un verdadero investigador a la europea, sin duda el único en aquella gigantesca ciudad.

—¿Qué plan?

—Lo ignoro. Mi hermano no me explicaba demasiadas cosas, a mí, ya que... a mí no me gustaba lo que hacía. Pero sé a quién pudo contarle más cosas.

—¿A quién?

—A mi tío, el que nos sacó de la miseria, hace mucho tiempo. Ambos estaban muy unidos y se explicaban muchas cosas.

A sus espaldas, circulaban las botellas de alcohol y el ambiente se iba caldeando. Las manos se acercaban, los dedos acariciaban las muñecas para insinuar el deseo. Sharko se inclinó por encima de la mesa:

—Vamos a ver a su tío.

Atef dudó un buen rato.

—Quiero ayudarle, en memoria de mi hermano, pero iré solo. Prefiero ser prudente y no pasearme con usted por todas partes. Veámonos mañana, frente a la ciudadela de Saladino que domina la ciudad de los muertos, una hora y media después de la llamada a la oración. A las seis de la mañana, al pie del minarete de la izquierda. Allí estaré y le llevaré noticias.

Atef bebió la mitad de su cerveza.

—Me quedo un rato más. Ahora, váyase. Y, sobre todo...

Sharko cogió finalmente su vaso de whisky y lo vació de un trago.

—Lo sé, ni una palabra. Hasta mañana.

Una vez fuera, el policía se perdió expresamente

por las calles de El Cairo, llevado por las riadas humanas, los colores y los olores.

Puede que tuviera una pista.

La temperatura había descendido unos diez grados. Al policía no le apetecía regresar solo a su pequeña habitación y enfrentarse al interior de su cabeza. La ciudad le arrastraba, le guiaba en sus torbellinos de misterios. Descubrió cafés singulares entre dos edificios, fumaderos de narguiles iluminados por farolillos entre los que se movían los portadores de brasa, se cruzó con vendedores ambulantes de carteras de escay y pañuelos de papel, se sumergió en ambientes cuya existencia ni siquiera hubiera podido imaginar. Fumó y bebió sin preocuparse por el agua con la que habrían preparado el té, sin temer la *turista*, la terrible diarrea. En algún lugar de El Cairo islamista, llevado por la ebriedad, asistió a la muerte de tres novillos, degollados en plena calle, que unos carniceros despedazaron antes de embalar los trozos en bolsas para su distribución. En plena noche, aparecieron olas humanas de pobres, de niños descalzos, de mujeres cubiertas con velos negros, ante un hombre rico vestido con traje que les distribuía panfletos políticos. La distribución de esas bolsas de carne con propaganda política provocaba gritos y codazos. La ciudad entera vibraba como un solo hombre.

En plena euforia, Sharko sintió de repente que el corazón le daba un vuelco y entrecerró los ojos. Allá al fondo, apartado de la masa, un hombre, oculto en la oscuridad, con bigote y un sombrero que parecía una boina.

Hasán Nuredín.

El hombre dio un paso hacia un lado y desapareció en una calle.

El francés trató de abrirse paso en su dirección, pero la riada humana le hizo tambalearse. Apartó la masa de gente a la fuerza y se puso a correr tras atravesar la marea de brazos. Cuando logró llegar, el inspector principal había desaparecido. Siguió avanzando por callejuelas desiertas, giró a un lado y a otro, hasta detenerse por fin, solo entre viviendas silenciosas.

Le seguían. Incluso allí. ¿Qué significaba aquello? ¿Y si sólo lo había soñado? ¿Y si aquella silueta no había sido más que una visión, como Eugénie?

Sharko dio media vuelta. Allí, el aire parecía helado. Aquel silencio, aquella oscuridad, la negrura de las fachadas. Aceleró y por fin llegó a la agitada calle mayor. Más allá, los murmullos se intensificaban, los inimitables cantos de las mujeres surcaban el aire, al ritmo de las castañuelas que repiqueteaban y de los tambores *tabla*. Sharko se hallaba en Egipto, y descubría a unas gentes tan sencillas que en la mesa bebían de un solo vaso, que vivían en la calle y cocinaban el pan sobre la acera.

Pero, en medio de aquella algarabía, un monstruo había atacado.

Un Gul sanguinario, que había ido de barrio en barrio para extender las tinieblas.

Fue más de quince años antes.

Solo en la habitación 16, que daba a la calle Mohamed Farid, envuelto a la egipcia en sus sábanas a causa de los mosquitos, Sharko aplastó sus orejas con las manos. Eugénie lanzaba salsa de cóctel contra las paredes mientras discutía con él. No quería más cadáveres, ni horrores, lloraba y se tiraba de los cabellos con gritos estridentes. Y en cuanto Sharko se hundía, muerto de cansancio, ella daba palmadas, y él volvía a sobresaltarse de nuevo.

—Todos esos te vigilan. Nos espían, querido Franck, por la ventana y por la cerradura. Nos siguen, husmean nuestro olor. Tenemos que regresar a casa antes de que nos hagan daño. ¿Quieres que me torturen como a Éloïse y a Suzanne? Acuérdate de Suzanne, desnuda, el vientre muy redondo, atada sobre una mesa de madera. Sus gritos, te suplicaba, Franck... ¿Por qué no estuviste allí para salvarla? ¿Por qué, querido Franck?

El área de Wernicke del cerebro de Sharko palpitaba. Se puso en pie y echó un vistazo a la calle. Vio las coronillas de las cabezas, los vestidos blancos que oscilaban en el aire espeso. No había ni rastro del poli con estrellas. Acto seguido, comprobó que la puerta y las persianas estuvieran bien cerradas. La paranoia seguía allí, se incrustaba en su carne, y Eugénie todavía se negaba a marcharse. Extenuado, el policía esquizofrénico se precipitó hacia el pequeño frigorífico, cogió todos los cubitos de hielo y los arrojó a la bañera. Encerrado en el cuarto de baño, dejó correr el agua fría y se sumergió, conteniendo la respiración, con el cuerpo helado. Los altos bordes de esmalte dibujaron unas murallas familiares que le tranquilizaron. Pareció que el mundo se concentraba sobre su cuerpo y que, a su alrededor, todo quedaba reducido a nada.

Acabó por dormirse en la bañera vacía, acurrucado y tembloroso como un perro viejo, solo, muy lejos de su hogar, con sus fantasmas interiores. Sostenía contra el torso la locomotora Ova Hornby a escala 0, con su vagoneta negra para el carbón y la leña.

Una lágrima le corrió por la mejilla.

23

El *Ring* de Bruselas, su vía de circunvalación, permanentemente embotellado, se aligeraba de los últimos trabajadores en la periferia de la ciudad. Debido al fuerte calor de aquellos días, y a pesar de las numerosas medidas contra la contaminación, el cielo estaba empañado por un velo amarillento. Provistos de sus GPS, Lucie y su comandante llegaron sin problema a la clínica universitaria Saint-Luc, situada en las afueras de la capital belga, en una zona boscosa y con unos edificios de arquitectura lineal y cuidada que causaban una impresión de paz y a la par de fuerza. Por lo que Kashmareck había comprendido, la clínica, además de su función de hospital, asumía misiones altamente especializadas, apoyada por una infraestructura tecnológica puntera. Entre otros proyectos, se ocupaba de actividades de neuromarketing. A grandes rasgos, se trataba de comprender mejor los comportamientos de los consumidores gracias a la identificación de los mecanismos cerebrales que intervienen en el momento de efectuar una compra.

Georges Beckers esperaba a los policías en el departamento de imagen médica, en el sótano del hospital universitario. El hombre, bajito y abotagado, tenía un rostro jovial, con un collar de barba rubia y unas mejillas rollizas. Nada dejaba adivinar que era una eminencia en el terreno de la neuroimagen cerebral, si es que puede decirse que exista un arquetipo de algo así. Les explicó brevemente que, una vez finalizadas las consultas médicas, en el departamento se permitía que los escáneres fueran utilizados con fines comerciales a cambio de una contraprestación económica. Ésa era una actividad prohibida en territorio francés.

Mientras recorrían los pasillos, el comandante de policía preguntó acerca del caso:

—¿Cuándo conoció a Claude Poignet?

Beckers respondió con un marcado acento belga:

—Hará unos diez años, en un coloquio en Bruselas acerca de la evolución de la imagen desde el siglo de las luces. A Claude le interesaba mucho la manera en que la imagen se transmite a través de las generaciones, a través del libro ilustrado, el cine, la fotografía o la memoria colectiva. Yo asistía por la ciencia y él por el cine. Enseguida simpatizamos. Es horrible lo que le han hecho...

Los dos policías asintieron.

—¿Se veían a menudo?

—Diría que dos o tres veces al año. Pero nos comunicábamos a menudo a través del correo electrónico o por teléfono. Seguía con gran interés mis trabajos sobre el cerebro y me enseñó muchas cosas sobre cine.

Al final del pasillo se detuvieron junto a unos

grandes cristales. Al otro lado reposaba un cilindro, situado en el centro de una sala blanca. Frente al escáner había una especie de mesa sobre raíles con un aro para sostener la cabeza.

—Este escáner es una de las máquinas más avanzadas que existen. Tres teslas de campo magnético, obtención de una imagen del cerebro cada medio segundo, un sistema de análisis estadístico muy potente... ¿Tiene usted claustrofobia, comandante?

—No, ¿por qué?

—En ese caso será usted quien pase por el escáner, si no tiene inconveniente.

El rostro de Kashmareck se ensombreció.

—Hemos venido por el film. Por teléfono me pareció que había descubierto algo.

—En efecto, pero la demostración puede ser la mejor explicación. Esta noche la máquina está libre, así que más vale aprovechar la ocasión. Una sesión de IRMF* en un cacharro que cuesta varios millones de euros no es algo que podamos permitirnos cada día.

El hombre parecía sediento de ciencia y ardía de impaciencia por utilizar sus juguetes. En cierta manera, Kashmareck iba a servir de conejillo de Indias y probablemente alimentaría las estadísticas por las que se pirran todos los investigadores. Lucie dio unas palmaditas en el hombro de su jefe y le dirigió una sonrisa.

—Lleva razón, nada mejor que un buen baño de rayos.

* Imagen por resonancia magnética funcional. *(N. del t.)*

El comandante soltó un gruñido y aceptó seguir el protocolo. Beckers se lo explicó:

—¿Ya ha visto el famoso film?

—Aún no he tenido tiempo, acabamos de descargarlo desde nuestros ordenadores. Pero mi colega me ha explicado el contenido durante el viaje hacia aquí.

—Muy bien, así tendrá ocasión de verlo. Pero lo verá en el interior del escáner. Mi asistente le espera. ¿Lleva algún aparato dental, algún *piercing*?

—Ehh... Sí.

Miró a Lucie, dubitativo.

—Aquí, en el ombligo...

Lucie se llevó la mano a la boca para no reírse. Se volvió e hizo ver que observaba los aparatos, mientras el científico proseguía su explicación.

—Quíteselo. Le instalaremos y se pondrá unas gafas que, de hecho, son dos pantallas pixelizadas. Durante la proyección del cortometraje, los aparatos registrarán su actividad cerebral. Por favor...

Kashmareck suspiró.

—¡Dios mío, si me viera mi esposa!

El policía se alejó y se reunió con un hombre en bata, que le esperaba. Lucie y el científico se dirigieron a una especie de sala de control, repleta de pantallas, ordenadores y botones de colores. Parecía el interior del *Enterprise*, la nave de la película *Star Trek*. Mientras instalaban a Kashmareck, Lucie hizo la pregunta que la reconcomía:

—¿Qué va a suceder?

—Veremos la película al mismo tiempo que él, pero directamente en el interior de su cerebro.

A Beckers le divirtió la sorpresa que provocó en su interlocutora.

—Hoy, teniente, estamos en camino de desvelar importantes misterios del cerebro. En particular en lo que concierne a las imágenes y los sonidos. El truco de cartas más viejo del mundo, el de la adivinación, pronto acabará en el fondo de un desván.

—¿Qué quiere decir?

—Si le muestra una carta a su colega mientras está en el escáner, puedo adivinarla simplemente observando la actividad de su cerebro.

Abajo, el comandante se tumbaba sobre la mesa, no demasiado tranquilo. El asistente acababa de ponerle unas extrañas gafas de montura cuadrada y cristales opacos.

—¿Está tratando de decirme... que puede leer el pensamiento de la gente?

—Digamos que ya no es una quimera. Actualmente somos capaces de proyectar en pantallas pensamientos visuales simples. Cuando uno ve una imagen concreta, hay miles de pequeñas zonas del córtex visual, que llamamos vóxeles, que se iluminan e identifican de manera prácticamente única la imagen en cuestión. Gracias a complejos cálculos matemáticos, podemos asociar una imagen a una cartografía cerebral, y lo archivamos todo en una base de datos. De esa manera, en cualquier momento podemos utilizar el sistema en sentido inverso: a cada conjunto de vóxeles visualizado por IRMF corresponde en teoría una imagen. Si ésta se halla en nuestra base de datos podemos restituirla y, por lo tanto, mostrar los pensamientos.

—¡Asombroso!

—¿A que sí? Desgraciadamente, nuestra unidad más pequeña, el vóxel, equivale a cincuenta milímetros cúbicos y contiene alrededor de cinco millones de neuronas. A pesar de la potencia de nuestro escáner, es como si viéramos la forma de una ciudad desde el cielo, sin poder discernir la organización de sus calles o la arquitectura de los edificios. Pero se trata de un paso gigantesco. Desde que un científico genial tuvo la idea, hace algunos años, de que unos voluntarios que servirían de muestra bebieran Coca-Cola y Pepsi en un escáner, ya no hay límites. Se les vendaron los ojos y se les preguntó qué refresco preferían antes de dárselos a probar. La mayoría respondían que preferían Coca-Cola. Pero en esa experiencia a ciegas, esas mismas personas respondían que preferían el sabor de la Pepsi. El escáner nos mostró que una zona del cerebro, llamada putamen, reaccionaba más con la Pepsi que con Coca-Cola. El putamen es la zona donde radican los placeres inmediatos, instintivos.

—Así pues, la campaña de publicidad de Coca-Cola hace que la gente crea preferirla mientras que, en el fondo, su organismo prefiere Pepsi.

—Exactamente. Hoy en día, todas las grandes compañías de publicidad solicitan acceder a nuestros escáneres. El neuromarketing permite incrementar la preferencia de marcas, maximizar el impacto de un mensaje publicitario y optimizar su memorización. Hemos podido descubrir las zonas del cerebro implicadas en el proceso de compra, como la ínsula, que es la zona del dolor y del precio, el córtex prefrontal medio, el putamen o el cuneo. Pronto bastará con que un anuncio entre en su campo visual o sonoro para que tenga impacto en su cerebro. Aunque sus ojos y sus oídos no presten atención, habrá sido concebido de manera que estimule los circuitos de memorización y el proceso de compra.

—Es espantoso.

—Es el futuro. ¿Qué hace usted cuando está cansada, teniente? La vida es cada vez más exigente, más extenuante. Se refugia usted en su casa, frente a sus pantallas, y se relaja. Abre su cerebro a las imágenes, como un grifo, con una conciencia reducida, casi dormida. En ese momento se convierte en un blanco perfecto y le inyectan cuanto quieren en la cabeza.

Era a la vez fascinante y horrible. Un mundo gobernado por la imagen y el control del inconsciente, burlando la barrera racional. ¿Se podría seguir hablando de libertad? A la vista de cómo actuaban sobre los cerebros todos aquellos instrumentos, Lucie volvió a pensar en el fantasma del optograma: aquél era el tema y ya no parecía tan fantasmagórico.

—¿Así que no estaría equivocada si dijera que una imagen puede dejar una huella en el cerebro?

—Es eso exactamente, ha entendido la base de nuestro trabajo. Ustedes estudian las huellas digitales y nosotros las huellas cerebrales. Toda acción deja un rastro, sea cual sea. La cuestión radica en saber descubrirlo, y disponer de los instrumentos que permitan explotarlo.

Lucie pensó en las técnicas de investigación de la

policía científica, centradas en torno al crimen. Allí hacían lo mismo, pero con la materia gris.

—Evidentemente, aún estamos en la Edad Media de esa técnica, pero a buen seguro dentro de unos años existirán aparatos que permitirán visualizar los sueños. ¿Sabe que en Estados Unidos ya se ha planteado la posibilidad de disponer de escáneres cerebrales en los tribunales? Figúrese que esas máquinas pudieran proyectar los recuerdos de un acusado. Ya no habría mentiras, los veredictos siempre serían fiables... Y qué decir de otros terrenos, como la medicina, la psiquiatría, la toma de decisiones en una empresa. También hay neuropolítica, que ofrece la posibilidad de acceder a los sentimientos íntimos suscitados por uno u otro candidato entre los electores.

Lucie recordó el film *Minority Report*. Era vertiginoso, pero se trataba de la realidad del mañana. Una violación de las conciencias. El realizador de 1955, con sus imágenes subliminales, ya se hallaba en ese proceso. Tal vez había comprendido mucho antes que nadie el funcionamiento de determinadas zonas del cerebro.

Al otro lado del cristal, el desdichado comandante entraba en el túnel magnético. Lucie estaba contenta de haberse librado de aquel rato de angustia. Ver la película ya era, en sí misma, una experiencia suficientemente dura.

—¿Qué le parece ese film de 1955? —preguntó ella.

—Impresionante, desde todos los puntos de vista. Desconozco la identidad del director, pero se trata de un genio, un pionero. A través del sistema de imágenes subliminales y de sobreimpresiones, ya incidía en las zonas del cerebro primitivo. El placer, el miedo, el deseo de enfrentarse a lo prohibido. En 1955, ese procedimiento era absolutamente innovador. Ni siquiera los publicitarios estaban en ello. Y quien se adelanta a los publicitarios es claramente un genio.

Aquellas mismas palabras las había pronunciado Claude Poignet.

—¿Y la mujer mutilada, y el toro? ¿Se trata de trucajes?

—Lo ignoro. No es mi especialidad y me he interesado más en el carácter misterioso de la construcción de ese film que en su contenido... Discúlpeme, pero mi asistente nos indica que todo está a punto.

Beckers se dirigió a unos monitores. Lucie pudo ver, en una pantalla, lo que debía de ser el cerebro de su comandante. Una bola palpitante en la que radicaban las emociones, la memoria, el carácter, lo vivido. En otra pantalla, Lucie pudo ver la primera imagen del film digitalizado, aún en pausa. El científico hizo algunos ajustes.

—Adelante... El principio es simple. Cuando entran en actividad, nuestras neuronas consumen oxígeno. El IRMF simplemente colorea ese consumo.

El film comenzó. La animación de la actividad cerebral del comandante se aureoló de colores, y el órgano pareció transformarse en un arco iris que iba del azul al rojo. Algunas zonas se encendían, se apagaban o se desplazaban como fluidos en tubos translúcidos.

—¿Cree que Szpilman hizo lo mismo con su antiguo director hace dos años? —preguntó Lucie—. ¿Utilizó estas máquinas para analizar el film?

—Sí, es probable. Como le he explicado a su jefe por teléfono, en su momento mi antiguo director me habló brevemente de esa experiencia. Y de un film que, por lo menos, era extraño. Pero no investigué más.

Beckers volvió frente a su pantalla y comentó las imágenes en directo:

—Cualquier imagen que penetra en nuestro campo visual es eminentemente compleja. Primero la trata la retina, luego se transforma en un flujo nervioso que el nervio óptico dirige hacia la parte posterior de nuestro cerebro, al nivel del córtex visual. En ese estadio, varias áreas especializadas analizan las diversas propiedades de la imagen. Los colores, las formas, el movimiento y también el carácter de las imágenes: violento, cómico, neutro o triste. Lo que puede ver aquí no nos permite adivinar qué imagen observa el individuo, pero los datos permiten establecer algunas de las características que le he enumerado. Hoy en día, algunos expertos en neuroimagen se divierten adivinando la naturaleza de un film simplemente a partir del análisis de ese amasijo de colores: comedia, drama o película de terror.

—¿Y qué análisis puede hacerse de este film?

—Globalmente, una violencia extrema. Concéntrese en esas zonas...

Señaló con el dedo algunos lugares de la representación eléctrica del cerebro.

—Se iluminan de vez en cuando —constató Lucie—. ¿Son las imágenes subliminales?

—Sí. He cronometrado los momentos de su aparición. Una imagen oculta corresponde siempre a la iluminación de esas zonas. De momento, se trata de los centros del placer... Puede adivinar fácilmente el motivo. La actriz, desnuda, en posturas sexuales osadas. Esas manos enguantadas que la acarician.

Lucie se sentía incómoda al penetrar, en cierta medida, en la intimidad profunda de su superior jerárquico. El comandante ni sospechaba que en aquel momento estaba viendo imágenes subliminales de la actriz tal como vino al mundo. Y aún sospechaba menos que su cerebro hacía de las suyas y podía desencadenar alguna reacción fisiológica embarazosa.

El film digitalizado proseguía. Lucie recordó lo que Claude Poignet le enseñó en la moviola. Se aproximaban a otro tipo de imágenes: el cuerpo de la actriz despedazado sobre la hierba, con el gran ojo escarificado en su vientre. Beckers desplazó el índice sobre la pantalla.

—Ahí estamos. Ésa es la activación del córtex prefrontal medio y órbito-frontal, así como de la articulación témporo-parietal. Acaban de proyectarse las imágenes violentas, hábilmente ocultas en escenas aparentemente tranquilas. Hasta ahora, todo es coherente. Pero esperemos un poco...

Habían visto tres cuartas partes de la duración del film en blanco y negro. La chiquilla acariciaba un gato, sentada en la hierba, rodeada en todo momento de aquella extraña niebla y de un cielo negro.

Una escena neutra que, a priori, no despertaba emoción alguna.

—Ya está... Las señales del cerebro se aceleran, incluso fuera del minutaje preciso que he establecido para cada imagen oculta. Sucede lo mismo con la amígdala y las zonas del córtex cingular anterior. El organismo se prepara para una reacción violenta. Es esa angustia que usted debió de sentir al ver la película. Deseo de huir, tal vez, de detenerlo todo.

Los colores estallaron en el cerebro de Kashmareck antes de llegar a la escena del toro. Había destellos por doquier. Unos segundos más tarde, recuperó una actividad más pausada. Beckers agitó sus apuntes.

—Los circuitos de reacción a las imágenes violentas se activan justo a los once minutos y tres segundos, y dura alrededor de un minuto. Y lo curioso es que en esa parte de la película no hay ninguna de esas imágenes subliminales que se añadieron a la película original. Ni la mujer desnuda, ni la mujer mutilada. Nada de nada.

—¿Y de qué se trata, entonces?

—De un procedimiento alambicado de imágenes ocultas que juega con la sobreimpresión, los contrastes y la luz. Creo que las imágenes subliminales, al igual que el círculo blanco, en la parte superior izquierda, son simplemente señuelos. La evidencia que permite disimular el verdadero mensaje oculto. Inconscientemente, el ojo se siente permanentemente atraído por ese punto molesto, lo que evita que se concentre demasiado en otras partes de la imagen y que exista la posibilidad de descubrir la estratagema.

El cineasta tomó precauciones para despistar a los más observadores.

Lucie ya no podía aguantarse. El film la aspiraba, la poseía.

—Enséñeme esas imágenes ocultas.

—Aguarde a que su comandante se reúna con nosotros.

Lucie no pudo evitar volver a ver la escena del toro, mientras Beckers se instalaba frente a otro ordenador. A la policía se le puso la piel de gallina, sobre todo cuando en un primer plano vio la mirada de la chiquilla, fría, vacía de cualquier sentimiento. Una mirada de estatua antigua.

Unos minutos más tarde llegó Kashmareck. Estaba tan blanco como la tapa del escáner.

«Una película extraña», fueron sus palabras. Él también había sido sacudido, manipulado, afectado y probablemente buscaba una explicación a su estado. Beckers repitió brevemente las palabras que acababa de intercambiar con Lucie y tecleó en su teclado. Apareció un programa de tratamiento de vídeo. El científico abrió el film digitalizado con el programa y se desplazó hasta los once minutos y tres segundos. Unas imágenes casi idénticas aparecieron unas tras otras, como en una película observada al trasluz frente a una bombilla. Con el ratón, Beckers señaló una zona de la primera imagen, en la parte inferior izquierda.

—Siempre hay que observar las partes de contraste débil. En la niebla, el cielo negro, las zonas muy oscuras, omnipresentes en el film en todo momento. Se trata de unas astucias visuales que permiten a nuestro cineasta desarrollar su lenguaje secreto.

Hacía que el cursor del ratón se desplazara rápidamente sobre la pantalla y apoyara así sus explicaciones:

—Si observamos esta imagen tal cual, ¿qué vemos? Una chiquilla, sentada en la hierba, mientras le hace mimos a un gatito. Alrededor están esa niebla y esas largas manchas oscuras de color sólido, a los lados y en el cielo. Si ignoráramos que hay que encontrar alguna cosa, las pasaríamos por alto. Es lo que le sucedió a Claude, que se centró únicamente en las imágenes añadidas, franca y claramente diferenciadas de las del film.

Lucie se aproximó y frunció el ceño.

—Ahora que me fijo, diríase que hay... unos rostros, al fondo de la niebla. Y... y en todas las zonas oscuras alrededor de la imagen.

—Son rostros, sí. Un montón de rostros de niñas...

La escena era extraña, los rostros apenas sugeridos rodeaban a la chiquilla, como súcubos malignos. A medida que el ojo de Lucie se iba acostumbrando, podía ver cada vez más detalles. Unos pies pequeños calzados con zapatillas, unos uniformes, como pijamas de hospital, un suelo liso de linóleo. Un mundo paralelo, sugerido, se dibujaba lentamente. A Lucie le vinieron a la cabeza las ilusiones ópticas. La imagen de un jarrón, por ejemplo, que te piden que mires durante un minuto y al cabo de un rato se distingue en ella a una pareja haciendo el amor.

En el menú, Beckers seleccionó la opción «contraste y luminosidad» y abrió un cuadro de diálogo desde el que podía ajustar los parámetros.

—Supongamos que nos hallamos en 1955, en plena sala de proyección, y que añadimos un filtro sobre el objetivo de la máquina que proyecta el film. Un filtro que mejorará el contraste. Luego aumentamos también la luminosidad. Represento esas manipulaciones aplicando diversos valores que ya he probado. Y ahora, miren...

Aceptó la orden y sobre la imagen ocurrió algo curioso. La imagen que antes era invisible adquiría protagonismo, en detrimento de la escena evidente, mostrada en el film, que se borraba en la blancura de la luz.

—A causa de la luminosidad incrementada, la imagen principal, la chiquilla acariciando al gato, queda sobreexpuesta, se vuelve muy blanquecina. Y por el contrario, la imagen situada en los rincones oscuros, subexpuesta inicialmente, adquiere toda su dimensión.

Las dos imágenes mezcladas producían un efecto extraño, pero entonces podía verse claramente a varias niñas en pie, alrededor de unos conejos apelotonados en un rincón.

Lucie tragó saliva sonoramente. Era eso: los conejos y las niñas. Por teléfono, el canadiense había dicho que todo se inició con eso.

Kashmareck se frotaba la frente.

—Es sorprendente. ¿Cómo pudo el realizador hacer algo semejante?

—Para mí es difícil explicar esa técnica con precisión pero creo que, principalmente, jugó con la sobreimpresión mediante un juego de máscaras adaptables al objetivo de su cámara. Hay un principio fundamental con cualquier película, ya sea fotográfica o cinematográfica: se puede impresionar en ella hasta que se le aplica el fijador en el cuarto oscuro. En resumen, podemos decir que se pueden filmar diversos films en la misma película, basta con rebobinarla sin abrir la cámara oscura. Si se hace sin ton ni son, todo se mezcla de una manera espantosa y no se puede ver nada, pero con habilidad técnica, experiencia y conocimiento de la luz, de los planos y del encuadre se pueden conseguir resultados fantásticos. Claude Poignet admiraba la obra de Méliès. Me explicó que el cineasta había llegado a utilizar hasta nueve sobreimpresiones sucesivas para lograr determinados efectos especiales. Un trabajo de mago y a la vez de orfebre. No cabe duda de que este film es de la misma índole, y que el talento de su realizador es digno de Méliès.

Precavida, Lucie analizaba los rostros que aparecían en la pantalla. Unas niñas de siete u ocho años, de rasgos severos, con la boca cerrada. Ninguna de ellas reía; al contrario, parecían presas de verdadero pánico. ¿Qué temían?

Su corazón dio un vuelco. Acercó el índice a la pantalla.

—Ésa, ligeramente al frente, parece la chiquilla del columpio.

—Es ella.

La habitación en la que se hallaban las criaturas

parecía muy pequeña, sin ventanas. Beckers se frotó sus labios carnosos con un suspiro.

—Nuestro cineasta no sólo quería ocultar imágenes extrañas en su film... quería disimular en él otro film, diferente, totalmente disparatado. Una monstruosidad.

—¿Un film dentro de un film que ningún ojo podría descubrir?

—Sí. Un flujo directo inyectado en el cerebro, sin la menor censura consciente. Sin posibilidad de apartar la vista. Observen atentamente.

Hizo desfilar lentamente las cincuenta imágenes sucesivas que, en realidad, constituían un segundo del film.

—Las imágenes sobreimpresas sólo aparecen cada diez imágenes, lo que da cinco imágenes sobreimpresionadas, espaciadas por dos décimas de segundo, por cada segundo de proyección. Frente al total de imágenes son muy pocas para que el ojo perciba alguna cosa, pero casi suficientes para crear sensación de movimiento. Un movimiento que se imprime en el cerebro... Es el cerebro el que ve la película, y no los ojos.

Lucie trataba de comprender: sin duda eso era lo que justificaba que fueran cincuenta imágenes por segundo. El realizador pretendía insertar un máximo de imágenes ocultas sin que el ojo lo percibiera.

—Ahora, supongamos otra cosa —prosiguió Beckers—. Tenemos frente a nosotros un proyector de cine, con su filtro y su fuerte luminosidad para poder distinguir las imágenes invisibles.

Con un clic, abrió un nuevo cuadro para ajustar los parámetros de visualización de la película.

—Imaginen que ajustamos el obturador del proyector a una velocidad de cinco imágenes por segundo, como permiten la mayoría de las viejas máquinas, mientras la bobina desfila a la velocidad de cincuenta imágenes por segundo. Eso significa que las únicas imágenes proyectadas sobre la pantalla, ante nuestros ojos, son las que nos interesan, mientras las otras quedan obstruidas por el obturador rotativo.

Beckers se puso en pie y apagó las luces. Sólo palpitaban las diferentes pantallas en las que bailaban cortes del cerebro.

—La película que veremos estará entrecortada, ya que lo proyectamos a cinco imágenes por segundo mientras que la impresión de movimiento no se crea netamente más que a unas diez o doce imágenes por segundo. Sin embargo, es suficiente para... —su voz se debilitó— para comprender. Creo que el realizador comprendió algunas cosas sobre el cerebro mucho antes que cualquier otra persona...

Descansó la palma de la mano sobre el ratón y miró a sus interlocutores a los ojos. Su aspecto era grave.

—Les pido por favor que si algún día llegan a comprender el sentido de todo esto no se olviden de informarme. No quiero que esas imágenes se queden sin respuesta en mi mente hasta el fin de mis días.

El film comenzó.

Motor. Acción.

24

Sharko trataba de emerger de la bañera con dificultad cuando uno de los tres mil muecines de El Cairo llamó a los fieles a la oración del alba. La voz, potente y misteriosa, parecía descender del cielo como un oráculo. El policía recordó los altavoces, omnipresentes en las calles. Cuando el sol aún no había salido, ya la ciudad entera vibraba con las enseñanzas del Corán.

El comisario se inclinó hacia atrás, la espalda le tironeaba. Probable compresión de las vértebras L1 y L2, le había dicho un día el médico. Envejecía, válgame Dios, y dormir unas horas en una bañera, plegado en dos, ya no era aconsejable a su edad. En cuanto a las picaduras de mosquitos... Se extendían por su piel hasta el punto de que deseaba pelarla con un cuchillo. Se untó todo el cuerpo con una generosa capa de Parfenac y soltó un suspiro de alivio.

Se tragó su comprimido de Zyprexa, poco eficaz en una ciudad tan calurosa y estresante, e hizo sus maletas. El vuelo a París estaba previsto a las cinco de la tarde. Casi ni había llegado y ya tenía que marcharse. Y esperaba ansiosamente volver al «fresco» parisino, con sus 28 o 29 °C.

Tras comprar unos buñuelos de habas en la esquina de la calle, Sharko detuvo el primer taxi que vio y pidió al taxista que le condujera a la ciudadela de Saladino.

El Nasr le dejó al cabo de un cuarto de hora frente a la impresionante fortaleza, encaramada en la parte alta de la ciudad. Hacia el horizonte, los primeros rayos del sol iluminaban los llanos alrededor de Heliópolis y, detrás, las laderas de las colinas del Mokatam, al pie de las cuales se extendía la mítica Ciudad de los Muertos. Mientras daba bocados a su buñuelo, Sharko admiraba el paisaje. Las tumbas de las tres dinastías de califas y de sultanes que habían gobernado Egipto mil años atrás se aureolaban con los colores del alba. Rojos, amarillos y azules rendían homenaje a la inmensa necrópolis, hoy poblada por miserables. Sentado al pie de uno de los minaretes, como si dominara el mundo, Sharko se daba cuenta de cómo Egipto se había fracturado con el paso de los años: por un lado el pasado majestuoso, irreprochable, con sus faraones, mezquitas, madrasas; y por otro un futuro mucho menos brillante, devorado por la pobreza y el caos de un mundo que crecía demasiado deprisa.

De pronto, un coche se detuvo en el estrecho camino, a una veintena de metros. Sharko se aproximó mientras Atef descendía y abría el portaequipajes de su potente todoterreno. Ambos se estrecharon la mano.

—¿Le han seguido? —preguntó el árabe.

—¿Usted qué cree?

Atef iba vestido de caqui, como un explorador. Una camisa holgada, pantalón de grandes bolsillos y botas. Sharko, a su vez, había escogido un atuendo de turista: bermudas, zapatos náuticos y camisa de color arena.

—Tengo información —dijo Atef—. Iremos al barrio de los traperos. A un hospital, el Centro Salam.

—¿Un hospital?

—Ése es el punto en común entre las víctimas que usted buscaba. Las tres chicas fueron a hospitales de la ciudad, casi al mismo tiempo. Fue el año antes de su muerte, en 1993. Y una de ellas, Busaína Abderramán, fue precisamente al Centro Salam.

—¿Por qué motivo?

—Mi tío lo ignora, Mahmud no le dio muchos detalles. Pero no tardaremos en saberlo.

Sharko había tenido un presentimiento: el asesino estaba relacionado con el mundo de la medicina. La sierra de forense, la enucleación, la ketamina. Y ahora, los hospitales. La pista se dibujaba con mayor precisión.

El árabe cogió la manivela del gato, que frotó con un trapo.

—Mala suerte, acabo de pinchar la rueda delantera izquierda. Y eso que dicen que esto no les pasa nunca a los coches japoneses. Lo reparo y nos vamos.

Sharko se apartó para observar la magnitud de los desperfectos.

Y le pareció que su cráneo se rompía en pedazos.

Un golpe acababa de tumbarlo al suelo.

Noqueado, trató de ponerse en pie, pero menos

de diez segundos después, sus manos se unían a su espalda. Cinta adhesiva. Atef le ató las muñecas, le metió un trapo en la boca que sujetó con varios trozos de cinta adhesiva, y le quitó el móvil.

Arrojado al fondo del portaequipajes, Sharko pudo oír, antes de que el muro de acero cortara definitivamente la luz:

—Vas a reunirte con mi hermano, hijo de perra.

El vehículo arrancó.

Instantáneamente, Sharko comprendió que iba a morir.

25

Lucie no había pegado ojo en toda la noche. ¿Cómo olvidar los horrores vistos en la unidad de neuroimagen? ¿Cómo dormir apaciblemente tras aquel aluvión de tinieblas? Acurrucada en un rincón de la habitación de hospital con su ordenador portátil, veía en bucle el film oculto que Beckers le había grabado en un DVD.

El film dentro del film, grabado con los parámetros correctos de contraste, velocidad y luminosidad.

El de los conejos y las niñas.

Unas criaturas, Dios mío...

Una vez más lo puso en marcha movida por la necesidad de comprender qué pudo suceder en aquellos lejanos años olvidados.

Las imágenes se sucedían al ritmo de cinco por segundo. Eso producía una proyección entrecortada, con falta de información entre plano y plano. Pero la sensación de movimiento, de continuidad, estaba casi lograda, aflorando en el límite de los sentidos. Con la repetición de los visionados, el ojo de Lucie había aprendido a focalizar la escena que le interesaba, y a hacer abstracción de la escena inicial, sobreexpuesta, parásita. Ahora ella ya veía un solo y único film: el film oculto.

Doce criaturas, niñas de corta edad, estaban de pie, pegadas las unas a las otras, con las manos contra el torso. Llevaban unos pijamas probablemente blancos, un poco demasiado holgados para sus escuchimizadas siluetas. Los ojos se les salían de las órbitas, en casi todos los rostros se dibujaban muecas de un miedo profundo, tenaz. Era como si una enorme tormenta negra, cargada de monstruos, retumbara sobre ellas.

Casi todos los rostros... Porque el de la chiquilla del columpio miraba con expresión fría, el mismo vacío en su mirada que frente al toro inmóvil. Se ponía al frente del grupo, la primera de la fila, y no se movía.

Treinta, cuarenta conejos, unos animalillos que aún no eran adultos, temblequeaban en un rincón. Orejas gachas, pelo erizado, bigotes agitados. El cineasta probablemente estaba situado en otra esquina, lo que le permitía abarcar en su tiro de cámara a las niñas y los animales, a cinco o seis metros.

La niña del columpio volvió de repente la mirada hacia la izquierda. Probablemente observaba a alguien invisible para el espectador. La misma presencia misteriosa que parecía estar en todas partes se ocultaba fuera de plano y parecía coordinar el conjunto.

«¿Quién eres? —pensó Lucie—. ¿Por qué te ocultas? ¿Acaso necesitas ver sin que te vean?»

De repente, los labios de la chiquilla se encogieron y sus rasgos se arrugaron. Lucie tuvo la impresión brutal de encararse con una encarnación del mal absoluto. Como un guerrero, la niña echó a correr hacia los conejos, que saltaron a un lado y a otro. Con gesto seguro, cogió a uno de los conejos por la piel de la espalda y, con una mueca que debió de ir acompañada de un grito, arrancó la cabeza del cuerpo.

La sangre le salpicó el rostro.

Abandonó a la bestia despedazada y se abalanzó sobre otro animal, sin dejar de gritar. Lucie apretó los puños. Aunque la película fuera muda, se podía adivinar la fuerza, la rudeza de los gritos de la criatura.

Entre todas las chiquillas cundió el terror, en una cacofonía que la policía pudo imaginar fácilmente. Se pegaban las unas contra las otras con más fuerza, mientras los conejos despavoridos se escurrían entre sus piernas. Sus rostros se volvieron hacia el rincón al que la chiquilla del columpio había mirado la primera vez. Lucie estaba segura de que allí había alguien y de que esa persona hablaba a las niñas. Alguien a quien el cámara no filmaba nunca. Sin duda, el organizador de aquellas abominaciones. El gurú. El monstruo.

Los rasgos de las niñas se crisparon aún más, sus hombros se encogían y el temor y el miedo estallaban. Una de las niñitas se separó del grupo gritando y se precipitó hacia el animal que daba brincos ante ella. Lo agarró de las orejas y lo lanzó contra la pared.

Las siguientes imágenes desafiaban todo cuanto una mente humana pudiera imaginar.

Carnicería, hecatombe o locura eran palabras que aquella horrenda secuencia hacía venir a la mente. Una tras otra, las niñas se pusieron a exterminar a los animales. Ráfagas de gritos mudos, chorros de sangre, cuerpos que voltean en el aire, se estrellan contra una pared y son pisoteados. Más allá de los límites del horror y de la barbarie. La imagen ondulaba, la cámara se mostraba dubitativa, sin saber adónde dirigir el objetivo. El cámara trataba de capturar los rostros, los gestos de las niñas, de recoger el vértigo de la escena con zooms y planos generales.

En menos de un minuto, la cuarentena de conejos había sido masacrada. Unas manchas oscuras salpicaban las ropas y los rostros de las niñas. Las niñas jadeaban, de pie, a cuatro patas, en cuclillas, completamente aisladas las unas de las otras. Sus rostros parecían azorados y sus ojos no apartaban la mirada de las tripas y la sangre.

El film acabó. Pantalla negra en el ordenador.

Lucie abatió la tapa de su portátil con un largo suspiro. Abrió las manos, con las palmas tendidas hacia su rostro: sus dedos seguían temblando. Unos temblores incontrolables que no cesaban desde el día anterior. Una vez más, tenía la necesidad física de sentir a su hija. En pijama, se precipitó hasta la cama de Juliette y sostuvo en sus brazos a la pequeña. Le acarició el cabello, con ternura, a punto de echarse a llorar. En los últimos años, rara vez lloraba. Uno llora tanto durante una fase de depresión que tiene la sensación de haber agotado las reservas de agua y sal para siempre. Pero en aquel momento, sentía que las compuertas podían abrirse de nuevo, que una lluvia de congoja podía hacerla naufragar. En el fondo, el equilibrio de los policías es muy frágil, como una cáscara de nuez que, lentamente, se resquebraja ante el embate de persecuciones y escenas de crimen.

Lucie se puso en pie bruscamente, presa de un deseo irreprimible, cogió su móvil y marcó el número de Sharko, que había conseguido a través de los servicios administrativos. Tenía que hablar del caso con alguien. Vomitarlo todo a una oreja comprensiva, capaz de escuchar, que vibrara al unísono con la suya. Al menos así lo esperaba. Para desesperación suya, la atendió el contestador. Tomó aire y soltó:

—Henebelle al habla. Tengo novedades acerca del film, quisiera hablar con usted. ¿Y la pista en Egipto, cómo va? Llámeme cuando desee.

Colgó, se tumbó y cerró los ojos. El film la obsesionaba, las imágenes ardían en su cabeza. Durante el viaje de regreso, a Kashmareck tampoco le llegaba la camisa al cuerpo. A pesar de que hubieran podido hablar ampliamente del caso, cada uno de ellos prefirió concentrarse en la cinta de asfalto y sumirse en sus propios pensamientos. El comandante sólo había dicho: «Mañana hablamos, Lucie. ¿De acuerdo?».

De acuerdo, mañana. Ya era mañana. Una noche en vela habitada por monstruosidades.

Juliette se movió de repente y se acurrucó contra el pecho de su madre.

—Mamá...

—Tranquila, cariño, tranquila. Duérmete, aún es muy temprano.

Una voz adormecida, tierna.

—¿Te quedarás conmigo?

—Siempre estoy contigo. Siempre.

—Tengo hambre, mamá...

El rostro de Lucie resplandeció.

—¿Tienes hambre? ¡Genial! ¿Quieres que...?

La niña había vuelto a dormirse. Lucie se abandonó con un suspiro de alivio. Tal vez el final del túnel... por lo menos por aquel lado del túnel.

Unas chiquillas, pensó, volviendo al caso. Apenas mayores que Juliette. ¿Qué monstruo había podido obligarlas a actuar de aquella manera? ¿Qué mecanismo había podido desencadenar en ellas aquella violencia? Lucie aún podía ver la habitación, las ropas, el entorno aséptico. ¿Un hospital de pediatría, como aquél? ¿Las niñas eran acaso pacientes que sufrían alguna enfermedad o un trastorno psicológico grave? ¿El hombre que siempre permanecía fuera de plano era tal vez un médico? ¿O un científico?

El médico, el cineasta. Una pareja infame que actuó cincuenta años atrás, y cuyos fantasmas tal vez habían regresado...

Aquellas preguntas sin respuesta daban vueltas y más vueltas en su cabeza. Ante sus ojos palpitaban destellos de luz mientras, progresivamente, el alba iba diseminando sus primeros colores sobre el acero y el hormigón del centro hospitalario.

¿Qué degenerado había creado aquel film y con qué objetivo?

¿Qué les habían hecho a aquellas pobres niñas, perdidas en el anonimato ingrato de las imágenes ocultas?

Si cerca de allí hubiera habido un sótano, Lucie se hubiera escondido en el rincón más oscuro, con las rodillas contra el pecho, para pensar, pensar y pensar. Hubiera tratado de hallar un rostro al asesino, de encarnarlo en una silueta. A ella le gustaba sentir al asesino al que perseguía, olisquear el olor que dejaba en su estela. Y en aquel juego era bastante buena, Kashmareck podía corroborarlo. Beckers a buen seguro podría ver en su cerebro, con sus escáneres, una zona que no se iluminaría en ninguna otra persona confrontada a una escena violenta: la del placer y la recompensa. No se trataba de que sintiera placer; al contrario, en cada nueva investigación tenía ganas de vomitar. Vomitar hasta morirse ante los horrores que los humanos son capaces de cometer. Sn embargo, un cebo invisible siempre la retenía. Un anzuelo que arrancaba la garganta y destruía el interior sin que uno pudiera desprenderse de él.

Y en aquella ocasión no era precisamente una pequeña caña de pesca para truchas la que la había rozado.

No, se trataba de un arte de mayor tamaño.

Ideal para la pesca del tiburón.

26

Debieron de circular una media hora. En cuanto el coche comenzó a dar tumbos, Sharko dejó de oír el ruido de la circulación. Sólo chisporroteos bajo los neumáticos. Luego, cada vez más, le pareció que tenía lugar el fin del mundo, tras la chapa del coche. Rugía un viento infernal, y por doquier caía una lluvia que crepitaba con una especie de campanilleo.

Una tormenta de arena.

Atef le llevaba al desierto.

Trató de liberarse por todos los medios, en vano.

Las vueltas de cinta adhesiva le cortaban las muñecas y el asqueroso trapo embutido en su garganta le había provocado ganas de vomitar varias veces. Bajo su nariz se agitaba gasolina en un barril. ¿Acaso iba a morir como un perro? ¿Cómo? ¿Le verterían gasolina sobre la cabeza y le prenderían fuego, como a Mahmud? Tenía miedo, terror a sufrir antes de irse al otro barrio. Podía soportar mucho, y morir entraba en las reglas del juego, pero no con sufrimiento. Ahora, la gran mano de las tinieblas iba a cerrarse sobre él como un sarcófago.

Reunirse con Suzanne y Éloïse, por un mal camino.

El todoterreno se detuvo. Cayó sobre él una luz gris y un montón de kilos de arena penetraron en el reducto y le azotaron el rostro. El viento gemía. Con la nariz tapada con una prenda de vestir, Atef Abdelaal le hizo salir del portaequipajes y le tiró del brazo. Tenía la sensación de que le azotaban las mejillas, la frente y los ojos. Anduvieron dos minutos, en línea recta al frente. En la niebla de arena y polvo, Sharko entrevió unas ruinas de piedra, con el techo hundido, roídas por las tempestades y el paso del tiempo. Una vivienda abandonada desde hacía mucho tiempo.

Su tumba. El lugar más miserable y anónimo del mundo.

Una vez en el interior, Atef le soltó. Cayó al suelo, tosiendo en su mordaza.

Un balde de agua en plena cara. La arena resbaló hasta su cuello. Atef maldecía en árabe.

El egipcio le desgarró la camisa y dio varias vueltas de cinta adhesiva alrededor de su torso para atarlo a una silla metálica. Sharko trataba de respirar con dificultad por la nariz. La sed le revolvía el estómago. Atef le arrancó la mordaza. El policía escupió varias veces antes de poder decir, con un hilo de bilis:

—¿Por qué?

Atef le dio un puñetazo en la nariz. El odio le deformaba los rasgos.

—Porque me lo han pedido, y porque por hacerlo me pagan como a un sultán.

Agitó el móvil de Sharko.

—Has recibido un mensaje.

Lo escuchó y colgó de inmediato.

—Una mujer de tu país, de voz bonita... ¿Te la tiras? ¿Está buena, hijo de perra?

Se echó a reír ruidosamente y consultó la lista de llamadas.

—Desde ayer no has llamado a nadie, muy bien, eres hombre de palabra y eso es algo raro entre los tuyos, los occidentales. Y para tu conocimiento: mi tío murió hace diez años.

El torturador desapareció en otra habitación. Alrededor de la casa en ruinas, la piel del desierto se adhería a la puerta y ventanas y se colaba por las grietas. Los dinteles estaban rotos, el suelo estaba cubierto de tejas y de las paredes sobresalían barras de hierro como puñales. Sharko sintió la cinta adhesiva alrededor de sus muñecas; ardía.

El egipcio regresó con una batería, pinzas de cocodrilo, cuchillos de punta curva y un bidón de gasolina. En aquel momento, el policía supo que iba a pasarlas moradas. Se debatió y recibió un puñetazo en el vientre. Alzó lentamente el mentón. Su nariz chorreaba sangre.

—Tu hermano... Fuiste tú...

—Nunca aceptó mi homosexualidad. A él le debo haber pasado cuatro días en las mazmorras putrefactas de Kasr El Nil. ¿Sabes qué es lo que más les gusta allí? Colgarte de la *falaka*, azotarte los pies con una fusta y darte por el culo con su porra.

De una pequeña mochila extrajo un dictáfono y una cantimplora de agua. Bebió un trago.

—Me ocupé de él personalmente. Un juego de niños. Tenía que dejar de meter las narices en aquel caso.

—¿Quién da las órdenes?

—No me creerás si te digo que no lo sé, pero me trae sin cuidado. Esa gente me ofreció una vida, me permitieron ser alguien respetable. Y ahora, explicarás en esta cinta magnetofónica todo lo que la policía francesa sabe sobre el asunto. Responderás a mis preguntas o te cortaré a pedazos.

Se frotó la boca y sus ojos de demente. Los granos de arena atravesaban el cuartucho y rechinaban contra las paredes. Maldijo en árabe y puso en marcha la batería. Las pinzas emitieron una carcajada sarcástica entre un chorro de centellas, y pareció que el aire chisporroteaba. Sin previo aviso, el egipcio las pegó contra el pecho de Sharko.

Su alarido se mezcló con el gemido del desierto.

Atef le dio al botón del dictáfono. Aquel cerdo estaba disfrutando.

—Háblame de los cadáveres desenterrados. ¿Hay manera de poder identificarlos?

En los ojos del policía se formaban lágrimas.

—¡Jódete! Mátame si quieres... Ya me da lo mismo...

Atef agitó el barril de gasolina.

—Te voy a quemar un poco, jugaré con mis cuchillos y luego te soltaré vivo en el desierto para que en unas horas se te coman las hienas y los buitres. Nunca encontrarán tu cuerpo.

Golpeó a Sharko en el rostro con el bidón.

Un crujido. Un chorro de sangre.

—Quieren la grabación, ¿me entiendes? Tengo que probarles que he hecho bien mi trabajo, que pueden confiar en mí. Todo esto no habría pasado si no hubieras sido tan testarudo. Pero eres como mi hermano, hubieras seguido hasta el final. Husmeando, interrogando a quien hubiera hecho falta, hubieras acabado por descubrir la pista de los hospitales tú solo.

La aguja del voltaje de la batería recorrió el cuadrante en una décima de segundo. Sharko se contorsionó y apretó las mandíbulas. En su frente se hinchó una vena y le pareció que sus órganos deseaban abandonar su cuerpo. Tras cesar la tormenta eléctrica, sintió que su cabeza caía hacia un lado y una violenta bofetada le hizo volver en sí.

—¿Qué sabes del síndrome E?

El comisario alzó el mentón, al borde de la inconsciencia. Todo su cuerpo le torturaba.

—Más de lo que... puedas imaginar.

Otra bofetada. Sus ojos se volvieron hacia la parte trasera de la habitación. Eugénie estaba sentada como una india en un rincón, y desgranaba arena entre sus dedos. Le miraba con su mirada más dura.

—¿Se puede saber qué hacemos aquí, Franck?

Sharko tenía la vista empañada y las lágrimas le inundaban los ojos. Sus labios se despegaron y desvelaron una sonrisa triste. De su nariz y sus encías chorreaba sangre.

—¿De verdad crees que he tenido elección?

Atef frunció el entrecejo y volvió a mostrar las pinzas amenazadoramente.

—¿Qué dices?

Eugénie se puso en pie, con la mirada encolerizada.

—Siempre se puede elegir.

—No cuando uno tiene las manos atadas a la espalda.

Los globos oculares de Sharko giraban en sus órbitas siguiendo el desplazamiento de la chiquilla. Atef dio un paso atrás y se volvió. Entonces, el comisario se puso en pie y se abalanzó sobre él, junto con la silla, con la cabeza por delante. Dio contra Atef con toda su fuerza, en pleno abdomen. El impacto impulsó al árabe hacia atrás y se produjo un ruido de aspiración cuando chocó contra la pared. Una barra de acero salió por el costado izquierdo de su pecho. Sus miembros se distendieron, pero no estaba muerto. Su rostro se retorcía de dolor y su boca ya no emitía sonido alguno. Se llevó las manos a la barra de metal, sin fuerzas para nada más. De sus labios comenzó a manar sangre, probablemente de un pulmón perforado.

Sharko se dejó caer de costado, extenuado, con la espalda dolorida. Eugénie se había aproximado a Abdelaal y le observaba con una mueca.

—Tu vida siempre es así. Muertos, miedo, sufrimiento... No tengo diez años, querido Franck, y admiro el espectáculo que me ofreces desde hace tiempo. Es asqueroso.

En una posición forzada, Sharko logró arrastrarse hasta los cuchillos, que pudo asir con sus dedos.

—Nunca te he retenido. Nunca te he obligado a seguirme. No me lleves la contraria.

Sin excesiva dificultad, logró deshacerse de sus ataduras. Se puso en pie y se lanzó a por la cantimplora de agua que Atef había traído consigo. Bebió hasta saciarse. El líquido le chorreaba por el mentón y el torso, allí donde se le habían quemado puñados de pelos. Olía a quemado. Con un trozo de tela se frotó la nariz y se acercó a Atef, que aún respiraba. Sharko registró los bolsillos de su torturador. Documentación, cartera y un encendedor. Recuperó las llaves del coche y su propio móvil y vertió gasolina sobre la cabeza del árabe. Los ojos del agonizante aún hallaron fuerzas para abrirse como platos.

Sharko señaló con el mentón a Eugénie, sentada en un rincón.

—No estás obligada a verlo.

—Quiero verte a ti. Quiero ver de qué horrores te alimentas para vivir.

—Se lo merece. ¿Puedes comprenderlo?

Sharko apretó las mandíbulas, dubitativo. Lentamente, sus ojos fulminantes se alzaron hacia los de Atef. Se acercó a diez centímetros de sus labios.

—Durante toda mi vida he perseguido a cerdos como tú. Si hubiera podido, los hubiera matado a todos. Me revuelven las entrañas.

Le dio a la piedra del encendedor y sonrió:

—Gracias por la pista de los hospitales. Y esto es por tu hermano, hijo de puta.

Se quedó allí, inmóvil, quería que el árabe se fuera al infierno con la imagen de su rostro como última imagen. Volvió a sonreír cuando Atef se retorció al exhalar el último aliento y su piel comenzó a crepitar.

Luego se despreocupó de Eugénie y salió corriendo, con la cabeza gacha. A su alrededor era el apocalipsis. El desierto se agitaba y no se veía a diez metros de distancia. El humo negro se mezcaba con la arena. Sharko vio el todoterreno y se refugió en él. Tuvo que esperar media hora hasta que amainó la tempestad, que se alejaba hacia el oeste como el rodillo de una apisonadora gigante. El registro del coche no aportó nada. Ni móvil, ni notas manuscritas. Sólo un bolígrafo y unos Post-it. Aquel cerdo engominado había sido prudente. Por lo que respecta al mensaje en el móvil, se trataba de Henebelle. Sharko la llamaría una vez de vuelta en París.

El vehículo disponía de GPS, y podía utilizarse en inglés. El policía probó «Cairo center». Y, por alucinante que pueda parecer, el chisme calculó y le propuso un itinerario. Unos quince kilómetros por delante, diez de ellos sobre los pedruscos ardientes del desierto. Nadie encontraría a Abdelaal en mucho tiempo.

Contempló sus manos: no temblaban. Le había quemado el rostro a un hombre a sangre fría, sin asco. Simplemente animado por un odio peligroso. Ya no se creía capaz, pero en él habitaban aún las tinieblas, vivas y coleando. Uno no se deshace nunca de esas cosas.

Antes de ponerse en camino, Sharko anotó precisamente las coordenadas GPS de su posición, aunque no creía que nunca tuviera que regresar a aquel lugar...

Enseguida reconoció los primeros contrafuertes de las colinas del Mokatam, y la ciudadela de Saladino. Una vez llegado a la ciudad, tiró el GPS por la ventana y abandonó el todoterreno en un rincón despoblado, cerca de la Ciudad de los Muertos, con las puertas abiertas. Dado el barrio y la cantidad de vendedores de piezas de automóvil por metro cuadrado, en menos de una hora el vehículo estaría completamente desguazado.

Tenía suerte. En Francia, difícilmente hubiera podido escapar de un crimen semejante, con los medios técnicos y el empecinamiento de las unidades de la policía por descubrir la verdad. Pero allí... El calor, el desierto, los carroñeros y, sobre todo, unos policías incompetentes...

A pie, Sharko llegó hasta unas calles más anchas, al otro lado de la ciudadela. Por una vez, el zumbido de la circulación producía un efecto tranquilizador. Un taxi hizo sonar el claxon y Sharko levantó la mano. El taxista le miró extrañado cuando tomó asiento detrás.

—*That's OK?*

—*That's OK...*

Sharko indicó el Centro Salam, en el barrio de Ezbet El Nagl.

—*Are you sure?*

—*Yes.*

Se enjugó el rostro con un pañuelo y lo retiró cubierto de sangre y arena. A cada gesto rechinaba por todas partes, hasta los zapatos.

En un primer momento pensó en contárselo todo a Lebrun, pero luego cambió de opinión. No se imaginaba anunciando a la embajada de Francia que había matado a un hombre en legítima defensa en territorio egipcio. Nadie creería su historia, y Nuredín le tenía entre ceja y ceja. No se andarían con chiquitas y se arriesgaba a provocar un incidente diplomático o acabar en prisión. El talego egipcio no, gracias, ya había recibido una ración de torturas. Así que no tenía elección, tenía que mantener el secreto y actuar por su cuenta. Y, consecuentemente, dejar de lado la oportunidad de obtener información investigando el pasado de Atef Abdelaal.

De camino, trató de poner orden a aquella historia disparatada.

Quince años antes, un asesino con conocimientos de medicina había eliminado violentamente a tres muchachas, sin dejar rastro alguno aparente. El caso llega a un punto muerto, pero un policía egipcio puntilloso se empecina, sigue una pista y envía un telegrama a la Interpol. El asesino, o alguien en contacto con el asesino, está al corriente de ello. ¿Son policías? ¿Políticos? ¿Altos funcionarios con acceso a ese tipo de información? En resumen, esas personas deciden hacer desaparecer a Mahmud y buena parte del dossier del caso. Para actuar, utilizan al hermano del policía, que se convierte, en cierto modo, en su centinela en territorio egipcio. Aquí todo se compra con dinero. El odio que separa a los hermanos es conocido por los que mueven los hilos... Pasa el tiempo. El descubrimiento de Gravenchon alborota el gallinero y se establece, aunque tenue, la relación con Egipto. Sharko desembarca en Egipto, el árabe alerta a sus contactos, probablemente tras el encuentro en el terrado del edificio. «Alguien» le pide que indague, que trate de averiguar cuáles son los planes del policía francés. Y probablemente le dan una última orden: eliminar al policía si éste mete las narices en el caso. Para hacer caer a Sharko en la trampa y cazarlo, Abdelaal le habla de su tío, antes de tratar de liquidarlo al día siguiente.

En su interrogatorio, el árabe había mencionado el síndrome E. «¿Qué sabes del síndrome E?», le preguntó. ¿Qué se ocultaba tras aquel término bárbaro? ¿Y qué temían que se descubriera los hombres ocultos tras aquella historia?

Con un suspiro, Sharko se palpó los brazos y las mejillas. Estaba allí, y vivo. Sí, su cerebro patinaba, pero su carcasa aún tenía aceite en el motor. Y, a pesar de los pequeños michelines que se habían acomodado en su cintura y de sus huesos que a menudo se quejaban, estaba orgulloso de aquel cuerpo que nunca le había abandonado.

Hoy, había vuelto a convertirse en policía de calle.

Un fuera de la ley.

27

Los asesinos de Claude Poignet no habían podido escapar al principio de Locard, que dice: «No se puede ir y venir de un lugar, entrar y salir de una habitación sin llevar y depositar algo de uno mismo, sin llevarse o coger algo que antes estuvo en el lugar o la habitación». Nadie es infalible o invisible, ni siquiera el cabrón más redomado. En el cuarto oscuro, los técnicos de la policía científica hallaron un minúsculo pelo de pestaña rubio, así como restos de sudor alrededor del visor de una de las cámaras de dieciséis milímetros, utilizada para filmar el asesinato. Incluso una vez evaporado, el sudor había dejado células de piel descamada, descubiertas con el CrimeScoope, que permitirían llevar a cabo un análisis de ADN. Había pocas posibilidades de que el nombre del asesino se pudiera descubrir en el FNAEG* pero, por lo menos, contarían con un perfil genético que per-

* El Fichier National Automatisé des Empreintes Génétiques (FNAEG), creado en 1998, es una base de datos del Instituto nacional de la policía científica francés que almacena las muestras de ADN localizadas en el curso de investigaciones. *(N. del t.)*

mitiría una comparación en caso de una futura detención.

El siguiente paso era detener e interrogar.

SRPJ de Lille. Con los ojos pesados, Lucie bebía su tercer café de la mañana, solo y sin azúcar, sentada a una mesa alrededor de la cual se habían reunido los principales investigadores implicados en el caso sabiamente denominado «Bobina mortal». El film acababa de ser proyectado en sus dos versiones. Primero la versión «oficial» y, a continuación, la versión «Niñas y conejos». Siguió la sesión de clichés de las imágenes subliminales evidentes: la mujer desnuda y luego mutilada, con aquel gran ojo negro en el vientre.

El buen humor que de costumbre imperaba en los equipos, sobre todo en aquellos meses estivales, se desvaneció enseguida. Suspiros, murmullos y rostros adustos. Unos y otros calibraban la complejidad del caso, estimaban la perversidad de los asesinos y hacían públicos sus comentarios. El comandante Kashmareck se puso al frente de sus hombres.

—Disponemos de una copia digitalizada del film, y los asesinos lo ignoran, así que les pido que esa información no se filtre. Esos individuos han matado para hacerse con la película, lo que significa que su contenido oculto debería llevarnos a alguna parte. ¿Alguna idea respecto a lo que acabamos de ver?

Se produjo un guirigay. Entre las frases pronunciadas, desde la muy constructiva «¡Es repugnante!» a «¡Esas niñas están completamente chifladas!», no hubo ninguna digna del desenlace de un episodio de Colombo. Kashmareck puso punto final a la palabrería.

—Dos cosas importantes. En primer lugar, estamos en tratos con un historiador del cine con quien la víctima, Claude Poignet, había contactado. Ese hombre había desatendido la petición del viejo restaurador pero, en cuanto supo de su fallecimiento, se puso de inmediato manos a la obra para tratar de descubrir la identidad de la actriz. Crucemos los dedos. Por nuestra parte, haremos fotocopias de esa mujer o actriz, aún quiero llamarla «actriz», y las enviaremos a todos los archivos cinematográficos, por si acaso. En segundo lugar, dentro de un minuto haré entrar a una antigua experta en psicomorfología, ahora especializada en lenguaje labial. Ella sabe cómo hacer hablar a una película muda y nos transcribirá hasta la última palabra salida de la boca de la niña. Madelin, ¿has investigado con Kodak y el laboratorio canadiense quién fabricó el film?

El pardillo lameculos abrió su cuaderno con un suspiro.

—Ya no existe, en su lugar hay un McDonald's. Pero he podido localizar a los antiguos propietarios. Están muertos.

—Vale. Morel, localiza al hijo de Szpilman y convócale aquí para tratar de hacer un retrato robot del tipo de las botas militares que estuvo en su casa. Tú, Crombez, persigue a los de la científica para que espabilen con el ADN y lo demás. Además... Tenemos la comisión rogatoria del juez internacional, registro a las dos del mediodía en el domicilio de Szpilman con los belgas. Alguien tiene que ir allí. ¿Te ocupas tú, Henebelle?

—Ok, estoy abonada a Bélgica. ¿Se ha preguntado al centro de documentación cinematográfica para saber de qué donación procedía la bobina mortal?

—Está en curso.

Lucie señaló con el mentón a Madelin.

—¿Qué sabemos de los números de teléfono del canadiense anónimo?

—He preguntado también a la Sûreté para obtener la información. De los dos números que nos diste, el primero era de una cabina del centro de la ciudad, y el otro, el del móvil, está registrado con un nombre y una dirección inexistentes.

Lucie asintió. El responsable de los anónimos hacía gala de una desconfianza ejemplar. El comandante, que manipulaba nerviosamente un cigarrillo, volvió a tomar la palabra.

—Mañana tengo una reunión en París con los peces gordos de la policía: Péresse, de Rouen; Leclerc, de la OCRVP, y Sharko, un analista del comportamiento.

Sharko... Lucie apretó los labios. No se había dignado a devolverle la llamada.

—¿Hay noticias de Egipto? —preguntó ella.

—De momento, no. Probablemente ese Sharko no habrá averiguado nada en su viaje allí. Bueno, mañana me gustaría tener cosas que contar. Tras la intervención de la especialista en lenguaje labial, Caroline Caffey, todo el mundo a trabajar.

Kashmareck salió y regresó unos segundos más

tarde con una mujer que encendió las miradas de los hombres. Unos cuarenta años, piernas largas y el rostro de una muñeca rusa. Rubia. Echó un rápido vistazo a los reunidos, se instaló en una silla que parecía recibirla con los brazos abiertos y abrió un cuaderno. Gestos decididos, seguros, que demostraban que estaba acostumbrada a estar al frente de las tropas. Explicó brevemente en ese tono que trabajaba para el ejército, los aduaneros y la policía, principalmente en el terreno de la lucha antiterrorista y la negociación. Una figura en su campo. Lucie jamás había sentido tanta atención a su alrededor. La testosterona aumentaba. Al menos, aquella bomba tenía el poder de cautivar las mentes.

Caroline Caffey se apropió del ordenador portátil, cuyo contenido se proyectaba en una pantalla mural mediante un retroproyector.

—El análisis labial de este film no ha sido fácil. En Canadá, como en Francia, hay diversos dialectos, que abarcan desde el argot hasta el lenguaje culto. Probablemente la chiquilla forme parte de la comunidad francófona del país, dado que habla el francés quebequés, o más precisamente el «joual», creo, un lenguaje propio de la cultura popular urbana de la región de Montreal. Es un habla muy parecida a la del norte de Burdeos. Se come algunas vocales, por ejemplo, y utiliza numerosas vocales largas.

Con el ratón, situó el film en la escena de la actriz adulta del principio, tiesa como un palo con su vestido de Chanel. Era justo antes de que le cortaran el ojo con el escalpelo. Sus labios comenzaron a moverse. Caroline Caffey dejó avanzar el film y tradujo simultáneamente:

—Habla al cámara, y le dice: «Ábreme la puerta de los secretos».

—¿Es francés de Francia o francés quebequés? —preguntó Lucie.

Caffey le dirigió una mirada indiferente.

—¿Señorita?

—Henebelle. Lucie Henebelle.

La había llamado «señorita». Muy observadora.

—Es difícil de afirmar, señorita Henebelle, dado que son las únicas palabras que pronuncia. Pero creo que francés de Francia, sobre todo por la manera de pronunciar «secretos»; en francés canadiense lo hubiera pronunciado con la boca más abierta.

Lucie anotó en su Moleskine: «Actriz adulta: francesa», y «Niña del columpio: Montreal». Caffey aceleró un poco el film y llegó a la chiquilla en el columpio. Explosión de alegría en el rostro de la criatura. Plano cerrado para no permitir distinguir el entorno. El cineasta no quería que se reconociera el lugar. En cuanto la pequeña hablaba, Caroline la imitaba:

—¿Jugaremos al columpio mañana?... ¿Vendrás a verme pronto?... Lydia también quería columpiarse... ¿Por qué ella no puede salir?

La chavalilla se alzó hacia el cielo, muy alegre. La cámara se detenía en su rostro, en sus ojos y jugaba con los planos para crear una dinámica. Existía una evidente cercanía entre el cámara y la niña, se conocían bien. Cuanto más veía las imágenes, mayor angustia sentía Lucie por la chiquilla inocente. Un lazo incomprensible, una forma de afecto maternal. Trató de alejar de ella al máximo aquellos sentimientos peligrosos.

La siguiente escena que podía traducirse. Primer plano de los labios infantiles que comen patatas y jamón, en una mesa larga de madera. Caffey comenzó a descifrar:

—... le he oído. Un montón de gente dice cosas malas de ti y del doctor... Sé que mienten, que dicen eso para hacernos daño. No les quiero, no les querré nunca.

Las frases de Caroline Caffey restallaban en el silencio. Las palabras, el tono que empleaba, añadían una maligna dimensión a la proyección. Podía sentirse crecer la desazón, la tormenta estaba a punto de estallar. Lucie apuntó y rodeó con un círculo: «doctor».

Secuencia de la niña y los gatitos en la hierba. Sonreía abiertamente, acariciando afectuosamente a los dos animales. Lucie pensaba en el otro film, el film oculto, que en aquel preciso momento se agazapaba entre las imágenes y se introducía en los cerebros.

—Me gustaría quedármelos... Qué lástima... ¿Los traerás otra vez?... A la hermana María del Calvario no le gustaban los gatos... A mí me encantan... Sí, los conejos también, también me encantan... ¿Hacerles daño? ¿Por qué dices eso? Nunca, nunca...

Lucie tomaba notas, consciente de la ironía de las palabras. No hacerles daño nunca a los conejos mientras que en aquel mismo momento, en el interior de aquellas imágenes, los masacraba con otras once niñas. ¿Qué suceso pudo transformarla hasta aquel extremo? Subrayó «hermana María del Calvario» con tres líneas rojas. ¿Acaso la niña se hallaba en un convento de Montreal? ¿En una escuela católica? ¿En un lugar donde pudieran cohabitar medicina y religión?

La escena siguiente era extraña: la cámara se aproxima y se aleja de la pequeña, para fastidiarla. La niña está enfadada. Su mirada ha cambiado.

—... Déjame, no me apetece... Estoy triste por Lydia, todo el mundo está triste y tú te ríes. —Se aleja la cámara—. ¡Vete!

«¿Qué le sucedió a Lydia?», anotó Lucie. Rodeó el nombre, mientras la cámara daba vueltas alrededor de la chiquilla para crear un efecto de vértigo. *Cut*. Escena siguiente. El prado.

Caroline Caffey detuvo la proyección. Tragó saliva antes de proseguir:

—Luego ya nada, aparte de los gritos en esa horrible escena de los conejos. Otra cosa que puede que les interese. Al observar atentamente las secuencias he descubierto algunos detalles en el rostro de la niña: ha cambiado. En algunas imágenes le falta uno de los dientes de delante. Y, aunque no es muy nítido, tiene más pecas. Los cabellos siempre tienen la misma longitud. Debían de cortárselos regularmente.

—Así que creció entre el principio y el fin —dedujo Kashmareck.

—Así es. Ese film no se rodó en una semana, sino seguramente a lo largo de varios meses. A medida que transcurre, se percibe una tensión en la boca de la niña, una tensión que parece en correlación con sus palabras. Es demasiado corto y probablemente demasiado sucinto para extraer conclusiones fiables, pero me parece que su estado psíquico se degrada. Desaparece la sonrisa, el rostro se apaga, se vuelve colérica... En algunas escenas, pese a que han sido filmadas a plena luz del día, tiene las pupilas dilatadas.

Lucie jugueteaba con el bolígrafo entre sus dedos. Recordaba la furia de las niñas en la sala con los conejos.

—Una droga... O medicamentos...

Caroline asintió.

—Muy probable, en efecto.

Cerró su cuaderno y se puso en pie.

—Es todo cuanto puedo decirles. Les enviaré un documento con el análisis, tan pronto como se haya mecanografiado. Señores, señorita...

Intercambio de miradas con Kashmareck, para indicarle que ella le esperaba fuera de la sala. Ni una pregunta sobre el caso en curso, ni la menor emoción relacionada con lo que acababa de ver. Una profesional. Tras su salida, el comandante dio unas palmadas.

—Denle vueltas a lo que acaba de explicarnos. Y creo que todos debemos darle las gracias a Henebelle por este magnífico caso en pleno verano.

Todas las cabezas se volvieron hacia ella, y silbaron las pullas. Lucie se lo tomó con una sonrisa, qué menos. Kashmareck hizo una última observación:

—¿Todo el mundo sabe qué tiene que hacer?

Asentimientos silenciosos.

—Pues a currar.

Lucie se quedó unos instantes sola, frente al ordenador. Frente a aquella niña en un columpio cuya imagen estaba detenida. Recorrió con los dedos la boca inmóvil. Era como si la chiquilla le sonriera, transmitía inocencia.

Perdida en sus cavilaciones, pensó en Sharko. Incluso se preocupaba por él. ¿Por qué aquel silencio? Miró su teléfono... ¿Quién era realmente aquel analista del comportamiento en el que no dejaba de pensar? ¿Cuál era su pasado, su hoja de servicios? ¿A qué terribles casos había tenido que enfrentarse cuando era más joven? Llamó a la DAPN, la Dirección Administrativa de la Policía Nacional. Los servicios permitían obtener información acerca de cualquier agente francés. Casos que hubieran llevado, en curso, observaciones eventuales de sus superiores... Un auténtico currículo. Una vez que se hubo identificado, pidió acceder a los datos de la carrera de «Franck Sharko». ¿El motivo? Tenía que ocuparse de un dossier suyo. Su petición quedaría registrada; no importaba.

Unos segundos más tarde, le indicaron educadamente que su petición no podía ser atendida, sin darle razón alguna. Antes de colgar, preguntó si alguien había accedido a su dossier. Le respondieron afirmativamente. Anteayer, exactamente, por instrucciones del jefe de la OCRVP: Martin Leclerc.

Colgó, con un mohín de disgusto.

Así que Sharko y su jefe habían husmeado tranquilamente en su ficha. Conocían su pasado. Y aquel cerdo se había cuidado de no decírselo.

Para qué molestarse.

Con un suspiro, alzó la vista hacia la niña en la pantalla. Montreal... Canadá... Hoy en día, aquella desconocida debería de tener el doble de su edad. Y tal vez seguía viva en algún lugar remoto de aquel lejano país, y llevara consigo los secretos de aquella horrible historia.

28

La voz de Mickaël Lebrun resonó fría y autoritaria en el teléfono de Sharko.

—¿Dónde está?

—En un taxi. Voy a comprarle whisky egipcio a mi jefe y unos regalos. Dígale a Nahed que no hace falta que me espere en el hotel. Me reuniré con ella en comisaría a primera hora.

—No, yo me reuniré con usted allí a las dos en punto. Me ha llamado Nuredín, está hecho una furia. Ya puede devolverle las fotos lo antes posible. Y no cuente con él para que le abra puertas, se acabó.

—No pasa nada. De todas formas, de ese dossier ya no se puede sacar nada más.

—Informaré a su superior.

—Hágalo, esas cosas le encantan.

Silencio. Sharko apoyó la cabeza contra la ventanilla. Por el extremo norte, los colores de El Cairo se empañaban más y más, a medida que el vehículo se aproximaba al barrio de los traperos.

—¿Y su dolor de cabeza?

—¿Cómo?

—Ayer tenía dolor de cabeza.

—Mejor.

—Ni se le ocurra hacer cualquier tontería antes de su vuelo de esta tarde, comisario.

Sharko recordó el rostro quemado de Atef Abdelaal, que se pudría lamentablemente al sol.

—Ni una tontería, confíe en mí.

—¿Que confíe en usted? Antes confiaría en una serpiente de cascabel.

Lebrun colgó bruscamente. Aquellos tipos de la embajada eran, decididamente, muy sensibles, aferrados al protocolo como buenos mandados. Nada que ver con la manera en que Sharko entendía el oficio de policía.

El taxi negro se detuvo en mitad de la calzada, simplemente porque ésta se cortaba en seco. Ya no había asfalto, sólo tierra y gravilla por la que únicamente se podía circular en camioneta o tok-tok. El *osta bil-fitra* le explicó en inglés macarrónico que para llegar al Centro Salam no tenía más que taparse la nariz y andar todo recto.

Sharko echó a andar y empezó a descubrir lo inimaginable. Se adentraba en el corazón palpitante de la basura de El Cairo. Bolsas de basura azules o negras, hinchadas por el calor y la podredumbre, se elevaban a tal altura que ocultaban el cielo. Nubes de milanos de plumas sucias volaban en círculos exactos. Montañas de chapa ondulada y bidones se amontonaban formando abrigos de fortuna. Cerdos y cabras circulaban en libertad como en otros lugares circulan los coches. Con la nariz hundida en la camisa, entrecerró los ojos. En la parte alta, las bolsas de basura se estremecieron.

Humanos. Había humanos que vivían en las montañas de desperdicios.

A medida que se adentraba en aquellas entrañas de la desesperación, Sharko fue descubriendo al pueblo basura, gentes que explotaban los desperdicios para exprimirlos hasta la última gota, el retal de tela o el pedazo de papel que podría proporcionarles alguna piastra. ¿Cuánta gente vivía en aquel vertedero? ¿Mil? ¿Dos mil personas? Sharko pensó en los insectos necrófagos que se suceden en los cadáveres durante la fase de descomposición. Las bolsas de basura de la ciudad llegaban en carretas, y la gente, como perros, desgarraba el plástico y separaba el papel, el metal e incluso el algodón de los pañales.

Grupos de chiquillos se acercaron a Sharko, se pegaron a él, le sonrieron a pesar de todo y le dieron a entender, con gestos, que les hiciera una foto con el móvil. Ni siquiera pedían dinero. Sólo pedían un poco de atención. Emocionado, Sharko aceptó el juego. A cada foto, los chavales de rostros tiznados se acercaban para verse y se echaban a reír. Una chiquilla sucia como el carbón tomó la mano del comisario y la acarició con ternura. Ni siquiera la roña y la pobreza lograban ocultar su belleza. Llevaba unas ropas fabricadas con sacos de cemento Portland. Sharko se agachó y le acarició los cabellos grasientos.

—Te pareces a mi hija... Todas os parecéis a ella...

Buscó en sus bolsillos, sacó tres cuartas partes del dinero que llevaba y lo repartió entre los niños. Unos centenares de libras, poca cosa para él, pero toneladas y toneladas de trapos viejos reciclados para ellos. Desaparecieron por las callejuelas multicolores peleándose por el dinero.

El policía se ahogaba. Huyó corriendo, al frente. Egipto le removía las tripas. Pensó en París, en la vida ajetreada de sus gentes con sus teléfonos móviles, sus coches, sus gafas de sol Ray-Ban alzadas sobre el cabello, y que se quejaban porque su tren llegaba con cinco minutos de retraso.

Un atisbo de humanidad pareció despuntar tras las últimas torres de desechos. Sharko descubrió unos edificios parecidos a viviendas sociales lastimosas. Más allá se extendían puestos de comerciantes, verdaderas viviendas, si así podían calificarse, con ropa tendida en las ventanas como las hordas coloreadas de la miseria, y cabras en los tejados. Sharko incluso descubrió un convento de monjas, The Coptic Orthodox Community of Sisters. Niñas de uniforme desfilaban en grupo en medio del patio, rezando y cantando. A pesar de todo, la vida también tenía derecho a existir allí.

El policía llegó por fin al hospital del Centro Salam. Un edificio grisáceo, muy alargado, con aspecto de dispensario. En el interior se notaba la falta de medios, el combate de aquellas personas en la sombra contra lo imposible. Una sala de espera precaria, mobiliario escaso, con sillas recicladas, mesitas y unas puertas de doble batiente con ojos de buey que parecían las de los quirófanos de las películas egipcias de los años cuarenta. Unas cajas con medicamentos, marcadas con el símbolo de la Cruz Roja francesa, se apilaban en los rincones.

Sharko se dirigió, en inglés, a una monja sentada en la sala de espera. Acompañaba a una niña a la cual cada respiración le provocaba un largo pitido. Un paso tras otro: Taha Abu Zeid. El hombre tenía unos rasgos cargados de la historia de los nubios: piel oscura, labios carnosos, bigotito recortado con esmero, nariz gruesa. Estaba escribiendo en un ordenador recuperado vete a saber dónde por el cual en Francia nadie hubiera dado más de diez euros. Sharko llamó a la puerta abierta.

—¿Me permite?

El hombre alzó la vista y respondió en inglés.

—¿Sí?

Sharko se presentó brevemente. Comisario de la policía francesa, en misión en El Cairo. El doctor, a su vez, explicó su función. Cristiano convencido, hacía que funcionaran, con la ayuda de las monjas del convento copto, una guardería, un hospital, un centro de acogida para minusválidos y una maternidad. El hospital tenía como misión principal curar y educar en la higiene a los *zabalin*, los más de quince mil traperos que vivían apiñados en los edificios alrededor del «tajo» y los cinco mil que dormían y comían directamente entre las inmundicias.

Cinco mil... Sharko pensó en la niña que se le había abrazado. Durante unos minutos olvidó su investigación. Deseaba saber.

—He visto a esa pobre gente por las calles de El Cairo, niños de menos de diez años que recogen basura y la cargan en carretas tiradas por asnos... ¿Traperos?

—Sí. Son más de cien mil, repartidos en los ocho barrios de chabolas de la capital. Cada día, de buena mañana, los hombres y los críos que ya tienen edad se van de estas zonas en sus carretas para recoger la basura de El Cairo. Sus mujeres y los pequeños las seleccionan. Luego, la basura se vende a los comerciantes y éstos, a su vez, la venden a los centros de reciclaje locales. Los cerdos se encargan de los desechos orgánicos y de esa manera un noventa por ciento de la basura se recicla o se reutiliza... Un modelo muy ecológico, si detrás no hubiera tanta miseria. Nuestra misión, en el centro, es demostrar a esa gente que aún son seres humanos.

Sharko señaló con la cabeza una foto, detrás de él.

—Parece sor Emmanuelle...

—Es ella. El Centro Salam fue creado en los años setenta. Salam significa «paz» en árabe...

—Paz...

Sharko sacó finalmente una foto de una de las víctimas y se la mostró al doctor:

—La foto es de hace más de quince años. Esta muchacha, Busaína Abderramán, acudió aquí, a su hospital.

El médico cogió la fotografía y su mirada se ensombreció.

—Busaína Abderramán. No he podido olvidarla. Su cadáver fue hallado a cinco kilómetros de aquí, en un campo de caña de azúcar, más al norte. Fue en...

—Marzo de 1994.

—Marzo de 1994... Lo recuerdo, fue estremecedor. Busaína Abderramán vivía con sus padres en el límite del barrio de Ezbet El Nagl, cerca de la estación de metro, al otro lado de las chabolas. De día iba a la escuela cristiana de Santa María, y unas horas por las tardes se ganaba algún dinerillo en un taller de joyería. Pero, dígame, por aquí ya vino un policía, hace mucho tiempo. Se llamaba...

—Mahmud Abdelaal.

—Sí, eso es. Un policía, cómo decirle... diferente de los demás. ¿Cómo está?

—Murió, también hace mucho tiempo. Un accidente.

Sharko dejó que digiriera la noticia y prosiguió.

—¿Podría hablarme de ella? ¿Por qué acudió a su hospital?

El doctor se restregó una mano por el rostro arrugado. Sharko vio en él a un hombre fatigado que, sin embargo, irradiaba un aura indefinible. La de la bondad y el coraje, sin duda.

—Trataré de explicárselo, si es posible entender lo incomprensible.

Se puso en pie y comenzó a rebuscar entre gruesas carpetas apiladas en unas vetustas estanterías.

—1993, 1994... Aquí está.

En aquel desorden, cada cosa tenía su lugar. El médico rebuscó entre unos papeles y le tendió al comisario el artículo de un periódico. Sharko se lo devolvió:

—Lo siento, pero yo...

—¡Qué tonto soy! Es un artículo del diario *Al Ahali*, de abril de 1993. Se lo explicaré.

El cerebro de Sharko comenzó a maquinar. Abril de 1993, un año antes de los asesinatos. El artículo ocupaba una página entera, ilustrado con fotos de clases de escuelas.

—A partir del 31 de marzo de 1993, y a lo largo únicamente de unos días, nuestro país vivió un fenómeno curioso. Alrededor de cinco mil personas, en su mayoría muchachas, vivieron una experiencia sorprendente. En la mayoría de los casos, se trató de un desmayo en clase durante uno o dos minutos, precedido de un violento dolor de cabeza. No hubo ningún síntoma previo. Fueron trasladadas inmediatamente a los hospitales más cercanos, donde fueron examinadas y sometidas a unos primeros análisis. A falta de resultados, fueron enviadas de nuevo a sus casas.

El médico indicó un mapa de Egipto, a su espalda, y señaló diferentes regiones con el dedo.

—Algunas de ellas, también en clase, no se desmayaron pero mostraron comportamientos agresivos. Gritos, portazos, violencias injustificadas contra sus camaradas. El fenómeno se inició en la gobernación de Beheira, antes de extenderse en un abrir y cerrar de ojos a quince de las diecinueve gobernaciones con que cuenta Egipto. Llegó rápidamente a ciudades como Charqiya, Kafr El Sheij o El Cairo. Podría compararse con un terremoto cuyo epicentro hubiera sido Beheira y cuya onda expansiva hubiera llegado a la capital.

Sharko se apoyó con ambas manos sobre la mesa de despacho. Todo su peso reposaba sobre sus muñecas.

—Pero ¿de qué me está hablando? ¿De un virus?

—No, de un virus no. Algunos especialistas trataron de estudiar el fenómeno y circularon los rumores más variopintos. Una intoxicación alimentaria que afectara al país entero, ingestión de habas verdes o emanaciones de gas procedentes del subsuelo. Un virus hubiera permitido aclararlo todo, pero el modo de propagación no cuadraba con esa hipótesis y tampoco en ese caso los análisis aportaron resultado alguno. Muy pronto, todo fue a la deriva. Se sospechó de los israelíes, a los que se acusó de envenenar el agua de las escuelas, o de una guerra bacteriológica secreta. Se pensó incluso en «secuelas» de la guerra entre Irán e Irak. De todo un poco. Y la verdad es que los análisis médicos no aportaron nada, absolutamente nada. Y nada podía tampoco explicar que aquel fenómeno afectara sobre todo a las chicas.

—¿Y luego?

—Algunos psiquiatras apuntaron que podría tratarse de un fenómeno de histeria colectiva.

—¿Histeria colectiva?

Señaló un libro, con el título en inglés, que abordaba el tema.

—Me he interesado en esos fenómenos y los ha habido en varias épocas. En la mayoría de los casos, se trata de mareos, dolores, náuseas, pruritos o erupciones cutáneas que, de repente, afectan a varias decenas de personas en un mismo lugar. Hace mil años ya se hablaba de ello. En junio de 1999, en una escuela de un país vecino del suyo, Bélgica, unos cuarenta alumnos fueron hospitalizados tras haber bebido un refresco, sin que se pudiera probar que se trató de una intoxicación. En 2006, un centenar de alumnos de la provincia vietnamita de Tien-Giang se pusieron enfermos por problemas digestivos. Le podría citar muchos más casos. El síndrome de la guerra del Golfo, por ejemplo, que afectó a los soldados estadounidenses durante la guerra de 1991. Unas semanas después de su regreso comenzaron a experimentar problemas de memoria, náuseas y fatiga. Se sospechó de una contaminación por agentes neurotóxicos, pero ¿por qué en ese caso sus mujeres e hijos, que permanecieron en territorio norteamericano, padecieron los mismos síntomas en el mismo momento y en lugares diferentes? Nos hallábamos ante un claro caso de histeria colectiva que atravesaba Estados Unidos.

—¿Busaína Abderramán fue víctima del fenómeno de la histeria colectiva de Egipto?

—Ella y otras seis alumnas de su clase. En su caso, se vieron afectadas por el modo agresivo de la histeria. Insultos, sillas arrojadas..., se habían convertido todas ellas en animales salvajes, en palabras de su profesora. Incluso llegaron a atacar a una de las alumnas con la que de ordinario mantenían una buena relación. ¿Por qué esa histeria generó en algunos casos tan tremenda agresividad? Desgraciadamente, lo ignoramos. ¿Fue a causa del estrés provocado por un profesorado excesivamente severo? ¿O por las precarias condiciones de vida de las alumnas? ¿O por falta de educación? La realidad es que todo eso existió. Existió de verdad.

Sharko hervía en su interior. Lo que le estaban explicando superaba la capacidad de entendimiento. Una histeria colectiva... Mostró las fotos de las otras dos víctimas.

—¿Y a ellas, las conoce? ¿Mahmud Abdelaal le habló de ellas?

—No. No me diga que...

—También fueron asesinadas, en la misma época. ¿No lo sabía?

—No...

Sharko volvió a guardar las fotos en el bolsillo. Era probable que la policía hubiera hecho todo lo posible para evitar que el caso llegara a oídos de la prensa y las masas se indignaran. Por su lado, el inspector Abdelaal fue muy profesional y prudente al proteger su información y evitar las filtraciones. Taha Abu Zeid apartó su mirada de un punto fijo y sacudió la cabeza.

—Ese episodio de locura fue muy breve, pero a Busaína le quedaron secuelas. Hubo una... una especie de ruptura de su comportamiento. Sufría episodios de agresividad regulares. Sus padres la llevaban a menudo a la consulta, porque con frecuencia se alejaba de sus compañeras, se volvía solitaria y se sentía mal. Decían que eso era propio de la adolescencia, o culpa de su entorno precario. Pero... era otra cosa.

—¿Qué?

—Algo psicológico, que le llegó a lo más hondo de sí misma. Por desgracia, fue asesinada antes de que yo pudiera llegar a comprenderlo, y no soy psiquiatra.

—¿Y sus camaradas?

—El episodio agresivo fue reabsorbido. Y posteriormente las otras no tuvieron problemas particulares.

Sharko suspiró largamente. Cuanto más avanzaba, más se estrellaba contra los muros. ¿Era posible que el asesino hubiera atacado a muchachas afectadas por aquella histeria colectiva? ¿Había ido a por los individuos más agresivos y en los que se habían conservado los síntomas? ¿Por qué motivo?

—¿Ese fenómeno se dio a conocer al mundo?

—Evidentemente. Los hechos llegaron a todas las comunidades científicas que se interesan en fenómenos de sociedad y psiquiatría. Al gobierno egipcio le sería difícil ocultar un hecho de esas dimensiones. Aparecieron artículos incluso en el *Washington Post* o el *New York Times*. Puede consultar cualquier hemeroteca y lo encontrará.

Así, el asesino podría haber tenido noticia del fenómeno en cualquier lugar del mundo. Escarbando un poco, abordando a las personas adecuadas, por teléfono o de otra manera, sin duda logró llegar a disponer de la lista de las escuelas infectadas. Allí, en Ezbet El Nagl, luego en el barrio de Chubra y en el de Tora.

Poco a poco, el puzzle se iba completando. El asesino había actuado en barrios suficientemente alejados unos de los otros para que no pudiera establecerse ninguna relación entre las muchachas. ¿Por qué un año más tarde? Para distanciarse de la actualidad de la histeria, para evitar así, también, que la policía o alguna otra persona descubriera los vínculos entre las muchachas. Había procurado alejar sus crímenes de la ola de locura, y cuando Mahmud halló por fin el vínculo, le hicieron desaparecer.

Aquel caso desafiaba toda lógica. Sharko pensó en el film hallado por Henebelle en Bélgica, y también en el misterioso contacto canadiense. Las ramificaciones se extendían por el mundo como los tentáculos de un pulpo. ¿Unos extranjeros habían ido hasta allí para informarse acerca del fenómeno y buscar a las muchachas afectadas por la ola? El comisario probó suerte.

—Supongo que Abdelaal ya le hizo la pregunta, pero... ¿Recuerda que una o varias personas le interrogasen acerca del fenómeno de histeria o acerca de Busaína antes de que fuera asesinada?

—Todo es tan lejano...

—Al entrar he visto cajas de medicamentos, sacos con el símbolo de la Cruz Roja francesa. ¿Trabajan con ellos? ¿Se ve a menudo con extranjeros? ¿Vinieron por aquí franceses?

—Es curioso... Ahora recuerdo claramente al policía egipcio. Creo que se parecía a usted. Las mismas preguntas, el mismo empecinamiento.

—Sólo era alguien que quería hacer bien su trabajo.

El doctor mostró una sonrisa triste. No debía de sonreír mucho, allí.

—Esos medicamentos llegan de todas partes y no sólo de la Cruz Roja francesa. Somos una organización humanitaria egipcia dedicada al desarrollo de comunidades, al bienestar individual, a la justicia social y a la salud. Las ONG internacionales, la Media Luna Roja y, en efecto, la Cruz Roja y otras muchas organizaciones humanitarias nos proporcionan ayuda. Miles y miles de personas han pasado por aquí, venidas de todas partes. Voluntarios, visitantes, políticos o curiosos. Y creo recordar también que 1994 fue el año de la gran reunión de la red mundial para la seguridad de las inyecciones, el SIGN. Miles de investigadores y de científicos por las calles de El Cairo.

Sharko anotó la información. Quizá podía tratarse de una pista. Era fácil imaginar a un voluntario o a un trabajador de una organización humanitaria en misión en El Cairo en el momento de los asesinatos. Para esa persona hubiera podido ser fácil acceder a los hospitales y a las direcciones. Eso podía funcionar, pero remontarse quince años atrás a través de los meandros de la administración no sería precisamente un juego de niños.

Por fin todo cobraba forma. En el momento de los hechos, el policía egipcio había intuido la posibilidad de un asesino extranjero, llegado a Egipto a través de una asociación o con motivo de un congreso. Aquello explicaba el telegrama a la Interpol. Abdelaal quería asegurarse de que el asesino no hubiera actuado anteriormente en algún otro lugar del mundo. Aquel telegrama debió de disparar todas las alarmas y desencadenar su ejecución. Y aquello llevaba a pensar que alguien de la administración —policía, militar o alto funcionario—, con acceso a los datos, estaba implicado.

—Una última pregunta, doctor. Tengo los nombres de las otras dos muchachas. Sería el hombre más feliz del mundo si pudiera encontrarme los hospitales de sus barrios, llamarles y confirmarme que ellas también sufrieron la histeria.

—Eso me llevará toda la tarde y estoy muy ocupado...

—¿No le gustaría, un día, poder darles una respuesta a las madres de esas muchachas?

Tras un silencio, el médico asintió, con los labios apretados. Sharko le dejó el número de su móvil.

—Dígame, ¿me prestaría su libro sobre la histeria colectiva? Se lo devolveré desde Francia rápidamente.

El nubio asintió con un gesto de cabeza. Sharko le dio las gracias calurosamente.

Y luego le dejó abandonado allí, en medio de aquella miseria ante la que el mundo entero hacía oídos sordos.

29

El *collège* de policía de Lieja —la autoridad administrativa de la policía local— había designado a un cerrajero, un suboficial y dos aspirantes a inspector para acompañar a Lucie al domicilio de Szpilman. En teoría, la francesa no tenía derecho a tocar nada. Se hallaba allí únicamente para orientar a los policías en su registro y, dado el caso, constatar los hallazgos.

Lucie no se sentía cómoda frente a la puerta cerrada de la vivienda de Lieja. Desde el día anterior, Luc Szpilman no había respondido a las llamadas que debían informarle de que se haría un registro, ni a las citaciones para establecer un retrato robot del individuo de botas militares. Los timbrazos impacientes de los policías no alteraron el curso de las cosas. Mientras el cerrajero avanzaba ya con su material para forzar la cerradura, Lucie se interpuso en su camino, con los brazos abiertos.

—Creo que es inútil.

Señaló con el mentón la cerradura, forzada.

—No toquen el pomo de la puerta. ¿Tienen guantes?

Debroeck, el jefe, sacó varios pares de los bolsillos de su uniforme. Los distribuyó a sus colegas y ofreció un par a Lucie. No dijo ni palabra. Los hombres desenfundaron sus Glock 9 milímetros y entraron en la casa, seguidos de Lucie, que empuñaba su Sig Sauer. El cerrajero se quedó en la calle.

En el interior se oía el zumbido de las moscas.

La frialdad del crimen apareció ante ellos sin la menor advertencia. Lucie arrugó la nariz.

El cuerpo de Luc Szpilman reposaba detrás del sofá y el de su novia sobre los escalones que conducían a la cocina. Un reguero de sangre se extendía detrás de ella.

Asesinados por la espalda, uno y otro, con múltiples cuchilladas.

¿Múltiples? Diez, veinte, treinta cuchilladas cada uno, que habían agujereado el pijama y el camisón, de las pantorrillas a la nuca. No era fácil contarlas.

Lucie se llevó una mano pesada al rostro. Hacía ya tres días que andaba por territorios mórbidos, y eso empezaba a hacer mella. Aquel espectáculo fúnebre era un cuadro fijado en el tiempo, como si los cadáveres fueran a cobrar vida de nuevo de repente y proseguir sus movimientos de huida. Porque estaban huyendo. No era difícil imaginar la escena: probablemente fue de noche. Los asesinos fuerzan la cerradura, al otro extremo de la espaciosa casa, y entran. Tal vez eran las dos o las tres de la madrugada, y creen que Luc Szpilman está solo y dormido. Pero, para su sorpresa, el chaval aparece ante ellos, sentado en el sofá con su novia, liándose un porro, presente aún sobre la mesa baja del salón. Luc reconoce de pronto a uno de ellos, es el tipo de las botas militares que fue a por el film. Los jóvenes son presa del pánico y tratan de huir. Los asesinos los atrapan y les acuchillan por la espalda, una vez, diez veces.

Y luego se encarnizan con ellos, inexplicablemente.

Lucie y los policías se habían quedado inmóviles, replegados en silencio. El más joven de ellos, un aspirante a inspector de apenas veinticinco años, pidió permiso para salir, con el rostro lívido. Trabajaba en la policía local y no en la federal, y estaba poco habituado a ese tipo de casos. Uno va a registrar una casa, un día tranquilo, y se encuentra frente a dos cadáveres cosidos a cuchilladas y asediados por las moscas.

Debroeck tuvo buenos reflejos y evitó que se contaminara el escenario del crimen. La policía belga forma oficiales sólidos y despunta en numerosos campos. Lucie, por su parte, trató de hacer abstracción de los cadáveres y revisó visualmente el entorno inmediato del crimen. Cajones abiertos y muebles por el suelo. Observó que habían forzado una caja fuerte incrustada en la pared. El marco del cuadro que la había ocultado estaba roto en el suelo.

—Primero evitan que Luc Szpilman pueda establecer el retrato robot y, luego, recuperan todo cuanto pueda comprometerles.

—¿Qué podría comprometerles?

—Los descubrimientos que seguramente había hecho el padre de Luc acerca del film anónimo. Los documentos que tal vez había intercambiado con el misterioso canadiense. Han venido a limpiar. ¡Vaya mierda!

Lucie se dio la vuelta y salió, necesitada de una buena bocanada de aire.

Eran ellos... Los asesinos de Claude Poignet habían seguido con su limpieza, y esta vez sin ritual, sin voluntad de demostrar nada.

Sólo un acto delirante cometido por unas bestias salvajes.

30

Apoyada contra el coche de Kashmareck, Lucie le hacía un resumen. Se había reunido con ella frente al domicilio de Szpilman, poco tiempo después de la llegada de los equipos de la policía científica y de dos forenses. Desde hacía varias horas, personas de uniforme entraban y salían de la vivienda.

Lucie señaló con un gesto de cabeza la puerta abierta.

—Los forenses han estimado la hora de la muerte. Se produjo la misma noche que el asesinato de Claude Poignet. Los asesinos sabían que la desaparición violenta del restaurador de films y el robo de la bobina nos harían regresar aquí, así que eliminaron a la única persona que podía identificarles. En cuanto a la novia... Tuvo la mala suerte de encontrarse aquí y no se anduvieron con chiquitas.

Lucie suspiró.

—El disco duro del ordenador y todos los libros de la biblioteca han desaparecido. Había libros de historia, sobre el espionaje y los genocidios. ¿Acaso Szpilman había tomado notas en sus páginas? ¿Tal vez había una obra en particular que nos hubiera podido poner sobre alguna pista? ¡Lástima, si lo hubiera sabido la primera vez que vine aquí!

—Esos robos me intrigan. El viejo Szpilman era un simple coleccionista.

—Era más que un coleccionista... Investigó sobre ese film, lo analizó al detalle y se puso en contacto con un tipo en Canadá que parece estar muy bien informado. De una manera u otra, los asesinos lo averiguaron.

Kashmareck sacó dos botellines de agua de la guantera refrigerada de su coche y le lanzó uno a Lucie.

—¿Tú estás bien?

—Perfectamente.

—Tienes derecho a decir que no.

—Estoy bien, de verdad.

—Y tu hija, ¿se encuentra mejor?

—Ehh... sí. Esta mañana ha desayunado muy bien, y a mediodía ha devorado el almuerzo. Gracias a eso le han quitado la perfusión. Ahora, sólo nos falta esperar al veredicto del paso por el baño. La vida es así.

Kashmareck lució en su rostro una sonrisa que aquellos días había escaseado.

—A todos nos pasa. Los chavales están para recordarnos que las prioridades no son siempre las que creemos. Aunque a veces sea difícil, ponen orden en nuestras vidas.

—¿Cuántos hijos tiene?

—Más de los necesarios. —Miró su reloj—. Bueno, voy a hablar con la policía belga para que tengamos acceso a la información desde Lille al mismo tiempo que aquí. Puedes marcharte. Ve a pasar un rato con tu hija, hasta que aquí se aclaren las cosas. Tienes mal aspecto y los próximos días las cosas aún pueden ponerse mucho peor.

—Vale.

Apretó los labios, inmóvil.

—Sabe, comandante, en este último crimen hay alguna cosa que me da mala espina.

—¿Qué?

—Sobre el terreno, los forenses han contado treinta y siete cuchilladas en la chica y cuarenta y una en el chico... Tenían heridas por todo el cuerpo, incluso en los órganos genitales. Heridas profundas, de varios centímetros. En algunas ocasiones el arma se hundió hasta la empuñadura, lo han visto por las marcas provocadas por el metal alrededor de las incisiones. Vistas las características de éstas, y la similitud en la manera de clavarlas, piensan que ha sido obra de un único agresor.

El jefe respondió con un silencio. No había nada que decir ni explicar. Lucie le miraba fijamente.

—Eso ya es pura locura, comandante. En sus gestos y en su manera de actuar. Hay algo anormal en la lógica de su proceder. El mismo tipo de gesto irracional de las niñas de la película, hace más de cincuenta años.

31

Eugénie estaba contenta de marcharse, chillaba y saltaba de alegría frente al hotel. Sharko, por su parte, llevaba su maleta hacia el taxi que le esperaba al pie del edificio. Esta vez no contaba con un Mercedes de la embajada para acompañarle. Como convinieron, le había devuelto las fotos a Lebrun en la brigada, a las dos en punto. El comisario agregado a la embajada acudió solo y su corto diálogo no fue muy fluido. Sobre todo cuando Lebrun se percató del hematoma junto a la nariz. Sharko le dijo que había resbalado en la bañera. Sin comentarios...

Solo en la acera, el policía miró a su alrededor, con la vana esperanza de volver a ver a Nahed, de decirle adiós y desearle buena suerte. No había respondido a ninguna de sus llamadas. Probablemente tenía órdenes de la embajada. Con un nudo en la garganta, subió al taxi y le dijo al taxista que le llevara al aeropuerto.

Eugénie se sentó a su lado y se volatilizó durante el camino. Sharko pudo por fin contemplar el paisaje sin oír gritos dentro de su cabeza. El único momento de tranquilidad desde su llegada a Egipto.

Aquel mismo día, Taha Abu Zeid, el doctor nubio del Centro Salam, le había llamado y había confirmado sus suposiciones: las otras dos víctimas también se habían visto afectadas por el fenómeno de histeria colectiva en su versión más agresiva. Y, según los recuerdos de los diversos médicos, que naturalmente no habían conservado ningún historial, las muchachas habían seguido teniendo síntomas de agresividad hasta su cruel muerte.

Aquél era el punto en común.

La histeria colectiva.

El mismo vínculo que tal vez unía a los cinco de Gravenchon.

El taxi salió del centro de la ciudad y tomó la autovía de Salah Salem. El aliento de El Cairo se perdía lentamente entre el vapor de los gases de los tubos de escape.

Con la frente pegada al cristal de la ventanilla, solo con sus ideas sombrías, Sharko vio un tren a lo lejos. En el exterior del tren, a la altura de los fuelles, cuatro hombres se agarraban como podían, de pie sobre tubos o estribos. Fueran cuales fueran sus creencias o religión, se aferraban los unos a los otros para no caer y circulaban entre el viento, bajo el sol, en dirección de la polvareda ardiente de El Cairo. Aquellos hombres arriesgaban su vida para no pagar un billete que costaba tres libras, pero sonreían y parecían felices porque su propia miseria les recordaba, más que a cualquier otro, hasta qué punto la vida merece ser vivida.

Luego Sharko vio a los que, en el aeropuerto, se agolpaban frente a las ventanillas de los vuelos *low-*

cost hacia Libia, con un saco de tela como único equipaje. Aquéllos, por el contrario, huían de Egipto para tratar de escapar de la pobreza. Partían hacia un país donde el petróleo decidiría la vida de cada uno. Un día les repatriarían a su casa o, tal vez, al final, naufragarían a bordo de una patera frente a la costa italiana.

Sharko no había visto la belleza de las grandes pirámides, sino la de un pueblo cuyo único lujo, el que aún podía permitirse, era la dignidad. Al despegar su avión, recordó el chiste del taxista copto que le condujo hasta la iglesia de Santa Bárbara, para su cita nocturna con Nahed: Había una vez un alemán, un francés y un egipcio a los que les preguntaron de qué nacionalidad eran Adán y Eva. El alemán respondió: «Adán y Eva tienen buena salud y una buena higiene de vida; ¡tienen que ser alemanes!». El francés dijo: «Adán y Eva tienen unos cuerpos sublimes y eróticos; ¡sólo pueden ser franceses!». Y el egipcio concluyó: «Adán y Eva van desnudos de los pies a la cabeza y ni siquiera tienen con qué comprarse unos zapatos, y además están convencidos de que viven en el paraíso: ¡así que sólo pueden ser egipcios!».

Tras un cuarto de hora de vuelo, Sharko comenzó a leer en diagonal el libro sobre la histeria colectiva. Como había explicado brevemente el doctor Taha Abu Zeid, aquel fenómeno se había dado en épocas diversas, entre diferentes poblaciones y diferentes religiones. El autor se basaba en fotografías, testimonios y entrevistas a especialistas. En Francia, por ejemplo, la caza de brujas de la Edad Media provocó un miedo desmesurado al diablo y actos desaforados en masa. Hordas que gritaban sedientas de venganza, madres e hijos que aplaudían y gritaban de alegría ante las «brujas» mientras éstas ardían entre las llamas.

Los casos expuestos en el libro eran pasmosos. India, en 2001: cientos de individuos de varios barrios de Nueva Delhi aseguraron haber sido atacados por un ser de ficción medio mono, medio humano, «con garras de metal y ojos rojos». Algunas «víctimas» habían saltado incluso desde una ventana para huir de aquel ser surgido de una imaginación colectiva. Bélgica: en 1990, la sociedad belga de estudio de fenómenos espaciales recogió de repente varios miles de testimonios de avistamientos de ovnis. La causa más probable fue sociopsicológica. Una repentina excitación de las masas ante la aparición de platillos volantes, amplificada por los medios de comunicación: cuando uno tiene la esperanza de ver alguna cosa, acaba por verla realmente. Dakar: noventa alumnos de un instituto entran en trance y son trasladados a un hospital. Hay quien habla de una maldición y se llevan a cabo rituales de purificación y sacrificios para erradicar el fenómeno.

Sharko fue pasando páginas, y era infinito. Suicidios en grupo en sectas, pánico de masas, síndrome del edificio enfermo —al estilo de Amityville—, desmayos colectivos en un concierto... Había incluso un capítulo sobre los genocidios, una «histeria colectiva criminal», según los términos de algunos psiquiatras: unos organizadores que planifican fríamente, rigurosamente, mientras los ejecutores se lanzan en masa a una absoluta locura de destrucción y de carnicería.

En el fondo, no había ninguna explicación convincente del fenómeno, presentado bajo diversas denominaciones: síndrome o fenómeno psicogénico de masas, histeria colectiva, epidemia histérica, síndrome colectivo de origen psicogénico... No figura en la biblia de la psiquiatría —el DSM IV— y, sin embargo, su existencia es innegable. Los especialistas y los científicos hablan principalmente de una causa de origen psicológico, pero han sido incapaces de explicar la razón del nacimiento del fenómeno —el epicentro del seísmo— ni tampoco los signos físicos palpables: vómitos, náuseas, dolores musculares o en las articulaciones...

Poco antes de aterrizar, Sharko cerró el libro y miró por la ventanilla, hacia la nada. Tal vez un ser sanguinario y sádico andaba buscando algo en los fenómenos histéricos, mutilando, asesinando, robando ojos y cerebros. ¿Por qué? ¿Qué estaba en juego para justificar aquellas barbaridades?

Por fin aparecieron las luces de París, mil metros por debajo del avión. Millones de individuos, una masa frente a sus ordenadores y sus televisores o pegados a sus teléfonos móviles. En cierta medida, aquélla era la forma más moderna y peligrosa de la histeria colectiva: un grupo gigantesco de humanos con las mentes conectadas a través del mundo de la imagen. Una locura moderna de la que nadie puede escapar.

Ni siquiera Sharko.

32

Acariciado por el crepúsculo, Sharko llegó por fin a su edificio de apartamentos en L'Haÿ-les-Roses. Comparados con la capital egipcia, París y su periferia, con sus líneas depuradas, el sosiego de los rostros inmersos en la lectura de un libro o contemplando el paisaje por la ventana, casi se habían vuelto tranquilizadoras. Una vez su equipaje estuvo guardado, el policía puso en marcha su circuito de trenes y se dejó llevar por el dulce susurro de las bielas y las ruedecillas y el soplido del vapor. Los sonidos, los olores y las pequeñas costumbres relacionadas con éstos le dieron cierto consuelo.

Pero el hechizo de El Cairo seguía dentro de su estómago.

Igual que el delicado mordisco de las pinzas de cocodrilo clavadas en su piel.

Con un suspiro, Sharko fue al salón. Dejó sobre la mesa el bote de salsa de cóctel, las castañas confitadas y los regalos, comprados en el *duty free* antes de embarcar: la botella de whisky y el cartón de Marlboro para Martin Leclerc, y el pebetero para su esposa Kathia.

A pesar de que ya era tarde, del cansancio y del dolor de sus articulaciones a causa del viaje, Sharko fue hasta el parque de la Roseraie, justo enfrente de su domicilio. Una tradición, una costumbre y una necesidad. Marc, el guarda, estaba mirando, como siempre, una de sus innumerables series de policías. Le abrió la verja con esa amistosa sonrisa que se dirige a quienes se tiene la costumbre de ver sin conocerles realmente.

En un extremo del parque le esperaba su banco, aquel viejo semicilindro tallado en un tronco que languidecía bajo el roble en el que Suzanne y él habían grabado sus iniciales hacía ya mucho tiempo. «F & S». Frente al árbol, con la mirada perdida, se frotó el pecho con los dedos. Aún vio la llama del encendedor oscilar ante la boca torcida del árabe y le vino a la memoria el olor particular de la piel al chamuscarse. Con las mandíbulas apretadas, provisto de una navaja, grabó en la corteza un palo vertical junto a los otros siete.

Ocho cabrones que ya no le harían daño a nadie.

Guardó la hoja de la navaja y se sentó en su banco, ligeramente inclinado hacia delante, con las manos juntas entre sus piernas separadas. Al verse así, se dijo que realmente había envejecido de forma prematura. No físicamente, sino moralmente. El aire caliente circulaba por su nuca, como la caricia de un niño. Las sombras se abatían sobre la capital, una gata grande adormecida que se percibía debajo de ellas. Y con las sombras, la nauseabunda nube de crímenes y agresiones.

Miró con tristeza un parterre de hierba. Allí precisamente conoció a Eugénie, la primera vez. En aquellos tiempos, sentada con un traje de chaqueta, leía *Las hazañas de Fantomette*, la historia preferida de su hija, y ella le sonrió. Una sonrisa envenenada, el primer signo de la esquizofrenia paranoica. El inicio del calvario, como si la muerte de Suzanne y Éloïse no hubiera sido suficiente.

Incluso en los peores momentos de la enfermedad, Sharko siempre había contado con el apoyo de Kathia y de su marido, Martin Leclerc, el hombre que, a pesar de todas las trabas administrativas y humanas, había sabido mantenerle a flote. En 2006, Leclerc fue asignado al frente de un nuevo servicio, el OCRVP, y le propuso un puesto de analista del comportamiento, un oficio relativamente reciente en la policía que consistía en llevar los casos no resueltos de crímenes violentos, teóricamente sin abandonar el despacho. Análisis de la información, enfoque psicológico de la investigación, utilización de instrumentos informáticos y de informes confidenciales —sistema de análisis de los vínculos de la violencia asociados a los crímenes, Interpol, sistema de tratamiento de infracciones constatadas— con el objetivo de desvelar los motivos de los asesinos. Armado de su licenciatura en psicocriminología y de la experiencia de veinte años sobre el terreno, Sharko, policía esquizofrénico paranoico, había llevado a cabo otro tipo de investigaciones sin pisar la calle.

Suspiró cuando sintió que el móvil vibraba en su bolsillo. La pantalla mostraba «Lucie Henebelle». Era casi medianoche. Sharko descolgó con una sonrisa contenida. Aquella mujer debería estar durmiendo, como todo el mundo. Pero no, allí estaba, pegada al móvil.

—Es un poco tarde para llamar por teléfono, teniente Henebelle.

—Pero nunca es tarde para responder... Sabía que su avión aterrizaba en Orly a las nueve y media y me he dicho que seguro que aún no estaba durmiendo.

—Vaya don de adivinación. ¿Sabe también el menú que han servido a bordo?

Lucie había salido a tomar el aire frente al ala de pediatría del hospital.

—Ayer le dejé un mensaje en el contestador y no me ha devuelto la llamada.

—Lo siento, pero en aquel momento me estaban sirviendo pescado a la plancha sobre el pecho.

Un silencio. Lucie volvió a tomar las riendas de la conversación:

—Tengo noticias para usted. Han...

—Estoy al corriente, he llamado a mi superior al llegar. El asesinato del hijo de Szpilman y de su novia, el robo de la bobina y el film oculto, que usted ha descubierto dentro del original. Aún no lo he descargado del servidor. En estos momentos, tengo cosas más importantes que hacer.

—¿Cuáles?

—Sentarme en un banco del parque. Acabo de cascarme varios miles de kilómetros, tengo el cuerpo como un colador por los mosquitos e intento no pensar en el caso durante unos minutos, si me lo permite.

Sharko sostuvo el móvil entre la oreja y el hombro, y se limpió la punta de los zapatos con un pañuelo de papel. Miró las suelas y descubrió que aún había granos de arena entre los surcos. Los extrajo con los dedos y los observó atentamente.

—¿Por qué me ha llamado?

—Ya se lo he dicho, yo...

—¿Usted qué? ¿Tiene necesidad de hablar de cadáveres incluso de noche? ¿Quiere saber qué he descubierto allí para alimentar sus propias obsesiones? ¿Ésa es la gasolina que utiliza, su razón para levantarse de la cama cada día? Siento curiosidad por saber qué sueña, Henebelle.

Lucie se había detenido en mitad del pasaje reservado a las ambulancias. Destellos blancos y azules danzaban en el cielo bajo del Norte.

—No se meta en mis sueños, comisario, por favor, y guárdese para usted su psicoanálisis de andar por casa. Quería proponerle una rápida ida y vuelta a Marsella relacionada con el caso pero, al parecer, no le apetece. A fin de cuentas, yo no soy más que teniente y usted comisario.

—Lleva razón, no me apetece. Buenas noches, Henebelle.

Colgó bruscamente. Lucie se quedó mirando unos segundos el teléfono, ofendida. Aquel tipo era un cretino redomado. No volvería a llamarle nunca, ¡que se jodiera! Roja de rabia, se compró una tableta de chocolate en el expendedor automático, y se la comió de un bocado.

—¡Gracias por las calorías, maldito imbécil!

Luego se encaminó a las escaleras. Una amplia sonrisa se dibujó en su rostro cuando su móvil dio señales de vida y leyó en la pantalla el nombre del cabronazo: «Sharko». Esperó a responder a la llamada hasta el último tono antes de que el contestador se activara.

—¿Qué? ¿En el fondo sí quiere saberlo?

—¿Qué pasa en Marsella, teniente Henebelle?

Lucie aguardó unos instantes antes de responderle.

—Hace una hora me ha llamado un especialista de las películas de los años cincuenta. Ha logrado identificar a la actriz del cortometraje. Se llama Judith Sagnol. Está viva, comisario.

Sharko se alzó del banco con muecas de dolor. Suspiró.

—De acuerdo... Voy a descargar el film original y el film oculto esta noche. Veremos de qué va, por fin. ¿A qué hora llega mañana a París?

—Llego a la estación del Norte a las 10:52. Salida de la estación de Lyon a las 11:36 y llegada a Marsella a las 14:57. Sagnol ya está al corriente y nos esperará en el hotel. Le he dicho que somos periodistas y que preparamos un reportaje sobre el cine porno de los años cincuenta.

—Gran tema. Pero adelante la hora de su salida. Lo arreglaré para que asista a la reunión de la mañana en Nanterre, con su jefe. Nos iremos juntos desde allí.

—Muy bien. Y ahora explíqueme qué ha descubierto en Egipto.

—Tres bellas pirámides que se llaman Keops, Kefrén y Micerinos. Hasta mañana, Henebelle.

Antes de marcharse de su parque, pasó una vez más los dedos por los ocho palitos verticales grabados en el tronco.

Y allí, solo en la oscuridad, apretó los dientes.

33

Lucie y el comandante Kashmareck llegaron juntos a las dependencias de Nanterre. Habían tomado el TGV en la estación Lille-Europe y luego, en la estación del Norte, cogieron un taxi que les dejó frente al edificio central de la DCPJ. En previsión de aquella jornada ajetreada, Lucie había optado por una vestimenta particularmente masculina: vaqueros ceñidos, jersey gris de manga corta y unas Kickers de puntas protectoras. Le gustaba vestirse de chico, fundirse con la masa. En la calle —aún no eran las diez de la mañana— el sol ya calentaba el asfalto. Lentamente, la nube de polución se levantaba sobre la ciudad y su periferia.

En el interior del edificio, la atmósfera era bastante fría. En la sala de reuniones, Sharko y Martin Leclerc discutían acaloradamente acerca de la carta incendiaria que el jefe de la OCRVP acababa de recibir por fax desde la embajada de Francia en Egipto.

—Lebrun le ha hecho llegar copia a Josselin. Esta historia acabará por estallarte en los morros.

Sharko se encogió de hombros.

—El *big boss* hace tiempo que me tiene ojeriza. Qué más da otra gilipollez.

—Pues justamente se trata de eso... No puede haber más gilipolleces. Le has dado la excusa para que se te eche encima. ¿Te das cuenta de que me pones en un compromiso? Como si no tuviera suficientes marrones ahora mismo.

Sonó su móvil y su rostro se descompuso al instante cuando consultó la pantalla de cristal líquido. Descolgó y se alejó:

—Kathia...

Sharko le observaba ir y venir. Su jefe y amigo no parecía estar en su estado normal. Demasiado nervioso, demasiado ajeno al caso. La entrada de Lucie y de Kashmareck en la sala interrumpió sus pensamientos. Martin Leclerc colgó rápidamente, mordiéndose los labios. Los cuatro policías se estrecharon las manos. Intercambio de saludos. Lucie le reservó una pequeña sonrisa al comisario, mientras Kashmareck y Leclerc se apartaban para conversar y tomar un café.

—Egipto no le ha sentado bien —dijo ella discretamente—. Su nariz... ¿Qué le ha pasado?

—Un mosquito gordo, muy gordo. ¿Está contenta de estar entre nosotros?

Lucie miró a su alrededor. Sus ojos chispeaban.

—El corazón de la policía judicial francesa. El lugar por donde pasan los más importantes casos criminales. Hace sólo unos años, no conocía este lugar más que por las novelas leídas a salto de mata entre los informes que tenía que mecanografiar para mis jefes.

—Nanterre está bien, pero el 36...

—El 36... ¡Es mítico!

—Un día me fui del Norte para ir a trabajar al famoso número 36 del Quai des Orfèvres. Imagínate mi orgullo cuando ascendí por primera vez los viejos escalones crujientes, como Maigret. Tuve acceso a los casos más tétricos, los más retorcidos e inquietantes. Era feliz como un niño con zapatos nuevos, aunque había perdido cuanto tenía a mi alrededor: una región, una calidad de vida, las relaciones humanas con mis vecinos, mis amigos... El 36 huele a asesinato y a sudor en unas oficinas cutres a morir, ésa es la verdad.

Lucie suspiró.

—¿Me da a mí la sensación o tiene un don para arruinar las conversaciones?

En los minutos siguientes se instalaron en una mesa redonda, cada uno con unas hojas de papel y un bolígrafo.

Péresse llegó en el último instante, víctima de los atascos de tráfico parisinos.

Leclerc hizo un rápido resumen: se trataba de exponer los avances y de atar los cabos de la investigación para que todo el mundo dispusiera de la misma información. Para empezar, el jefe de la OCRVP proyectó el film de 1955, la versión íntegra y la de las imágenes ocultas. Una vez más, en los rostros pudo leerse la curiosidad y el asco.

A continuación, Péresse, el comisario de Rouen, tomó la palabra y desveló varias malas noticias. Las investigaciones en hospitales, centros de desintoxicación y prisiones de la región normanda no habían aportado nada acerca de los cuerpos exhumados. Dado que el archivo de desapariciones tampoco había aportado nada, la pista de los inmigrantes clandestinos o de extranjeros en situación irregular en territorio francés era la más probable, hipótesis reforzada por la presencia de un asiático entre el grupo. En aquellos momentos, la policía criminal de Rouen colaboraba con otros servicios de la policía judicial para tratar de investigar las redes de trata de seres humanos. Tal vez se tratara de una pista que no condujera a nada, admitió Péresse, pero a la vista de los escasos indicios con que contaban sus hombres de momento no contemplaba ninguna otra vía de investigación. Confiaba en que el ADN obtenido de los cadáveres y cuyos análisis estarían disponibles aquel mismo día o al día siguiente ofrecería nuevos datos.

Kashmareck fue más locuaz y explicó detalladamente el homicidio de Claude Poignet, así como los salvajes asesinatos de Luc Szpilman y de su novia. Las primeras deducciones inducían a pensar que se trataba de los mismos asesinos y que actuaron en ambos casos la misma noche. Un individuo de unos treinta años, corpulento, con botas militares, y otro individuo completamente invisible. Dos asesinos fríos, organizados, sádicos, de los cuales uno cuenta con conocimientos cinematográficos y el otro de medicina. Unos ejecutores dispuestos a cualquier cosa para hacer desaparecer toda pista relacionada con la bobina.

El comandante de Lille habló a continuación de los avances de los investigadores belgas con relación al pasado de Wlad Szpilman.

—Por lo que respecta al padre, ayer por la tarde logré reunir algunas informaciones muy interesantes. Los investigadores belgas han confirmado que Szpilman obtuvo la bobina en la Federación Internacional de Archivos Fílmicos, en Bruselas. Y cuando digo obtuvo, me refiero a que la robó: Szpilman tenía tics de cleptómano. En la FIAF han puesto en evidencia un hecho interesante. Hará unos dos años, se presentó un tipo para visionar el film y el conservador de aquella época descubrió que la película, que tenía que estar en su archivo, había desaparecido. Evidentemente, ignoraba que Szpilman se había hecho con él.

—¿Dos años? ¿Así que los asesinos ya andaban tras la bobina desde entonces?

—Eso parece. Szpilman, voluntaria o involuntariamente, les puso palos en las ruedas.

—¿Y de dónde procedía el film, exactamente? Antes de llegar a la FIAF, me refiero.

—Formaba parte de un lote de cortometrajes enviados por la Oficina Nacional del Film de Canadá, que se deshizo de parte de sus archivos. Según los viejos ficheros canadienses, el film llegó allí a finales de 1956 a través de una donación anónima.

Sharko se acomodó en su silla.

—Una donación anónima... —repitió—. Acabado de realizar y ya lo meten en un archivo. ¿Y cómo ese individuo que anda tras la bobina pudo estar al corriente de que la habían enviado a la FIAF?

Kashmareck revisaba sus notas. Se humedeció el índice.

—Tengo la información. La mayor parte de los films están referenciados por título y año, además de por todas las informaciones inscritas en la bobina: país de origen, número de película, manufactura. Todo está centralizado y es accesible en la página web de la FIAF. Con el motor de búsqueda se pueden seguir los films que salen de un archivo o llegan a otro. Luego no hay más que filtrar los resultados con los datos de que se dispone —año, manufactura, país de origen— para restringir los campos. Se puede incluso solicitar un aviso de alerta en caso de que un film se desplace. A todas luces es lo que sucedió en este caso...

—¿Es posible rastrear a los internautas que se conectan al sitio de la FIAF? —preguntó Henebelle.

—Por desgracia, no, las búsquedas no se archivan.

Sharko observaba a Henebelle de reojo, justo a su izquierda. La luz le daba en el rostro de una manera particular, como si se debilitara al contacto de su piel. El policía podía ver su determinación, su concentración, las peligrosas llamas que ardían en el fondo de sus iris azulados. Aquella mirada le era demasiado familiar.

Leclerc tomó buena nota de las investigaciones de Kashmareck y prosiguió:

—¿Y Wlad Szpilman? ¿Quién era, además de un coleccionista con tendencias cleptómanas?

—Los investigadores belgas han hecho descubrimientos interesantes. Según sus amistades, justamente estos dos últimos años Wlad Szpilman parecía ir tras alguna cosa. Robaba o compraba legalmente todos los films o documentales relacionados con los servicios secretos americanos, ingleses e incluso franceses... La CIA, el MI5, reportajes sobre la guerra fría, la carrera de armamentos y muchos más.

—Estos dos últimos años... —repitió Sharko—. Es curioso, el anónimo confidente canadiense nos explicó, por teléfono, que también él investigaba este asunto desde hacía «dos años». Todo parece haberse iniciado a partir del momento en que el film llegó a manos de Szpilman.

—Fue también entonces cuando Szpilman llevó el film a analizar al centro de neuromarketing —añadió Lucie.

Kashmareck aprobó con una inclinación de cabeza. Sharko miró durante unos instantes la silla vacía frente a él, y luego de nuevo al comandante de Lille, que siguió hablando.

—Pero eso no es todo. Szpilman también pasaba buena parte de su tiempo en la biblioteca de Lieja. Un día olvidó un documento en el escáner y la bibliotecaria no se lo devolvió. Según ella, Szpilman estaba siempre en la sección «Historia del siglo xx».

Sacó una hoja de su cartera de cuero y la hizo circular. Lucie la cogió la primera. Se trataba de una foto en blanco y negro que, efectivamente, parecía escaneada de un libro. En medio de un campo, había unos soldados alemanes apuntando con sus fusiles a unas mujeres y unos niños que tenían abrazados contra ellas. El pie de foto indicaba: «Soldados alemanes encañonando a madres judías y a sus hijos frente al fotógrafo, durante los fusilamientos masivos de judíos en Ivangorod, Ucrania, 1942». Lucie observaba la mirada del soldado en primer plano, con su fusil en ristre. La mirada helada de sus ojos y la mueca maligna de sus labios eran puramente abominables: ¿cómo se puede asesinar frente a un fotógrafo? ¿Cómo se puede hacer abstracción de una presencia que inmortaliza en una película un rostro ante la muerte?

Lucie le tendió la foto a Péresse. Kashmareck puso un libro sobre la mesa.

—Éste es el libro del que procede la fotografía. Trata de los fusilamientos masivos en la Shoah. He encontrado esta imagen en la página 47. En la página siguiente, todos los cuerpos de las mujeres y de sus hijos están en el suelo, muertos de un disparo en la cabeza.

Sharko hojeó el libro y observó atentamente las ilustraciones.

—El genocidio de los judíos, sí —dijo él.

Pensó en el libro que había leído en el avión. Una «histeria colectiva criminal». No podía tratarse de una simple coincidencia. Szpilman andaba tras algo relacionado con las muchachas asesinadas en Egipto.

Kashmareck jugueteaba nerviosamente con un cigarrillo. Se lo hubiera fumado allí mismo, en aquel preciso instante. Retomó la palabra:

—Hay que admitir que Wlad Szpilman multiplicó extrañamente sus idas y venidas a la biblioteca, y eso también en los dos últimos años. Curiosamente, nunca se llevaba los libros en préstamo y, por lo tanto, no dejaba rastro alguno en los ficheros. Lo mismo con su conexión a Internet. Un verdadero fantasma.

Lucie intervino:

—Vi algunos de los libros de su biblioteca personal, libros que los asesinos robaron. Versaban sobre los grandes conflictos de la historia. Las guerras, los genocidios... Y también había sobre espionaje... Yo...

Lucie trató de recordar. No había focalizado precisamente su atención en aquellas estanterías repletas.

—... Recuerdo nombres como... no sé, se parecía a *«artichaut».**

—Artichoke —corrigió Leclerc—. Un proyecto de investigación de la CIA sobre técnicas de interrogatorio. En los años cincuenta hubo numerosos experimentos no siempre brillantes, como la hipnosis o el uso de diversas drogas, entre ellas el LSD, para inducir amnesia u otros estados.

—En los años cincuenta... —repitió Lucie—. Y el film es de 1955. ¿Se trata de una coincidencia? Hay imágenes del film que se me han quedado en la cabeza, en particular la de las pupilas dilatadas de la niña, como si le hubieran inyectado alguna droga. Y también la del toro que se detiene en seco frente a

* En francés, «alcachofa», cuya pronunciación es similar a la misma palabra inglesa, «artichoke». *(N. del t.)*

ella... Ha mencionado usted la hipnosis y el LSD, ¿acaso podría tratarse de eso? Y además...

Rebuscó en su carpeta de gomas y extrajo una foto, que tendió a Leclerc.

—Ésta es la foto de la chiquilla, extraída del film, antes del ataque a los conejos. Compárela con la del soldado alemán. Mire la expresión de sus rostros, justo antes de que maten.

Leclerc encaró ambas fotos.

—La misma expresión fría.

—La misma mirada, el mismo odio, las mismas ansias por matar... Uno tiene unos treinta años y la otra apenas siete u ocho años. ¿Cómo puede tener esa expresión esa niña a su edad?

Silencio. El jefe de la OCRVP hizo circular la foto, adusto. Aprovechó para alzarse a llenar un vaso de agua del depósito que se hallaba al fondo de la sala y consultar su móvil. Regresó tratando de simular aplomo, pero Sharko comprendió que no estaba en forma. Algo sucedía con Kathia.

—¿Algo más, comandante Kashmareck?

El de Lille negó con un gesto de cabeza.

—La lista de las llamadas de Szpilman de los últimos meses no nos ha dado nada. Parece probable que utilizara a menudo Internet para comunicarse con el canadiense. De momento, sin embargo, nuestros equipos no han podido avanzar. El belga utilizaba un sinnúmero de sistemas que hacían que sus comunicaciones fueran completamente anónimas. Y en sus correos electrónicos no parece que haya nada relacionado con nuestro caso.

Leclerc hizo un gesto con la cabeza para agradecer su intervención y se dirigió a su comisario.

—Tu turno. Así que en Egipto...

Sharko se aclaró la voz y comenzó a explicar su aventura egipcia. Por descontado, evitó hablar de Atef Abdelaal y del episodio en el desierto, y afirmó haber seguido la pista de los hospitales tras el interrogatorio de uno de los familiares de las víctimas. Se dio cuenta de que aún conservaba su talento para contar mentiras.

Durante su monólogo, Lucie le observó con atención. Un tipo como hay pocos, con un cuerpo de los que ya no se fabrican, con las manos cubiertas de cicatrices, cortes antiguos a navaja en las mejillas y el mentón, unas sienes robustas y una nariz que le habían roto en diversas ocasiones. Si no hubiera sido policía, hubiera podido ser boxeador, de la categoría de los pesos medios. No era un tipo cañón, pero Lucie le veía el encanto y una fuerza interior que irradiaba de su cuerpo vigoroso.

—Aquellas muchachas fueron víctimas de una histeria colectiva —concluyó el policía—. Y si miran bien la película, eso es precisamente lo que les ocurre a las chiquillas con los conejos.

—Exacto —admitió Leclerc—. ¿Y cuál es tu opinión?

Todas las miradas se dirigieron a Sharko.

—En resumen... Año 1954 o 1955, cerca de Montreal, sin duda: una sala que recuerda a una habitación de hospital. Unas chiquillas a un lado y unos conejos al otro. Una cámara para filmar el fenómeno... Y el fenómeno se produce. Las chiquillas empiezan a masacrar a los animales en un arranque de locura. 1993, El Cairo. Una ola de histeria inexplicable arrasa todo Egipto, de norte a sur del país. La información circula entre las comunidades científicas del mundo entero. Un año más tarde, un asesino ataca a las muchachas a las que aquella ola provocó la variante más agresiva. Tres asesinatos, tres cerebros extraídos.

—Sin olvidar los ojos —añadió Lucie.

—Sin olvidar los ojos... En resumen, en 2009, dieciséis años más tarde. Desenterramos cinco cadáveres cuya muerte se remonta a seis meses o un año atrás. Todos muertos o heridos de bala. Proyectiles en el torso o el cráneo, un tiro por delante o por detrás. ¿Qué sugiere esa última escena?

Lucie tomó la palabra:

—¿Gente que huye en todos los sentidos? ¿También esas personas fueron víctimas de la locura?

—O gente que intenta atacar, al igual que las chiquillas. Un ataque breve, instantáneo, sin signo precursor. No hay más opción que acabar con ellos y ocultar sus cuerpos.

Se puso en pie y se apoyó sobre la mesa, con las manos muy planas.

—Imaginen un grupo de cinco hombres. De unos veinte años, robustos, en buena forma física. En su mayoría, ex drogadictos que han dejado de consumir, obligados por las circunstancias: cárcel, internamiento, encierro disciplinario... Esos individuos no proceden de un entorno fácil, presentan numerosas fracturas antiguas, de las que uno se hace en una pelea. Sin olvidar los tatuajes, que señalan la necesidad de crearse una identidad, de mostrarse fuerte o de pertenecer a un clan. La presencia de un asiático subraya la diversidad de ese grupo y puede hacer suponer que no se conocían de partida. Esos hombres están juntos, en algún lugar. Les vigilan por lo menos otros dos hombres, armados con pistolas o fusiles.

—¿Por qué dos? —le interrumpió Péresse.

—Por el ángulo de entrada de los proyectiles, y la diversidad de los impactos. Delante, detrás... Luego, algo empezó a joderse. A los jóvenes se les cruzan los cables y se vuelven agresivos e incontrolables. Como las niñas con los conejos. Como las jóvenes víctimas egipcias. Son víctimas de una histeria colectiva.

Leclerc respiraba profundamente.

—Una agresividad que les ciega. Lo ven todo rojo, como... un toro bravo.

—Sí, es exactamente eso, un toro bravo. Y, sin embargo, a la vista del film, uno puede creer que a ese toro lo han logrado amansar. A los hombres, sin embargo, no se les puede amansar. Se les ordena que se detengan, pero no hay nada que hacer. Y entonces, como respuesta, se les dispara. Los que vigilaban no han tenido otro remedio. Les matan o les hieren. De una u otra manera, nuestros asesinos —el perfil del cineasta, el perfil del médico— están inmediatamente al corriente de que de nuevo se ha manifestado una histeria, así que se plantan allí y vuelven a empezar. Extirpan ojos y cerebros y luego entierran los cadáveres a dos metros bajo tierra...

—Así que, en tu opinión, ¿los asesinos de las muchachas en Egipto y los de los cinco hombres son los mismos?

—Así lo creo, aunque exista una enorme diferencia respecto al modus operandi utilizado en Egipto: allá, las víctimas aún estaban vivas cuando las sometieron a esos actos bárbaros, hubo torturas y mutilaciones post mórtem. Aquí, la ejecución fue mucho más sumaria.

Kashmareck, de tanto juguetear con su cigarrillo, había acabado por partirlo en dos.

—¿Qué pretendían realmente los asesinos?

—Aún lo ignoro, pero creo que está relacionado con esos fenómenos de histeria colectiva. En cualquier caso, tengo la impresión de que no estamos ante unos individuos independientes, aislados en un rincón. Hubo quien financió a Atef Abdelaal para que matara a su hermano, y los cadáveres de Gravenchon dan prueba de una gran profesionalidad.

Sharko miró a su jefe.

—De hecho, si pudieras ordenar que investigaran el término «síndrome E»... Fue el médico del Centro Salam quien me lo mencionó, a la par que las histerias colectivas. Simplemente un término que recordaba, sin que supiera su significado.

Leclerc tomó nota rápidamente.

—Perfecto. Bueno, voy a redactar el acta de la reunión. Las prioridades son: recuperar la lista del personal de las organizaciones humanitarias presentes en El Cairo en marzo de 1994. Me ocuparé de ello. En cuanto a usted, comisario Péresse, seguir la pista de la trata de seres humanos, por si acaso.

—De acuerdo.

—En cuanto a usted, comandante Kashmareck...

—Seguiré trabajando con los belgas. Y tengo entre manos un asesinato importante, el de Claude Poignet. Mis equipos están trabajando a tope y las vacaciones no ayudan.

—Muy bien... —Se volvió hacia Sharko—. Y tú...

El comisario miró su reloj y señaló a Lucie con un gesto de cabeza.

—Nos vamos a Marsella. Se ha podido identificar a la actriz de la película. Se llama Judith Sagnol y seguro que tendrá cosas que explicarnos. ¿Henebelle? ¿Nos lo explicas, para cerrar la reunión?

Lucie hojeó su cuaderno de notas.

—En la actualidad tiene setenta y siete años. Vive en París pero en esta época del año se halla de reposo en el hotel Sofitel del Vieux-Port. Es viuda y heredera de un antiguo abogado de empresa con el que contrajo matrimonio en 1956, o sea uno o dos años después del rodaje del film. Actuó en varias películas porno de los años cincuenta y posó para fotógrafos de desnudos y de calendarios y participó en lo que se llamaban *home movies*, películas amateurs en 8 milímetros. Según el historiador que la ha identificado, esa mujer no era precisamente recatada, y en círculos cerrados hacía algunos números sexuales bastante atrevidos.

—¿Ese historiador tiene alguna idea acerca de quién podría ser el propietario del film?

—Ninguna. Desconoce de dónde procede esa bobina y quién podría ser el realizador. De momento, la bobina sigue siendo un misterio absoluto.

Sharko se puso en pie y recuperó su carpeta de gomas y su cartera.

—En ese caso, esperemos que Sagnol conserve la memoria.

34

Aquella tarde, el mistral soplaba con fuerza, una bofetada caliente que plantificaba salpicaduras del Mediterráneo sobre los rostros bronceados. Sharko y Lucie descendieron por la Canebière a pie, él con unas gafas de sol remendadas y una cartera, y ella con una pequeña mochila. A aquella hora y en aquella época del año, los alrededores del Vieux-Port eran inaccesibles en automóvil debido a la marabunta de turistas. Las terrazas desbordaban, las barcas y los yates desfilaban, y se respiraba un ambiente de fiesta.

O casi. Durante el trayecto desde París, los dos policías no habían dejado de hablar del caso ni un segundo. La bobina mortal, el comportamiento paranoico de Szpilman, el misterioso canadiense anónimo... Un embrollo inextricable en el que las pistas y las deducciones parecían inconexas las unas respecto a las otras.

Así que, en aquel momento, cifraban todas sus esperanzas de esclarecer el asunto en Judith Sagnol.

Se alojaba en el Sofitel, un cuatro estrellas que disponía de una espléndida vista sobre la entrada del

Vieux-Port y la Bonne-Mère, magnífica basílica menor católica. Frente al establecimiento había palmeras, mozos de equipaje y coches de lujo. En el vestíbulo, la recepcionista anunció a los dos «periodistas» que Judith Sagnol había salido a un recado y que les rogaba que la aguardaran en el bar del lujoso establecimiento. Lucie echó un vistazo a su reloj, inquieta.

—Menos de dos horas antes del regreso... El último París-Lille es a las once de la noche. Si perdemos el TGV de las 18:28 en Saint-Charles, no podré volver al Norte.

Sharko se dirigió al bar.

—A ese tipo de gente le gusta hacerse esperar. Date prisa, por lo menos aprovecharemos la vista.

La recepcionista fue a por ellos a eso de las cinco y media a la terraza de la piscina y les indicó que la señora Sagnol les esperaba en su habitación. Lucie hervía de rabia. Fue a aislarse a un rincón, con el móvil pegado a la oreja. La conversación con su madre fue menos problemática de lo que pensaba: Juliette había comido mucho y su sistema digestivo recuperaba unas funciones más o menos normales. Si todo seguía así, le darían el alta dentro de un par de días. La luz al final del túnel, por fin.

—¿Puedes apañártelas hasta mañana? —preguntó Marie Henebelle a su hija.

Ése era el estilo de su madre. Lucie miró a Sharko, que aguardaba solo en su mesa.

—Me las apañaré...

—¿Dónde vas a dormir?

—Ya me arreglaré. ¿Me pasas a Juliette?

Intercambió con su hija algunas palabras familiares y, con una sonrisa en los labios, Lucie regresó junto a Sharko cuando éste sacaba su cartera.

—Deje —dijo ella—. Pago yo.

—Como quieras... Yo tenía el importe casi al céntimo...

Pagó la cerveza y el Diabolo de menta con una mueca: veintiséis euros y cincuenta céntimos, no era moco de pavo... Se dirigieron al ascensor.

—¿Y la pequeña?

—Saldrá pronto.

El comisario asintió lentamente con la cabeza, casi dibujó una sonrisa.

—Perfecto.

—¿Tiene usted hijos?

—Está bien este ascensor...

No intercambiaron palabra ni una mirada durante el ascenso. Sharko miraba fijamente los botones que se iluminaban progresivamente, y pareció aliviado cuando por fin se abrió la puerta. Recorrieron un largo pasillo acolchado, en silencio.

Lucie se estremeció cuando Judith les abrió la puerta. A sus casi ochenta años, la *pin-up* de los años cincuenta conservaba la mirada sombría y penetrante de la que hacía gala en la película. Sus iris eran de un negro profundo, su cabello ondulado color acero caía sobre sus hombros desnudos y bronceados. La cirugía estética había causado estragos, pero no llegaba a ocultar que aquella mujer un día fue bella.

Vestida ligeramente —un sencillo vestido de seda azul, descalza y con las uñas pintadas de rojo cereza—, les invitó a salir al balcón e hizo que les subieran una botella de *champagne* Veuve Clicquot. La cama estaba sin hacer y Lucie observó que a los pies de una cómoda había unos calzoncillos de hombre. Sin duda un gigoló por cuyos servicios pagaba.

Una vez sentada, Judith cruzó las piernas a la manera de una *starlette* fatigada. No se disculpó por su retraso. Sharko no se andaba por las ramas y le mostró su identificación de policía tricolor.

—No somos periodistas, sino policías. Hemos venido para interrogarla acerca de un film antiguo en el que usted participó.

Lucie suspiró discretamente, mientras Judith esbozaba una sonrisa irónica.

—Ya me lo temía. Creo que aún no han nacido los periodistas que puedan interesarse en mí...

Se miró las uñas de reciente manicura durante unos segundos.

—Dejé de rodar en 1955. Han transcurrido ya muchos años para remover el pasado...

Sharko sacó un DVD grabado de su cartera y lo depositó sobre la mesa.

—1955. Perfecto. Queremos hablar del film grabado en este DVD. Mi colega recuperó la bobina original en el domicilio de un coleccionista llamado Wlad Szpilman. ¿El nombre le dice algo?

—Nada.

—He visto que en el salón hay un reproductor de DVD y un televisor. ¿Nos permite que le mostremos la película?

Repasó a Sharko de la cabeza a los pies con la

misma mirada arrogante que dirigía al cámara al principio del cortometraje.

—Desde luego; no me dejan otra opción.

Judith introdujo el disco en el aparato. Menos de diez segundos después, el film comenzó. Plano de la actriz, de unos veinte años, lápiz de labios oscuro, traje de Chanel, mirada fija a la cámara. Manifiestamente, aquel visionado incomodaba a la septuagenaria. Una expresión inquieta tensó sus rasgos. Tras la escena del ojo cortado, empuñó el mando a distancia y apretó la tecla de stop. Se puso en pie rauda y fue a servirse una copa de *champagne*. Sharko y Lucie se miraron brevemente y se reunieron con ella en el balcón.

La vieja voz espetó, seca:

—¿Qué desean?

Sharko se apoyó en la balaustrada, dando la espalda al puerto y a los veraneantes que limpiaban sus embarcaciones, a sus pies. Un sol de justicia le daba en la nuca.

—Así que ésta fue su última película...

Ella asintió sin abrir los labios.

—Hemos venido en busca de información, de todo cuanto pueda contarnos acerca de ese rodaje. Acerca de sus fines. Acerca de la chiquilla, las niñas y los conejos.

—¿De qué me está hablando? ¿Qué niñas?

Lucie sacó una foto de la chiquilla en el columpio y se la tendió.

—Ésta. ¿No la ha visto nunca?

—No, no. Nunca... ¿Actuaba en el film?

Lucie se guardó de nuevo la foto con un regusto

de decepción. La parte en la que aparecía Sagnol debió de rodarse de manera independiente de las secuencias de la chiquilla. Judith se llevó la copa a los labios, bebió un pequeño sorbo y volvió a dejar su copa, con la mirada perdida.

—Ignoraba, y aún ignoro, la naturaleza de la película para la que Jacques me contrató. Debía filmar unas escenas de amor y me pagaba una suma cuantiosa. Yo necesitaba dinero y cualquier papel me convenía, y lo que hicieran luego con esas imágenes me importaba muy poco. Cuando se ejerce un oficio como el mío, es mejor no hacerse muchas preguntas.

Señaló la botella con el mentón.

—Sírvanse. Con este calor no se mantendrá frío mucho rato. Hubo un tiempo en el que hubiera tenido que trabajar un mes entero para pagarme una de estas botellas.

Sharko no se hizo rogar. Llenó dos flautas y ofreció una a Lucie, que le dio las gracias con un gesto de cabeza. A fin de cuentas, un poco de alcohol no le sentaría mal tras las peripecias de aquellos últimos días. Judith dejó que los recuerdos afloraran lentamente.

—Nunca hubiera imaginado que volvería a ver esas imágenes...

—¿Quién era el realizador?

—Jacques Lacombe.

Lucie se apresuró a anotar la información en su cuaderno. Finalmente disponían de una identidad que, por sí sola, justificaba el desplazamiento hasta Marsella.

—Le conocí en 1948, apenas tenía dieciocho años y la cabeza llena de ideas. En aquella época, filmaba las funciones de magia del Trois Sous, una sala de espectáculos parisina, con su cámara ETM P16. Yo me ocupaba de vestir y maquillar a las bailarinas del cabaret.

Remedó los gestos.

—Pintalabios vivo, pelucas rubias, vestidos negros de puntilla transparente, y sin olvidar el cigarrillo largo Vogue... Lo del cigarrillo fue idea mía, ¿saben? Y en aquellos años causó furor.

Su mirada se evadió durante unos segundos.

—Con Jacques tuve una bonita historia que duró un año. Descubrí a un hombre inteligente, adelantado a todos los demás. Alto, moreno y con unos ojos en los que se podía ver el océano. Con una retirada a Delon.

Bebió un sorbo de *champagne* sin dar muestras de apreciarlo.

—Jacques era un verdadero experimentador del cine, se salía de los caminos trillados. Para él, había dos maneras de ver un film: a través de la narración, del guión, pero sobre todo por su propio soporte, al que los demás cineastas no sacaban partido o ignoraban por completo. Él trabajaba sobre la propia película, que rascaba, agujereaba, rayaba o quemaba. La película no era simplemente una superficie sensible sobre la que impresionar, sino un territorio de inscripción por el que podía transitar el arte. Si le hubieran visto, frente a la película... Era como si abrazara a una mujer.

Sonrió para sí misma.

—Jacques estaba influenciado por las prácticas más antiguas del cine gráfico europeo, como la sobreimpresión de los cineastas surrealistas como Luis Buñuel o Germaine Dulac. La misma secuencia del ojo cortado del principio está directamente inspirada en el film *Un perro andaluz* de Luis Buñuel y Salvador Dalí. Una manera de rendir homenaje a sus influencias.

Lucie trataba de tomar apuntes, pero la anciana no cesaba de hablar.

—También frecuentaba los círculos de magos de una manera más íntima. Houdini, aunque ya había fallecido, le fascinaba. Recuerdo cómo Jacques utilizaba la cámara aumentando la velocidad de los fotogramas para descomponer los gestos de los prestidigitadores y penetrar en sus secretos. Pasaba horas, días enteros, trabajando sus *rushes*, encerrado en su pequeño estudio de Bagnolet. También le interesaba mucho la pornografía, y analizaba los planos, los mecanismos del placer desencadenados por la imagen. Conocía la ciencia del montaje, en una época en la que el material disponible era muy rudimentario, y también había inventado un sistema de máscaras que podían acoplarse a la óptica. Realizó numerosos minifilms experimentales, de pocos minutos, en los que lograba captar la atención y desenmascarar la propia relación con la violencia y el arte. Siempre me subyugaba, me sorprendía, me hacía estremecer. El público y el mundo del cine, sin embargo, no se interesaban en absoluto por su trabajo y su talento, y Jacques llevaba mal esa falta de reconocimiento.

Lucie reaccionó de inmediato, aprovechando el flujo de recuerdos.

—¿Le explicaba sus técnicas? ¿Le habló alguna vez de imágenes subliminales?

—No, sus experimentos los mantenía en secreto. Era su coto vedado. Aún hoy en día, en algunos de sus films recuperados hay procedimientos que ni siquiera los cineastas experimentales contemporáneos son capaces de comprender.

—¿Y luego?

—Jacques comenzó a perder el norte, no lograba triunfar. Los productores le dejaban de lado. Le vi beber mucho vodka y utilizar drogas duras para tratar de aguantar, trabajar día y noche. Se hartó de mí y rompimos... Me partió el corazón.

Ella miró hacia el mar, observó un paquebote que salía del puerto, y siguió hablando.

—En la época en que nos frecuentábamos, me hizo descubrir los arcanos del cine y conocer a personas poco recomendables. Yo tenía buen tipo, con unos pechos a lo Garbo, que entonces la gente adoraba. Así que empecé a rodar películas eróticas para ganarme la vida.

Suspiró. Sharko había decidido aprovechar al máximo el *champagne*, y se sirvió de nuevo. Había calculado que cada flauta costaba treinta euros y cada sorbo era aún mejor que el anterior.

—Un año más tarde, en 1950, Jacques se marchó a Colombia a rodar *Los ojos del bosque*, su único largometraje. Había conseguido una financiación ridícula que a duras penas le permitía alquilar el material y contratar un pequeño equipo colombiano. Ese film le hundió definitivamente. Por culpa de eso, Jacques tuvo un montón de problemas con la justicia francesa y estuvo en un tris de ir a la cárcel.

—Nunca había oído hablar de esa película... ¿Ha dicho que se llamaba *Los ojos del bosque*?

—Sí, no llegó a estrenarse... censurada completamente. Y hoy es imposible hallarla, todas las bobinas fueron destruidas o desaparecieron como por arte de magia. A mí me la dejó ver Jacques, una vez acabado el montaje... —Hizo una mueca—. Era una película de caníbales, una de las primeras del género, y estaba muy orgulloso de ella. Pero ¿cómo podía sentirse orgulloso de aquel horror? En mi vida he visto una película tan vil y repulsiva.

La voz de Judith se había vuelto ronca. Sharko se acomodó de nuevo ante la mesa, junto a Lucie.

—¿Cuáles fueron los motivos de sus problemas con la justicia?

—*Los ojos del bosque* requirió varias semanas de rodaje en plena selva, bajo la lluvia y con un calor sofocante. El equipo era víctima de los ataques de los insectos y estaba totalmente aislado del mundo. En aquellos tiempos, las condiciones de rodaje no eran tan cómodas como hoy en día. Uno se iba con las cámaras y unas tiendas de campaña a los hombros. Según me contó Jacques, algunos colombianos del equipo contrajeron enfermedades: paludismo, leishmaniosis...

—¿Y qué tenía que ver la justicia con todo eso?

Ella arrugó la nariz, y exhibió unos dientes tan perfectos como falsos.

—En el último tercio de la película aparecía una mujer empalada en una estaca, por la boca y el ano. Era una secuencia abominable... ¡tan realista! Jacques tuvo que probar ante un tribunal que la actriz colombiana aún seguía con vida y demostrar cómo había llevado a cabo el trucaje.

Judith se sirvió *champagne* de nuevo. Parecía muy perturbada. Sharko veía en ella a un polluelo asustadizo, a una anciana que trataba de detener el paso del tiempo a pesar de ser incapaz de conseguirlo.

—Cuando regresó de ese maldito país ya no era el mismo, había cambiado. Como si la selva y sus sombras hubieran dejado su impronta en él. Jacques había rodado con salvajes, con tribus que por primera vez habían estado en contacto con seres civilizados. Jamás he podido olvidar uno de los numerosos planos escalofriantes del film: unas cabezas alineadas en la orilla de un río y clavadas en estacas. Sólo Dios sabe qué pasó allí, en lo más remoto de ese país de salvajes...

Se frotaba los brazos, como si sintiera frío.

—El fracaso del film fue un nuevo mazazo para Jacques. De un día para otro, desapareció del paisaje cinematográfico francés. Él y yo seguíamos en contacto, seguimos siendo amigos y yo nunca perdí la esperanza de conquistarlo de nuevo. Al cabo de unos meses, sin embargo, dejé de tener noticias suyas. Un día fui hasta su estudio. Jacques se había llevado todo su material y sus films. Su más fiel asistente me dijo que se había marchado a Estados Unidos, así, de un día para otro.

—¿Sabe por qué se marchó?

—No está claro. Su asistente estaba convencido de que tenía allí un buen proyecto. Alguien había visto sus films y quería trabajar con él. Pero nunca supimos nada más. Nadie supo qué había sucedido realmente.

—Nadie, excepto usted...

Asintió con la cabeza, la mirada perdida.

—En 1954, tres años más tarde, tras mucho tiempo sin noticias de él, recibí de repente una llamada suya. Jacques me pidió que fuera a Montreal, me ofrecía unos días de trabajo y me los pagaba muy generosamente. En aquella época, mi trabajo era muy duro. Eran los tiempos en que me desvestía más a menudo ante una cámara que en mi vida cotidiana, y todo para ganarme cuatro perras. Rodar desnuda nunca me importó, al contrario, me decía que era una buena manera de convertirme en una estrella, pero ya saben, las ilusiones perdidas... Yo reproducía el fracaso de Jacques, no conseguía más que rodar en películas espantosas, para tipos con más cara que espalda... Así que, sin dudarlo, acepté, necesitaba dinero. Y también era para mí una ocasión de volver a verle, incluso, quién sabe, de reencontrarnos. Le pedí que me enviara el guión, y me dijo que no era necesario. Me lancé a la piscina a ciegas. Me pagó la mitad de lo acordado, me costeó el viaje y así me fui a Canadá...

Seguía presa de la inquietud. Los dos policías estaban pendientes de sus palabras, Lucie incluso había olvidado tomar notas. Judith se abandonaba al *champagne*, y su expresión oscilaba entre la cólera, la ternura y el miedo. Tras cincuenta años en el fondo de un pozo todo volvía a ascender a la superficie.

—En cuanto llegué a Canadá me di cuenta de que había cometido un error. La mirada de Jacques no he vuelto a verla en ningún hombre: lúbrica, fría e indiferente. Tenía el cráneo casi rasurado y el aspecto de un tipo vulgar. Ni siquiera me abrazó, a mí, con quien había pasado tantas noches. Me llevó hasta el lugar del rodaje sin darme explicación alguna acerca de sus años de ausencia, sobre su carrera. Llegamos a unas antiguas fábricas de tejidos, completamente abandonadas, cerca de Montreal, ignoro dónde exactamente. Sólo estaban él, su cámara, su material y unos individuos con guantes y vestidos de negro. Yo no podía ver sus rostros, llevaban capuchas. También había colchones. Y comida para varios días. La sala había sido acondicionada al fondo de un almacén... Me di cuenta de que iba a pasar mis días y mis noches en aquel lugar lúgubre. Y entonces oí su voz. «Ponte en pelotas, Judith, baila y deja que te metan mano.» Era otoño y tenía frío, y miedo, pero obedecí. Para eso me pagaban. Y duró tres días, tres días infernales. Supongo que ya han visto las escenas de sexo de la película, así que conocen el resto...

—No hemos visto las escenas enteras —corrigió Sharko—. Sólo imágenes fijas y ocultas, imágenes subliminales.

A la anciana le costó tragar saliva.

—Otro de sus trucos abracadabrantes....

El comisario se inclinó hacia delante.

—Háblenos de las otras secuencias, por ejemplo

de la suya desnuda en el campo, sobre la hierba, como muerta.

Judith se puso tensa.

—Era la segunda parte importante del rodaje: debía permanecer tumbada, inmóvil y desnuda, en un prado, cerca de unas fábricas. Afuera, hacía menos de cinco grados. Dos de los hombres que habían hecho el amor conmigo me maquillaron el vientre con una herida espantosa. Pero al tumbarme sobre la hierba empecé a temblar, tenía frío y me castañeteaban los dientes. Jacques estaba furioso porque yo no era capaz de dejar de moverme. Se sacó una jeringuilla del bolsillo y me pidió que extendiera el brazo. Él... —Se llevó una mano a la boca—. Me dijo que me evitaría tener frío y moverme... Y, además, me dilataría las pupilas, como un auténtico cadáver.

—¿Y lo hizo usted?

—Sí. Quería cobrar lo que aún me debía, había hecho el viaje hasta allí y quería complacer a Jacques. Habíamos vivido juntos y creía conocerle. Cuando me clavó la aguja, me sentí de inmediato desconectada del mundo, ya no tenía frío y era casi incapaz de moverme. Me tumbaron sobre la hierba.

—¿Sabe qué producto le inyectaron?

—Creo que se trataba de LSD. Semanas más tarde, y de manera extraña, esas tres letras cuyo significado desconocía en aquella época me volvían a la cabeza cuando recordaba la escena. Sin duda las pronunció mientras yo estaba colgada.

Las miradas de los policías se encontraron frente a frente. LSD... La droga experimental utilizada en el proyecto Artichoke, tema de uno de los libros robados en casa de Szpilman.

—A Jacques siempre le gustó el realismo, la perfección, y el maquillaje no le bastaba, así que...

Judith se puso en pie y levantó bruscamente la falda de su vestido, mostrando sin complejo alguno su desnudez. Su vientre bronceado estaba cubierto de cicatrices blanquecinas que parecían pequeñas sanguijuelas bajo su piel. Sharko se echó atrás en su silla a la vez que suspiraba, mientras Lucie permanecía inmóvil, con la boca crispada. Ver aquel cuerpo gastado y mortificado por sufrimientos pasados bajo el sol marsellés, tenía algo siniestro.

Judith soltó el bajo de su falda, que le cayó hasta las rodillas.

—Durante las laceraciones no sentí el dolor, ni siquiera entendía lo que estaba sucediendo, tenía como... alucinaciones. Jacques rodó así horas y horas y añadió nuevos cortes. Se trataba de cortes superficiales, no corría sangre, y los amplificaba a base de maquillaje. En sus ojos, mientras me cortaba, había algo escalofriante. Fue entonces cuando entendí...

Los policías se mantuvieron en silencio, incitándola a que prosiguiera.

—Comprendí que a aquella actriz colombiana la había matado de verdad. Había llegado hasta el final, estaba claro.

Sharko y Lucie se miraron brevemente. Judith estaba al borde de las lágrimas.

—Ignoro cómo se las apañó con la justicia francesa, debió de presentar a una mujer muy parecida a aquella pobre desgraciada y logró engañarlos. Pero en lo que a mí respecta, no mintió. Me pagó el dinero prometido.

Lucie apretó con fuerza su lápiz. Jacques Lacombe parecía acomodado, puesto que había pagado generosamente a Judith. Y, sin embargo, si había logrado imponer su cine en Estados Unidos y ganar algo de dinero, ¿qué hacía en un almacén cochambroso en Quebec rodando escenas infernales?

—Había quedado desfigurada de por vida pero, una vez de vuelta en Francia, tenía de qué vivir decentemente y sacar la cabeza del agua. Tuve la suerte de conocer más tarde a un hombre bueno, que había visto mis películas y a pesar de todo me amaba.

Lucie habló con voz dulce. A pesar de su riqueza, aquella mujer le daba pena.

—¿Nunca informó a la policía? ¿No presentó denuncia?

—¿Para qué? Mi cuerpo estaba destrozado, y no hubiera cobrado la otra mitad del dinero pendiente. Lo hubiera perdido todo.

El comisario miró a Judith a los ojos.

—¿Sabe por qué rodaba esas escenas, señora Sagnol?

—No, ya les he dicho que ignoraba el contenido de...

—No me refiero al contenido del film. Me refiero a Jacques Lacombe. A Jacques Lacombe, que volvió a llamarla después de años sin noticias suyas. Jacques Lacombe, que la mutiló. Jacques Lacombe, que la filmó en las posiciones más impúdicas... ¿Por qué realizar un film con esas escenas? ¿Cuál era el objetivo, en su opinión?

Ella pensó. Sus dedos jugueteaban con el zafiro de buen tamaño que lucía en el dedo corazón.

—Para alimentar a almas perversas, comisario...

Se perdió en un largo silencio antes de continuar.

—Ofrecerles el poder, el sexo y la muerte a través del cine. Jacques no pretendía únicamente provocar o impresionar mediante la imagen. Siempre trató de que la imagen influyera sobre el comportamiento humano, ése era el objeto de su obra. Sin duda por esa razón se interesó tanto por la pornografía... Ya que, un hombre que mira una película porno, ¿qué hace?

Con la mano imitó un gesto sin ambigüedad.

—La imagen actúa directamente sobre sus pulsiones, su libido, penetra en su interior y le obliga a actuar. Eso es, en el fondo, lo que Jacques deseaba. Allí, en Canadá, cuando se refería al poder de la imagen, siempre hablaba de una cosa extraña...

—¿De qué?

—El síndrome E. Sí, eso era, el síndrome E.

Sharko sintió un peso en el pecho. Era la segunda vez que aparecía el término, y siempre en circunstancias siniestras.

—¿Qué significa?

—No lo sé. Lo repetía siempre. El síndrome E, el síndrome E... Como si fuera una obsesión. Una conquista inalcanzable.

Lucie anotó la expresión y la rodeó con un círculo, antes de dirigirse a Judith.

—¿Tuvo la sensación de que Lacombe trabajara con otro colaborador? ¿Un médico o científico?

Ella asintió.

—Vino a verme un hombre, un médico, sí, sin duda. Era quien proporcionaba las jeringuillas de LSD. Ambos se conocían, eran cómplices.

El cineasta, el médico... Correspondía al perfil de los asesinatos de El Cairo, y también al de Claude Poignet. Luc Szpilman había hablado de un hombre de unos treinta años, así que de ninguna manera podría tratarse de Lacombe, quien en la actualidad sería ya anciano. ¿Quién podía ser, entonces? ¿Alguien obsesionado por su obra? ¿Un heredero de su locura?

—... Pero todo queda ya muy lejos, demasiado lejos como para que pueda contarles más cosas. Eso sucedió hace medio siglo, y todo cuanto sucedió allá está fragmentado en mi cabeza. Ahora que sabemos las desgracias causadas por esa mierda del LSD, me digo que tengo suerte de seguir viva.

Sharko vació su copa de *champagne* y se puso en pie.

—Le agradeceríamos que viera la película íntegramente, por si recordara algún detalle.

Asintió débilmente. Los policías percibían que estaba conmocionada.

—¿Qué ha hecho Jacques para que, cincuenta años después, se interesen por él?

—Aún no lo sabemos, desgraciadamente, pero estamos investigando esta extraña película.

Una vez visto el film, Judith exhaló un largo suspiro. Encendió un cigarrillo largo con boquilla y expiró una voluta de humo.

—Es su estilo, la manera de filmar, la obsesión por los sentidos, el juego de máscaras, la luz y ese ambiente putrefacto. Traten de ver sus cortometrajes, las *crash movies*, y lo entenderán.

—Lo haremos. ¿Este film no le sugiere nada más? Los decorados, los rostros de las niñas...

—No, no, lo siento.

Parecía sincera. Sharko extrajo una tarjeta en blanco de su cartera y anotó en ella su nombre y su número de teléfono.

—Por si recuerda algún otro detalle.

Lucie también le entregó su tarjeta.

—No dude en ponerse en contacto con nosotros.

—¿Jacques está vivo?

Sharko le respondió de inmediato.

—Averiguarlo y dar con él es nuestra prioridad.

35

Al descender del taxi corrieron hacia la estación. El tráfico y el calor seguían siendo infernales. Lucie corría a toda prisa y Sharko la seguía con pasos más pesados pero, con todo, lograba seguirla. No se trataba de detener a un asesino, ni de una persecución o una bomba que hubiera que desactivar, simplemente debían coger el TGV de las 19:32.

Subieron al tren a las 19:31. Diez segundos más tarde, el jefe de andén hacía sonar el silbato. El aire acondicionado inyectado en los vagones permitió que los dos policías recuperaran oxígeno. Jadeantes, se dirigieron de inmediato al vagón bar y pidieron una bebida muy fresca mientras se enjugaban la frente con una servilleta de papel. A Sharko le costaba reponerse.

—Una semana... contigo, Henebelle, y... perderé cinco kilos.

Lucie apuraba su zumo de naranja tragando ruidosamente. Por fin se tomó un respiro y se pasó una mano por la nuca empapada.

—Sobre todo... si viene conmigo a correr a... la

Ciudadela de Lille. Diez kilómetros, los martes y los viernes.

—Yo también corría, antes. Y puedo garantizarte que.. que hubiera aguantado esa distancia.

—No ha estado usted mal esta tarde.

Los corazones recuperaban su ritmo normal. Sharko dejó su lata de Coca-Cola vacía sobre la barra.

—Vamos a instalarnos.

Se acomodaron en sus asientos y, tras unos minutos, Lucie hizo un breve resumen, con los ojos absortos en sus notas. En su cabeza, el mar y el sol de Marsella ya quedaban lejos.

—Ha vuelto a aparecer esa expresión: el síndrome E. ¿Sabe qué puede querer decir?

—No.

—En cualquier caso, ahora disponemos de una identidad, y de peso: Jacques Lacombe.

—Un médico, un cineasta... La ciencia, el arte...

—El ojo, el cerebro... El film, el síndrome E.

Sharko se frotó un buen rato el mentón, pensativo.

—Tenemos que ponernos en contacto con la Sûreté de Quebec. Hay que saber quién es ese Jacques Lacombe, y qué fue a hacer a Estados Unidos y a Montreal. Tenemos que llegar hasta esas niñas. Son la clave del asunto y aún deben de estar vivas, ¿no? Seguro que en algún sitio tiene que haber alguna pista. Gente que pueda explicarnos qué sucedió. Comprender, comprender, comprender...

Las palabras eran como una sombría advertencia en el fondo de su garganta. Con los dedos, rascaba el asiento de delante. Detuvo ese gesto cuando se dio cuenta de que Lucie le observaba con curiosidad.

—Parece que la investigación sobre el terreno le está haciendo mella... —dijo Lucie.

Sharko apretó los dientes y volvió la cabeza hacia el pasillo. Lucie sintió que no deseaba volver la vista atrás en su vida, así que calló y siguió pensando en el caso. La voz ronca de Judith Sagnol resonaba en su cabeza, sin cesar. Jacques Lacombe había realizado aquel film para alimentar a las almas perversas, les había confesado. Un medio para el cineasta de expresar su locura y de inmortalizarla. ¿Qué monstruo fue Lacombe? ¿En qué animal se había convertido en mitad de la selva colombiana? ¿A quién había arrastrado tras de sí para que incluso en la actualidad se asesinara para recuperar su «obra»? ¿Había realmente matado y decapitado a gente en la Amazonia por necesidades del guión? ¿Hasta dónde habían llegado el horror y la locura?

El paisaje desfilaba montañoso cuando el TGV dejó a la derecha los contrafuertes alpinos, y luego monótono a partir de Lyon. Lucie se adormilaba, mecida por el lento traqueteo del mastodonte de acero que atravesaba los campos. En varias ocasiones, en momentos de lucidez, sorprendió a Sharko mirando fijamente los asientos vacíos de la otra fila y murmurando cosas que no comprendía. Sudaba de una manera anormal. Se puso en pie por lo menos cinco o seis veces durante el trayecto para ir al baño o al bar, y no regresaba hasta al cabo de unos diez minutos, a veces enfurecido, a veces tranquilo, enjugándose la frente y la nuca con un pañuelo de papel. Lucie hacía ver que dormía.

El tren llegó a París, a la estación de Lyon, a las 23:03. Era ya de noche, los rostros se estiraban a causa del cansancio, y un aire pegajoso se infiltraba en el edificio, cargado del relente de la ciudad. El primer tren a Lille era al día siguiente, a las 6:58. Ocho horas son muchas cuando uno no tiene nada que hacer y ningún sitio adonde ir. El pensamiento de Lucie vagabundeaba. Ni hablar de sumarse a la vida del París nocturno. Por otro lado, sentía apuro ante la perspectiva de plantarse en un hotel con su ridícula mochila y sin muda de recambio. Sin embargo, un dos estrellas era la mejor solución. Se volvió hacia Sharko para despedirse, pero éste no estaba a su lado. Se había detenido, diez metros atrás, y movía las manos frente a él, con el rostro inclinado hacia el suelo, dirigiendo miradas a Lucie, como si ésta fuera el tema de una discusión violenta. Finalmente sonrió, atravesando el aire con los dedos como si le hubiera dado una palmada en la mano a alguien. Lucie se aproximó a él.

—Pero ¿qué está haciendo?

Él se metió las manos en los bolsillos.

—Estaba negociando... —Su mirada resplandecía—. Mira, no tienes adónde ir. Puedo alojarte esta noche, tengo un sofá grande, a buen seguro más cómodo que una cama egipcia.

—No sé cómo son las camas egipcias, y sobre todo no quisiera...

—No es molestia alguna. Ahora, lo tomas o lo dejas.

—En ese caso, lo tomo.

—Muy bien. Y ahora tratemos de alcanzar el RER, antes de que sea demasiado tarde.

Y se encaminó hacia los túneles. Antes de seguirle, Lucie se volvió una vez más hacia el lugar en el que él se hallaba solo unos segundos antes. Sharko, que la vio, se sacó las manos de los bolsillos y le mostró su móvil con una sonrisa.

—¿Qué? No creerás que estaba hablando solo, ¿verdad?

36

Tras aquella llamada desde la estación, Lucie esperaba encontrarse con la esposa del comisario en cuanto entraran en su apartamento. Durante el trayecto en el RER, trató de imaginar qué tipo de mujer podía encajar con un hombre de su envergadura. ¿Tenía ella el porte y el carácter del domador frente al león o, por el contrario, era dócil, dulce, dispuesta cada noche a soportar la tensión que los policías acumulan a lo largo de sus interminables jornadas?

Sin embargo, en cuanto el comisario hubo abierto la puerta, Lucie supo que nadie les aguardaba. Ni un alma viviente. Sharko se descalzó antes de entrar. Lucie se dispuso a imitarle.

—No, no, no te descalces. Sólo es una costumbre, tengo muchas costumbres de las que no consigo deshacerme y que me complican mucho la existencia. ¡Pero qué le vamos a hacer, es así!

Cerró la puerta y los cerrojos. A primera vista, Lucie observó que no se trataba exactamente del apartamento de un hombre solo: había varios toques femeninos, plantas cactáceas aquí y allá, unos zapatos de tacones altos bastante retros en un rincón. Pero sobre la mesa del salón sólo había un cubierto, dispuesto ya para una comida frente a la pared. Le vino entonces a la mente el film *Léon* de Luc Besson. En cierta medida, Sharko transmitía la misma tristeza que el asesino a sueldo, pero a la vez una incomprensible simpatía que daba ganas de profundizar más en el personaje.

Las fotografías de una mujer guapa, viejos clichés amarillentos en sus marcos, le confirmaron que probablemente el policía fuera viudo. ¿Qué divorciado conservaría su alianza? Más alejadas, contra la pared, se extendían otras fotos. Decenas de rectángulos de papel brillante se superponían los unos a los otros, entremezclados, fotografías de una niña desde su más tierna infancia hasta los cinco o seis años. En algunas de las instantáneas estaban los tres: él, la mujer y la niña. La madre sonreía pero, y aunque Lucie no supo explicar el porqué, en aquella mirada femenina se percibía una ausencia. En todas las fotos, Sharko abrazaba a la niña y a la mujer contra él, con tanta fuerza que sus mejillas se aplastaban unas contra otras. Lucie sintió entonces un escalofrío, como si, de manera brutal, hubiera adivinado: algo le había sucedido a la familia de Sharko. Un drama horrible, innombrable.

—Ponte cómoda, por favor... —dijo el comisario—. Me muero de sed... ¿Te apetece una cerveza muy fría?

Hablaba desde la cocina. Un poco perturbada, Lucie dejó su mochila sobre la alfombra y se adentró en la habitación. Un gran salón, bastante vacío. Vio un bote de salsa de cóctel y castañas confitadas sobre una mesa baja y, en un rincón, el ordenador.

—Cualquier cosa fría me va bien, gracias... ¿Tiene conexión a Internet? Quisiera hacer una búsqueda sobre Jacques Lacombe y el síndrome E.

Sharko regresó a su lado con dos latas de cerveza y le tendió una. Depositó la suya sobre la mesa baja y luego dirigió una mirada curiosa a un lado.

—Discúlpame.

Desapareció en el recibidor. Diez segundos más tarde, Lucie oyó silbidos y leves carraspeos idénticos a los que había escuchado a bordo del TGV durante tres horas y media. Trenes en miniatura, pondría su mano en el fuego... Sharko reapareció y se instaló en un sillón, y Lucie le imitó. Sharko se bebió la mitad de la lata de un trago, como si nada.

—Es más de medianoche. Mi jefe ya ha puesto a alguien a trabajar en el síndrome E. Esas búsquedas ya las harás mañana.

—¿Por qué perder tiempo?

—No pierdes el tiempo, al contrario, lo ganas. Para dormir, pensar en los tuyos y decirte que la vida también existe fuera del trabajo. Parece sencillo, ¿verdad? Pero cuando te das cuenta de ello, ya sólo te quedan fotos viejas.

Lucie guardó silencio.

—Yo también hago muchas fotos, para conservar el paso del tiempo... Volvemos sobre la imagen, una y otra vez. La imagen como medio de transmitir las emociones, de penetrar en la intimidad de cada uno.

—Ella señaló el plafón de fotografías con un gesto de cabeza—. Ahora le entiendo mejor. Creo saber por qué es así.

Sharko remataba su cerveza. Le apetecía dejarse llevar, flotar y olvidar la dureza de aquellos últimos días. El rostro carbonizado de Atef Abdelaal, las chabolas de El Cairo, las abominables cicatrices en forma de ojo sobre la piel arrugada de Judith Sagnol... Muchas, demasiadas tinieblas.

—¿«Así», cómo?

—Frío, distante de entrada. El tipo de individuo del que uno se dice que es mejor evitarlo. Sólo al hurgar un poco, uno se da cuenta de que tras la armadura hay un corazón.

Sharko apretó con fuerza su lata de cerveza vacía.

—Y las fotos, ¿qué dicen?

—Muchas cosas.

—¿Qué, por ejemplo?

—¿Está seguro de querer oírlo?

—Demuéstrame lo que vales, teniente Henebelle...

Lucie aceptó el desafío con la mirada. Alzó su lata de cerveza frente a ella y orientó el brazo hacia la puerta.

—Primero hay que valorar la posición. Tienen una presencia evidente en su salón, orientadas hacia la entrada. ¿Por qué no en el dormitorio o en un lugar más íntimo?

Señaló con la cabeza hacia el cubo de basura en la cocina, del que sobresalían dos embalajes de cartón y restos de pizza.

—Cuando un repartidor o un extraño llama a la puerta, usted la abre ligeramente, con el importe exacto en la mano. Jamás le deja atravesar el límite del descansillo. No hay alfombra para limpiarse los zapatos, ni dentro ni fuera. Las fotos se hallan situadas exactamente en el ángulo, el extraño puede verlas sin ver el resto. Usted, su familia, una impresión de felicidad y de normalidad. ¿También pone en marcha sus trenes en miniatura para que tenga la sensación de que en la casa hay un chiquillo que juega?

Sharko entrecerró los ojos.

—Lo que cuentas me interesa. Continúa...

—Usted no quiere hablar de su pasado fuera de su apartamento. Pero cuando uno está aquí, en este sillón, esas fotos dicen a voz en grito que a su familia le ocurrió algo dramático. No hay ninguna foto reciente ni de su esposa ni de su hija. Y usted tiene algunos años menos en las fotos, además de mejor aspecto. En esa época, su hija tenía cinco o seis años. Es un momento de cambios, de la primera ruptura. La escuela de los mayores, el comedor escolar, las niñas que se van por la mañana y a las que no se vuelve a ver hasta la tarde. Así que se trata de compensar y se hacen muchas fotos, muchísimas, para frenar su marcha, uno querría mantenerlas en casa y paliar las ausencias mediante artificios. Pero en su caso... Ni un recuerdo más, como si... la vida se hubiera detenido de repente. La de ellas y luego la suya. Por eso dejó usted la calle, para refugiarse en las oficinas. La calle le arrancó a su familia.

Sharko parecía hallarse en otro lugar. Sus ojos miraban al suelo, estaba inclinado hacia delante y las manos le colgaban entre las piernas.

—Sigue, Henebelle. Sigue, lanza la caballería.

—Pienso en un caso que se complicó, en el que su familia se vio involucrada y la obligó a enfrentarse a aquello de lo que usted siempre trató de protegerla... ¿Qué fue? ¿Un caso que se inmiscuyó en su vida privada? ¿Un sospechoso que se encarnizó con ellas?

Un silencio doloroso, mortificante. Sharko incitó a Lucie a proseguir.

—A través de esas fotos expone su interior al exterior. Aquí, en su apartamento, usted consigue abrirse, ser el hombre que fue, el padre y marido, pero en cuanto cruza la puerta, en cuanto la cierra, se encastilla. Tres cerrojos en la puerta... ¿No es ésa otra manera de blindarse? Creo que aquí entran pocas personas, comisario, y las que se quedan a dormir son aún menos. Hace un rato, hubiera podido indicarme un hotel y abandonarme bruscamente, como hizo la primera vez que nos encontramos en la estación del Norte. Y de ahí mi pregunta, ¿qué hago yo aquí?

Sharko alzó sus ojos de color ceniza. Se puso en pie, se sirvió un whisky y volvió a sentarse.

—Puedo hablar de mi pasado, contrariamente a lo que pareces creer. Si no hablo nunca del mismo es porque no tengo oídos que escuchen.

—Estoy aquí...

Él sonrió frente a su vaso.

—¿Tú, la policía pardilla del Norte, a la que no conozco más que desde hace unos días?

—A veces le explicamos nuestra vida a un psiquiatra, a quien aún conocemos menos.

Sharko frunció el ceño y se puso en pie para guardar la botella de whisky. Aprovechó además para mirar si había por allí una caja de medicamentos. ¿Cómo había adivinado lo del psiquiatra? Volvió a sentarse y trató de mantenerse sereno.

—¿Y por qué no te lo iba a contar, al fin y al cabo? Parece que lo necesitas.

—¿Eso es lo que le dijo mi ficha en la DAPN?

Retaba a Sharko con la mirada. El policía aceptó el desafío.

—Las fotos te han hablado por sí mismas. Hace más de cinco años circulaba por una nacional, con Suzanne y Éloïse... Y uno de los neumáticos reventó en medio de una curva.

Miró al suelo un buen rato, haciendo girar el whisky dentro del vaso.

—Podría decirte el día, la hora exacta, y cómo era el cielo aquel día. Está grabado aquí, y para el resto de mis días... Volvíamos los tres juntos de un fin de semana en el Norte, hacía mucho tiempo que no nos habíamos escapado de aquella manera, lejos de esta ciudad de mierda. Pero justo después del reventón, tuve un momento de descuido. Olvidé cerrar las puertas del vehículo. Cuando estaba inclinado sobre la rueda, mi esposa cruzó la curva corriendo como una loca con mi hija. Llegó un coche y...

Encogió los dedos.

—Aún oigo el chirrido de los frenos. Una vez, y otra... Sólo el ruido de los trenes sobre los raíles logra acallarlo. Ese traqueteo incesante que oyes ahora mismo y que me acompaña de día y de noche...

Sorbo amargo de whisky. Lucie se encogió, en aquellos momentos no había otra reacción posible. El hombre, allí junto a ella, estaba más destrozado de lo que había imaginado. Sharko prosiguió:

—Tú has trabajado en un caso de secuestro de niños. Has perseguido a un psicópata que lucía la pura expresión del mal. Yo fui como tú, Henebelle. Mi mujer, mi propia mujer, fue secuestrada por el mismo tipo de asesino, seis meses antes de dar a luz a Éloïse. Le perseguí de día y de noche, a mi alrededor no existía nada más. En aquella investigación perdí a los amigos y vi cómo seres queridos desaparecían ante mis propias narices, arrastrados por la locura de un individuo.

Señaló con el mentón hacia la pared del apartamento.

—Mi vecina, una vieja de Guyana, la diñó por culpa mía. Cuando di con Suzanne, atada a una mesa, apenas pude reconocerla. Le habían hecho cosas que ni tú podrías imaginar. Cosas... que un ser humano jamás debería sufrir.

Lucie sentía que estaba andando por la cuerda floja, a punto de caer en cualquier instante. Pero él aguantaba el tipo. Estaba hecho de una fibra diferente, de un material que ningún proyectil podía perforar.

—Ya nunca más fue la misma, y el nacimiento de nuestra hija no cambió las cosas. Su mirada estaba en blanco la mayor parte del tiempo, a pesar de que, a veces, entre una y otra toma de la medicación, la chispa reaparecía.

Silencio de plomo. Lucie ya no alcanzaba a imaginar el dolor interior de aquel hombre. La soledad, la herida abierta de su alma, el desgarro de un drama que sangraba constantemente. Lucie se dijo que, tal vez por primera vez después de aquellos años, ya no tenía ganas de estar solo, aunque sólo fuera por una noche. Y a pesar de la negrura del mundo que le rodeaba, estaba contenta de poder compartir aquel momento con él.

Sharko se bebió el alcohol de un trago y se puso en pie.

—Soy la caricatura ambulante de lo peor que puede sufrir un policía, voy atiborrado de pastillas y de tormentos, he matado y me han hecho tanto daño como a uno le puedan hacer, pero aún me tengo en pie. Aquí, sobre mis dos piernas, frente a ti.

—Yo... Yo no sé qué decir. Lo siento.

—No lo sientas, ya basta de gente que lo siente.

Lucie le sonrió tímidamente.

—Intentaré no olvidar la lección.

—Bueno, creo que es hora de acostarse. Mañana nos espera un día duro.

—Ya es hora, sí...

Sharko hizo un amago de marcharse, y regresó junto a su colega.

—Tengo que pedirte un favor, Henebelle. Un favor que sólo le podría pedir a una mujer.

—Y luego tendré una última pregunta... Dígame.

—Mañana a las siete en punto, ¿podrás hacer que se oiga el ruido de la ducha en el baño? No estás obligada a ducharte. Por supuesto, si quieres puedes ducharte, pero quiero decir que basta con que oiga el ruido de la ducha.

Lucie dudó un instante antes de comprender. Su mirada se dirigió a una foto de Suzanne y asintió.

—Lo haré.

Sharko esbozó una fina sonrisa.

—Tu turno. Haz tu pregunta, ahora.

—¿A quién ha llamado antes desde la estación? ¿Con quién ha «negociado» para que yo pudiera dormir en su apartamento?

Sharko tardó unos segundos en responder.

—Aquel ordenador, allí... Utilízalo para tus búsquedas. Sólo tienes que darle al botón. No hay contraseña. ¿Por qué debería tener una?

37

Las películas de un loco...

Lucie había pasado parte de la noche buscando en Internet y aquélla era la única impresión que le quedaba de la obra de Jacques Lacombe, un hombre de mirada de acero, de boca delgada y recta, como una cuchilla. La foto digitalizada, mostrada en el blog de un entusiasta, era de 1950. Fue tomada durante la velada en la que el realizador fue visto en público por última vez. Envarado en un esmoquin rutilante, con una copa balón en la mano y el cabello peinado hacia atrás, Lacombe miraba al objetivo con tal intensidad que Lucie sintió un escalofrío. En sus ojos había algo maléfico.

Algunos aficionados habían tratado de escribir una biografía del cineasta, pero la conclusión siempre era la misma: a partir del año 1951, tras el tormentoso rodaje en Colombia y sus problemas con la justicia, Lacombe había desaparecido por completo. Sólo una parte de su obra —se estimaba que al menos el cincuenta por ciento de sus films habían desaparecido— seguía viéndose dentro de un círculo de fans. De ese turbio individuo sólo quedaba un puñado de cortometrajes, la mayoría de los cuales duraba menos de diez minutos y a los que los entendidos en cine llamaban *crash films*.

Los *crash films*... Rodados entre 1948 y 1950, antes de los hechos de Colombia. Como explicaban los internautas, se trataba de una serie de diecinueve films cuyo único propósito era mostrar lo que hasta entonces no se había hecho en la profesión, una especie de proeza artística cinematográfica. A Lacombe le importaba un comino la utilidad del film, le interesaban sobre todo las reacciones del público: su pasividad ante la imagen, su relación con la acción y la narración, sus tendencias *voyeuristas*, su fascinación por lo íntimo y, también, su tolerancia ante una forma de cine conceptual. Ponía en jaque todas las costumbres de la mirada y trastocaba los códigos cinematográficos. Siempre aquella necesidad de innovar, de perturbar, de sorprender...

Y además, estaba aquel pequeño círculo blanco, en la parte superior derecha, en todos y cada uno de los diecinueve minifilms. Lucie comprendió que sin duda se trataba de la marca de fábrica de Jacques Lacombe, de su firma. Prosiguiendo su búsqueda en Internet, dio con la descripción de algunas de las técnicas de Lacombe. Los juegos de máscaras y de espejos o las sobreimpresiones. Algunos formulaban una hipótesis respecto a la presencia de ese círculo blanco, en la parte superior de cada film. Lo llamaban el «punto ciego», que corresponde, desde el punto de vista fisiológico, a una pequeña porción de la retina desprovista de fotorreceptores. En esos sitios incluso proponían un ejercicio:

Al cerrar el ojo izquierdo y mirar únicamente el cuadrado a más o menos quince centímetros, el círculo acaba por desaparecer de la vista. Lucie quedó estupefacta ante tamaño defecto de la óptica humana. En definitiva, ¿Jacques Lacombe no hacía evidente, mediante su firma, que el ojo es un instrumento imperfecto al que se puede engañar mediante múltiples procedimientos? ¿Acaso no anunciaba a las claras que haría de los defectos el motor de sus films? En el fondo, esos minifilms disimulaban a buen seguro los primeros balbuceos de un alma perversa y enferma. Una mente obsesionada por el impacto de la imagen en el ser humano. Su veracidad, su fuerza y también su poder destructor. Un visionario adelantado a su tiempo.

Tumbada en el sofá, con los ojos entrecerrados, Lucie comprendía mejor por qué razón Lacombe nunca había triunfado. Esos *crash films* eran aburridos y estrafalarios a más no poder. ¿Quién podía ir a ver una película de cuatro horas titulada *El durmiente* en la que simplemente aparecía un hombre durmiendo? ¿O el movimiento de un párpado que se abre y se cierra filmado al ralentí, a mil imágenes por segundo, y luego proyectado durante más de tres minutos? Había también el *crash film* n.° 12, en el que se contaba y se mostraba en cifras cada segundo de los doce minutos que dura el film, que no consiste más que en esa simple exhibición de cifras... Los films eran tan extraños e incomprensibles como la mente de su creador.

El despertador de su reloj sonó cuando Lucie, con las manos detrás de la cabeza, contemplaba el techo. 6:55. Apenas había dormido una o dos horas. Una noche de policía. Se levantó, entumecida, y a tientas se orientó hacia el baño. Un amplio bostezo silencioso, el día sería duro.

En el baño, todo estaba increíblemente ordenado: un cepillo de dientes nuevo en un vaso, las toallas azules colgadas con los bordes plegados de manera perfectamente simétrica, una cuchilla de afeitar de hoja centelleante y una bañera limpia con la ducha suspendida. También había un armario botiquín. El tipo de mueble que a veces cuenta mejor una vida que una larga explicación. Lucie contempló su reflejo en el espejo de la puerta. Podía abrirla, echar un vistazo a los medicamentos, hurgar aún más en la intimidad de Sharko... ¿Qué podía descubrir detrás de aquella puerta? ¿Antidepresivos? ¿Estimulantes? ¿Ansiolíticos? ¿O simplemente vitaminas y aspirinas?

Aspiró aire y abrió el grifo de la ducha. El agua se estrelló ruidosamente contra el esmalte en un guirigay frío e intenso. Lucie había comprendido la petición de Sharko: quería revivir, en ese momento del despertar en el que la somnolencia envuelve los sentidos, la presencia de su mujer.

Poder creer en ella aún, aunque fuera sólo durante una fracción de segundo.

Lucie regresó silenciosamente al salón y dejó correr el agua. Unos instantes más tarde, oyó cerrarse una puerta... El ruido de agua se detuvo... Los trenes en miniatura se pusieron en marcha, y no se detuvieron en los veinte minutos que siguieron.

Más tarde, Sharko apareció vestido elegantemente. Camisa blanca con finas rayas azules, corbata, pantalón gris de franela. En su camino hacia la cocina dejó en su estela el perfume de una colonia que identificó como Fahrenheit. El hombre daba la impresión de una fuerza tranquilizadora, con una presencia que Lucie ya echaba en falta desde hacía mucho tiempo. Se llevó las manos a la cara y bostezó discretamente.

Sharko puso en marcha la radio. Una melodía animada invadió el espacio. Dire Straits, un poco de marcha.

—No te pregunto si has dormido bien... ¿Un café?

—Solo, sin azúcar. Gracias.

La miró de reojo mientras introducía una cápsula en la cafetera y puso en marcha el aparato. Cuando las miradas de ambos se cruzaron, volvió la cabeza hacia el armario, del que cogió una cucharilla.

—Supongo que no hay nada extraordinario respecto a Lacombe, ¿verdad? De lo contrario, no hubieras dudado en despertarme en mitad de la noche.

Lucie se aproximó con una sonrisa.

—No mucho más que las revelaciones de Judith Sagnol. Un tipo enigmático que se volatilizó sin dejar rastro en 1951. No hay noticias sobre él desde entonces. He indagado también acerca del síndrome E, incluso en sitios médicos y científicos. Nada, ningún resultado. Y lo que no está en Internet es que a la fuerza es muy secreto.

Sharko le ofreció el café y se dirigió a regar la planta junto a la ventana de la cocina.

—Tendrías que refrescarte un poco. Hace tiempo que no he visto a una mujer al despertarse, pero puedo asegurarte que tienes el aspecto de los días chungos.

—Eso es porque he estado pensando toda la noche.

—Es evidente.

—Tenemos que ir a Canadá, comisario...

Sharko se mostró dubitativo antes de dejar la regadera. Sus mandíbulas se crisparon.

—Yo tampoco puedo quitarme de la cabeza los rostros de esas niñas, ¿qué crees? He visto su miedo, y luego la locura en sus miradas, sus gestos. Sé que los que se ocultaban tras esa cámara hicieron cosas monstruosas, pero nuestro trabajo es el presente, Lucie, el presente. Y ya es bastante mierdoso tal como es. Y además, de momento, no tenemos ninguna pista concreta para averiguar el destino de esas chiquillas.

—Pues sí, precisamente. En Internet he encontrado que, en los años cincuenta, Montreal era muy católico y había numerosos orfanatos regentados por monjas. Cada niño que pasó por esas instituciones posee una ficha que puede consultarse en el centro de los archivos nacionales de la ciudad. Disponen de página web, donde se explica que el acceso es libre y que se pueden consultar los expedientes in situ. Todo está clasificado, ordenado, catalogado...

—Nada nos garantiza que haya que buscar en Montreal.

—El film procede de Montreal, como la llamada anónima, como la chiquilla, según la especialista de lenguaje labial. No hay que olvidar tampoco lo que explicó Judith Sagnol, acerca de esas fábricas abandonadas cerca de Montreal donde pasó varios días. Si dispusiéramos de un nombre sería ideal, pero con un año basta para buscar en los archivos. Las fichas tienen foto. Podríamos...

—Todo lo que tenemos es la fecha de una vieja película y varias copias fotográficas de la chiquilla extraídas de la película, en blanco y negro y de mala calidad.

—Y un nombre que pronuncia en el film. Lydia... Una de sus amigas de su edad, supongo. ¿Una compañera de habitación, tal vez? Un año, un nombre y una foto podrían bastar.

—Si tú lo dices...

—Avanzamos con cuentagotas, pero avanzamos. El film permite imprimir fotos de algunas de las otras niñas, en la sala de los conejos. En algunos planos también puede verse el refectorio, los columpios, una parte del jardín, que tal vez puedan dar pistas acerca de la institución en cuestión. No es mucho, pero es algo. Si descubriéramos la identidad de la chiquilla o de sus compañeras tal vez podríamos comprender.

Sharko cogió su café y se lo llevó a los labios. Bebió un trago largo.

—Canadá está lejos y el viaje es caro... Tendré que pensarlo.

Sonó el teléfono del comisario. Era Leclerc.

Tono directo, sin tapujos, del jefe de la OCRVP:

—Tengo dos noticias, una buena y una mala.

Sharko puso el altavoz a su móvil.

—En este momento estoy con la teniente Henebelle.

—¿Qué? ¿En tu casa?

—Ha pasado la noche en el hotel y te escucha. Vamos, empieza por la mala noticia.

Lucie prefirió no desvelar la mentira de Sharko: era bienintencionada. La voz retumbó, grave, en el aparato.

—Buenos días, teniente Henebelle.

—Buenos días...

Leclerc se aclaró la voz:

—He recibido información de la Sûreté de Quebec relativa a Jacques Lacombe. Murió en 1956. Le hallaron carbonizado en su domicilio y se determinó que fue un accidente doméstico. Vivía en Montreal.

Sharko apretó los labios.

—Un accidente doméstico... ¿Tienes su historial?

—Sí, lo han proporcionado los canadienses. Para resumir, se instaló en Washington en 1951, donde fue proyeccionista en un pequeño cine de barrio durante dos años. En 1953 se fue a vivir a Montreal, donde siguió trabajando como proyeccionista.

Sharko reflexionó.

—Todo esto no concuerda con su salida precipitada de Francia, su voluntad de triunfar en el cine, su genio... Y menos aún si tenemos en cuenta que en 1955 rodó aquel film horrible con las niñas. Hay algo ahí escondido. No creo en la teoría de una muerte accidental. Resulta que 1956 es justo un año después del rodaje. ¿Quién podría hurgar más en su pasado? ¿Quién podría investigar acerca de las circunstancias del incendio mortal?

—Nadie. ¿Quién se pondría a trabajar en eso? ¿Los americanos, los canadienses o nosotros los franceses? Habría que abrir una investigación sobre unos hechos que se remontan más de cincuenta años atrás. Y para que haya investigación, necesitaríamos que hubiera un asesinato comprobado. Sin olvidar la prescripción. No, no se puede hacer nada.

Sharko suspiró y se apoyó en la mesa.

—Bueno... ¿Y la buena noticia?

—Disponemos de los resultados del ADN, y se ha podido identificar a uno de los cinco cadáveres, el que recibió un tiro en el hombro y se arrancó la piel.

Lucie observó hasta qué punto se iluminaban las pupilas del comisario.

—¿Quién es?

—Mohamed Abane, veintiséis años y unos antecedentes más largos que un día sin pan. Una juventud dorada con peleas, droga, robos y extorsiones. Finalmente fue encarcelado por violación con agravante y mutilaciones.

—Precisa.

—Su víctima, una chica de veinte años, estuvo a punto de morir. Para mayor crueldad, tras violarla, le quemó las partes íntimas. Abane tenía apenas dieciséis años.

—Vaya pieza.

—Obtuvo una reducción de condena por buena conducta y salió de la prisión de Fresnes hace once meses.

Sharko crispó sus dedos sobre el teléfono. Por primera vez desde el inicio de aquel caso disponían de algo concreto.

—¿Su última dirección?

—Estaba de okupa en casa de su hermano Akim, en Asnières-sur-Seine.

—Dame la dirección exacta.

—¿Crees que te hemos estado esperando? Un equipo de Péresse ya está en camino, llegarán allí en breve. Es su trabajo, no el tuyo. Más te vale acercarte por la oficina, tengo una primera lista para ti: la de las organizaciones humanitarias presentes en El Cairo en 1994, en el momento de la muerte de las muchachas.

—Olvídate de eso.

Sharko colgó... Lucie iba y venía con un dedo bajo el mentón.

—¿Qué estás tramando, Henebelle?

—Lacombe murió en un incendio, un año después de realizar el film. Aquel mismo año, una copia del film es depositada en los archivos de Canadá mediante una donación anónima. ¿Y si Lacombe hubiera tenido el presentimiento de que su vida estaba en peligro? ¿Y si hubiera hecho varias copias del film y las hubiera enviado a diversos archivos para preservar su secreto y también para propagarlo como un virus? Ya hemos visto a qué velocidad pasaba el film de mano en mano, de colección en colección.

Sharko asintió, la jovenzuela tenía talento.

—A su manera, Lacombe supo proteger su tesoro, al dejarlo viajar, permitiendo simplemente que siguiera existiendo y un día pudiera ser descifrado y comprendido. Sí, quizás.

Lucie asintió. Poco a poco, las piezas del rompecabezas iban encajando, a pesar de que aún no permitieran adivinar el dibujo final. Sharko marcó un número rápidamente.

—¿A quién llama?

—A mis antiguos colegas del 36 para obtener la dirección de Abane. No te entretengas en el baño. Dentro de diez minutos te dejo en el RER y te vuelves a casa.

Lucie se arregló el jersey arrugado.

—No lo creo. Le acompaño.

38

Asnières-sur-Seine... Una ciudad limpia, con un centro agradable y comercios encantadores. Alrededor y por encima ya no era tan alegre. El cemento sustituye a la naturaleza, grandes pájaros de marfil que despegan de Roissy surcan el cielo e interminables paredes de edificios de un color gris como el de las ratas cierran el horizonte. La periferia parisina en todo su esplendor. Y en el medio fluye un río...

Sharko y Lucie se apearon en la estación Gabriel-Péri y se dirigieron a buen paso hacia el oeste. Akim Abane, el hermano de uno de los cinco cadáveres de Gravenchon, no tenía antecedentes y trabajaba como vigilante nocturno en un supermercado. Un tipo limpio, aparentemente, que vivía en el tercer piso de un bloque sombrío y poco agradable. Al pie del edificio, Lucie fue objeto de varios silbidos simpáticos por parte de unos jóvenes que holgazaneaban en un parterre.

El hombre que les abrió tenía los rasgos secos y agudos de los mediterráneos. Un rostro de sílex, sobre un cuerpo robusto y musculoso. A todas luces, un adepto de la halterofilia y la musculación. Sharko se avanzó:

—¿Akim Abane?

—¿Quién es usted?

Para alegría de Sharko, los de la PJ aún no habían llegado. Se felicitó por su rapidez y mostró su identificación tricolor. Abane vestía un pantalón corto y una camiseta blanca en la que podía leerse: *Les foulées vertes de Fontenay.**

—Quisiera hacerle unas preguntas acerca de su hermano, Mohamed.

El árabe no se movía de la puerta.

—¿Qué ha hecho ahora?

—Ha muerto.

Akim Abane pareció trastabillar antes de apretar ambos puños y de golpear con ellos el marco.

—¿Cómo?

Sharko optó por la brevedad, y por ahorrarle los detalles sórdidos.

—Al parecer, muerte por bala. Su cuerpo fue hallado enterrado cerca de una zona industrial, en el Sena Marítimo. ¿Ahora nos permitirá entrar?

Abane se retiró para dejarles paso.

—En el Sena Marítimo... ¿Qué coño hacía allí?

El hombre no lloraba, pero la noticia le había impresionado, hasta el extremo de que tuvo que tomar asiento en el sofá. Los policías entraron en el piso.

—Tenía que acabar así un día u otro... ¿Quién lo mató?

* Carrera atlética anual celebrada en los alrededores de París. *(N. del t.)*

—Aún lo ignoramos. ¿Tiene alguna idea?

—No lo sé, tenía tantos enemigos, aquí, en el barrio o en otros sitios.

Lucie echó un vistazo rápido a la estancia. Pantalla plana, consola de videojuegos, zapatillas deportivas por todas partes, una acumulación de material en un apartamento demasiado pequeño. Vio unas fotos enmarcadas. Se acercó a ellas y frunció el ceño.

—¿Eran gemelos?

—No, Mohamed tenía un año menos que yo y era dos o tres centímetros más alto. Pero nos parecíamos como dos gotas de agua. Y cuando digo que nos parecíamos lo digo por el físico. Por lo demás, yo no tenía nada que ver con él. Mohamed tenía algo en la cabeza que no le funcionaba.

—¿Cuándo le vio por última vez?

Akim Abane miró al suelo, la mirada perdida.

—Dos o tres meses después de salir del talego, hacia año nuevo. Mohamed vino aquí lloriqueando diciéndome que quería cambiar, llevar una nueva vida. Nunca le creí. Era imposible.

Año nuevo... Eso hacía que la datación de los esqueletos fuera de menos de siete meses. Sharko ya sabía la respuesta a su siguiente pregunta, pero prefirió que hablara el hermano.

—¿Por qué?

—Porque los chavales como él no pueden parar nunca. Me enseñaron las fotos de la chavala a la que le quemó la entrepierna, hace un montón de tiempo. Y la imagen la tengo incrustada aquí, en la cabeza. Era inhumano... —Suspiró—. Mohamed se quedó aquí una semana. Sí, más o menos. Debió de marcharse a mediados de enero con cuatro cosas en su bolsa.

Se quedó un rato en silencio.

—No me creí ni por un segundo que lo haría... Y no me equivoqué.

—¿Que haría qué?

Con un suspiro, Akim Abane se puso en pie, abrió un cajón y rebuscó entre unos papeles. Le entregó un folleto arrugado a Sharko.

El corazón del comisario dio un vuelco.

A partir de aquel instante, todo se aclaró en una fracción de segundo.

El folleto ensalzaba los valores de la Legión Extranjera.

Alzó la mirada hacia Lucie, igualmente estupefacta.

Akim volvió a sentarse, con las manos juntas entre sus muslos poderosos.

—Un día Mohamed encontró esto en una revista, en el talego. Cuando lo explicaba, parecía que hubiera tenido una revelación. Quería alistarse, hacer tabla rasa del pasado, cambiar de identidad y empezar de cero. A mí con ésas...

Tomó el marco con la foto en la que aparecía junto a su hermano y lo miró fijamente.

—Gilipollas, ¿por qué te has muerto?

En su interior, Sharko se alegraba. La Legión Extranjera... Era tan coherente con los descubrimientos de los últimos días. Lucie prosiguió el interrogatorio.

—¿Tiene alguna prueba de que se alistara en la

Legión? ¿Cartas o llamadas, por ejemplo? ¿Compró un billete de tren para... el Sur?

—¿Aubagne? —precisó Sharko.

El árabe sacudió la cabeza.

—No, no se alistó, ya se lo he dicho. Le conocía y era incapaz de eso. Demasiado inestable, y no soportaba la autoridad. ¿Se lo imaginan allí? Un día, al volver del trabajo, se había marchado. Ni siquiera se llevó el folleto. Ni se despidió, siquiera... Sabía que tarde o temprano la policía llamaría a mi puerta.

El comisario apretó las mandíbulas, con la mirada en la publicidad ilustrada con un soldado con quepis blanco, posando orgulloso, cubierto de medallas. Era evidente que, a pesar de todo, Mohamed Abane se había alistado en la Legión, pero faltaba la prueba decisiva. Incluso su hermano no se lo creía...

—¿Tiene familia, allegados o amigos a quienes su hermano hubiera podido ver o hablar al marcharse?

—Aparte de los tiparracos que frecuentaba, no se me ocurre nadie más...

Sharko seguía reflexionando. Aunque todas las piezas iban encajando, había aún una incoherencia de bulto: ¿por qué cortarle las manos, arrancarle los dientes y los tatuajes a un tipo a quien se podía identificar con una muestra de ADN? En la Legión, a buen seguro, no ignoraban que Mohamed Abane tenía antecedentes penales. Claro que borraban el pasado de sus reclutas, pero lo verificaban escrupulosamente antes de alistarlos. No cabía duda de que sabían que el árabe estaba fichado en el FNAEG y que conocían su historial criminal.

A menos que...

Sharko alzó sus ojos negros hacia la foto de los dos hermanos.

—Una pregunta que puede parecerle extraña, pero... ¿no le desaparecería su documento de identidad por aquellas fechas?

Akim inclinó la cabeza.

—Efectivamente. Debí de perderlo en el trabajo o por la calle. ¿Cómo lo ha adivinado?

Sharko no respondió. Lucie estaba tan desconcertada como el levantador de pesas. Tenía todas las respuestas y sus convicciones se reforzaban. Tendió la mano para saludarle, y Lucie le imitó.

—Unos colegas de Rouen vendrán a verle en breves momentos, y le harán muchas más preguntas y tomarán notas. No se preocupe, es normal.

Justo antes de salir, precedido de Lucie, se volvió hacia Akim, que no se había movido del sofá.

—De hecho... Su hermano tenía un minúsculo fragmento de cánula de plástico bajo la piel, a la altura del cuello. ¿Sabe si le habían hecho alguna intervención quirúrgica?

—No, no.

—¿Estuvo ingresado en el hospital?

—No creo. De hecho, no lo sé.

—Gracias. Le prometo que tendrá respuestas. Y los responsables lo pagarán, me ocuparé de ello personalmente.

Y cerró la puerta cuidadosamente tras de sí.

39

Lucie y Sharko se habían instalado en la mesa de la cocina del apartamento de L'Haÿ-les-Roses. Por el camino habían comprado bollería. Ella mordía su cruasán y él había optado por un bollo de chocolate, que mojaba meticulosamente en su café. Por primera vez desde hacía días, unas nubes de un blanco perfecto moteaban el cielo como un rebaño a través de la ventana. El policía habló entre dos bocados.

—Todo concuerda. Unos cadáveres que es imposible identificar, probablemente unos extranjeros llegados a Francia con lo puesto. Es un caso corriente en la Legión.

—Esa manera tan profesional de convertirlos en cadáveres anónimos y de hacer desaparecer los cuerpos. La descripción que hizo Luc Szpilman, las botas... Unos militares...

—Sin olvidar el análisis segmentario de los pelos, en tres de ellos, que prueba una interrupción en el consumo de estupefacientes las últimas semanas antes de su muerte. Coincide perfectamente con unos chavales que hacen borrón y cuenta nueva de su pasado, unos chavales a los que tratan con mano de hierro. Unos jóvenes legionarios en período de instrucción. Unos novatos.

Sharko se zampó el bollo. Parecía en buena forma, casi feliz.

—¿Qué era esa historia del documento de identidad desaparecido? —preguntó Lucie.

—Pura lógica. Mohamed Abane tenía una personalidad desequilibrada. Con un pedigrí como el suyo nunca hubiera podido alistarse en la Legión. Los reclutadores hacen la vista gorda en Aubagne con respecto a casi todos los delitos, salvo los crímenes graves: asesinatos, violaciones, desviaciones perversas... Abane falsificó su identidad para alistarse.

—¿Robándole el documento de identidad a su hermano?

—Exactamente. Lo único que necesitas para presentarte a la Legión Extranjera es un documento de identidad en vigor. Eso es todo. Ése es el único lazo entre tu pasado y tu futuro. Mohamed Abane simplemente se presentó bajo la identidad de su hermano. Los dos se parecen mucho, los reclutadores no se dieron cuenta del engaño y creyeron que trataban con un individuo sin antecedentes.

Sharko resplandecía. Lucie de repente le veía seguro de sí mismo, desbordante de vitalidad. Un hombre que recobraba el gusto por la investigación y el trabajo de calle. Se bebió el café mientras seguía cavilando.

—Todo es casi lógico...

—¿Casi?

—Sí, casi. Pienso en los cinco novatos asesinados. No hay nada peor que las pruebas de selección, y sobre todo las siguientes diez semanas de instrucción. Es el infierno en la tierra. Te hacen sufrir de todos modos, física y psicológicamente, hasta que te vienen ganas de pegarte un tiro. Es fácil imaginar que uno o dos reclutas se rebelen o se les crucen los cables. Y hasta cabría imaginar una pifia. Un instructor al que no le queda más remedio que disparar, porque a esos chavales se les dan armas de verdad. Pero, en ese caso, ¿por qué les habrían arrancado el cerebro y los ojos antes de enterrarlos?

Disparaba tan rápido que Lucie tuvo que reflexionar unos segundos antes de responder.

—¿Acaso tratan de ocultar algo mucho más grave que una simple negligencia? ¿O una chapuza? ¿Acaso, detrás de todo ello, están esa película infernal y esas niñas encerradas en una sala que masacran a unos animales?

—Y unas muchachas violentamente asesinadas en África. Egipto, Francia, Canadá. Todo está ligado sin estarlo. El verdadero problema es que la Legión Extranjera no ha puesto los pies en Egipto desde hace más de cincuenta años. Al margen de un parecido en el modus operandi, al margen del fenómeno histérico del que tenemos indicios, no tenemos ningún vínculo entre las dos series de crímenes. Y en cuanto al film, aún es hora de descubrir qué pinta en esta historia.

Lucie se frotó la cara con una mano. El cansancio nervioso era cada vez mayor. Sharko seguía reflexionando en voz alta.

—Son muy eficientes. En Notre-Dame-de-Gravenchon... Allí no hay nada. Ni siquiera un campamento de entrenamiento militar. Hay que comprobarlo, pero estoy seguro de que la Legión nunca ha tenido una base allí. Si hubiéramos hallado los cuerpos cerca de Aubagne, aún, pero allí... Se han cubierto perfectamente.

—Espere un momento. ¿Me está diciendo que no tenemos con qué atacar a la Legión?

—Las acusaciones son graves, y ya sabes cómo funcionan estas cosas. Aunque nuestro razonamiento se sostenga, necesitamos pruebas concretas: testigos, documentos, pistas... Y desgraciadamente no tenemos nada, aparte de nuestras convicciones. Ni mi servicio ni la PJ iniciarán un procedimiento sobre la base de simples conjeturas. Robara o no el documento de identidad, el pasado de Mohamed Abane juega en nuestra contra. La Legión negará rotundamente haber reclutado a ese tipo. Allí no se admiten delitos de sangre. Es una regla de oro.

Un silencio. Lucie se limpió las manos con una servilleta.

—¿Y si alguien se decidiera a pesar de todo a iniciar un procedimiento contra la Legión, cómo sería?

Sharko dejó caer el brazo frente a él, para mostrar desesperación.

—Expondríamos nuestras conclusiones al ministro de Defensa. En el caso improbable de que eso funcionara, necesitaríamos órdenes judiciales y un montón de papeleo para finalmente tener la ocasión de interrogar a unos tipos elegidos cuidadosamente en el marco de una investigación. Todo eso llevaría tiempo y llegaría a oídos de los altos mandos de la Legión, quienes podrían tomar sus medidas. Y, aun suponiendo que todo eso funcionara, aún quedaría el problema de que es información clasificada. Sin duda alguna, nos las veríamos con un jefe, un coronel o un general, probablemente con capacidad para escudarse en ello o, aún peor, que diría que es alto secreto. Ya tuve ocasión de tratar con esos tipos, hace unos años. Casi es mejor hablar con una pared. La Legión es un cuerpo, la Legión es un espíritu. Incluso en el caso de que algunos de ellos hubieran visto algo, y suponiendo que aún se hallaran en territorio francés, no dirían nada.

Lucie deslizó lentamente su índice alrededor de la taza de café.

—¿Y si prescindimos del procedimiento?

Sharko la miró con frialdad.

—Ni hablar.

—No me diga que no lo había pensado.

Sharko se encogió de hombros.

—Aún eres demasiado joven para salirte de los cauces. ¿Quieres el consejo de un amigo? No te metas en líos. Tus hijas no te lo perdonarían.

—Déjese de sermones. Vayamos a la brava. Nos presentamos allí y pedimos hablar con el responsable acerca de un sospechoso tras el que andamos, por ejemplo. Si acepta recibirnos, le llevamos hacia nuestro caso de manera sutil. Si realmente está implicado, es probable que reaccione.

—¿Y cómo va a reaccionar? ¿Crees que dirá la verdad a voz en grito?

—No, pero quizá se ponga nervioso y haga algunas llamadas telefónicas. Le seguimos... Nos plantamos frente a su casa con, no sé... ¿unos micrófonos de largo alcance?

Sharko soltó una risita desagradable.

—Has visto demasiadas veces *Misión imposible*. Su casa debe de estar plagada de detectores HF. Unos cachivaches del ejército capaces de detectar cualquier emisor de ondas a decenas de metros a la redonda. Seguro que su teléfono es una línea segura y encriptada. La mayoría de esos tipos son verdaderos paranoicos, por eso los eligen. Sé buena y vuelve a la realidad.

—¿Así que nos olvidamos y dejamos que se escapen?

Sharko no respondió, miraba sus manos abiertas, sobre la mesa. Lucie estrujó la servilleta entre sus dedos.

—Yo no voy a dejarlo, y si usted no me sigue, iré sola. Cuando uno se lanza al agua, hay que nadar.

Lucie desapareció rápidamente en el baño. Sharko suspiró. Ella era capaz de hacerlo, era peor que una cabeza de chorlito. Tras una larga reflexión, se puso en pie, avanzó por el pasillo y se detuvo frente a la puerta que ella había cerrado con llave.

—¿Hace falta visado o alguna cosa para ir a Canadá? —dijo alzando la voz.

El agua de la ducha se estrellaba contra el esmalte.

—¿Qué?

—Exploremos primero la pista de Canadá. Cuantas más vueltas le doy, más convencido estoy de que podemos dar con el rastro de esas chiquillas en los archivos. Y si no descubrimos nada, vamos a por la Legión. ¿Hace falta visado?

—Tengo pasaporte y a veces eso ya basta, aunque otras veces no, por lo que vi anoche en Internet. Pero nos facilitaría las cosas disponer de una comisión rogatoria internacional.

Sharko tenía los labios pegados contra la puerta cerrada. Del otro lado, percibía que Henebelle se estaba enjabonando. No pudo evitar imaginársela desnuda, allí, a pocos metros. Aquello le hizo sentir bien.

—De acuerdo, tenemos buena relación con los canadienses, forman a nuestros analistas del comportamiento. Allí, además, disponemos de los contactos necesarios. Me ocuparé por ti de todo ello en la OCRVP. ¿Sabes si hay vuelos de Lille a Montreal?

—Sí, pero... Ay, me ha entrado jabón en un ojo... ¡Espere!

Sharko sonrió. El ruido de la cortina de la ducha al descorrerla. Y luego, de nuevo, la voz femenina.

—¿No va a ir conmigo?

—No, tú pilla el próximo TGV. Yo me ocupo de pasarle la información a tu jefe, no te preocupes por eso. Haré que te reserven billetes electrónicos para Quebec.

—¿Y usted?

—Voy a ir a ver a Leclerc para el listado de las organizaciones humanitarias presentes en El Cairo durante los asesinatos. Tal vez el asesino se halle en una de las largas listas de nombres.

De repente, se abrió la puerta. Lucie se había enrollado una toalla grande alrededor del cuerpo, y tenía espuma en los cabellos y sobre las orejas. Olía a vainilla y a coco. Sharko dio un paso atrás, se le hacía extraño...

—¿Por qué trata de alejarme? —preguntó ella en tono seco.

Sharko apretó las mandíbulas. Con la punta de los dedos apartó la espuma de las sienes de Lucie y bruscamente se volvió de espaldas.

—¿Por qué, comisario?

Sharko desapareció al final del pasillo, sin darse la vuelta.

40

En cuanto Lucie dejó L'Haÿ-les-Roses, todo empezó a acelerarse. Sólo disponía de unas horas para resolver asuntos para los que una mujer normal hubiese tenido que hacer en dos días. Su avión despegaba a las 19:10 del aeropuerto de Lille-Lesquin. El servicio administrativo en el que trabajaba Sharko, encargado de las misiones en el extranjero, se había ocupado de todo como por arte de magia: documentación, orden de misión y justificación del desplazamiento ante la jerarquía, y envío de los billetes electrónicos a su dirección de correo electrónico. El Boeing aterrizaba a las 20:45, hora canadiense. Tenía reservada una habitación en el hotel Delta Montréal, un tres estrellas situado entre el Mont-Royal y el Vieux-Port, a dos pasos del centro de los archivos. Acababa de imprimir la comisión rogatoria internacional, que le había llegado unos instantes antes por correo. En el marco estricto de la investigación, le concedían cuatro días completos in situ. Cuatro días era mucho tiempo para investigar unos viejos documentos. Habían sido generosos.

Cuando Lucie iba camino de su domicilio, pensó en las últimas palabras de Sharko, en el andén del RER, en Bourg-la-Reine: «Cuídate, pequeña». Las palabras habían resonado en lo más hondo de su garganta como piedrecillas al entrechocar entre sí. Se dieron entonces la mano —el pulgar de él encima, mutuas sonrisas, empate a uno— y luego, como la primera vez, Sharko se marchó, con los hombros caídos, sin darse la vuelta. Con aprensión, Lucie contempló entonces durante un buen rato cómo su silueta desaparecía anónimamente en las escaleras.

Tras pasar por su cuarto de baño, Lucie terminó de preparar la maleta con lo estrictamente necesario, la metió en el portaequipajes de su coche, sacó la basura y se dirigió hacia el CHR Oscar Lambret. Estaba excitada como nunca. Canadá... Un caso internacional... para ella, la «pequeña policía» que, unos años antes, hacía de chupatintas encargada del papeleo en la comisaría de Dunkerque. Se sentía orgullosa de su ascenso.

Lucie entró en la habitación del hospital con dos cafés solos que se había servido en la máquina. Su madre seguía allí, al pie del cañón. Jugaba a la consola de videojuegos con Juliette. Sobre la cama había libros para colorear abiertos. La niña esbozó una sonrisa. Estaba radiante y su piel por fin había recuperado el color de la miel de las criaturas de su edad. El médico había anunciado oficialmente que a la mañana siguiente le darían el alta. Lucie abrazó a su hija.

—¿Mañana por la mañana? ¡Eso es genial, cariño!

Tras una ola de besos, Juliette se enfrascó de nuevo en su partida, muy alegre. Lucie y Marie estaban a la puerta de la habitación, con el vaso en la mano. Lucie respiró profundamente y soltó:

—Mamá, tendrás que quedarte con Juliette por lo menos cuatro días más... En fin, cuatro días y cuatro noches, quiero decir. Lo siento mucho, es una investigación difícil y...

—¿Adónde vas?

—A Montreal...

Marie Henebelle tenía el don de culpabilizarle a uno con la mirada.

—Ahora al extranjero. Espero que por lo menos no sea peligroso...

—No, qué va. Sólo voy a revolver papeles en unos viejos archivos. Nada apasionante, pero desgraciadamente alguien tiene que hacer el trabajo.

—Y por supuesto te ha caído a ti.

—Es una manera de decirlo.

Marie conocía demasiado bien a su hija y sabía que aunque se marchara a luchar contra el mismísimo diablo, aparentaría irse a buscar setas. Señaló con un gesto de cabeza un peluche gris, un hipopótamo.

—Ha venido tu ex.

—¿Mi ex...? ¿Te refieres a Ludovic?

—¿Ha habido otros?

Silencio de Lucie. Marie miró con tristeza a Juliette.

—Habrías tenido que ver cómo se han divertido, los dos. Ludovic se ha pasado aquí un par de horas con ella. Volvía a su casa, y ha dicho que si querías llamarle que le llamaras. Deberías hacerlo.

—Mamá...

Marie se apoderó de la mirada de su hija.

—Lucie, necesitas a un hombre. Alguien que te dé estabilidad, que sepa devolverte a la realidad cuando sea necesario. Ludovic es un buen chico.

—El único problema es que no le quiero.

—¡No te has dado tiempo para quererle! Tus gemelas pasan más tiempo con su abuela que con su madre. Soy yo quien cuida de ellas y las educa. ¿Te parece normal?

En el fondo, Marie tenía toda la razón. Lucie pensó en la idea que Sharko tenía del oficio: un monstruo devorador que, a la larga, sólo regurgita familias destruidas o descompuestas.

—Después de este caso, mamá. Te prometo que me daré un descanso y pensaré.

—Pensarás, claro... Como en el caso anterior. Y también en el anterior, y también, y también...

Sus ojos contenían reproches pero también cierta forma de piedad.

—A estas alturas ya no podré cambiar a mi hija. Estás hecha de hormigón, querida, y habría que dar golpes con un pico para cambiar alguna cosa en tu maldito cerebro.

—Al menos, ya sé a quién he salido...

Lucie logró arrancarle un atisbo de sonrisa a su madre, que le acarició la barbilla.

—¡Vamos, vete! Voy a casa y vuelvo. ¿A qué hora tienes que salir de aquí?

—A las cinco, como muy tarde. El tiempo de llegar al aeropuerto, y el embarque.

—Eso te deja tres horas para estar con tu hija. Dios mío, ni que estuviéramos en el locutorio de una cárcel...

41

Tras acompañar a Lucie a la estación, Sharko se dirigió a Nanterre. La joven investigadora había dejado en su ánimo un rastro ardiente, una presencia indeleble de la que no conseguía deshacerse. Aún podía verla, envuelta en la toalla, cubierta de espuma, en «su» cuarto de baño. ¿Quién hubiera podido imaginar que un día una mujer iba a ducharse allí donde se había duchado Suzanne? ¿Quién hubiera podido decir que a la vista de un cuerpo semidesnudo su corazón iba a latir de nuevo acelerado en su pecho?

Por el momento, iba de un lado a otro en el despacho de su jefe. Lucie estaba lejos, tenía otras preocupaciones. Despotricaba ante Leclerc, que estaba sentado frente a su mesa.

—No podemos plantarnos así. Otros se han enfrentado a la Legión antes que nosotros.

—Y todos se partieron los morros en el intento... Péresse y el *boss* son de mi opinión. Hay que prescindir de tu atajo y obtener algo concreto. Josselin está dispuesto a que dos investigadores de la criminal traten de reconstruir los pasos de Mohamed Abane desde que se marchó de casa de su hermano. Es el único medio legal del que disponemos.

—Eso se alargará mucho y no conducirá a nada, ya lo sabes.

Leclerc señaló con una inclinación de cabeza un sobre encima de su mesa.

—Como te he dicho por teléfono, antes de que me tocaras los cojones al adelantarte a Péresse, he obtenido la lista de las organizaciones humanitarias presentes en Egipto, en los alrededores de El Cairo, en la época del asesinato de las muchachas. Disponemos de algunos nombres, sobre todo de los de los responsables de misión. Y hay algo muy interesante, se trata de ese congreso, el SIGN. Echa un vistazo...

Martin Leclerc tenía un aspecto serio y enjuto. Apilaba los papeles con gesto inútil y rehuía la mirada de Sharko. El comisario cogió el informe y comenzó a leer:

—Sonrisas para los huérfanos del mundo, unas treinta personas. Planeta urgencia, más de cuarenta. SOS África, sesenta... Me salto algunas buenas... —Entrecerró los ojos—. Marzo de 1994, reunión anual de la red mundial para la seguridad de las inyecciones, SIGN... Más de... ¡Más de tres mil personas venidas del mundo entero! OMS, UNICEF, ONU-SIDA, organizaciones no gubernamentales, médicos, investigadores, representantes del mundo de la sanidad y de la industria... Más de quince países. Pero... ¿Qué coño quieres que haga con esto?

—Marzo de 1994... Es el mes y el año de los asesinatos, ¿no es cierto?

Un silencio. Sharko consideró los papeles con más atención.

—Mierda, tienes razón.

—Claro que tengo razón. Estamos recuperando la lista detallada de los participantes en el SIGN, deberíamos recibirla hoy mismo. A ojo de buen cubero, hubo entre ciento cincuenta y doscientos franceses.

—Doscientos...

—En resumidas cuentas, como puedes constatar, estamos lejos de las botas militares y los trajes de faena. Así que por el momento dejemos de lado a la Legión, bastante trabajo tenemos con Canadá, estas listas y la investigación sobre Abane.

Sharko se apoyó en la mesa.

—¿Qué pasa, Martin? Teníamos la costumbre de roer los huesos juntos y hoy tratas de no echar leña al fuego con... unas listas. Antes, te hubieras lanzado.

—Antes...

Martin Leclerc suspiró. Sus dedos agarraron una hoja, que arrugó y lanzó a la papelera.

—Es Kathia, Shark. La estoy perdiendo.

Sharko sintió el impacto de la noticia, pero en el fondo hacía días que lo presentía. Kathia y Martin Leclerc siempre habían sido la viva estampa de la pareja inquebrantable, que había salvado tantas tempestades que ya nada podía hacerla naufragar.

—Empezó con el caso Huriez, ¿verdad? ¿Por qué no me dijiste nada?

—Porque no...

Sharko recordaba hasta el menor detalle. Un año antes. Un caso de tráfico de cocaína en los alrededores de Fontainebleau. Uno de los pequeños camellos cayó: Olivier Hussard, veinte años. El ahijado de Kathia. Ésta le pidió a su marido que interviniera, que utilizara sus influencias para conseguir una rebaja de la pena. Pero Martin Leclerc se mostró de mármol, fiel a la honradez de su chapa.

Sharko se maldecía a sí mismo. Llevado por sus propios demonios, no había observado nada en su jefe. Él, un analista supuestamente experto en analizar los comportamientos.

—Tenía derecho a saberlo, Martin.

—¿Tenías derecho a saberlo? ¿En nombre de qué cojones de regla tenías derecho a saberlo?

—En nombre de nuestra amistad, simplemente.

Un silencio grave se instaló en la sala. A lo lejos se oyó el rugido del motor de una moto.

—Ya he hablado con el *boss*, Shark. Anteayer.

—¿Qué? No irás a decirme que...

—Sí... Después de este caso, dimitiré. No podría aguantar ocho años más, esperar a la jubilación cagado de miedo. No sin ella. Ya hace varios días que duerme en casa de su hermana, y eso me vuelve loco. Y además, ¿me ves envejeciendo solo, como...?

Detuvo la frase en seco. Sharko le miraba fijamente.

—¿Como yo, ibas a decir?

Leclerc se refugió en las hojas, los papeles que apilaba, desordenaba y volvía a apilar.

—¡Vete a la mierda, Shark! ¡Lárgate!

El comisario se alejó de la mesa de su jefe, noqueado. Los ojos se le nublaron ligeramente. Leclerc no podía imaginar la violencia del golpe que acababa de propinar. Sharko apretó los puños:

—¿Sabes qué significa para mí que te marches? ¿Para los años que aún tengo que currar?

Leclerc dio un puñetazo sobre la mesa.

—¡Sí! ¡Claro que lo sé! ¿Qué te crees?

Esta vez, Leclerc miró fijamente a su subordinado, al fondo de sus ojos.

—Escúchame, haré todo lo posible para que...

—No harás nada. Tú te largas y yo a la calle, y lo sabes perfectamente. Nadie querrá a un policía viejo y enfermo. Ni siquiera en un armario. Es así de sencillo.

Leclerc miró a su amigo y sacudió la cabeza.

—No me pongas entre la espada y la pared, por favor. Ya es bastante duro así.

Abatido, Sharko se dirigió hacia la puerta. Se volvió, con una mano ya en el picaporte.

—Cuando perdí a mi mujer y a mi hija, tú y Kathia estuvisteis a mi lado. Me pase lo que me pase a mí y sean cuales sean tus decisiones, las aceptaré. Y ahora, ve a decirle a Josselin que me tomo un día de descanso, porque oigo voces por todos lados.

42

La autopista desfilaba. Larga, monótona, infinita. Sharko acababa de dejar atrás Lyon, y circulaba hacia el sur en dirección a Marsella, con la ventana abierta y la radio a todo volumen. El móvil reposaba frente a él, a la altura del volante.

—Lo peor es que no sé cómo ayudarle. ¿Ir a ver a Kathia? No es una solución. Tengo la impresión de dar palos de ciego.

—¿Qué significa dar palos de ciego?

Sharko miró al asiento del pasajero.

—Quiere decir darle vueltas a algo sin llegar a ninguna parte, exactamente lo que estoy haciendo ahora.

Eugénie se entretenía con una mecha de cabellos que ensortijaba en sus dedos. Adoptó sus aires de arpía.

—Por cierto, ¿has visto cuánto se parece Lucie a Suzanne?

El comisario se atragantó. Aquella chiquilla, definitivamente, tenía unas reacciones imprevisibles. Se encogió de hombros.

—Se parece tanto a Suzanne como tu bote de salsa a una locomotora.

—A tus ojos, me refiero. Se parece a Suzanne a tus ojos... Y también en tu corazón de piedra. Lo sé. Ahí dentro está que arde.

—Estás delirando.

—Sí, yo deliro, por supuesto... Lucie te provoca algo y por eso quieres protegerla. Canadá está muy lejos.

El móvil del comisario empezó a vibrar.

—Lucie me gusta. Espero que vuestra historia funcione.

—Estás completamente loca, pequeña.

Descolgó. Era uno de sus contactos en la Dirección Central de Información Interior.

—¿Tienes la información?

—¿Qué crees? El actual comandante de la Legión es un coronel que se llama Bertrand Chastel. Menudo currículum tiene el tío.

—Suelta.

—Legionario de carrera, ha formado parte de las más prestigiosas tropas de combate. Para resumírtelo, comandante del 2.° REP en Líbano y luego en Afganistán. A continuación, cambio de rumbo, y se convierte en instructor jefe en el infierno de Guyana, prepara nuevos programas de entrenamiento y forma a la élite de la élite. Parece que le gusta llevar una vida enérgica. Con él, los chavales las pasan putas y la mayoría regresan con el cerebro formateado para el combate, para que me entiendas. De regreso a Francia, pasó dos años en la DGSE, antes de volver a sus primeros amores y convertirse en comandante del 1.º RE, del 4.º RE y del GRLE hace dos años.

Unas siglas llamaron la atención de Sharko de inmediato. DGSE, Dirección General de la Seguridad Exterior.

—¿Pasó por el servicio secreto en medio de una carrera de legionario? ¿Qué hizo allí?

—¿Pero tú te crees que esas cosas las dejan anotadas? Todo esto es información clasificada. Conoce a gente importante, entre ellos a la mayoría de los representantes del CCSD. Estamos en las altas esferas, Shark, y en las altas esferas hay muchas bocas cerradas. Y si las abres, Pandora se te echa a la cara. Ignoro qué tratas de hacer, pero puedo asegurarte que a ese tipo no se le puede atacar.

—Eso es asunto mío. ¿Está en Aubagne en estos momentos?

—Sí, lo he comprobado mediante una falsa llamada.

—¡Genial! Gracias, Papy.

—Y, por supuesto, no te he llamado nunca y no quiero saber en qué andas. Pero ve con cuidado.

Sharko colgó. Dirigió una mirada vindicativa al asiento de la derecha. Eugénie se había largado, por fin.

Bajó el volumen de la radio, que le estaba poniendo de los nervios. Tras la planicie del campo llegaron los valles suaves, las montañas, los ríos. Valence, Montélimar, Aviñón. Los contrafuertes de Provenza. La temperatura aumentaba, y el sol quemaba la piel a través del parabrisas. Sharko tenía la boca seca, no por falta de agua, sino de Henebelle... Eugénie llevaba razón. La rubita había trastocado sus órganos fosilizados. Algo se cocía en su pecho, su vientre, su estómago. Tenía ahí un nudo y se sentía mal. Mal, porque no debería haber otra persona más que Suzanne. Mal, porque tenía quince años más que Lucie y, a través de los ojos de ella, veía de nuevo los defectos que le habían destruido a él y a su familia. El encarnizamiento, las ausencias y ese deseo de perseguir al Mal, el verdadero Mal, hasta encontrarse contra la pared, agotado, demolido. Ese oficio no tenía salida alguna. Ninguna finalidad y ninguna satisfacción.

El día ya llegaba a su fin. Ocho horas de carretera a cuestas... Ocho horas reflexionando, en parte, acerca de su plan de ataque.

Un puro suicidio. Era consciente de ello.

Poco importaba, ya estaba muerto desde hacía tiempo. Abandonó la autopista del Sol, continuó unos cincuenta kilómetros por la A52 y tomó la salida de Aubagne. Distinguió sucintamente los edificios del centro de reclutamiento de la Legión Extranjera junto a la autopista A501. Unas largas naves blancas, de líneas perfectas y de un rigor absolutamente militar. Unos minutos después tomaba la carretera departamental D2 y luego la vía que le condujo frente a la garita vigilada por un cabo de guardia. Quepis blanco, charreteras rojas, uniforme impecable. Sharko presentó su identificación tricolor.

—Soy el comisario Sharko, de la Oficina Central de Represión de la Violencia contra las Personas. Desearía hablar con el coronel Bertrand Chastel.

El largo nombre de su servicio siempre provocaba una honda impresión. Sharko explicó rápidamente que perseguía a un criminal reincidente que con toda seguridad se había alistado recientemente en sus filas bajo una falsa identidad. Con la finalidad de ser más convincente, enumeró los cargos contra el supuesto criminal: violación, tortura... El militar le pidió que aguardara y desapareció en la garita. Sharko supo que se había salido con la suya cuando le vio reaparecer y señalar el aparcamiento.

—Puede estacionar en el aparcamiento de los visitantes, detrás de usted. El coronel le recibirá. Un subteniente vendrá a buscarle. Debe entregarme su arma de servicio.

El comisario obedeció.

Con una carpeta de gomas elásticas bajo el brazo, siguió al suboficial que había ido a buscarle sin cruzar con él ni una palabra. Sobre las paredes inmaculadas del recinto podía leerse en letras doradas el famoso *Legio patria nostra*. Columnas de hombres de todas las nacionalidades —polacos, colombianos, rusos...— avanzaban al paso a lo largo del patio de armas, al son de cantos militares. Otros, más a lo lejos, vestidos con mono azul y camiseta blanca, descendían por la escalera a toda velocidad, con la urgencia y el miedo grabados en sus miradas. Los novatos...

Su abnegación era escalofriante: esos hermanos de armas de cráneos rasurados y mirada de acero no tenían aún treinta años, y ya estaban dispuestos a morir allí mismo, en aquel momento, por la bandera tricolor.

Súbitamente, un edificio de una única planta llamó la atención de Sharko. En una pancarta podía leerse: «DCILE, División de Comunicación e Información». Aceleró el paso para alcanzar a su acompañante:

—Dígame... ¿Qué es la DCILE?

—Es una célula de relaciones públicas que atiende las numerosas solicitudes de información y organiza los reportajes. La oficina de producción se ocupa de la promoción de la Legión en Francia y en el extranjero.

—¿Dispone también de un departamento de vídeo? ¿Creación y montaje de films para el ejército?

—Sí. Reportajes, films de promoción o de conmemoración.

—¿Y de ello se ocupan los propios legionarios?

—Es un estado mayor compuesto por militares. Oficiales y suboficiales del ejército de tierra, principalmente. ¿Más preguntas?

—Es suficiente, gracias.

Sharko pensaba en los asesinos del restaurador de films, Claude Poignet... Uno de ellos era un militar cineasta y seguramente se escondía allí, con los pies calientes dentro de sus botas militares, en alguno de aquellos grandes edificios... Todo encajaba cada vez más.

Llegaron a los edificios del 1er Regimiento Extranjero, sede del Alto Mando y, en consecuencia, del comandante. La autoridad absoluta. Sharko tenía la garganta seca, las manos húmedas y hubiera tenido menos aprensión frente a un asesino sanguinario que frente a un coronel condecorado que, a priori, había dedicado parte de su vida a servir al país. Como profesional, el policía sentía una profunda estima hacia aquellos militares y su sacrificio.

Atravesaron pasillos enmoquetados, el soldado llamó tres veces y se puso firme frente a la puerta cerrada.

—¡Descanse! ¡Entre!

Tras presentar a Sharko y dar la media vuelta reglamentaria, el subteniente dejó al policía solo frente al coronel, ocupado firmando documentos. El policía estimó que el comandante debía de tener su edad y una corpulencia similar, aunque estaba algo menos gordo y era algunos centímetros más alto. El corte de sus cabellos grises, irreprochable, amplificaba aún más la geometría euclidiana de su rostro. Sobre su uniforme oscuro, una pequeña placa indicaba en letras rojas «Coronel Chastel».

—Le ruego que me disculpe aún unos segundos.

El militar alzó sus ojos de un azul frío y prosiguió su trabajo, sin ninguna reacción particular. El comisario cavilaba. Si el coronel estaba implicado en el caso, si había seguido las noticias acerca del hallazgo de los cadáveres de Gravenchon, a buen seguro reconocería su rostro, su identidad. ¿Acaso se había estado preparando para esa visita desde la llamada del cabo de guardia? ¿O simplemente no le había reconocido?

Mientras Chastel firmaba documentos, Sharko aprovechó para observar el despacho. Los siete principios del código de honor del legionario destacaban sobre un amplio ventanal que daba al patio de armas. Eran innumerables las placas conmemorativas y las fotos colgadas de las paredes en las que el coronel, a diferentes edades, posaba solo o en el centro de su regimiento. La tierra ocre y el polvo de Afganistán, los edificios en ruinas de Beirut, la exuberancia de la jungla amazónica... Una violencia sorda irradiaba de esos rostros de rasgos marcados, de esos dedos aferrados a sus fusiles de asalto. A fin de cuentas, aquellas fotos no mostraban más que la guerra, los enfrentamientos, la muerte y, en medio, unos hombres que sentían que aquél era su lugar.

El coronel apiló finalmente los documentos y los empujó hasta el extremo de la mesa de despacho impecablemente ordenada. No había ninguna otra silla. Allí se tenía la costumbre de permanecer de pie, en posición de firmes.

—No sabe cómo envidio aquellos tiempos en los que desconocíamos la existencia del papeleo. ¿Puedo ver su identificación?

—Por supuesto.

Sharko le tendió su identificación. El comandante la observó escrupulosamente antes de devolvérsela. Sus dedos eran gruesos, sus uñas estaban muy cuidadas. Como él, ya había dejado de pisar el terreno hacía tiempo.

—Si lo he entendido bien, busca a un asesino en nuestras filas. ¿Y viene usted solo para detenerlo?

Su voz era grave, monolítica, rugosa. Si fingía, lo hacía muy bien.

—De momento sólo tenemos sospechas. Una cámara de vigilancia nos mostró la presencia de su vehículo a unos veinte kilómetros de Aubagne, en el peaje de la A52. Y luego, ni rastro de ese vehículo a la altura de la A50. Así que por fuerza se detuvo entre ambas.

—¿Han hallado el vehículo?

—Aún no, pero estamos trabajando en ello.

El coronel Chastel agitó el ratón de su ordenador, y a continuación mecanografió probablemente una contraseña en el teclado.

—Supongo que sabe que nuestro cuerpo no recluta a autores de violaciones o de asesinatos.

—Probablemente utilizó otra identidad.

—No es muy probable. Dígame su nombre.

Sharko le miró a los ojos, tan profundamente como le era posible. Era allí, y muy pronto, en un minúsculo espacio de tiempo, donde sería necesario captar el mínimo destello capaz de dar un vuelco a la situación. Tiró de las gomas elásticas de la carpeta, la abrió y de ella sacó una foto en formato A4. La depositó sobre la mesa de despacho, con la cara impresa boca abajo.

—Ahí está todo...

Bertrand Chastel acercó la hoja hacia sí y le dio la vuelta.

La foto mostraba a Mohamed Abane en vida. Un primer plano del rostro.

Bertrand Chastel debería haber tenido que reaccionar. Nada, ni la menor emoción en su rostro cerrado.

Sharko apretó las mandíbulas. Era imposible. El

comisario se sintió desestabilizado pero trató de no hacerlo evidente y de aferrarse a su hilo conductor.

—Tal como está escrito debajo de la foto, debió de presentarse aquí bajo la identidad de Akim Abane.

El legionario apartó el papel hacia Sharko.

—Lo siento, no le he visto nunca.

Ni su voz, ni sus labios, ni sus dedos temblaban. Sharko recuperó la foto, frunciendo el ceño.

—Me imagino que no ve usted a todos los nuevos que se incorporan a sus filas. De hecho, esperaba que escribiera usted su nombre en el ordenador, como se disponía a hacer antes de que le enseñara la foto.

Un ligero tiempo muerto. Demasiado largo, estimó Sharko. Y, sin embargo, Chastel no perdió su prestancia ni su aplomo. Menudo coriáceo.

—Aquí no pasa nada sin que yo lo sepa, o sin que yo lo vea. Pero si eso le tranquiliza...

Introdujo los datos en el ordenador y giró la pantalla hacia Sharko.

—Nada.

—No era necesario que me mostrara la pantalla, hubiera creído su palabra.

Con gesto firme, Chastel giró de nuevo la pantalla hacia él.

—Tengo mucho trabajo. El subteniente Brachet le acompañará hasta la salida. Buena suerte con su fugitivo.

Sharko dudó. No podía marcharse de aquella manera, con incertidumbres. En el momento en que Chastel hizo gesto de descolgar el teléfono, Sharko se inclinó hacia él y le agarró la mano, obligándole a colgar el aparato. En aquel momento, supo que había cruzado la frontera, y que todo podía tambalearse.

—Ignoro cómo sabía que vendría aquí, pero no me va a dar por culo.

—Quíteme la mano de encima inmediatamente.

Sharko acercó su rostro a diez centímetros del rostro del militar. Fue a por todas, sin zarandajas.

—El síndrome E... Lo sé todo. Pero, Dios mío, ¿por qué coño cree que estoy aquí?

Esta vez, Chastel acusó el golpe y no pudo ocultar su estupefacción: mirada perdida, huesos temporales que se mueven bajo la piel. Una perla de sudor se formó en su frente, a pesar del aire acondicionado. Dejó la palma de la mano sobre el teléfono.

—No comprendo de qué me habla.

—¡Claro que sí que me comprende! Lo que yo aún no comprendo es cómo ha logrado guardar la calma ante el retrato de Abane. Incluso alguien como usted es incapaz de ese aplomo. ¿Cómo lo podía saber? ¿Cómo...?

Sharko entrecerró los ojos.

—Micrófonos...

Enderezó los hombros y se llevó las manos a la cabeza.

—Dios mío, Dios mío... Se metieron en mi casa y me colocaron micros.

Chastel se puso en pie, con los puños apoyados sobre su mesa como un gorila.

—Le aseguro que se arrepentirá de haberse presentado aquí para amenazarme. Ya puede contar con que su carrera acabará de manera brusca.

Sharko sonrió como un tiburón. Atacó de nuevo.

—Estoy aquí solo, frente a usted, porque nadie sabe de mi presencia en Aubagne, eso ya lo sabe. Y si eso puede tranquilizarle, no habrá procedimiento ni investigación contra la Legión. Todo el mundo está de acuerdo: Mohamed Abane, o mejor Akim Abane, llámele como quiera, nunca vino aquí.

—Está usted completamente loco y lo que dice no tiene ningún sentido.

—Tan loco que voy a pedirle dinero, coronel Chastel. Mucho dinero... Suficiente para dimitir y poder permitirme una jubilación a todo lujo. Bueno, mucho... Una gota de agua, digamos, para los fondos reservados de la DGSE. ¿Cree que aún me gusta andar por ahí revolviendo la mierda?

Sharko no le dio tiempo a replicar, tenía que actuar rápidamente. Sacó un papel de su carpeta y lo plantó frente al legionario.

—La prueba de mi buena fe.

Chastel se dignó a bajar la mirada.

—¿Unas coordenadas GPS? ¿Qué significa eso?

—Si usted o sus «amigos» se dan una vuelta por Egipto, nunca se sabe, allí hallarán el cuerpo de un tal Atef Abdelaal, un centinela cairota. A menos que ya esté al corriente de ello... Deles ese papel a las autoridades francesas o egipcias y pasaré el resto de mi vida en la cárcel.

El rostro del militar, completamente paralizado, parecía salido de un molde de cemento. Sharko se inclinó, satisfecho.

—También olvidaré la historia de los micros. Ya

ve, entre usted y yo es una simple cuestión de confianza.

Retrocedió hasta la puerta.

—No hace falta que me acompañe. Ya conozco la salida. Me pondré en contacto con usted dentro de unos días. Y un aviso, por si me sucediera alguna desgracia... He tomado mis precauciones.

Señaló con un gesto de cabeza el código de honor de la Legión.

—Tal vez debería releerlo.

Finalmente dio media vuelta y salió.

No le acompañaron.

Al cruzarse con aquellos soldados entrenados y dispuestos a matar, con arma blanca al cinto, se preguntó si no había firmado su sentencia de muerte. Acababa de ponerse en su contra a la Legión y probablemente a los servicios secretos. En su momento pensó que tras aquel caso se ocultaba algo gordo, y no se había equivocado. Altos funcionarios...

Circuló entre las grandes líneas rectas de la A6 pisando a fondo el acelerador. Con el dorso de la mano se enjugaba las pequeñas lágrimas que nacían del borde de sus ojos. Había confiado sus taras, sus heridas más profundas a Henebelle, porque sabía que ella era como él y porque entre ambos había nacido cierta confianza de manera espontánea. Le había desvelado sus cicatrices psíquicas.

Pero otros también le habían oído. Chastel, sus esbirros...

Ahora se sentía desnudo, traicionado, casi avergonzado.

Siete horas más tarde estaba de regreso en su casa. Registró exhaustivamente su apartamento y encontró cuatro micros. Uno oculto en el zócalo de su lámpara halógena y los otros tres en los termostatos de los radiadores. Material estándar, miniaturizado, del que utiliza cualquier servicio de policía. No cabía duda de que en aquellos aparatos no hallaría ninguna huella y que no podría averiguar nada.

Los arrojó contra el suelo con rabia.

Y Eugénie los aplastó con la suela de su zapato.

A partir de aquel momento, la Sig Sauer hundida en su cartuchera y los tres cerrojos de la entrada de su apartamento se le antojaron terriblemente ilusorios.

43

Lucie sólo había viajado una vez en avión, cuando tenía unos nueve años, para ir de vacaciones a las Baleares, y le pareció maravilloso. Recordaba a sus padres que la rodeaban y le acariciaban el cabello cuando la asustaban las turbulencias. Uno de los últimos recuerdos de los tres juntos. Ahora quedaba tan lejos...

Pensativa, su frente estaba pegada contra la ventanilla del Boeing 747 que sobrevolaba Quebec. La azafata acababa de despertarla, ordenándole que se abrochara el cinturón. El descenso comenzaba. Lucie había dormido a lo largo de todo el trayecto, con un sueño pesado, ininterrumpido, casi inusual. Admiró, a la pálida luz del sol poniente, las extensiones de lagos, bosques, ríos y pantanos aún a salvo de la civilización. Una tierra gigantesca, salvaje y milagrosamente preservada. Luego apareció la desembocadura del San Lorenzo, con las primeras grandes manifestaciones humanas, antes de que el avión sobrevolara la famosa isla en forma de rombo.

Montreal... Un bote de modernidad en medio del oleaje.

La azafata verificó de nuevo que todos los cinturones estuvieran abrochados. El pasajero vecino de Lucie, un rubio alto que tenía sus dedos prácticamente hundidos en los reposabrazos, la miró con ojos perrunos.

—Una vez más, tengo la sensación de que voy a morirme. No sabe cómo envidio a la gente capaz de dormir en cualquier lugar, como usted.

Lucie le respondió con una sonrisa educada. Tenía la boca pastosa y muy pocas ganas de discutir. El aterrizaje, en Montréal-Pierre-Elliott-Trudeau, fue muy suave. La temperatura local era notoriamente la misma que la de un clásico verano en el norte de Francia. No había posibilidad de sentirse en el extranjero, puesto que, además, buena parte de la población era francófona. Una vez resueltos los problemas usuales —aduana, verificación de la comisión rogatoria internacional, espera del equipaje y obtención de dólares canadienses—, Lucie hizo una señal para que se detuviera un taxi y se dejó caer en el asiento posterior. Allí apenas oscurecía, pero al otro lado del Atlántico la noche ya casi llegaba a su fin.

La primera impresión que tuvo de Montreal, en aquella oscuridad cada vez más espesa, fue la de una ciudad moderna e increíblemente luminosa. Los rascacielos dirigían sus luces hacia las estrellas, las numerosas catedrales e iglesias jugaban con los matices del rojo, el azul y el verde proyectados por focos. Ya en el centro, a Lucie la sorprendió la anchura de las avenidas y la rigurosa geometría del trazado de las calles. A pesar de las bocas del metro, de aspecto muy parisino, y de la efervescencia de los pequeños cafés o restaurantes, se percibía con menor intensidad la proximidad y el calor que animan, en las horas más calientes de la noche, la capital francesa.

Ya en el hotel Delta Montréal, una torre imponente cuya cúspide estaba iluminada por luces azules, Lucie no tuvo fuerzas para salir a visitar la ciudad, el famoso Montreal subterráneo, por ejemplo. Tras recoger la llave, se instaló en una habitación de la quinta planta, se desvistió y se tumbó sobre la cama con un profundo suspiro. No se sentía cómoda en aquel lugar anónimo en el que se sucedían los desconocidos, los hombres en viaje de negocios, las parejas de vacaciones. Nada hay tan deprimente como estar solo de noche, sin un solo ruido alrededor. ¿Dónde estaban las risas y los lloros de sus hijas y el bullicio cotidiano de su apartamento que la había acompañado desde hacía tantos años? ¿Cómo podía estar tan lejos de su hija enferma? ¿Cómo iban las colonias de Clara? Eran preguntas que una madre, una buena madre, nunca debería hacerse.

A pesar de esas preocupaciones, se adormeció progresivamente. Los ojos se le cerraban cuando sonó el teléfono del hotel. Alargó el brazo y se llevó el auricular a la oreja.

—¿Diga?

—¿Ya estás instalada, Henebelle?

Silencio...

—¿Comisario Sharko? Sí... Acabo de llegar. Pero... ¿por qué no me llama al móvil?

—Lo he intentado, sin éxito.

Lucie cogió el móvil, que tenía junto a ella. La batería estaba cargada. La pantalla no indicaba ninguna llamada. Trató de pulsar un tono.

—Vaya, no ha debido de soportar la diferencia horaria... Y hablando de diferencia horaria, ahí deben de ser las cuatro o las cinco de la madrugada. ¿Ya se ha levantado?

En la oscuridad, Sharko estaba sentado a la mesa en su cocina frente a una taza de café vacía y su Sig Sauer cargada. Apoyaba una mejilla en la mano, y el codo sobre el mantel, la vista hacia la puerta de entrada, al otro extremo del salón. Había dejado el teléfono sobre la mesa, delante de él, y conectado el altavoz. En la silla de enfrente, Eugénie canturreaba la última canción de los Coeur de Pirate. Comía castañas confitadas y bebía un Diabolo de menta. Sharko volvió la cabeza a un lado.

—¿Qué tal el viaje?

—En una palabra, agotador. El avión estaba a tope de turistas.

—Y el hotel, ¿es agradable? ¿Por lo menos tienes bañera?

—¿Bañera...? Sí. ¿Y usted, cómo está?

—He conseguido un buen tanto, pronto dispondré de una lista de doscientas personas presentes en un congreso científico celebrado en El Cairo cuando se cometieron los crímenes. Por el momento, hemos decidido centrarnos en los franceses.

—Doscientas son muchas. ¿Cuántos hombres se van a poner a trabajar en ello?

—Sólo uno, yo. De entrada, con el perfil del asesino de 1993 del que disponemos cabe eliminar a bastantes. Luego habrá que afinar al máximo antes de desmenuzar cada existencia. Ya puedes imaginarte la complejidad de la tarea.

Desde la calle llegó un ruido de motor. En un acto reflejo, Sharko empuñó su arma y se precipitó hacia la ventana. Tras apagar la luz, alzó ligeramente la persiana, con un nudo en la garganta. Un camión, con girofaro naranja, avanzaba parsimoniosamente junto a la acera. Se trataba simplemente del servicio municipal de limpieza que recogía la basura, como cada semana, en el silencio de la madrugada. El policía volvió a sentarse, algo más tranquilo. Las sienes le batían, la vigilancia extrema y la paranoia, amplificadas por su enfermedad, le ayudaban a mantenerse en vela pero a la vez le extenuaban.

—¿Algún problema, comisario?

—No pasa nada. Dime, ¿no habrás observado algo sospechoso en tu casa, en Lille?

—¿De qué tipo?

—Del tipo micrófonos ocultos. He encontrado cuatro en mi casa.

Sentada con las piernas cruzadas en medio de la cama, Lucie sintió que palidecía.

—El picaporte de mi puerta de entrada rozaba, hace unos días. Seguro que también han estado en mi apartamento.

Lucie acusó el golpe. Sentía que la habían violado. Habían entrado en su casa, en su nido. Tal vez habían estado en su habitación y en la de las niñas.

—¿Quién ha sido?

—No lo sé. Lo único seguro es que el coronel de la Legión Extranjera está implicado en ello.

—¿Cómo lo sabe?

—Lo sé. No digas nada a nadie acerca de los micros, ¿de acuerdo? Ya nos ocuparemos de ello cuando regreses a casa.

—¿Por qué?

—Basta de preguntas. Mantenme informado. Hasta luego.

—¡Comisario, espere!

El aire acondicionado ronroneaba, hipnotizador. Y la voz de Sharko la reconfortaba tanto...

—Dime, Henebelle...

—Me gustaría hacerle una pregunta.

—¿Cuál?

—A lo largo de su carrera ¿ha salvado muchas vidas?

—Algunas sí, pero desgraciadamente no siempre las que hubiera deseado salvar.

—En nuestro oficio, consolamos a las familias cuando damos con los asesinos de sus allegados. Es posible que demos de nuevo una razón para vivir a un puñado de personas porque les ofrecemos una respuesta. Pero, comisario, ¿alguna vez le ha pasado por la cabeza abandonarlo todo? ¿No se ha dicho que el mundo no sería ni mejor ni peor sin usted?

Sharko hacía girar su arma sobre la mesa, dando golpecitos a la culata. Pensaba en Atef Abdelaal... En los ocho palitos en el tronco del árbol. En todos aquellos de los que se había podido ocupar, con la certidumbre de que ya nunca volverían a las andadas.

—He tenido ganas de abandonar cada vez que he visto una sonrisa en los rostros de los cabrones a los que he metido en el talego. Porque con esa sonrisa no pueden ni las rejas ni las cárceles. Esa sonrisa te la encuentras luego en los supermercados, en los parques infantiles, en las escuelas y allá donde vayas. Esa sonrisa me hace vomitar.

Abatió violentamente la palma de la mano sobre el arma y detuvo el movimiento de ésta en seco. Sus dedos asieron el cañón.

—Sólo te deseo una cosa, Henebelle, y es que nunca te cruces con esa maldita sonrisa, porque si se te mete dentro ya no saldrá nunca de ti.

Lucie apretó los dientes. Miró al techo y suspiró. Las tinieblas avanzaban de nuevo al galope.

—Gracias, comisario. Le tendré informado. Buenas noches.

—Buenas noches, Henebelle. Cuídate.

Lucie colgó con tristeza.

Comprendió entonces que la vuelta atrás, a una vida de esposa y madre, sería difícil, porque esa sonrisa de la que le había hablado Sharko se cruzó demasiado pronto en su joven carrera.

Y le roía las entrañas desde hacía mucho tiempo...

44

Lucie pasó una noche agitada, con pesadillas. Algunas imágenes habían aprovechado aquellas horas de calma para acosarla: la chiquilla del columpio, el toro, los conejos, Judith Sagnol en el film con el ojo cortado y el vientre mutilado en forma de gran ojo negro.

Mientras daba vueltas y más vueltas en la cama y veía en el reloj digital del televisor cómo se diluía cada minuto, Lucie sólo tenía una urgencia: que por fin amaneciera.

Y amaneció. A las nueve en punto de la mañana, Lucie caminaba por las calles de la ciudad quebequesa y aprovechaba el fresco de la mañana para combatir la pesadez acumulada en sus músculos.

El centro de los archivos de Montreal se hallaba a un centenar de metros del Vieux-Port, en el corazón de una zona muy arbolada. Era un edificio gubernamental de estilo *Beaux-Arts*, de grandes piedras blancas y columnatas macizas que, en el pasado, albergó la Escuela de Estudios Superiores Comerciales.

Cuando Lucie accedió al interior, con su mochila cargada de fruta del hotel, una botella de agua, un bloc de notas y un bolígrafo, tuvo la impresión de ser una ridícula hormiga perdida en un desierto de papel. Al decir de la primera técnica en documentación con la que se encontró, en aquellas paredes, bajo aquellos techos altos esculpidos y unas lámparas magníficas, había más de veinte kilómetros de datos, repartidos entre archivos privados, gubernamentales y civiles. Se podía acceder a la vida de las grandes familias de la historia de Montreal y Quebec como los Papineau, los Lacoste o los Mercier, pero también obtener información acerca de la inmigración, la educación, la energía, el turismo o los casos judiciales, sin olvidar los nueve millones de fotografías o los doscientos mil dibujos, mapas y planos... Una ciudad de papel dentro de la ciudad de acero y hormigón.

Para facilitar la tarea, Lucie había preparado en pocas palabras una síntesis de lo que buscaba. Se presentó como policía francesa en busca de una persona de la que tenía una foto. La mujer que la atendió al llegar la dirigió a una colega que conocía mejor el período de los años cincuenta de la historia de Quebec. La identificación sujeta con un imperdible a su blusa blanca rezaba «Patricia Richaud».

Lucie explicó brevemente el objeto de su visita.

—Busco a una niña que a buen seguro estuvo interna en un convento o en un orfelinato en los años cincuenta. Si hiciera falta una fecha más precisa, diría que en 1954 o 1955. La institución se hallaba probablemente en los alrededores de Montreal. Tengo también el nombre de una monja con la que estuvo en contacto: sor María del Calvario.

La técnica en documentación examinó la foto de la niña en el columpio y la invitó a acompañarla.

—¿Sabe cuántas hermanas llamadas María del Calvario hubo en esa época? Desgraciadamente, ese dato no le será de gran ayuda.

Richaud tenía unos cincuenta años, cabello claro recogido en una cola y gafitas redondas. Ambas mujeres avanzaron por interminables pasillos que nada tenían que ver con la imagen anticuada que uno podría hacerse de este tipo de instituciones. Líneas claras, limpias y diseño vanguardista. Incluso había visitas guiadas: grupos de gente circulaban por el corazón de la inmensa biblioteca siguiendo a un guía. Lucie tuvo la certeza de que habían caminado por lo menos cinco minutos, subiendo y bajando escaleras, hasta llegar a una minúscula sala circular, sin ventanas, iluminada por fluorescentes. Los expedientes, ordenados en centenares y centenares de ficheros, se elevaban a varios metros de altura y se podía acceder a ellos mediante una escalera con ruedas. La policía pudo leer, entre otras referencias: «Tribunal de menores delincuentes (1912-1958)», «Tribunal de bienestar social (1950-1974)»... La documentalista se detuvo en medio de la sala.

—Aquí es. A mi entender, aquí es donde tiene más posibilidades de obtener lo que busca. La mayoría de los expedientes conservados aquí son de huérfanos de menos de dieciséis años. Los del tribunal de menores delincuentes, por ejemplo, corresponden a niños abandonados, o cuyos padres perdieron la tutela, y se hallaban en circunstancias que podían convertirlos en delincuentes.

Lucie señaló otra parte de la sala, que le interesaba particularmente: «Comunidades religiosas (1925-1961)». Mientras la documentalista tomaba aire, le preguntó:

—¿Y eso?

Richaud se tocó instintivamente la medalla que lucía al cuello, colgando de una cadena de oro.

—Tiene usted suerte, se trata de unos archivos recuperados hace unas semanas y que hasta ahora no se podían consultar, puesto que se hallaban en instituciones religiosas. Pero la provincia de Quebec se aparta cada vez más de su religión a favor de un mundo asediado por la modernidad, y esas instituciones cierran una detrás de otra por un cruel problema de dinero. Así que nosotros recuperamos sus archivos, pues ya no tienen donde guardarlos.

Suspiró.

—Como puede ver, hay muchos expedientes, ya que aquí se guardan también los de los orfelinatos de las ciudades y regiones vecinas. Esas comunidades religiosas fueron boyantes en su momento y acogían sobre todo a huérfanos ilegítimos.

—¿Ilegítimos? ¿Puede usted ser más precisa, por favor?

Como si no la hubiera oído, la especialista se dirigió hacia un conjunto de archivadores metálicos. Abrió uno de ellos, que contenía innumerables fichas de cartulina.

—Aquí están los índices. Si supiera el nombre de la niña hubiera podido acceder directamente al expediente correspondiente, hubiera sido cuestión de cinco minutos. Sin embargo, dada la escasa información de que dispone, tendrá que consultar el registro del año de internamiento o el de la institución en aquellos archivadores de allí. Contienen las listas de admisión de los niños. Es probable que se encuentre con las mismas identidades en varias instituciones y en períodos diferentes, ya que en aquella época a menudo se efectuaban traslados de una institución a otra y los niños no se quedaban nunca más que unos años en el mismo lugar. Una vez provista de la ficha de un individuo en particular, tendrá que acceder al expediente para compararlo con sus fotos. Bueno, la dejo. No dude en utilizar aquel teléfono si tiene alguna pregunta.

—¿Ese teléfono permite hacer llamadas al exterior? Mi móvil no funciona.

—Sí, pero tendrá que abonar el importe de las llamadas. Y llame a recepción antes de salir, de lo contrario se perderá.

Lucie se dirigió de nuevo a ella antes de que desapareciera.

—No me ha respondido. ¿Qué son esos niños ilegítimos?

Patricia Richaud se quitó sus gafitas redondas y las frotó meticulosamente con un paño.

—Como su nombre indica, se trata de niños nacidos fuera del matrimonio. Usted es policía, ¿verdad? ¿Qué busca, exactamente?

—Debo confesarle que ni yo misma lo sé.

—Si se aventura en el pasado de Quebec, le ruego que no lo haga a la ligera. Esa época fue muy negra y aquí todos tratamos de olvidarla.

—¿A qué se refiere?

Salió apresuradamente y dio un portazo. Lucie depositó su mochila sobre una mesa redonda. ¿Qué había querido decir aquella mujer? Una época negra... ¿Tenía relación con su investigación?

Con un suspiro, miró a su alrededor.

—Bueno... No va a ser coser y cantar...

Se armó de valor y, puesto que desconocía el apellido, se dirigió directamente a los registros que reunían a los niños por años. Reflexionó rápidamente: el film fue revelado en 1955 y la chiquilla debía de tener más o menos ocho años. Era poco probable que hubiera sido internada aquel mismo año, puesto que parecía conocer bien el lugar y a la gente. Y la especialista del lenguaje labial había señalado cierta evolución en su crecimiento. Lucie comenzó, pues, por el año precedente.

—Dios mío...

Sólo en el año 1954 había censadas tres mil setecientas doce admisiones en las diversas instituciones religiosas de la región. Un auténtico éxodo de niños.

Lucie se concentró en su tarea. Ante todo, disponía de un nombre de pila muy valioso. Unas sílabas descifradas en los labios de una niña filmada en un viejo cortometraje en blanco y negro. Abrió su cuaderno y revisó los apuntes que había escrito unos días antes, durante la reunión con su comandante y la especialista en lenguaje labial: «¿Qué le sucedió a Lydia?».

Lydia...

Lucie sacó la treintena de listados del año 1954 y se sumergió en la lectura de las identidades, clasificadas por el orden alfabético de los apellidos. Niñas y niños estaban mezclados. Sólo se indicaban, manuscritos, el nombre, el apellido, la edad y el número de expediente correspondiente.

La primera vez que Lucie dio con el nombre de Lydia —Lydia Marchand, siete años—, estuvo convencida de haber dado con ella. Provista del número de expediente, se precipitó hacia las murallas de papeles, extrajo el documento correcto y lo abrió. La foto de identidad no coincidía con las de las otras niñas que había podido imprimir a partir del film. ¿Y si Lydia no participó en la matanza de conejos?

Lucie no se dio por vencida. Lo importante, en ese caso, era la institución indicada, a la cual pertenecía Lydia: Convento de las Hermanas del Buen Pastor de Quebec... La policía regresó a los archivadores, dio con el registro correspondiente a aquella institución y cogió las fichas de las internas, trescientas cuarenta y siete.

Trescientas cuarenta y siete internas. Sólo niñas.

Para dar con la chiquilla del columpio, la amiga de Lydia, la única opción era revisar manualmente los trescientos cuarenta y siete expedientes y comparar las fotos de identidad de cada documento con sus propias fotos.

Transcurrió la mañana entera, sin éxito. Así que

no se trataba de aquella Lydia... Primer golpe a su moral. Al tomar consciencia de la dimensión de la tarea, Lucie cogió una manzana de la mochila y estiró la nuca. Sus ojos comenzaban a enrojecer. La luz de los fluorescentes, agotadora, y aquellos nombres escritos con letra diminuta unos tras otros no eran lo ideal. ¿Por lo menos estaba consultando los archivos de la ciudad correcta?

Se convenció de ello. Todo la llevaba allí, a Montreal.

A la una y cuarto comenzó a revisar el año 1953. Hacia las cinco de la tarde, tras dos plátanos y un paseo hasta el servicio, comenzó con el año 1952. Esa vez, también, apareció una enésima Lydia que la llevó a otra institución religiosa, llamada Hospital de la Caridad de Montreal.

Mecánicamente, Lucie extrajo la alta pila de expedientes relativos a la institución y se puso manos a la obra en su última búsqueda del día. Los archivos cerraban a las siete de la tarde y, de todas formas, su cabeza no tardaría en estallar. Nombres, nombres y más nombres. Cuando abrió el expediente situado más o menos a tres cuartas partes del paquete, y en cuanto vio la fotografía que lo acompañaba, se le hizo un nudo en la garganta.

Era ella, la niña del columpio.

Alice Tonquin.

Tres años separaban la foto del expediente y la impresa a partir del film, pero Lucie no tenía ninguna duda. Los ojos, profundos, directos, el óvalo del rostro...

Con el corazón latiendo a toda velocidad, la joven policía recorrió la información contenida en el expediente. Alice Tonquin, nacida en las Hermanas de la Misericordia en Montreal en 1948... Estuvo allí hasta los tres años... Transferida a continuación por un plazo de dos años a las Pequeñas Franciscanas de María en Baie-Saint-Paul... Llegó luego al Hospital de la Caridad de Montreal en 1952, así que... Fin del itinerario o, mejor dicho, el resto debía de figurar en otro expediente, puesto que el que tenía en sus manos correspondía únicamente a su admisión en el Hospital de la Caridad.

Los detalles, escasos, eran puramente administrativos, pero eso no importaba: Lucie poseía finalmente la identidad que buscaba. Tomó notas, rodeó «Hospital de la Caridad de Montreal» y descolgó el teléfono de la sala.

Llamó a su jefe Kashmareck, quien, desde Francia y desde el inicio de la investigación, se había puesto en contacto varias veces con la Sûreté de Quebec. Le pidió que les previniera y que pidiera una identificación de Alice Tonquin y Lydia Hocquart.

Mientras esperaba que le devolviera la llamada, indicó, también por teléfono, a Patricia Richaud que podía ir a buscarla al cabo de media hora. El tiempo necesario para ordenar los papeles.

En la tranquilidad de la sala, Lucie se dejó caer en su silla, echó la cabeza hacia atrás y se bebió luego hasta la última gota de agua de su botella.

Lo había conseguido... Una foto, una simple foto le había permitido retroceder en el tiempo y acercarse al objetivo. Pensó en Alice, aquella niña anónima que había dejado de serlo. Huérfana, sin padre ni madre, enviada a conventos y hospitales, sin lazos, sin puntos de referencia, sin nada. Educada en la frialdad de la institución religiosa: oraciones durante las comidas, tareas domésticas, noches en dormitorios colectivos y vida austera, a la orden y obediencia de Dios. ¿Cuál fue su futuro tras un inicio de su vida tan catastrófico? ¿Cómo creció? ¿Qué sucedió en aquella sala con los conejos? En el fondo de su corazón, Lucie deseaba tener respuesta cuanto antes. Era necesario que todos aquellos pensamientos, aquellos rostros que la perseguían día y noche, cesaran. Alice tenía que entregarle sus secretos.

El teléfono de la sala sonó veinticinco minutos después, mientras ordenaba los últimos expedientes. Era Kashmareck... Lucie descolgó y no le dejó ni hablar:

—¡Dígame que ha averiguado alguna cosa!

Por la manera en que se aclaró la voz, Lucie comprendió que aquello conduciría de nuevo a un fracaso.

—Sí, algo hemos averiguado, pero no es gran cosa. En primer lugar, no hay rastro de esa tal Alice Tonquin, ni en Canadá ni en Francia. Los policías de la Sûreté disponen de su certificado de nacimiento, establecido en un hospital de Trois-Rivières, pero no hay mucho más. Me han dicho que la pérdida de identidad era frecuente en aquella época. Debido a los diferentes traslados entre instituciones, era difícil seguir su rastro y los documentos desaparecían con facilidad. Después de 1955, probablemente fue adoptada por una familia bajo otro nombre, como la mayoría de niños de la época. Si hoy en día sigue viva, será bajo otra identidad.

—¡Dios mío, todo el mundo parece estar al corriente de esas desapariciones en masa excepto nosotros! ¿Y Lydia Hocquart, su amiga?

—Falleció en 1985 en un hospital psiquiátrico tras un paro cardíaco. Sufría trastornos graves de conducta, y su corazón no resistió la medicación que tomaba desde hacía años.

—Pida que le envíen toda la información y rebótemela por correo electrónico. ¿Cómo se llama el hospital donde estuvo Lydia?

—Espera... Aquí está, Saint-Julien en Saint-Ferdinand d'Halifax.

—¿Y cuánto tiempo estuvo en ese hospital?

—No lo sé. Todo eso son informaciones médicas confidenciales. ¿Sabes que habitualmente soy yo quien hace las preguntas?

Detrás de Lucie se abrió la puerta. Patricia Richaud inspeccionó en silencio el lugar, para asegurarse de que todo estaba ordenado.

—Sí, lo recuerdo —dijo Lucie.

Colgó, con las mandíbulas apretadas. Trastornos graves de conducta... hospital psiquiátrico...

La voz áspera de la documentalista interrumpió sus cavilaciones.

—¿Ha encontrado lo que buscaba?

Lucie se sobresaltó.

—¿Eh? Sí, sí... Tengo el nombre que buscaba, así

como el de la última institución conocida donde estuvo, el Hospital de la Caridad de Montreal.

—La congregación de las monjas grises...

—¿Cómo ha dicho?

—Digo simplemente que esa institución alberga a una congregación religiosa católica romana, a la que aún hoy se conoce como las monjas grises. Su hospital ha sido adquirido por la Universidad de Montreal, la prensa ha hablado mucho de ello estas últimas semanas. En los próximos años, las monjas se trasladarán a la isla de Saint-Bernard pero, de momento, la mayoría de ellas aún residen en el ala B del hospital, y se niegan a abandonar el lugar. Por lo que respecta a sus archivos, ya han sido trasladados aquí y son los que le han permitido dar con lo que buscaba...

Las monjas grises... Sólo el nombre le hacía que se le pusiera la piel de gallina. Imaginaba unos rostros pétreos, unos ojos de mercurio apagado.

—¿Podría conseguirme la lista de las monjas que aún se encuentran allí?

Lucie pensaba en sor María del Calvario. Richaud frunció el ceño.

—Debería ser factible, sí.

—¿Y podría explicarme también qué es esa época negra de su país? Quisiera saber de qué se trata, con todo detalle.

La empleada se quedó inmóvil durante unos segundos. Depositó un pesado manojo de llaves sobre la mesa y barrió con la mirada las torres de papeles.

—Todo gira en torno a esos miles de niños, señorita. Una generación entera de chavales sacrificados, torturados, cuyo único rastro que aún existe es lo que queda aquí, en esta sala. Les llamaron los huérfanos de Duplessis.

Se dirigió a la puerta.

—Ahora vuelvo con su lista.

45

Una de la madrugada, hora francesa. Aquella misma noche, Sharko recibió en su buzón de correo electrónico el listado de personas presentes en la reunión anual de la red mundial para la seguridad de las inyecciones, SIGN, celebrada en El Cairo en 1994.

El comisario había impreso el documento y regresó a su mesa de cocina, alumbrada por una luz discreta. Desde fuera del edificio tenían que creer que estaba durmiendo.

Según la información proporcionada por el ministerio de Sanidad, el congreso se desarrolló del 7 al 14 de marzo de 1994, en la capital egipcia. Los participantes, elegidos tras una minuciosa selección, llegaron y se marcharon de allí en un avión especialmente fletado por el gobierno egipcio. No se trataba de la vía diplomática, pero poco le faltaba.

Por una preocupante coincidencia, los asesinatos se cometieron entre el 10 y el 12 de marzo, en pleno congreso. Según el perfil establecido desde el inicio de la investigación, uno de los asesinos era una persona con conocimientos de medicina. La ketamina, la sección de los cráneos, la enucleación... El problema de aquella lista era que los doscientos diecisiete franceses presentes en Egipto en aquel momento —omitiendo a los de las organizaciones de ayuda humanitaria, que era otro caso— tenían todos nociones de medicina, y el término de noción no era el más apropiado. Neurocirujanos, psiquiatras, estudiantes de medicina, investigadores y directores del Centro Nacional de Investigaciones Científicas, o biólogos, la mayoría de los cuales habitaban en aquella época en París o sus alrededores. La flor y nata de la investigación francesa. Unos individuos aparentemente irreprochables.

Doscientas diecisiete existencias —ciento dieciséis hombres y ciento una mujeres— que habría que examinar con detalle y a partir de unas suposiciones que se remontaban quince años atrás.

Desde el momento en que tuvo aquellos papeles entre las manos, Sharko se convenció cada vez más de que uno de aquellos individuos, sabedor del fenómeno de histeria colectiva sucedido en Egipto en 1993, fue allí de viaje un año más tarde, con la excusa del congreso, con el único objetivo de asesinar a tres muchachas inocentes para extirparles los cerebros y los ojos.

El nombre del asesino o de los asesinos debía de estar oculto en aquellos papeles.

Las preguntas que le taladraban la cabeza, lo avanzado de la noche, las incursiones de Eugénie y la tensión sensible en el apartamento le impedían concentrarse a fondo en la lista. Su cerebro iba a explotar.

Sharko suspiró. Se terminó su té a la menta, con la mirada perdida. El ejército, la medicina, el cine, aquella historia del síndrome E... El policía sabía que se hallaba frente a un caso que iba mucho más allá de la clásica investigación. Algo monstruoso, que hasta entonces no había vivido.

Y, sin embargo, había tenido que enfrentarse a muchas monstruosidades, más que las que podía contar con los dedos de las manos.

En plena noche, sus sentidos en vela se dirigieron bruscamente hacia la puerta de entrada.

Un ruido ínfimo, metálico, atravesó el silencio del pasillo.

Inmediatamente, Sharko apagó la lámpara y empuñó su Sig.

Allí estaban.

Por debajo de la puerta percibió, muy brevemente, el haz de luz de una linterna, antes de que volviera la oscuridad.

Con los dientes apretados, se levantó de la silla y se dirigió a tientas hacia el salón.

Al otro lado de la puerta, el suelo de linóleo rechinó ligeramente. Sharko tocó el canto de su sofá y se agachó, con la pipa apuntando a ciegas frente a él. Podría haber atacado de frente, por sorpresa, pero ignoraba cuántos eran. Una cosa era segura, rara vez se desplazaban solos.

En el descansillo cesaron los rechinamientos. Las palmas de las manos del policía estaban húmedas contra la culata de su arma. Pensó súbitamente en las fotos del cadáver del restaurador de films: el cuerpo suspendido, vaciado de sus intestinos y relleno de película cinematográfica. Un destino poco envidiable.

El picaporte giró, muy lentamente, antes de volver a su posición inicial. Sharko esperaba que en los segundos siguientes la emprendieran con la cerradura e irrumpieran finalmente en su domicilio, armados de cuchillos o de armas con silenciadores.

El tiempo fue pasando, interminable.

De repente, pudo oír un frotamiento bajo la puerta.

Los rechinamientos volvieron a oírse y se alejaron a un ritmo regular.

Sharko se lanzó entonces hacia el cerrojo y lo abrió con gesto preciso. Un segundo más tarde se hallaba en el descansillo, con el cañón en guardia. Con el puño, dio al interruptor y se lanzó corriendo por las escaleras. Abajo se oyó como se cerraba la puerta de entrada. Sharko bajó los peldaños de dos en dos, casi sin respirar. Llegó al vestíbulo y salió a la calle.

Una larga línea de farolas de luz pálida le recibió a lo largo del asfalto. Ni una rata a izquierda ni a derecha. Sólo el murmullo de una leve brisa, y la lenta respiración de la noche.

A su espalda, la puerta del edificio se entornó pero no se cerró completamente. Sharko descubrió que había un pequeño cartón sujetado con cinta adhesiva en la ranura que impedía que el pestillo se cerrara. Aquellos individuos probablemente instalaron aquel sistema por la tarde, tras la entrada de alguno de los vecinos del edificio, para así poder entrar en cualquier momento sin necesidad de utilizar el interfono. Primario, pero astuto.

El policía subió corriendo a su apartamento. Encendió la luz, cerró con llave y, con el pie, empujó hacia el salón el sobre blanco deslizado bajo su puerta. No lo recogió hasta que se hubo puesto un par de guantes de látex, de los que tenía centenares bajo el fregadero. Era mejor ser prudente.

El sobre era fino, ligero, parecido a los utilizados para la correspondencia. Sharko lo examinó por todos los lados y lo abrió con ayuda de un cuchillo, con un nudo en la garganta.

Tenía una intuición muy, muy lúgubre.

En el interior sólo había una fotografía.

En ella podía verse a Lucie Henebelle y a él, al salir de su apartamento, al día siguiente de la noche pasada allí.

La cabeza de Lucie estaba rodeada con un círculo dibujado con rotulador rojo.

Sharko se abalanzó sobre su móvil y marcó a toda prisa el número de la joven. No daba señal alguna, como si el número no existiera.

Habían sido ellos, Sharko estaba seguro. Por un medio o por otro habían neutralizado la tarjeta SIM del móvil de Lucie.

Al minuto siguiente, con los dedos temblorosos, marcaba el número del hotel Delta Montréal. Le informaron de que no había nadie en la habitación de la señora Henebelle, puesto que la llave se hallaba en el casillero de la recepción. Sharko le dijo a la recepcionista que tenía que hacerle llegar urgentemente un mensaje a Lucie Henebelle y que ésta le llamara sin falta en cuanto llegara.

Colgó, y con ambas manos se cubrió la cabeza.

Creía que había puesto a salvo a Henebelle al otro lado del océano.

Y, por el contrario, la había aislado completamente.

La había metido en la boca del lobo.

Media hora más tarde, incapaz de decidir qué hacer, llamó a la puerta de su jefe, Martin Leclerc, que vivía cerca de la Bastilla, en el distrito XII.

Aún no eran las dos de la madrugada.

46

Eran más de las seis de la tarde. Lucie se había sentado frente a la documentalista, en aquella sala que olía a papeles viejos e historias lejanas. Patricia Richaud manoseaba nerviosamente su medalla, una imagen de la Virgen María, mientras Lucie repasaba la lista de las religiosas presentes en el Hospital de la Caridad de Montreal. En aquel antro olvidado reinaba una atmósfera particular, a la vez pesada y tensa.

Lucie plantó su dedo índice sobre la lista.

—Aún está allí. Sor María del Calvario... Ochenta y cinco años. Viva.

Se sentó cómodamente en la silla, con un suspiro de alivio. Aquella anciana a las órdenes de Dios había conocido a Alice Tonquin. Sabía sin duda una parte de la verdad.

Satisfecha, Lucie volvió a concentrarse. Patricia había comenzado a explicar:

—Durante aquellos años que le interesan, a una mujer no se le perdonaba que diera a luz a un hijo fuera del matrimonio. Las madres que transgredían esa norma eran consideradas desde ese momento como marginales o pecadoras a las que sus propios padres repudiaban. Por esa razón, las jóvenes embarazadas trataban de disimular a cualquier precio su falta, abandonando su lugar de residencia durante varios meses, para dar a luz en secreto tras los muros de instituciones religiosas.

Lucie rodeó inconscientemente el nombre «Alice Tonquin», anotado en su cuaderno. El rostro de la chiquilla no la abandonaba, y sabía que aquel viejo film visionado el primer día, en la sala de cine de su ex novio Ludovic, seguiría apareciéndosele durante mucho tiempo.

—Y abandonaban a sus hijos —murmuró.

Richaud asintió.

—Sí, y las religiosas se hacían cargo del bebé. El objetivo era que, más tarde, el huérfano fuera educado en una buena familia, que tuviera oportunidades en la vida. Pero a partir de la crisis de los años treinta, la tasa de adopción descendió considerablemente. La mayoría de esos niños crecieron y se quedaron en las instituciones. Por ello fue necesario multiplicar la construcción de jardines de infancia, conventos, orfelinatos y hospitales. El peso de la Iglesia sobre el gobierno fue cada vez mayor y su poder aumentaba progresivamente en áreas como la sanidad, la educación o la asistencia pública. La Iglesia era omnipresente.

Lucie prácticamente no había visto nada de Montreal, pero recordó los innumerables monumentos religiosos que flanqueaban edificios de IBM o de grandes centros financieros. Una ciudad con una pesada herencia católica que ni la modernidad ni el capitalismo conseguían ocultar.

—... La llegada al poder de Maurice Duplessis, en 1944, marcó el inicio de un período importante de la historia de Quebec, un período que posteriormente se denominaría «la «gran oscuridad». El gobierno Duplessis se caracterizó sobre todo por su lucha anticomunista, el uso de la fuerza contra los sindicatos y por una maquinaria electoral invencible. Su partido disfrutaba a menudo del apoyo activo de la Iglesia católica romana en las campañas electorales, y ya conoce usted el poder de la Iglesia, señorita.

Lucie deslizó la fotografía de Alice hacia la documentalista.

—¿Y qué papel desempeñan esos huérfanos en todo ello? ¿Cómo se pudo ver afectada esta niña de ocho años?

—A eso voy. Entre 1940 y 1950, los niños internados en orfelinatos procedían en su mayoría de familias divididas incapaces de hacerse cargo de ellos. Las familias pagaban unos importes a los orfelinatos por el cuidado de su progenitura, importes muy superiores a las subvenciones gubernamentales. Hasta ahí, el sistema funcionaba, la Iglesia recibía fondos y podía llevar a cabo sus actividades de beneficencia. Pero la llegada en masa de los huérfanos ilegítimos planteó un problema importante, puesto que, por un lado, saturaban las instituciones y, sobre todo, porque nadie aportaba dinero, salvo el Estado federal con la ridícula suma de setenta centavos por cabeza y día. Como es fácil imaginar, a esos hijos ilegítimos había que alojarlos, alimentarlos y ofrecerles la educación a la que todo ser humano tiene derecho. Con tan escasos recursos financieros, las religiosas trataron, a pesar de todo, de criar y educar a esos huérfanos, en el dolor y la pobreza. Pasara lo que pasase, nadie podrá reprocharles jamás su valentía. Ellas no fueron responsables...

Hizo una pausa, con la mirada perdida, antes de proseguir su explicación.

—... Paralelamente a todo ello, la Iglesia creó en 1950 el Hospital de Mont-Providence, una escuela especializada en la educación de huérfanos con ligeras deficiencias intelectuales. El objetivo de esa institución era educar a esos niños y favorecer su integración social. Pero, en 1953, ese hospital y escuela estaba al borde de la quiebra. Las comunidades religiosas tenían una deuda de más de seis millones de dólares con el Estado federal, y éste exigía el reembolso. Las religiosas se hallaron ante un callejón sin salida y se dirigieron al gobierno provincial. Y fue en ese momento cuando todo se tambaleó, cuando empezó el infierno y Quebec conoció el período más sombrío de su historia.

Lucie escuchaba atentamente. Como por azar, llegaba de nuevo al período exacto que le interesaba, a principios de la década de 1950. A pesar de que tenía la piel húmeda, no pudo reprimir un escalofrío. Patricia Richaud hablaba con una voz fría, casi didáctica.

—Maurice Duplessis autorizó una argucia que permitía transformar aquel hospital que acogía a deficientes mentales leves en un auténtico manicomio. ¿Por qué? Porque en un manicomio, el estipendio diario del Estado federal pasa de cero a dos dólares y veinticinco centavos por cabeza. Porque en un manicomio ya no es necesario dar clases y por tanto gastar dinero en educación. Porque el estatuto de hospital psiquiátrico autoriza a utilizar a esos niños como mano de obra gratuita, sin respetar los derechos humanos. Niños sanos que se ocupan de niños enfermos, limpian, cocinan, ayudan a las monjas, a las enfermeras, a los médicos. Así, de un día para otro, los pensionistas de la escuela especializada del Mont-Providence se despertaron en un manicomio...

Manicomio... Loco... La locura... La horda de niños que se lanza a masacrar animales, con los ojos inyectados de un odio incomprensible. Lucie sintió cómo sus músculos se tensaban.

—Así fue como se creó un sistema monstruoso. A partir de aquel momento, el gobierno impulsó la construcción de hospitales psiquiátricos o la transformación de antiguas instituciones en manicomios. Saint-Charles en Joliette, Saint-Jean-de-Dieu en Montreal, Saint-Michel-Archange en Quebec, Sainte-Anne en Baie-Saint-Paul, Saint-Julien en Saint-Ferdinand d'Halifax... Y no los cito todos. Esos pobres huérfanos, con quienes no se sabía qué hacer, se convirtieron en desgraciadas víctimas del gobierno Duplessis. Las religiosas que trabajaban al pie del cañón, impotentes, no tuvieron otra opción que acatar las reglas dictadas por las madres superioras.

Suspiró de nuevo. Sus palabras pesaban cada vez

más. Lucie anotó y rodeó «Saint-Julien en Saint-Ferdinand d'Halifax», allí donde falleció Lydia. ¿Era posible que, desde su infancia, aquella mujer jamás hubiera abandonado la institución? ¿La matanza de conejos ocurrió allí años antes?

—De los años cuarenta a los sesenta, bajo el impulso del gobierno, médicos de Quebec empleados por las comunidades religiosas falsificaron los expedientes médicos de los huérfanos. Los declararon «débiles mentales» y «retrasados mentales». De manera instantánea, miles de niños perfectamente sanos se encontraron internados en manicomios, mezclados con verdaderos locos, y eso durante años. Simplemente porque habían tenido la desgracia de nacer ilegítimos. Y a esos niños, convertidos en adultos, aún se les llama los huérfanos de Duplessis.

Lo que Lucie estaba descubriendo sobrepasaba la capacidad de entendimiento. Una locura en masa, apoyada por informes médicos falsos y financiación oculta.

—¿Quiere decir que esos huérfanos de Duplessis están identificados? ¿Que están... vivos?

—Algunos aún sí, evidentemente, a pesar de que muchos de ellos fallecieron o se convirtieron en auténticos enfermos mentales debido a los tratamientos, los castigos o los golpes sufridos durante todos esos años. Un centenar de ellos formaron una asociación. Hace años que exigen una reparación al Estado y a la Iglesia, pero es un combate muy largo.

Lucie sentía náuseas. Recordó imágenes del film, las palabras de la actriz, Judith Sagnol, la sala blanca y aséptica donde tuvo lugar la matanza, el misterioso médico siempre presente junto al realizador... No cabía duda de que Alice Tonquin y Lydia Hocquart fueron huérfanas de Duplessis. Unas chiquillas sanas declaradas locas por el sistema.

Lucie miró a la documentalista a los ojos.

—Y... ¿ha oído hablar de experimentos en esos manicomios? ¿El término síndrome E le dice alguna cosa?

Patricia apretó los labios. Discretamente había deslizado su medalla y su cadena bajo la blusa.

—Nunca he oído hablar de ese síndrome E. Pero hay otras dos cosas que debe saber. Ya que nos hemos adentrado en las tinieblas, mejor ir hasta el final. A principios de los años cuarenta, y hasta los años sesenta, una ley aprobada por la Asamblea legislativa de Quebec permitía a la Iglesia católica romana vender los restos mortales de los huérfanos fallecidos dentro de sus muros a las facultades de medicina.

—Es horrible.

—El dinero conduce a las peores monstruosidades. Pero eso no es todo. Me ha hablado usted de experimentos, y yo le hablaré de conejillos de Indias, señorita. Pacientes adultos, vivos, sacrificados con fines experimentales en lo más recóndito de esos manicomios. Le estoy hablando de la implicación estadounidense en la época negra de Quebec.

A Lucie le costó tragar saliva, con la mirada fija en la foto de Alice. Pensaba en Clara y Juliette... Sentía un deseo intenso y brutal de oír sus voces, de tocarlas, de abrazarlas contra su pecho. Manipuló nerviosamente su móvil averiado.

—¿Qué tipo de experimentos? ¿Experimentos médicos como los que... hacían los nazis con los deportados?

Un timbre breve resonó en la sala. Lucie se sobresaltó. Eran las siete de la tarde, y los archivos iban a cerrar sus puertas.

Patricia Richaud se puso en pie, cogió su manojo de llaves y miró a Lucie a los ojos.

—La CIA, señorita. Estamos hablando de la CIA.

47

Bajo los efectos demoledores de aquellas revelaciones, Lucie se sentó en un banco, en el parque de la arboleda frente al centro de los archivos. A aquella hora de la tarde el lugar estaba desierto y reinaba una tranquilidad paradisíaca para una ciudad tan grande. Depositó la mochila sobre sus piernas y se frotó el rostro.

La agencia central de información americana implicada en aquel caso. ¿Qué significaba aquello? ¿Qué tenía que ver el gobierno de Estados Unidos con pacientes internados en hospitales canadienses?

Gracias a sus libros, documentales e investigaciones, Wlad Szpilman había descubierto alguna cosa, Lucie estaba totalmente convencida de ello.

Intentó atar los cabos de su investigación, añadir nuevas piezas al rompecabezas. Naturalmente pensó en el realizador del film, Jacques Lacombe, que se marchó a Washington en 1951 en extrañas circunstancias. La *starlette* Judith Sagnol habló de un contacto al otro lado del Atlántico, de una persona que deseaba trabajar con Lacombe. ¿Quién era esa persona?

Luego, Jacques Lacombe llegó a Montreal en 1954. Un «americano» que de repente desembarca en territorio canadiense, igual que la CIA.

¿Y si Lacombe tenía algo que ver con la CIA? ¿Y si su modesta actividad de proyeccionista no era más que una tapadera?

Tantas preguntas que volvían una y otra vez, una y otra vez...

Lucie miró su reloj, impaciente. Las siete y diez. Patricia Richaud tenía que reunirse con ella dentro de veinte minutos, el tiempo necesario para terminar su tarea y cerrar. Iba a darle explicaciones acerca de los rumores de la implicación del espionaje americano en experimentos con seres humanos.

Demasiado absorta en sus pensamientos, Lucie no oyó llegar a un individuo por la espalda. El hombre se instaló rápidamente a su lado y sacó un revólver de su chaqueta.

—Levántese y sígame sin hacer tonterías.

Lucie palideció. Pareció que la sangre desaparecía de su cuerpo.

—¿Quién es usted? Qué...

Apoyó el cañón con más fuerza en su costado. Su frente se cubría de gotas de sudor. Un gesto y dispararía. Lucie no tenía ninguna duda.

—No se lo repetiré.

Acento americano. De hombros anchos, unos cincuenta años. Llevaba una gorra negra con la inscripción «Nashville Predators» y unas gafas de sol sin marca. Sus labios eran finos, cortantes como una hoja de palmera.

Lucie se puso en pie y el hombre se situó detrás de ella. La policía buscó con la mirada a paseantes, testigos, pero no merecía la pena. Sin arma y sola, era impotente. Anduvieron unos cien metros sin cruzarse con ningún alma viviente. Un Jeep Datsun 240Z esperaba bajo los arces.

—Conduzca usted.

La empujó secamente al interior. Lucie tenía un nudo en la garganta y perdía su sangre fría. Los rostros de sus gemelas daban vueltas ante sus ojos.

«Así no —no dejaba de pensar—. Así no...»

El hombre se instaló a su lado. Le palpó los bolsillos, los muslos y los costados con gestos de profesional. Le quitó la cartera, extrajo la identificación de policía, que observó atentamente, y apagó el móvil. Lucie habló con voz insegura.

—No sirve de nada, no funciona.

—Arranque.

—¿Qué quiere usted? Yo...

—Arranque, le he dicho.

Obedeció. Salieron de Montreal por el norte, cruzando el puente Charles-de-Gaulle.

Y las luces de la ciudad se alejaron definitivamente.

48

Con el rostro descompuesto, Martin Leclerc iba y venía nervioso de un lado a otro de su salón. Entre sus dedos sostenía la foto de Lucie.

—¡Mierda, Shark! ¿Cómo se te ocurre ir a hacer el gallito ante la Legión?

Sharko estaba sentado en el sofá y se sostenía la cabeza con las manos. El mundo se hundía y le aplastaba el pecho. Sufría por la pequeña y valiente mujer a la que había metido en la boca del lobo.

—No lo sé. Quería... obligarles a salir de la madriguera, dar una patada en el hormiguero...

—Pues lo has conseguido.

Leclerc también se llevaba las manos a la cabeza, miraba al techo y suspiraba profundamente.

—Ya sabes que con certidumbres no se consigue nada, ¡sobre todo contra tipos así! ¡Pruebas! ¡Necesitábamos pruebas!

—¿Qué pruebas? ¡Dime!

Desesperado, colérico, Sharko se puso en pie y se encaró a su jefe.

—Tú y yo sabemos que el coronel Chastel está

metido en esta historia. Inicia un procedimiento judicial contra él. Mohamed Abane quería alistarse en la Legión y ha sido hallado enterrado junto con otros cuatro cuerpos sin identificar. Puede sostenerse ante un juez si pones de tu parte. La vida de un policía está en juego.

—¿Por qué Henebelle? ¿Qué tienen contra ella?

Sharko apretó las mandíbulas. En cada segundo de cada minuto no había dejado de pensar en la rubita. Quizá por su culpa iba a sufrir el calvario que él mismo soportó en el desierto de Egipto. La tortura...

—Querrán utilizarla como moneda de cambio. Ella a cambio de información sobre el síndrome E que ni siquiera tengo. Me he marcado un farol.

Leclerc sacudía la cabeza, con las mandíbulas apretadas.

—¿Y ese Chastel es lo bastante estúpido como para atacarte acto seguido y descubrirse tan fácilmente? ¿No ha tenido miedo de que nuestros equipos aguardaran a los hombres que ha enviado a tu casa?

Sharko miró a su jefe y amigo a los ojos.

—Maté a un hombre en Egipto, Martin. En legítima defensa, pero no podía hablar de ello. Ya me tenían en el punto de mira y ese Nuredín no hubiera fallado el tiro. Le di a Chastel las coordenadas del lugar donde se halla el cadáver. Me tiene agarrado como yo a él. Es nuestro pacto de confianza.

Martin Leclerc se quedó boquiabierto. Se dirigió a su bar, se sirvió una copa de whisky y se bebió la mitad de un trago.

—¡Me cago en la puta!

Un largo silencio.

—¿A quién? ¿A quién has matado?

Los ojos de Sharko se nublaban. En casi treinta años, Leclerc le había visto pocas veces en aquel estado. Un tipo acorralado, exprimido.

—Al hermano del poli que investigaba sobre las muchachas asesinadas. Era uno de sus centinelas. Hizo degollar a su propio hermano, estaba a punto de matarme. Le maté... por accidente.

El rostro de Leclerc oscilaba entre el asco y la rabia.

—¿Los egipcios pueden relacionarte con él?

—Haría falta que descubrieran el cadáver. E incluso en ese caso, nada me relaciona con Abdelaal.

El jefe de la OCRVP apuró su copa. Hizo una mueca y se secó la boca con el dorso de la mano. Sharko estaba a su espalda, con los hombros caídos bajo su americana arrugada.

—Estoy dispuesto a asumir y pagar por mis gilipolleces, pero antes tienes que ayudarme, Martin. Eres mi amigo. Te lo suplico.

Sharko estaba perdido, noqueado. Leclerc se acercó a una foto enmarcada, depositada sobre un mueble del salón: él y su mujer, apoyados en una barandilla desde donde se dominaba el océano. La alzó y la miró un buen rato.

—La estoy perdiendo porque he querido ser honrado hasta el final. Estaba convencido de que mi profesión era más importante que todo lo demás, y me he equivocado. ¿Qué te ha hecho esa policía para hundirte hasta ese punto?

—¿Me ayudarás?

Leclerc suspiró y de un cajón sacó un sobre marrón. Se lo tendió a Sharko. En el sobre estaba escrito: «A la atención del Sr. Director de la Policía Judicial».

—Olvida mi dimisión. Ya me la devolverás cuando todo haya acabado. Y llévate tu foto y lo que me has dicho. Nunca has estado aquí esta noche. Nunca me has dicho nada.

Sharko cogió el sobre y estrechó con fuerza la mano de su amigo.

—Gracias, Martin.

Se apoyó en el hombro de su jefe y no pudo retener las lágrimas. Leclerc le palmeó la espalda.

—Espero que ella valga la pena.

—Oh, sí, Martin, vale la pena...

49

Al lado de Lucie, el individuo se quitó por fin las gafas de sol y las guardó en la guantera junto con el revólver.

—No quiero hacerle daño. Disculpe mis maneras algo abruptas, pero necesitaba que me siguiera sin hacer tonterías.

Lucie sintió que su cuerpo se deshacía de la presión. Mientras seguía atenta a la carretera, miró a su interlocutor. Sus iris eran profundamente azules, protegidos por espesas cejas grises.

—¿Quién es usted?

—Conduzca. Hablaremos más tarde.

Desfilaron nombres de ciudades y pueblos: Terrebonne, Mascouche, Rawdon. Las zonas que atravesaban estaban cada vez más despobladas. Tomaron una carretera de rectas interminables, rodeada de bosques de arces y de resiníferos hasta donde alcanzaba la vista. Sólo se cruzaron con unos pocos coches y camiones. Se hizo de noche. De vez en cuando se avistaban pequeños puntos luminosos, embarcaciones que debían de surcar los ríos o los lagos. Habían recorrido un centenar de kilómetros cuando el individuo le indicó que girara en un camino. Los faros iluminaban los grandes troncos negros, de una altura que daba vértigo. Lucie se sentía al borde del abismo, durante la última media hora no había visto más que dos o tres casas.

Un chalet apareció en la oscuridad. Cuando la policía puso los pies en el suelo, desasosegada, oyó el mugido furioso de un torrente. El soplo fresco del viento le agitó los cabellos. El hombre se entretuvo unos segundos, con la mirada fija en las tinieblas, unas tinieblas más profundas que en cualquier otro lugar. Abrió la puerta del chalet. Lucie entró. El interior de la estancia olía a guiso de caza. Una estufa de leña presidía el fondo de la sala, frente a una amplia cristalera que daba a un gran lago sobre cuya superficie centelleaba la luna. En un rincón, unas cañas de pescar, un arco, sierras de leñador así como unos moldes de madera junto a personajes de azúcar de arce.

Resoplando, el canadiense depositó su arma sobre la mesa y se quitó la gorra, descubriendo un puñado de cabellos canosos. Cuando se quitó la chaqueta, aún pareció más viejo y delgado. Su aspecto era el de un hombre cansado y ajado.

—Sólo aquí podremos hablar tranquilamente y con seguridad.

Había abandonado su acento americano y hablaba con el propio de Quebec. Lucie comprendió en el acto: conocía aquella voz.

—¿Fue usted con quien hablé por teléfono cuando llamé desde el móvil de Wlad Szpilman?

—Sí. Me llamo Philip Rotenberg.

De nuevo, acento americano. Un verdadero camaleón sonoro.

—Cómo...

—¿Cómo la he localizado? Tengo una fuente bien situada en la Sûreté de Quebec. Se puso en contacto conmigo de inmediato a la que llegó a sus oídos su solicitud de comisión rogatoria. Una joven policía francesa que quería investigar en los archivos nacionales de Montreal. Inmediatamente até cabos con la famosa llamada, unos días antes. Yo sabía su hora de llegada, su hotel. La sigo desde ayer. He visto que era de fiar.

Rotenberg vio que Lucie se sentía mal. Se acercó a ella y la ayudó a llegar hasta el sofá.

—Agua, por favor —le pidió ella—. No he bebido apenas y he comido muy poco. Y no ha sido un día tranquilo, precisamente.

—Ah, sí, discúlpeme. Claro.

Se dirigió a la cocina y regresó con embutidos, pan, agua y cervezas. Lucie bebió varios vasos de agua y comió unas rodajas de salchichón antes de recobrar parte de su lucidez. Rotenberg se había abierto una cerveza. La miraba atentamente, rodeando la botella con las manos.

—En primer lugar, tiene que saber quién soy. Durante mucho tiempo trabajé en un ilustre bufete de defensa de los derechos civiles, en Washington, con Joseph Rauth, un gran, gran abogado. ¿Le suena el nombre?

Washington... Allí donde había residido el cineasta Jacques Lacombe.

—Para nada.

—Entonces sabe menos de lo que creía.

—Estoy en Canadá para obtener respuestas. Para tratar de... descubrir por qué se mata para recuperar un film de hace cincuenta años.

Él respiró profundamente.

—¿Quiere saber por qué? Porque todo está en ese film, Lucie Henebelle. Porque en su interior se oculta la prueba de la existencia de un proyecto secreto de la CIA que utilizó a desgraciados conejillos de Indias para realizar experimentos. Ese proyecto fantasma, cuya existencia todo el mundo ignora, se desarrolló paralelamente al proyecto Mkultra.

Lucie se mesó los cabellos y se los alisó hacia atrás. Mkultra... Le había parecido ver ese término en la biblioteca de Szpilman, entre los libros de espionaje.

—Lo siento... pero no sé de qué me habla.

—En ese caso, tendré que explicarle muchas cosas.

Philip Rotenberg se dirigió hacia la estufa y la alimentó con unos troncos.

—En los bosques boreales, las noches son frescas incluso en julio.

Partió unas astillas, añadió una pastilla de combustible y la encendió con una cerilla. Durante unos segundos observó cómo prendía el fuego. Lucie tenía frío y se frotaba los brazos.

—En 1977, yo apenas tenía veinticinco años... Bufete Rauth, Washington. Dos personas, un padre y un hijo, se presentaron en el despacho de Joseph. El hijo, David Lavoix, llevaba un artículo del *New York*

Times, y el padre parecía... perturbado. David Lavoix extendió la página que hablaba del proyecto Mkultra. Para su información, el *New York Times* fue el primero que, dos años antes, en 1975, había levantado la liebre al revelar que la CIA había llevado a cabo, entre los años cincuenta y sesenta, experimentos de control mental con ciudadanos norteamericanos, la mayoría a espaldas de éstos. Se crearon comisiones de investigación y se reveló oficialmente al pueblo norteamericano la existencia de aquel proyecto *top secret*.

Señaló con la cabeza hacia una gran estantería.

—Todo está ahí. Miles y miles de páginas de los archivos, accesibles para cualquier ciudadano. El conjunto es público y puede consultarse libremente desde hace tiempo, no hay nada secreto en lo que le explico.

Philip Rotenberg rebuscó entre sus documentos. Extrajo rápidamente el *New York Times* de la época y se lo tendió a Lucie.

—Mire la primera página...

Lucie abrió el periódico. En portada, un largo artículo. Y unas palabras subrayadas con rotulador: *Dr. D. Ewen Sanders... Society for the Investigation of Human Ecology... Mkultra Project...*

—Aquel día, Joseph Rauth le preguntó al humilde señor Lavoix en qué podía ayudarle su bufete de abogados. Y el hijo de Lavoix respondió, con naturalidad, que quería denunciar a la CIA. ¡Nada menos! «¿Por qué?», preguntó Joseph. Lavoix señaló a su padre y anunció fríamente: «Por destrucción mental y lavado de cerebro del centenar de pacientes adultos del Allan Memorial Institute de la Universidad Barley, en Montreal, en los años cincuenta...».

Detrás de Rotenberg, el fuego crecía y las astillas crujían ruidosamente. En medio de ninguna parte, en el corazón de aquel Quebec salvaje e ignoto, Lucie se sentía incómoda. Finalmente, cogió una cerveza y la abrió. Necesitaba imperiosamente que se deshiciera el nudo que se le había formado en el estómago.

—Siempre Montreal, para variar... —dijo ella.

—Sí, Montreal... Y, sin embargo, ese artículo del *Times* no habla de Montreal ni de Canadá. Simplemente explica que en los años cincuenta la CIA fundó numerosas organizaciones que le servían de tapadera para desarrollar sus investigaciones acerca del lavado de cerebro, entre otras la SIHE, la Society for the Investigation of Human Ecology. Nada extraordinario hasta ahí, simplemente una revelación más acerca del proyecto Mkultra, como otras a las que el *New York Times* ya nos había acostumbrado a lo largo de los últimos meses. Pero mire ahí, ese nombre subrayado...

—Doctor Ewen Sanders. Director de investigación de la SIHE.

—Ewen Sanders, correcto. Pues, según el señor Lavoix, un tal Ewen Sanders había sido, unos años antes, el psiquiatra responsable del Memorial Institute de Montreal. El lugar donde el padre de David Lavoix, el ser amorfo que teníamos delante de nosotros en el despacho, fue ingresado para ser tratado de una simple depresión y de donde, años después, fue dado de alta con el cerebro hecho papilla. Recordaré hasta el fin de mis días la frase que aquel día logró pronunciar: *«Sanders killed us inside»*.

«Sanders nos mató por dentro.» Lucie dejó el periódico sobre la mesa. Recordaba lo que le había dicho la archivera: experimentos llevados a cabo con seres humanos en institutos psiquiátricos canadienses.

—¿Así que el proyecto Mkultra tenía ramificaciones secretas en Canadá?

—Exactamente. A pesar de las investigaciones de 1975, nadie sabía que la invasión estadounidense del territorio de la mente había llegado hasta Quebec. Con su artículo del *Times*, y por una enorme casualidad, David Lavoix había puesto el dedo en la llaga de un asunto mayor que incriminaba a la CIA al más alto nivel.

—¿Y lo hicieron? ¿Denunciaron a la CIA?

Rotenberg, con un gesto, invitó a Lucie a que se reuniera con él frente al ordenador, dispuesto sobre una mesa de despacho junto a la estantería. Recorrió una lista de carpetas informáticas. Una de ellas llevaba el nombre de *«Szpilman's discovery»*. Clicó sobre otra carpeta titulada *«Barley Brain Washing»* y dirigió el ratón a un archivo de Powerpoint. Debajo figuraba un archivo AVI, un vídeo, titulado *«Brainwash01.avi»*: «lavadodecerebro01.avi».

—Después de Lavoix denunciaron otros nueve pacientes de Sanders, apoyados por sus familias. Los demás pacientes de Barley habían fallecido o estaban traumatizados o eran incapaces de recordar los tratamientos a que fueron sometidos. Y ahora escuche bien lo que voy a decirle, es primordial para lo que viene a continuación. En 1973, la CIA, informada de que había periodistas metiendo las narices en sus asuntos, hizo desaparecer todos los archivos relacionados con el proyecto Mkultra. Pero la CIA es, ante todo, una enorme administración con sede en Washington. Joseph Rauth estaba convencido de que debían de quedar trazas de un proyecto tan importante desarrollado a lo largo de más de veinticinco años y en el que habían participado decenas de dirigentes y miles de empleados. Bajo los auspicios de la comisión Rockefeller, fuimos autorizados a acceder a los documentos o a cualquier otro material relativo a los experimentos sobre el control de la mente. Contratamos como *freelance* a Franck Macley, un antiguo agente de la CIA, para que se encargara de la investigación. Tras varias semanas, nos confirmó que la mayor parte de los archivos habían sido destruidos por dos dirigentes: Samuel Neels, director de la CIA, y Michael Brown, acólito de Neels. Pero gracias a su empecinamiento, Macley halló en el RRC, el Retired Record Center de la agencia, sus archivos, para entendernos, siete grandes cajas de carpetas relativas a Mkultra. Cajas perdidas en el laberinto administrativo. Más de dieciséis mil páginas de documentos en las cuales los nombres habían sido tachados, pero que contaban detalladamente cómo Mkultra había gastado diez millones de dólares a través de ciento cuarenta y cuatro universidades de Estados Unidos y Canadá, doce hospitales, quince empresas privadas, entre ellas la de Sanders, y tres instituciones penitenciarias.

Clicó sobre el archivo de Powerpoint.

—En esos archivos hallamos fotografías y también un film, que digitalicé y están aquí... Veamos algunas de esas fotos tomadas por Sanders en persona durante sus experimentos en el instituto Barley, me imagino.

Se sucedieron las imágenes. En ellas se veía a pacientes en pijama, atados en camillas, alineados unos detrás de otros en interminables pasillos; a los mismos pacientes, con auriculares encadenados a sus cabezas, sentados a unas mesas delante de grandes magnetófonos. Los rostros amorfos denotaban estremecimiento y bajo sus ojos de mirada perdida se dibujaban unas bolsas negras. A Lucie no le costó imaginar la atmósfera de terror que debía de reinar en el hospital psiquiátrico Barley de Montreal.

—Ésas son las desventuradas víctimas de Sanders. Este psiquiatra, muy brillante, siempre tuvo la voluntad de sanar las enfermedades psíquicas, sin lograrlo jamás. Eso le volvía loco. Fue totalmente por azar que un día se dio cuenta de que la repetición continua de una cinta grabada que confrontaba a los pacientes con sus propias sesiones de terapia parecía tener un efecto beneficioso en su estado. A partir de entonces, comenzó la escalada del horror. Al principio, Sanders obligó a los pacientes a ponerse unos cascos con auriculares durante tres o cuatro horas seguidas, cada día de la semana. Frente a la rebelión y la exasperación, sin embargo, fabricó unos cascos de contención, que era imposible quitarse. Entonces, los pacientes rompieron los magnetófonos, pero halló la solución colocando los aparatos detrás de rejas. Los pacientes arrancaron los cables y aparecieron entonces las cinchas para inmovilizarlos. Sanders acabó drogándolos con LSD, una nueva y devastadora droga cuya existencia se ignoraba unos años antes. Para el psiquiatra, el LSD era un milagro: no sólo los pacientes se quedaban tranquilos, sino que, sobre todo, su conciencia dejaba de ser un obstáculo, ya que las palabras, la repetición difundida a través de los altavoces del casco iba a alojarse directamente en sus cerebros.

El LSD... Judith Sagnol... La presencia de un médico en las fábricas abandonadas... ¿Podía ser que se tratara de Sanders? ¿Ese médico había conocido a Lacombe? ¿Habían trabajado ambos para Mkultra? Las preguntas acudían a la mente de Lucie una tras otra. Y las respuestas llegarían en boca de Rotenberg, estaba segura.

Sobre la pantalla, las imágenes se sucedían lentamente. Los cascos sobre las orejas de los pacientes se perfeccionaban, las colas de espera sobre las camillas se alargaban, los rostros desmejoraban.

—Como puede ver, el psiquiatra Sanders equipó las habitaciones con altavoces que difundían sin cesar las mismas frases. A esas salas las llamaba «habitaciones durmientes». Esas filas de camillas son las colas para la sala de electrochoques. Los pacientes eran sometidos a ellos tres veces al día, a lo largo de programas de entre siete y ocho semanas. Tres veces al día, señorita. Miles de voltios en el organismo. ¡Figúrese los daños que eso puede llegar a causar en los nervios, el corazón o el cerebro!

—Puedo imaginarlo, sí.

—Sanders pretendía, literalmente, lavar el cerebro para limpiarlo de la enfermedad. Ninguno de los miembros de su fiel personal osó desobedecer sus órdenes, por miedo a perder el trabajo. Sanders era frío, autoritario, carente de compasión.

—¿Me está diciendo que nunca nadie de su entorno llegó a hablar? ¿Acaso le dejaban hacer?

—No sólo le dejaban hacer, sino que además colaboraban. Sencillamente cumplían órdenes.

Lucie no daba crédito a lo que oía, era alucinante, y además había existido. Decenas de médicos, enfermeras, psiquiatras que habían obedecido a ciegas las órdenes de un loco, incluso renegando de sus juramentos y convicciones. El miedo, la presión y las infames órdenes de una autoridad superior con bata blanca les amordazaron. Lucie no pudo por menos de compararlo con el famoso experimento de Milgram, del que un día había visto un vídeo en Internet. La sumisión a la autoridad absoluta que lleva al ser humano a abandonarse a sus más bajos instintos.

—... Sanders creía verdaderamente en esas técnicas bárbaras. Dio conferencias, incluso escribió un libro titulado *Psychic driving,* que aún se encuentra hoy en día. Los médicos más ilustres fueron a escucharle hablar. Y fue en ese momento, a principios de los años cuarenta, cuando la CIA se puso en contacto con él. A la CIA le interesaban mucho sus técnicas y sus escritos. La agencia americana le integró entonces en secreto en el proyecto Mkultra, y le financió durante años para que prosiguiera sus trabajos sobre el lavado de cerebro en el hospital. Así fue como Mkultra penetró en territorio canadiense.

—¿Sanders aún vive?

—Falleció de un paro cardiaco en 1967...

—¿Y el proceso?

—A pesar de los innumerables recursos de apelación de la CIA, a pesar de las amenazas, el tráfico de influencias y la protección de datos clasificados argüida constantemente, lo conseguimos. La CIA reconoció su implicación en los experimentos llevados a cabo en el Allan Memorial Institute y en territorio canadiense. Las víctimas recibieron una compensación económica pero, sobre todo, obtuvieron justicia y reconocimiento, y eso era lo más importante. Tanto para Joseph Rauth como para mí, el caso estaba cerrado. Por fin habíamos desenmascarado el proyecto Mkultra y la CIA había reconocido su culpabilidad. Caso cerrado. Y menudo caso...

Rotenberg se quedó inmóvil mirando al suelo. En la pantalla del ordenador seguían desfilando las viejas fotos en blanco y negro. Las habitaciones del hospital Barley ya estaban equipadas con televisores suspendidos a tres metros de las inexpresivas miradas de los pacientes. El veterano abogado le dio al botón de pausa.

—Tuve una carrera brillante junto a Joseph, que murió a finales de los noventa. Llevé algunos casos interesantes, pero nunca de esa dimensión.

—Discúlpeme, pero sigo sin ver la relación con la

maldita bobina, ni con Lacombe o los huérfanos de Duplessis.

Rotenberg suspiró.

—A eso iba, precisamente. Treinta años después del caso Sanders, recibí una llamada desde Bélgica. Fue hace un par de años.

—¿Wlad Szpilman?

—Sí. Ese hombre conocía mi trayectoria profesional y todo lo relacionado con la agencia de inteligencia norteamericana y los asuntos gubernamentales. Era un apasionado de la historia y de la geopolítica. Aseguraba que disponía de revelaciones que quería hacerme llegar acerca de los experimentos llevados a cabo en Canadá con niños en los años cincuenta. Orgulloso de su conocimiento literario de Mkultra, creía que había una implicación de la CIA... Al principio no le creí, pensaba que me las veía con un bromista o un pirado de la teoría de la conspiración, como tantos otros que me acosaron durante toda mi vida tras el caso de 1977. Para deshacerme de él, le dije que estaba equivocado, que todas las malas acciones de la agencia de inteligencia habían visto la luz y que nunca, en ningún caso, ningún niño participó en el proyecto de lavado de cerebro. Entonces me envió una foto en blanco y negro, por correo electrónico, extraída de un film y me dijo que le llamara en caso de que estuviera interesado.

Lucie apretó los puños.

—La foto de las niñas y los conejos, ¿verdad? ¿«El origen de todo», como me dijo misteriosamente por teléfono?

—Exactamente. Aún puedo ver esa sala manchada de sangre, esas niñas en pijama de hospital, como pasmarotes, en medio de la carnicería. Una foto estremecedora. Así que le llamé, movido por la curiosidad. No quería enviarme la bobina, y me pidió que fuera a su casa, para ver allí el film. Sabía que me las veía con un hombre absolutamente desconfiado, paranoico e increíblemente inteligente. Dos días más tarde estaba en su casa, en Lieja. Me condujo a su sala de proyección privada y allí fue donde vi el film. El original, y el oculto en su interior, que el viejo pudo reconstruir gracias a un contacto en una unidad de neuromarketing...

Lucie le escuchaba con atención. Aquel contacto debía de ser el director de Georges Beckers, aquel pequeño belga mofletudo que convenció a Kashmareck para que viera el film dentro de un escáner.

—... Desde la primera imagen supe que todo era verdad, y para mí se trataba de una evidencia.

—¿Por qué una evidencia?

Señaló la pantalla del ordenador con un gesto de cabeza.

—Está todo ahí, delante de usted. La relación entre el film de Szpilman y lo que sucedía en las habitaciones del hospital Barley. El vínculo innegable, la conexión entre los huérfanos de Duplessis y la CIA.

Cerró el Powerpoint y dirigió el cursor al archivo AVI.

—En unos segundos le mostraré el tipo de vídeo fabricado por la CIA que Sanders mostraba en bucle a sus pacientes para lavarles el cerebro. Pero antes debo acabar de explicarle lo sucedido en casa de Szpilman, en Bélgica. Tras aquella escalofriante proyección, comenzó a hablarme de fenómenos de histeria colectiva...

Lucie sentía una opresión en el pecho. Absorbía las palabras del veterano abogado.

—... Aquel tipo era una auténtica enciclopedia viviente. Creía haber hallado una relación entre... diversos grandes acontecimientos sanguinarios que marcaron el siglo pasado. Según él, el médico creador del experimento de los conejos no era Sanders, y el proyecto no era el Mkultra, sino un proyecto paralelo, más discreto, aún más secreto, y cuyo objetivo no tenía nada que ver con el lavado de cerebro.

—¿De qué trataba ese proyecto?

—Espere, aún no le he contado lo mejor. Wlad corrió a su biblioteca y empezó a mostrarme fotos originales del genocidio de Ruanda. Las había conseguido directamente de un fotógrafo de guerra, con quien había logrado ponerse en contacto. Y fue entonces cuando me habló de una cosa completamente alucinante. La contaminación mental.

—¿La contaminación mental?

—Sí, eso es. Algo que penetra a través del ojo y que, por su violencia, modifica la estructura cerebral.

Lucie reaccionó de inmediato.

—Un amigo, Ludovic Sénéchal, perdió completamente la vista tras ver el film. Se llama ceguera histérica. Las imágenes trastocaron su cerebro. ¿Está hablando de ese tipo de cosas?

—Mucho peor, puesto que la ceguera histérica es

un fenómeno puramente psíquico. En el caso de la contaminación mental, no sólo se ve modificada la estructura del cerebro, físicamente me refiero, sino que se propaga una reacción en cadena de individuo en individuo, como un virus. Ahora lo entenderá. Dos segundos.

Se interrumpió repentinamente y miró hacia el ventanal.

—¿Ha oído eso?

—¿Qué?

Se precipitó hacia la mesa y empuñó su arma.

—Un crujido.

Lucie permaneció serena. Los tragos de cerveza la habían calmado.

—Será el fuego...

—No, no. Eso venía del exterior...

Apagó la luz y se acercó al ventanal. La estufa le iluminó el rostro con reflejos rojos. Lucie se aproximó. Tendió la mano en dirección a ella.

—¡Apártese de la ventana!

Lucie se quedó inmóvil. En el exterior, todo estaba quieto. Los troncos negros se alzaban como tótems malignos.

—¿A quién le tiene tanto miedo? —preguntó Lucie—. Ya ve que no hay nada. Y nadie nos ha seguido. Nunca había visto carreteras tan rectas y tan largas en mi vida. Y tan desiertas.

—Hace unos meses vivía en el centro de Montreal e intentaron matarme.

Se apartó y se arremangó el bajo de la camisa. Lucie pudo ver unas grandes cicatrices.

—Cuchilladas. Cinco milímetros más, y no lo cuento.

—¿La CIA?

Se mordió el labio mientras sacudía la cabeza.

—No son sus métodos. El reciente descubrimiento de esos cuerpos en su país, en Normandía, hace que piense que quizá me las tuve con un francés.

—¿Los servicios secretos?

—Tal vez.

—¿Y si le dijera que podría tratarse de la Legión?

—No lo sé. Recuerdo vagamente al tipo... Rostro cuadrado, robusto, con pinta de militar.

«El tipo de las botas militares», pensó Lucie.

—Lo que es seguro es que ese atentado contra mi persona estaba evidentemente relacionado con el film de Szpilman y nuestros descubrimientos. Y, sin embargo, tanto él como yo trabajábamos de incógnito, tratábamos de seguir una pista, de reunir pruebas, como también hace usted ahora. Él fue mucho más prudente que yo. Aún no sé cómo esos hombres que me perseguían podían estar al corriente. El chivatazo pudo llegarles de muchas partes ya que a lo largo de mi investigación hice muchas, muchísimas llamadas y me vi con mucha gente. En las instituciones psiquiátricas y religiosas o en archivos. Esos... asesinos... deben de tener contactos, algo así como centinelas. Desde entonces vivo escondido aquí, protegido por personas de confianza, en medio de ninguna parte.

En cuclillas, empuñando el arma, se atrevió a echar otro vistazo a través del ventanal. Suspiró largamente y, tras más de treinta segundos, se puso en pie.

—Tal vez fuera un animal. Por aquí rondan alces y castores.

Se calmó. Aquel tipo que, en su juventud, debía de haberse enfrentado a un montón de tipos peligrosos e influyentes, que se las había visto con las tinieblas y había sabido mantenerse a flote, acababa su vida en plena psicosis.

—Supongo que en los archivos no habrá hallado nada. Yo también los consulté, hará cosa de un año. Es evidente que las identidades correspondientes a esos rostros de niñas de los que disponemos, usted y yo, se hallan entre los expedientes de las comunidades religiosas. Pero, como habrá podido comprobar, esos archivos lamentablemente no son accesibles. Es lo único que me falta. Nombres... Necesito los nombres de esas pequeñas pacientes para llegar hasta el hospital psiquiátrico de la niñas y los conejos, a esas chiquillas, y así obtener testimonios, pruebas vivientes que...

—Tengo esos nombres.

—¿Cómo es posible?

—Cada vez son más las comunidades religiosas que están cerrando, por falta de dinero. Sus archivos se trasladan sistemáticamente al Centro de Montreal. ¿No lo sabía?

Negó con un gesto de cabeza.

—Desde que me escondí, me es más difícil estar al corriente.

—La chiquilla del columpio se llama Alice Tonquin.

—Alice... —suspiró Rotenberg, como si hubiera tenido ese nombre en la punta de la lengua durante años.

—La Sûreté ha perdido su rastro administrativo, pero la última institución conocida donde estuvo fue la de las monjas grises. Sé cuál fue la monja que se ocupó de ella. La hermana María del Calvario. Ahí es donde me dirigía cuando usted me... secuestró.

—¿Cómo lo ha conseguido?

—Hemos analizado a fondo el film.

Sonrió imperceptiblemente.

—Creo que ha llegado el momento de que le revele el resto de los descubrimientos de Wlad y míos, y que podamos avanzar gracias a sus informaciones. Vamos al ordenador...

Cuando fue hacia la mesa, su mirada se clavó en el móvil de Lucie. Lo tomó.

—Su teléfono...

—¿Qué le pasa a mi teléfono?

—Me dijo que no funcionaba. ¿Desde cuándo?

—Ehh... Quise utilizarlo al llegar a Canadá y...

Lucie no acabó su frase, como si acabara de comprender. Rotenberg le dio la vuelta al aparato y abrió la tapa posterior, con manos temblorosas. Arrancó de su emplazamiento lo que parecía un pequeño circuito electrónico.

—Probablemente sea un localizador.

Sus ojos azules se llenaron de pánico. Lucie se llevó las manos a la cabeza.

—Mi vecino en el avión... Dormí durante todo el viaje.

—Drogada, probablemente. Deben de vigilarla desde hace tiempo. Y la han utilizado a usted para llegar hasta mí. Ellos... Ellos están aquí...

Lucie pensó en los micrófonos en su apartamento y en el de Sharko. Para los asesinos era fácil seguirla. Inmediatamente, Rotenberg sacó su móvil, lo encendió y marcó el 911.

—Soy Philip Rotenberg. Envíen urgentemente a alguien a Matawinie, cerca del lago donde desemboca el río Matawin. Le doy las coordenadas GPS exactas, ¡anótelas rápido, por favor!

—¿Cuál es el motivo de la llamada?

—Tratan de matarme.

Dio las coordenadas que se sabía de memoria y colgó, tras suplicar que se dieran prisa. Luego, agachándose, se dirigió hacia la estufa. Lucie le imitó. El fuego iluminaba peligrosamente el interior de la casa y había ventanas por todas partes. En el momento en que él se aproximaba a la estufa de leña, la cristalera del ventanal se hizo añicos.

Philip Rotenberg fue proyectado hacia atrás y su cuerpo cayó pesadamente al suelo. Una flor roja apareció y creció sobre su camisa blanca. Su pecho aún se movía. De repente aparecieron llamaradas desde el exterior, unas grandes cortinas móviles pegadas a la madera, por delante y por detrás. Una danza roja y violenta rodeó súbitamente las paredes exteriores del chalet.

El fuego, que le había costado la vida a Lacombe tantos años antes, quería cobrarse nuevas víctimas...

Lucie se lanzó sobre Rotenberg, cuya garganta

emitía un silbido. Apoyó las palmas de ambas manos sobre el agujero y sus dedos se tiñeron de púrpura inmediatamente.

—¡No se rinda, Philip!

El hombre asió con fuerza las muñecas de Lucie. Sus pupilas llamaban a la muerte. Una espesa humareda negra se colaba por debajo de la puerta.

—En el cuello... La llave... Arránquela...

Lucie dudó medio segundo e hizo lo que le pedía. Tiró de la cadenilla de cuyo extremo colgaba el trocito de metal. Rotenberg escupía sangre por la boca.

—¿Qué abre esta llave?

El abogado murmuró unas palabras ininteligibles.

Una lágrima y nada más.

Lucie se guardó la llave en el bolsillo y se alzó ligeramente, presa del pánico. Recuperó el arma y observó a su alrededor. Sólo había un sitio al que aún no había llegado el fuego: el ventanal que se había hecho añicos.

Lucie trató de reflexionar lo más rápido posible. El francotirador la hubiera podido eliminar a la vez que a Rotenberg y, sin embargo, no lo había hecho. Quería hacerla salir como a un conejo de su madriguera.

Lucie no tuvo duda alguna: el asesino la quería viva.

Si ponía un pie fuera, estaba jodida.

Comenzó a toser. La temperatura aumentaba y la madera crujía. Tenía que resistir.

A sus espaldas, en el exterior, las llamas se encabritaban altas y voraces. No tardarían en invadirlo todo. Escondida detrás de la estufa, Lucie se arrastró hasta la mesa baja, se quitó el jersey, hizo con él una bola y lo humedeció con agua. Se lo colocó sobre la nariz.

Esperar, esperar... El otro seguramente se estaría haciendo preguntas, dudaría, se preguntaría si ella había huido. Se hundiría.

Detrás de ella, un cristal saltó en pedazos. Lucie creyó que iba a morir de miedo antes de hora.

La invasión del fuego empezaba, las llamas avanzaban por el interior, violentas, y la madera cedía. La mente de la policía comenzaba a enturbiarse, le escocían los ojos y el calor se intensificaba. Se clavó la uñas en los muslos. Tenía que resistir.

Un minuto... Dos minutos...

De repente, junto al ventanal, apareció una silueta envuelta en humo. La sombra entró con prudencia, apuntándola con un revólver. Una cabeza gris recorrió la estancia con la mirada. Lucie se puso en pie con un grito y vació su cargador disparando a ciegas.

La masa se hundió.

Lucie contuvo la respiración y atravesó corriendo la habitación llena de humo. En el momento de saltar por encima del cuerpo tendido, reconoció el rostro de su vecino del avión. Calzaba unas botas militares. Se lanzó al exterior, corrió una decena de metros y cayó al suelo.

Tosió un buen rato y por fin pudo respirar una gran bocanada de aire.

Cuando se volvió, la casa no era más que una gran bola de fuego.

Lucie se había convertido en una persona anónima sin mochila, sin documentos, sin identidad.

Y había matado a un hombre en un país que no era el suyo.

50

El halo azulado de los girofaros de la policía se entremezclaba con el de los camiones de bomberos estacionados frente al chalet. Los bomberos habían llegado a una velocidad alucinante y con sus potentes mangueras consiguieron dominar el incendio antes de que éste se propagara al bosque. Pero de la vivienda de Philip Rotenberg sólo quedaba humo y un montón de cenizas.

Las siluetas tersas de los hombres de la Gendarmería Real de Canadá se movían con precaución alrededor de los dos cuerpos calcinados, tomaban fotos y recogían pruebas. Había allí una gran variedad de uniformes. Chaqueta roja, pantalón negro y amarillo, sombrero de fieltro y botas Strathcona para los gendarmes, mono blanco para los equipos de la científica, chaquetón negro y pantalones de faena para los bomberos. Los hombres se entendían a la perfección y daban la impresión de un ballet sincronizado.

Lucie estaba esposada. Sin violencia ni animosidad, simple respeto a los procedimientos. Su documentación, sus notas y su mochila habían ardido en el incendio, y había matado a un hombre de varios disparos. El revólver hallado a sus pies ya se lo habían llevado para el análisis de huellas dactilares y de balística, envuelto en una bolsa transparente.

Lucie fue detenida a las 23:05, hora canadiense, por un inspector llamado Pierre Monette, que la condujo al destacamento de Trois-Rivières.

En el edificio ultramoderno de la unidad de gendarmería, le vaciaron los bolsillos —la llave confiada por Rotenberg acabó en el fondo de una bolsa, y dos hombres, que no eran precisamente unos angelitos, la interrogaron sin darle tiempo ni a respirar. Lucie explicó la situación lo mejor que pudo. Habló de los asesinatos en Francia, de los experimentos de los años cincuenta, de su investigación en los archivos y del simulacro de secuestro perpetrado por Philip Rotenberg. Con tono sereno, segura de sí misma, invitó a sus interlocutores a que se pusieran en contacto con la Sûreté de Quebec y la policía francesa para obtener toda la información acerca del caso. Dio con precisión todos los contactos y los números de teléfono que recordaba.

Sin duda, su comisión rogatoria la sacaría del apuro, aunque, en ese tipo de situación, los policías franceses no deben intervenir personalmente y, en particular, no deben utilizar armas de fuego.

Su buena conducta y sus claras explicaciones no evitaron que tuviera que pasar la noche en una celda. De nuevo, Lucie no rechistó. Conocía el funcionamiento de una investigación y la complejidad del panorama al que se enfrentaban los gendarmes. Dos cadáveres hallados calcinados en lo más profundo de un bosque, una mujer francesa indocumentada, historias de la CIA y los servicios secretos: no era ninguna tontería. Por fuerza, las verificaciones llevarían algún tiempo.

Lo más importante era que estaba viva.

Sola en la pequeña estancia rectangular, se dejó caer en el banco, con los nervios destrozados. Aquella noche había matado a un hombre, el segundo en su carrera. Arrebatar una vida, sea ésta cual sea, deja siempre un profundo surco negro en el alma. Algo indeleble que le ronda a uno durante mucho tiempo.

Pensó en Rotenberg, que iba a contárselo todo. Como había sucedido con el restaurador de films. Se lo había entregado en bandeja al asesino. Aquel hombre que vivía agazapado en un bosque había pagado los platos rotos de su negligencia.

Aquellos cabrones la habían utilizado de nuevo. Lucie se sentía mal por ello.

El inspector Pierre Monette acudía regularmente a preguntarle cómo estaba, y le llevó agua y café, e incluso la invitó a un cigarrillo que ella rechazó. Avanzada ya la noche, le anunció que todo iba por buen camino y que probablemente por la mañana estaría en la calle.

Las horas que siguieron se hicieron interminables. Sin visitas, sin nadie con quien hablar. Sólo el sol pesado al asalto del cielo boreal, a través de los cristales de Plexiglás de una estancia gris y siniestra. Lucie pensaba en sus hijas en todo momento. Aquella noche había estado a punto de morir. ¿Qué hubiera sido de sus hijas sin ella? Dos huérfanas, sin padre ni madre. Lucie suspiró profundamente. En cuanto aquella historia acabara se iba a dar un tiempo para pensar en serio en su futuro. En el futuro de ellas, de las tres...

A las diez y diez, una sombra se dibujó en el marco de la puerta de la celda.

Lucie hubiera reconocido aquella silueta entre un millón.

Franck Sharko.

Cuando Monette abrió la puerta, Lucie se abalanzó y, sin pensar, se hundió en el hombro del robusto policía. El comisario dudó una fracción de segundo y apoyó sus grandes manos en su espalda.

—Si sigues así, acabarás por provocarme un infarto. ¿Siempre es así contigo?

Los ojos de Lucie se humedecieron. Se apartó, con una sonrisa triste.

—Digamos que en estos momentos es una situación un poco especial. ¿No se ha dado cuenta?

Lucie olvidó durante unos segundos las horas sombrías que acababa de vivir. Aquella presencia fuerte la tranquilizaba enormemente. Sharko señaló la reja con una inclinación de cabeza, con una sonrisa que le sentaba bien.

—Vuelvo enseguida. Hay que resolver el papeleo. ¿Puedes esperar aún un poco?

—Quisiera hacer una llamada antes. Quiero llamar a mis hijas. Quiero escuchar su voz.

—A su debido momento, Henebelle. A su debido momento.

Lucie volvió a sentarse en el banco.

Una vez a solas, exhaló un profundo suspiro y se llevó una mano al pecho.

Allí dentro, el corazón latía con toda su terrible fuerza.

51

Lucie regresó con el móvil de Sharko en la mano. Se instaló a la mesa y le devolvió el teléfono. En su camino entre Trois-Rivières y Montreal se detuvieron en un Kentucky Fried Chicken.

—¿Cómo están? —preguntó el comisario.

—Están bien. Juliette ya no tiene ningún problema digestivo y se porta de maravilla en casa de la abuela. En cuanto a Clara, sólo he podido hablar con sus monitores de las colonias, ella aún duerme. ¡Había olvidado que en Francia aún son las siete de la mañana!

Durante el trayecto, Lucie tuvo tiempo de explicarle todo lo ocurrido desde su llegada a Canadá. Los huérfanos de Duplessis, los experimentos de Sanders y la implicación de la CIA en los experimentos con seres humanos en las décadas de 1950 y 1960. Sharko digirió y almacenó la información sin decir nada.

En aquel momento, el comisario mordía con apetito unos muslos de pollo frito mientras Lucie daba cuenta de una ensalada de col blanca y aspiraba con fruición su Pepsi, cosa que le sentó requetebién a su estómago.

—Ese francotirador, en el chalet, no quería matarme, estoy convencida. Quería hacerme salir como a un conejo de su madriguera para cogerme viva. Tenía otras intenciones.

Sharko dejó de comer. Dejó el pollo en el plato, se frotó las manos y miró a Lucie a la vez que suspiraba.

—Todo esto es culpa mía.

Y él le explicó a su vez: su incursión en el cuartel de la Legión, el coronel Chastel, el farol que se había marcado, la foto de Lucie con el rostro rodeado con un rotulador rojo. Ella aspiró su pajita ruidosamente y encajó la noticia.

—Por eso me envió aquí, y cuatro días para más inri. Quería actuar solo.

—Sólo quería evitar que hicieras una tontería.

—No debería haberlo hecho. Esos militares podrían haberle matado. Podría haberle...

—Olvídalo. A lo hecho, pecho.

Lucie asintió con resignación.

—¿Y ahora qué? Por lo que a mí respecta, aquí en Canadá, quiero decir...

—La Gendarmería Real de Canadá se ocupará de los trámites para facilitar tu regreso a casa. Para los gendarmes, la investigación se ceñirá exclusivamente a lo sucedido en el chalet. Nuestros servicios y los de la Sûreté de Montreal se encargarán de lo demás. Es decir, de toda la mierda en la que estamos metidos hasta el cuello. También se ocupan de identificar a tu vecino del avión, conocido como «el asesino de Rotenberg».

—Rubio, cabello cortado a cepillo, corpulento,

botas militares. Menos de treinta años. Es uno de los tipos a los que buscamos desde el principio.

—Sí, es probable.

—Seguro. ¿Y hay alguna novedad con respecto a la llave que me dio el abogado antes de morir?

—Están buscando qué puede abrir. Está numerada, y creen que puede tratarse de la llave de una consigna. Tal vez de un apartado de correos o de una consigna de estación. En cualquier caso, nos tendrán al corriente. Y... buena intuición, Henebelle, con lo de los archivos.

—En el fondo, usted no confiaba en ello, ¿o me equivoco?

—En la pista, no mucho. Pero en ti, sí. Creí en ti desde que te vi bajar del TGV, la primera vez, en la estación del Norte.

Lucie apreció el cumplido, sonrió y no pudo reprimir un bostezo.

—¡Oh, perdón!

—Vámonos al hotel. ¿Desde cuándo no has dormido?

—Hace mucho... Pero tenemos que intentar ver a la hermana María del Calvario, tenemos...

—Mañana. No tengo ganas de llevarte de vuelta hecha puré.

Por una vez, Lucie abdicó sin ofrecer resistencia. De hecho, no podía más.

—Voy al servicio y nos ponemos de nuevo en camino.

Sharko miró cómo se alejaba y suspiró. Hubiera deseado abrazarla, tranquilizarla, decirle que todo se arreglaría. Pero sus mandíbulas seguían paralizadas para pronunciar palabras tiernas. Apuró su cerveza, pagó en efectivo el importe exacto y salió a esperarla afuera. Hizo una rápida llamada a Leclerc para informarle de que todo estaba de nuevo en orden. Por su lado, el jefe de la OCRVP le anunció que durante el día vería a jueces y altos funcionarios del ministerio de Defensa para poner en marcha el procedimiento judicial que permitiría investigar a la Legión Extranjera y responder a la pregunta: ¿Mohamed Abane se alistó en la Legión?

Cuando colgó, el comisario tuvo por fin la sensación de que las cosas avanzaban a pasos de gigante.

Ya era hora.

52

—Sabía que le encontraría aquí...

Sharko se dejó cautivar por la voz femenina que cantaba detrás de él. Instalado en un sillón del bar del hotel, saboreaba tranquilamente un whisky en la penumbra, mientras repasaba el listado de participantes en el SIGN. El local era elegante, pero sin excesos. Moqueta clara, grandes cojines sobre los sofás rojos, paredes tapizadas de terciopelo negro. Al llegar, Lucie vio sobre la mesa un vaso de Diabolo de menta.

—Oh, ¿espera a alguien?

—No, a nadie. El vaso ya estaba ahí.

No añadió nada más. Lucie se quedó de pie e hizo un gesto de resignación con los brazos.

—Lamento mi apariencia. Los vaqueros no son muy elegantes, pero no tenía previsto salir de noche.

El policía le dirigió una sonrisa cansada.

—Pensaba que dormías.

—Yo también lo creía.

Lucie se dirigió a uno de los dos sillones libres, frente a él, y se dispuso a sentarse.

—¡No, ahí no!

Ella se incorporó, sorprendida.

—Miente y está esperando a alguien. Siento molestarle.

—Deja de decir chorradas. Ese sillón está cojo. ¿Qué quieres tomar?

—Un vodka con naranja. Mucho vodka y poca naranja. Necesito un poco de descompresión.

Sharko apuró su copa y se dirigió a la barra. Lucie miró cómo se alejaba. Se había cambiado, se había puesto un poco de gel en sus cabellos canosos y muy cortos y se había perfumado. Caminaba con elegancia. Lucie consultó las hojas que había dejado sobre su asiento. Nombres, apellidos, fechas de nacimiento y cargos. Algunas identidades estaban tachadas. A pesar de su apariencia de hombre tranquilo, de la impresión de despreocupación que transmitía, no se detenía nunca. Un verdadero motor de explosión.

El comisario regresó con dos copas y ofreció una a Lucie, que había aproximado su sillón al de él. Señaló los papeles con un gesto de cabeza.

—Es la lista de los científicos presentes en El Cairo cuando se cometieron los crímenes, ¿verdad?

—Doscientos diecisiete, para ser exactos, que en aquella época tenían entre veintidós y setenta y tres años. Si los asesinos de El Cairo fueron los mismos que los de Gravenchon, hay que sumarles dieciséis años. Eso elimina a algunos.

Apiló sus papeles, los dobló y se los guardó en el bolsillo.

—Tengo noticias frescas, pero malas... Aunque de hecho son buenas. ¿Vamos a por ellas de inmediato?

—De inmediato. Usted mismo me ha dicho que hay un momento para cada cosa. Y ahora mismo tengo ganas, muchas ganas de relajarme.

—Pues vamos: el coronel Bertrand Chastel ha sido hallado hoy en su domicilio. Se ha suicidado limpiamente con su arma de servicio, de madrugada.

Lucie se tomó un tiempo para encajar la noticia.

—¿Están seguros de que se trata de un suicidio?

—Tanto el forense como los investigadores son rotundos en sus conclusiones. Te ahorraré los detalles. Y otra noticia: según los datos proporcionados por el aeropuerto, el tipo sentado a tu lado en el avión y que ha muerto carbonizado en el chalet se llama Julien Manœuvre. Militar de carrera destinado a la unidad DCILE, la División de Comunicación e Información de la Legión Extranjera. Allí es donde se realizan los films para el ejército.

—Nuestro famoso asesino cineasta... El hombre de las botas militares...

—En efecto. Casualmente, Manœuvre estaba de permiso cuando comenzó el caso. Un permiso firmado por Chastel de su puño y letra. Luego, cuando Chastel ha visto que las cosas se ponían feas, sobre todo tras mi visita a su despacho y a la vista de lo sucedido aquí, se ha suicidado. No cabe duda de que habrá tomado precauciones y se habrá deshecho de los elementos comprometedores.

—Así que estaba implicado al más alto nivel y estaba al corriente de los asesinatos.

—Es muy probable. Y aún tengo otra cosa, agárrate.

—Lo intento.

—El registro en el domicilio de Manœuvre ha demostrado que tenía diversos listados relativos al tránsito de films entre los grandes archivos cinematográficos mundiales. ¿Recuerdas el famoso sitio Internet de la FIAF del que habló tu comandante? Fue así como hace dos años Manœuvre pudo descubrir dónde estaba la bobina. Debió de plantarse de inmediato en la FIAF y reclamar los films de 1955. Sólo que alguien había robado ya la película tras la cual andaba. Un coleccionista a quien conocemos bien.

—Szpilman.

—Sí, Szpilman. Justo cuando estaba a punto de alcanzar su objetivo, Manœuvre perdió la pista del film, pero no abandonó su búsqueda. Debió de seguir investigando, vigilando las ferias de films y los anuncios clasificados, en particular aquellos procedentes de Bélgica. Fue así como llegó a casa del hijo de Szpilman tras la muerte del viejo.

—Ese empecinamiento en conseguir una bobina es cosa de locos.

—Mientras hubiera copias circulando por ahí, Chastel y los que están detrás de este asunto se sentían en peligro. Manœuvre no era más que un peón, un ejecutor. Igual que debía de serlo Chastel, a un nivel más elevado.

—Dígame que ahora sí se podrá investigar oficialmente a la Legión.

—Sí, esperemos que se suelten algunas lenguas y que las diversas pesquisas den resultados. No olvidemos que, a priori, hay dos asesinos. Uno de ellos era

Manœuvre, nuestro «cineasta», pero el otro, el que extrae los cerebros, probablemente está en esta lista. Y probablemente actuó solo en Egipto, ya que Manœuvre era demasiado joven.

Tras aquellas últimas palabras del comisario, Lucie sorbió su copa, con los ojos brillantes debido al cansancio. Con la luz tamizada, los rasgos de Sharko se suavizaban. Una música lejana, sobria, se perdía en la nada. Todo, en aquel lugar, invitaba a la calma y a la seducción. Lucie sacó una foto de su cartera y la puso sobre la mesa.

—Aún no le he presentado a mis pequeños tesoros. A los que tanto echo en falta. Hoy más que nunca me he dado cuenta de que no estoy hecha para alejarme de ellas.

Sharko tomó la fotografía con una ternura que Lucie aún no le conocía.

—¿Juliette es la de la derecha y Clara la de la izquierda?

—Al revés. Si mira atentamente verá que Clara tiene un minúsculo defecto en el iris, una mancha negra que parece un jarrón diminuto.

El comisario le devolvió la foto.

—¿Y su padre?

—Se largó hace mucho tiempo.

Lucie suspiró y asió la copa con ambas manos.

—Este caso me hace daño, comisario, porque al mirar esta foto ya no veo a Clara y a Juliette sino a Alice Tonquin, Lydia Hocquart y todas las demás niñas aterrorizadas. Me acompañan a todas partes, de noche y de día. Puedo distinguir sus rostros, su miedo, oigo sus gritos cuando se lanzan sobre esos pobres animales.

—Todos tenemos nuestros fantasmas y ellas desaparecerán cuando hayamos resuelto el caso. Cuando todas las puertas se cierren te dejarán por fin en paz.

Un silencio. Lucie asintió, con la mirada perdida.

—¿Y usted, comisario, ha dejado puertas abiertas a lo largo de su vida?

Sharko manoseaba su alianza.

—Sí... Hay una grande, una puerta muy grande que me gustaría poder cerrar. Pero no lo consigo, y tal vez sea así porque en el fondo de mí mismo no tengo ganas de cerrarla.

Sharko no habló de inmediato. A una parte de él le hubiera gustado dar marcha atrás, ponerse en pie, desaparecer, pero la otra luchaba para que se quedara allí.

—¿Lo crees de verdad?

Se inclinó más y le besó en los labios. Sharko había cerrado los párpados, sus sentidos se volvían más pesados, como durante una apnea demasiado larga que pusiera los órganos en peligro.

Abrió de nuevo los ojos.

—¿Sabes que lo que pueda ocurrir probablemente no tenga futuro?

—Pues, al contrario, creo que sí tendrá futuro pero, de momento, démosle por lo menos una oportunidad al presente.

No había visto a una mujer desnuda desde la muerte de Suzanne. Casi sintió vergüenza. El cuerpo esbelto y perfumado se deslizó a través de la penumbra y se abrazó al suyo. Las manos golosas y delicadas acabaron de desabotonarle la camisa, mientras en lo hondo de su vientre crecía el fuego. Se dejaba hacer, pero Lucie percibió su tensión, una huella impalpable que impedía al macho abandonarse completamente frente a ella.

—¿Hay algo que te molesta? —le murmuró ella a la oreja.

—Es que...

Sharko se escapó y se dirigió ágilmente al centro de la habitación. Le dio la vuelta a la silla que había junto a la cama y guardó la locomotora Ova Hornby a escala 0, con su vagoneta negra para la leña y el carbón, en el cajón de la cómoda. Hizo desaparecer igualmente la caja de castañas confitadas. Luego regresó junto a su pareja y la besó fogosamente. Con un gesto un poco demasiado firme, la hizo caer sobre la cama. Lucie rió.

—Esa locomotora me divertía. Decididamente, eres un tipo singular...

Sus labios se encontraron de nuevo, sus pieles tibias se rozaron. Sharko apagó la luz con un movimiento ágil mientras sus caderas rodaban sobre las sábanas. A pesar de que las cortinas estaban corridas, la luz del exterior se derramaba sobre la cama y sugería aquellas formas que cabalgaban a lomos del placer. Un paisaje de carne, de hondonadas y de pequeños valles que parecía a punto de desaparecer tras la cólera de un seísmo. Lucie mordió la almohada sacudida por un orgasmo, y Sharko hizo que se diera la vuelta, con la dulce violencia de una loba al alzar a sus cachorros, y se sumergió en ella jadeando. Los llantos, los gritos, los rostros de los muertos, Lydia y Alice desaparecieron de súbito vencidos por la voluptuosidad. Los segundos transcurrían, cada uno de ellos como una descarga eléctrica en la piel. Con la rigidez de sus músculos ardientes, Sharko se puso tenso y los nervios del cuello le sobresalieron. Y, mientras apretaba los dientes con fuerza y sus gestos se volvían aún más ardientes, miró al centro de la habitación.

Aún estaba allí de pie, con los pies juntos y las manos a lo largo de los muslos.

Y, por primera vez en su vida, Sharko vio llorar a Eugénie.

El instante pareció una eternidad. Los ojos del comisario se nublaron a su vez, mientras la mujer debajo de él gemía.

Y en plena magia del éxtasis de los sentidos, la chiquilla le sonrió.

Alzó su manita y le hizo un gesto amistoso.

Al borde de las lágrimas, Sharko le respondió con el mismo gesto.

Un instante después, Eugénie salió de la habitación sin volver la vista atrás y la puerta se cerró en silencio.

Y Sharko se abandonó por fin al placer.

53

Sharko se despertó sobresaltado: su móvil vibraba sobre la cómoda.

Apartó el cuerpo tibio que se arrimaba a él y rodó de costado.

Era Pierre Monette. Había hallado el origen de la llave que Philip Rotenberg había confiado a Lucie. Abría una de las consignas de la estación central de Montreal. El gendarme canadiense le citó allí a mediodía, antes debía resolver algunos asuntos importantes.

El comisario colgó y se volvió hacia la mujer que compartía su cama. Con la punta de los dedos, le acarició la espalda. Tenía la piel tan dulce, tan joven en comparación con aquella costra que a él le había endurecido su trabajo como policía de calle... Tantos caminos les separaban a ambos... Delicadamente, hundió la nariz entre sus cabellos rubios y se embriagó una última vez de aquella mezcla de perfume y sudor.

No podía seguir mintiéndose: ella le atraía. Desde que se conocieron nunca había conseguido apartar su rostro de su mente. Sin hacer ruido, se levantó y fue a ducharse. Cuando dejó correr el agua, cuando se miró al espejo o se vistió, buscó a Eugénie. Recordaba con precisión el leve gesto de la mano que le había dirigido por la noche. Y las lágrimas sobre sus mejillas de niña. ¿Era posible que Eugénie hubiera sido feliz? ¿Y que, finalmente, le dejara tranquilo?

No, no, no podía creerlo. Estaba enfermo, sufría una esquizofrenia paranoica que requeriría tratamiento farmacológico hasta el fin de sus días. Las cosas no podían ser así. No en la vida real.

Tras tragar su comprimido, volvió a la habitación. Lucie estaba sentada en el borde de la cama y le miraba fijamente.

—¿Algún día me explicarás qué son esas pastillas?

Como si no la hubiera oído, se acercó a ella y la besó.

—Tenemos trabajo. Desayunamos y nos vamos a ver a las monjas y luego a la estación. ¿Te gusta el programa?

Brevemente le explicó que la llave correspondía a una consigna. Lucie se desperezó, se levantó y se abrazó a él.

—Esta noche estaba a gusto y eso no me había sucedido desde hacía mucho tiempo. —Lucie suspiró—. No quisiera que se acabara.

Sharko le dio un masaje en la espalda con las palmas de las manos, con una ternura que le sorprendió a él mismo. Con un suspiro, le dijo a la oreja:

—Tendremos que pensar en ello, ¿de acuerdo?

Lucie se sumergió en su mirada y asintió.

—Un día quisiera volver aquí y descubrir este país de una manera que no sea viviendo una pesadilla estando despierta. Y me gustaría que fuera contigo.

A su pesar, se separó dulcemente de él. Le hubiera gustado que aquel instante durase una eternidad. Conocía la fragilidad de su relación y ya pensaba en el regreso a Francia. La vida cotidiana podía separarlos sin que ni siquiera se dieran cuenta.

—Voy a mi habitación a por mis cosas. Quizá podría dejarla...

—Ya sabes cómo es la administración y cómo son las malas lenguas. Será mejor que haya dos facturas, ¿no crees?

—Sí, sí... Llevas razón.

Acababan de salir del hotel Delta. Como dos perfectos turistas, caminaban uno al lado del otro, muy despacio, en dirección al convento de las monjas grises que, según el plano que les habían dado en la recepción, se hallaba a un kilómetro de distancia. Sin hablar de lo sucedido aquella noche, tomaron la calle René-Levesque y anduvieron entre los impresionantes rascacielos de las grandes compañías mundiales. Llegaron por fin a una amplia avenida protegida por una verja cerrada.

Tras presentarse por el interfono, se abrió una puerta cochera y pudieron entrar. El ruido del tráfico se amortiguó rápidamente, y las cúspides de los altos edificios desaparecieron para dar paso a una avenida de gravilla, bordeada de jardines. Al fondo se veía el convento, el antiguo hospital general de

Montreal en forma de H en medio del cual se alzaba una capilla romana rematada por una cruz que resplandecía bajo el sol. Dos largas alas grises se desplegaban a uno y otro lado. El ala Guy albergaba a la comunidad y el ala Saint-Mathieu acogía a los ancianos, los inválidos y los huérfanos. Cuatro pisos, centenares de ventanas idénticas, un rigor arquitectónico pasmoso... Lucie pudo imaginar fácilmente el ambiente que debía de reinar en aquel lugar en los años cincuenta. Disciplina, pobreza, dedicación.

Rodearon en silencio el edificio de ladrillos oscuros. Frente a una de las entradas del ala Guy se encontraron con la superiora general de las monjas grises. Su rostro, enmarcado en blanco y negro, era seco y apergaminado como una hostia. Trató de sonreírles, pero el sufrimiento crístico tensaba sus rasgos.

—Son ustedes de la policía francesa, ¿verdad? ¿En qué puedo ayudarles?

—Querríamos ver a sor María del Calvario.

Los rasgos de la superiora aún se crisparon más.

—Sor María del Calvario tiene más de ochenta y cinco años. Padece artritis y pasa la mayor parte del tiempo sola, en cama. ¿Qué quieren de ella?

—Queremos preguntarle algunas cosas acerca de su pasado. De los años cincuenta, para ser más precisos.

La religiosa se mantuvo impasible. Dudó.

—Espero que no se trate de problemas con la Iglesia...

—En absoluto.

—Tienen suerte. Sor María del Calvario tiene

una memoria excelente. Hay cosas que no se borran nunca.

Les invitó a entrar. Recorrieron pasillos fríos y oscuros de techos muy altos y con paredes laterales cerradas. Hubo murmullos y parejas de sombras lejanas que desaparecieron como pañuelos que el viento se llevara. De algún lugar llegaba hasta ellos la vibración de un clamor sordo. Cánticos cristianos...

—¿Sor María del Calvario siempre trabajó para ustedes, madre? —preguntó Sharko en un susurro.

—No, nos dejó a principios de los años cincuenta, obedeciendo órdenes superiores. Se integró entonces en la congregación de las Hermanas de la Caridad de Mont-Providence, durante unos años, antes de volver aquí.

Mont-Providence... Lucie ya había leído aquel nombre en los archivos. Reaccionó de inmediato.

—Así pues, ¿trabajó en el hospital y escuela transformado en hospital psiquiátrico de un día para otro, por orden del gobierno Duplessis?

—En efecto, un hospital que acabó acogiendo a tantos locos como cuerdos. Sor María del Calvario trabajó allí durante muchos años, incluso en detrimento de su salud.

—¿Y por qué luego regresó aquí?

La madre superiora se volvió. Sus ojos brillaban como las llamas de unos cirios.

—Desobedeció las órdenes y huyó del Mont-Providence, hija mía. Hace más de cincuenta años que sor María del Calvario es una fugitiva.

54

La celda de la monja era de una austeridad próxima a la absoluta desnudez: paredes de piedra gris, una cama, una silla y un reclinatorio sobre el que reposaba una Biblia. La decoración se reducía a un crucifijo de estaño, colgado a la cabeza de la cama, un armario lleno de libros y un reloj. Una pequeña ventana ovalada situada en lo alto de la pared dejaba entrar una luz pálida. La anciana estaba tumbada sobre las sábanas con los pies en paralelo, las manos sobre el pecho y mirando al techo.

La madre superiora se inclinó hacia ella y le murmuró unas palabras a la oreja antes de regresar junto a los policías. Sor María del Calvario volvió lentamente la cabeza hacia ellos. Sus ojos estaban velados, y una fina película blanca aún transparentaba el color del océano.

—Les dejo —dijo la madre superiora—. Encontrarán la salida con facilidad.

Sin una palabra más, desapareció y tras de sí cerró la puerta. Sor María del Calvario se incorporó con una mueca de dolor y avanzó como una tortuga vieja hacia un vaso de agua que bebió tranquilamente. Su hábito negro caía hasta el suelo y creaba la ilusión de que la monja flotara en el aire. Luego regresó a la cama y se sentó en ella, apoyando la almohada contra la pared.

—Pronto será la hora de la oración, así que, sea lo que sea lo que desean, les ruego que sean breves.

A pesar de la edad, su voz rugosa recordaba al ruido de un papel al arrugarlo. Lucie se acercó a ella.

—En ese caso, no nos andaremos con rodeos. Queremos que nos hable de las niñas de las que se ocupó a principios de los años cincuenta. Alice Tonquin y Lydia Hocquart, entre otras. Que nos hable también de Jacques Lacombe y del médico que le acompañaba.

Pareció que la monja cesaba de respirar. Unió sus manos callosas sobre el pecho. Tras su visible catarata, sus iris parecieron dilatarse.

—Pero... ¿Por qué?

—Porque, aún hoy, hay gente que mata para preservar lo que usted vio con sus propios ojos —dijo Sharko tomando el relevo, apoyándose en el reclinatorio.

El silencio permitió oír las voces lejanas de las monjas que cantaban.

—¿Cómo me han encontrado? Nunca ha venido nadie a hablarme de esa historia tan vieja. Vivo recluida, escondida, y no he salido de aquí desde hace más de cincuenta años. Cincuenta largos años.

—Incluso escondida, figura en el registro de su comunidad. Estaba destinado a no salir nunca de entre estas paredes, pero dado que el convento cierra sus puertas dentro de un año, ha sido trasladado al Centro Nacional de Archivos.

La anciana abrió ligeramente la boca y respiró varias veces seguidas. Lucie tuvo la sensación de que sus pupilas aún se dilataban más, invocando así las luces de un tiempo abolido.

—No se preocupe. No hemos venido para denunciar nada ni para juzgar sus acciones pasadas. Simplemente tratamos de comprender qué pudo sucederles a esas niñas entre las paredes del hospital del Mont-Providence en aquellos años.

La monja inclinó la cabeza. Unos pedazos de tela blanca le ocultaron el rostro, dejando aparecer únicamente la sombra de una presencia.

—Recuerdo bien a Alice y a Lydia, ¿cómo podría haberlas olvidado? Me ocupaba de ellas, en el ala de las huérfanas de este convento, antes de tener que irme al Mont-Providence por una simple razón de «falta de efectivos». No creía que fuera a ver nunca más a las pequeñas, pero dos años más tarde llegaron allí, al Mont-Providence, con otras diez niñas de la Caridad... Unas chiquillas que creían que sólo cambiaban de institución, como se hacía a menudo en aquella época. Ya estaban acostumbradas. Llegaron en tren, radiantes, felices y despreocupadas como es propio de la edad...

Entrecortaba su monólogo con largos silencios pesados. Los recuerdos afloraban lentamente a la superficie.

—Pero una vez en el interior del hospital del Mont-Providence, comprendieron rápidamente a qué se enfrentaban. A los llantos y gritos de los locos se superponían los cantos religiosos. Los rostros claros de las recién llegadas se mezclaban con los rostros devastados de los retrasados mentales. Aquellas chiquillas adivinaron de inmediato que entraban allí para no salir nunca. Unas huérfanas mentalmente sanas adquirían, gracias a la firma de unos médicos que trabajaban para el Estado, el estatuto de retrasadas mentales. Y todo ello por razones financieras, porque una retrasada mental permitía al gobierno ingresar más dinero que una hija ilegítima. Y nosotras, las monjas, teníamos la obligación de tratarlas como tales. Teníamos que... cumplir nuestro deber.

La voz se le entrecortaba. Los dedos de Sharko se aferraron con fuerza a la madera vieja. Alrededor de ellos no había más que muros desconchados, los efluvios de las maderas desgastadas del suelo.

—¿A qué se refiere?

—Disciplina, novatadas, castigos, tratamientos... Las desventuradas que se rebelaban pasaban de una sala a otra, la severidad aumentaba y las puertas de la libertad se cerraban cada vez más. Sala de las Monjas, sala de los Oficios, sala de los Muros Grises... Las niñas no tenían derecho a comunicarse con las chiquillas de las otras salas, so pena de sufrir sanciones severas. Era como si las compartimentaran, como si las alejaran de la normalidad para conducirlas a la locura. La locura, hijos míos... ¿Saben siquiera a qué huele la locura? Huele a muerte y a podredumbre.

La monja respiró trabajosamente. Una larga, muy larga inspiración.

—La última sala, a la que me habían destinado a mi llegada al Mont-Providence, era la de los Mártires, un lugar abominable que albergaba a más de sesenta enfermos mentales profundos de todas las edades. Histéricos, retrasados, esquizofrénicos... Allí se guardaban las reservas de medicinas, instrumentos quirúrgicos, también vaselina...

—¿Para qué era la vaselina?

—Para untar las sienes de los enfermos antes de los electrochoques.

Entrelazó sus dedos de uñas amarillentas. Lucie imaginó sin dificultad el calvario de los días pasados en un lugar semejante. Los alaridos, la claustrofobia, el sufrimiento, las torturas mentales y físicas. Internos y celadores se alojaban bajo el mismo techo.

—Nosotras, con la ayuda de las chiquillas sanas, nos ocupábamos de los enfermos. Limpiar las celdas, darles de comer, ayudar a las enfermeras en las curas. Las peleas y los accidentes eran el pan nuestro de cada día. Allí había todo tipo de locos, desde los más inofensivos a los más peligrosos. Y de todas las edades. A veces, las huérfanas remisas o que se habían portado mal pasaban una semana en una celda de aislamiento, atadas a un somier, y las medicaban con Lagarctil, la droga preferida de los médicos.

Alzó el brazo. A cada uno de sus gestos, la tela negra de su hábito crujía como si fuera de papel pinocho. Parecía habitada por otra forma de locura. No había salido indemne del Mont-Providence.

—Las chiquillas cuerdas que aterrizaban en aquella sala, las más violentas, las refractarias y por supuesto las más inteligentes, no tenían escapatoria. Las enfermeras las trataban igual que a los enfermos mentales, sin distinción alguna. Y lo que pudiéramos decir nosotras, que nos ocupábamos de ellas cada día, tenía poco peso. Nos sometíamos y obedecíamos las órdenes, ¿me entienden?

—¿Qué órdenes?

—Las de la madre superiora, las de la Iglesia.

—¿Alice y Lydia fueron a parar a la sala de los Mártires?

—Sí, como todas las niñas procedentes del hospital de la Caridad. Tal afluencia a la sala de los Mártires era excepcional e incomprensible.

—¿Por qué motivo?

—Por lo general, las nuevas se quedaban en las otras salas. Sólo algunas acababan en la de los Mártires, a veces después de varios años, porque se comportaban mal y se rebelaban sin cesar. O sencillamente porque se volvían locas.

—¿Qué fue de esas huérfanas, de Alice y las demás?

Los dedos de la monja se aferraron a la cruz.

—Enseguida se hizo cargo de ellas el médico responsable de la sala de los Mártires. Le llamábamos Señor Superintendente. No tenía aún treinta años, un fino bigote rubio y una mirada que le helaba a una la sangre. Era él quien, regularmente, conducía a algunas niñas a otras salas a las que nadie más tenía acceso. Pero las niñas me lo explicaban a mí. Las reunían en salas, las dejaban esperando de pie, horas y horas. Había televisores y también altavoces, que emitían golpes y ruidos para sobresaltarlas. Y había también un hombre que las filmaba, siempre en compañía del doctor... Alice le tenía afecto al cineasta, le llamaba Jacques. Se entendían bien y a veces ella lograba ver la luz del día gracias a él. La llevaba al columpio del parque, fuera del convento, jugaba con ella, le enseñaba animales y la filmaba. Creo que él fue su pequeña luz de esperanza.

Sharko apretó las mandíbulas. Imaginaba perfectamente cómo podía ser una luz de esperanza en manos de un tiparraco como Lacombe. Preguntó:

—En esas salas, ¿las niñas no hacían más que esperar, ver películas y sobresaltarse? ¿O había otros experimentos más... violentos?

—No, pero no hay que creer que aquella pasividad fuera baladí. Las huérfanas salían de allí nerviosas y agresivas, y eso no hacía más que aumentar los castigos que se les infligían en la sala de los Mártires. Un círculo vicioso. No hay escapatoria ante la locura, está por todas partes. Dentro y fuera.

—¿Le hablaron de un experimento con unos conejos?

— Por lo que me explicaban, a veces había conejos en la sala, apelotonados en un rincón. Pero... eso es todo... Nunca comprendí el objeto de aquellas maniobras.

—¿Cómo acabó aquello?

La monja sacudió la cabeza, con una mueca en los labios.

—No lo sé. No podía soportarlo más. He consagrado mi vida entera al servicio de Dios y de Sus criaturas, y me hallé en un infierno en la tierra, asaltada por la locura. Di como pretexto un problema de salud y huí del Mont-Providence. Las abandoné. Abandoné a las niñas que yo misma había criado aquí.

Se santiguó y besó compulsivamente su crucifijo. El silencio posterior fue atroz. Lucie sintió de repente mucho frío.

—Volví a mi antigua orden, la de las monjas grises. La madre Santa Margarita tuvo la bondad infinita de ocultarme y protegerme. Me buscaron, créanme, y no sé lo que hubiera sido de mí si me hubieran encontrado. Pero mis viejos huesos han franqueado el cambio de siglo y mi memoria nunca ha olvidado los horrores que sucedieron allí, en lo más profundo del manicomio del Mont-Providence... ¿Quién podrá olvidar tantas tinieblas?

Lucie miró a la monja, a lo más profundo de sus pupilas vidriosas. Nadie podía olvidar las tinieblas. Nadie.

La verdad comenzaba a aflorar, allí, en aquel momento, de aquellos viejos labios. A pesar de sentirse removida en lo más profundo de sus entrañas, Lucie conservaba sus reflejos de policía.

—Necesitaríamos conocer la identidad de ese «superintendente».

—Por supuesto... Se llamaba doctor James Peterson. Bueno, ése era el nombre que oíamos, porque siempre firmaba como doctor Peter Jameson. James Peterson, Peter Jameson... No sé cuál era su verdadera identidad. Lo que sí es seguro es que vivía en Montreal.

Sharko y Lucie intercambiaron una breve mirada. Tenían el último eslabón. La monja se puso en pie, se dirigió hacia su biblioteca y se arrodilló, con lágrimas en los ojos.

—Cada día rezo al Señor por esas pobres niñas a las que abandoné allí. Eran mis hijitas. Las había visto crecer, entre estas paredes, antes de que todas fuéramos a parar a aquel manicomio.

Lucie sintió compasión por aquella pobre mujer, que moriría sola, en el dolor.

—Usted no podía hacer nada por ellas. Usted era víctima del sistema y de sus creencias. Dios no tiene nada que ver con todo ello.

Con sus manos temblorosas, sor María del Calvario sostuvo su Biblia y se puso a leer en voz baja. Lucie y Sharko comprendieron que ya no podían hacer nada más en aquella celda y se marcharon en silencio.

55

Los dos policías fueron a pie desde el convento a la estación central de Montreal, que se hallaba cerca. Caminaban en silencio, sumergidos ambos en sus pensamientos más sombríos. Veían las salas cerradas del hospital, donde gemía la locura, niñas atemorizadas mezcladas con los más terribles enfermos mentales. Incluso podían oír el crepitar de los electrochoques en las salas acolchadas. ¿Cómo era posible que hubiera podido existir aquello? ¿Una democracia no debe proteger a sus ciudadanos de las derivas bárbaras? A punto de vomitar, Lucie sintió la necesidad de romper el silencio. Se arrimó a Sharko y le pasó el brazo alrededor de la cintura.

—No hablas mucho. Me gustaría saber qué sientes.

Sharko sacudió la cabeza y apretó los labios.

—Asco. Sólo un profundo asco. No hay palabras para describir esas cosas.

Lucie apoyó su cabeza contra el sólido hombro de Sharko y así avanzaron hasta la estación. Una vez en la explanada, y ya sin abrazarse, se dirigieron hacia uno de los vestíbulos del gigantesco edificio que, como siempre en verano, estaba a rebosar de viajeros. Gentes despreocupadas, felices o apresuradas...

El gendarme Pierre Monette y uno de sus colegas les esperaban y tomaban un café. Los agentes del orden se saludaron con respeto e intercambiaron unas palabras amables.

Los casilleros de la consigna, dispuestos en dos largas hileras, se extendían frente al cajero automático, bajo la hoja de arce roja de la bandera canadiense. A Lucie le sorprendió que un tipo del carácter de Rotenberg hubiera escogido aquel lugar tan accesible y frecuentado, pero se dijo que el abogado debía de haber duplicado su información en más sitios, en otros lugares, al igual que Lacombe había hecho probablemente con las copias de su film antes de morir carbonizado.

Pierre Monette señaló el casillero 211, que se encontraba al final de la hilera izquierda.

—Ya lo hemos abierto, y esto es lo que hemos encontrado.

Sacó un objeto de su bolsillo.

—Un *pen drive* USB.

Se lo tendió a Sharko, que se lo llevó a la altura de sus ojos.

—¿Puede hacerme una copia?

—Ya está hecha. Puede quedárselo.

—¿Qué hay dentro?

—No hemos entendido nada. Cuento con usted para que nos lo explique. Su historia ha acabado por despertar mi curiosidad.

Sharko asintió.

—Cuente conmigo. Aún tenemos que pedirles su ayuda. ¿Podrían lanzar una búsqueda prioritaria de un hombre llamado James Peterson o Peter Jameson? Era médico en el hospital psiquiátrico del Mont-Providence en los años cincuenta y vivía en Montreal. Hoy debe de tener unos ochenta años.

Monette tomó nota en un cuaderno.

—Perfecto. Le llamaré probablemente a última hora del día.

Mientras Lucie y Sharko se dirigían hacia el hotel, el comisario se volvió discretamente y buscó a Eugénie entre el gentío. Estiró el cuello, se inclinó para ver por encima de una pareja que tenía enfrente.

No estaba allí.

56

En el hotel, ya habían limpiado la habitación de Sharko. Sábanas limpias, cama hecha, productos de higiene repuestos. El policía sacó su vieja maleta de debajo de la cama. La abrió y de ella extrajo un ordenador portátil.

Lucie inclinó discretamente la cabeza, con el ceño fruncido.

—¿Eso que tienes en la maleta es un bote de salsa?

Sharko cerró la maleta rápidamente, cerró la cremallera y encendió el ordenador.

—Siempre he tenido problemas con los regímenes.

—Entre eso y las castañas confitadas... En vista del color, me temo que no ha soportado bien el viaje.

Sharko hizo oídos sordos e introdujo el *pen drive* en el puerto USB de su PC, y se abrió una ventana con dos carpetas, con los nombres *«Szpilman's discovery»* y *«Barley Brain Washing»*.

—Es la misma estructura arborescente que en el ordenador de Rotenberg. Era prudente y guardó copia de sus datos.

—¿Cuál quieres primero, Barley o Szpilman?

—Barley. El abogado me mostró fotos sobre el condicionamiento de los pacientes, pero había también un fichero de un vídeo. Un film que Sanders proyectaba a sus pacientes para lavarles el cerebro.

Sharko obedeció. Clicó sobre el archivo *«Brainwash01.avi»*.

—01... Eso debe de querer decir que hubo otros muchos.

Ya desde la primera imagen, ambos policías comprendieron inmediatamente. Sharko le dio al botón de pausa y señaló con el índice la parte superior derecha de la imagen. Se volvió hacia Lucie con aspecto muy serio.

—El círculo blanco... El mismo que en la bobina maldita.

—El mismo también de los *crash films*. La marca de fábrica de Jacques Lacombe.

Un silencio grave y tras éste la voz de Lucie, cristalina.

—Trabajaba para la CIA. Jacques Lacombe trabajaba para la CIA.

Lucie tuvo la impresión de que encajaba otra parte del puzzle. Las piezas se imbricaban de manera lógica, implacable.

—Eso explica que se instalara en Washington en 1951, allí donde tiene su sede la agencia de inteligencia. Y luego su traslado a Canadá, cuando el Mkultra se desarrollaba allí. Le reclutarían igual que reclutaron a Sanders... Primero se interesarían por sus films, sus técnicas de manipulador del inconsciente. Luego se pondrían en contacto con él y, como en el caso del psiquiatra, le proporcionarían una tapadera, el trabajo como proyeccionista, y a buen seguro una buena cuenta en el banco.

—Reclutaron a los mejores, en el mundo entero. Científicos, médicos, ingenieros e incluso un cineasta. Necesitaban a alguien que realizara esos vídeos que proyectaban a los pacientes.

Lucie asintió. En pleno fragor de la investigación ya no se hallaba frente al hombre con quien acababa de acostarse, sino con un colega con el que compartía el mismo sufrimiento: una persecución peligrosa e imposible.

—Rotenberg me dijo que el proyecto de las niñas y de los conejos no era el Mkultra, y que el médico al que nunca se veía en el plano no era Sanders. Así que...

—Jacques Lacombe trabajó en ambos proyectos. En el Mkultra con Sanders en Barley y en el relacionado con las niñas, con ese tal Peterson o Jameson, en el Mont-Providence. La CIA sabía que podía confiar en él y sin duda necesitaban a alguien de plena confianza para filmar lo que ocurría en esas salas blancas.

Lucie se puso en pie y fue a servirse un vaso de agua. La noche de ebriedad y placer ya quedaba lejos. Los demonios volvían al ataque. Sharko aguardó a que regresara y le acarició la nuca con ternura.

—¿Estás bien?

—Sigamos...

Le dio a reproducir. *«Brainwash01.avi»*...

El film de Lacombe proyectado a los pacientes de

Sanders era de una rareza pasmosa. Se trataba de una mezcla de cuadros blancos y negros, líneas, curvas ondulantes como olas. Daba la impresión de sumergirle a uno en un mundo psicodélico, zen, en el que la mente ya no sabía a qué asirse. En la pantalla, los cuadrados se desplazaban lentamente, rápidamente, las olas crecían antes de desaparecer. Sharko hizo desfilar el vídeo fotograma a fotograma, y así aparecieron los planos ocultos.

Lucie arrugó la nariz. Se veían una especie de dedos retorcidos que se replegaban en torno a unos cráneos sobre una mesa. Arañas filmadas en primer plano, momificando a insectos con sus hilos de seda. Una enorme nube negra en un cielo absolutamente puro. Un coágulo negruzco en medio de un charco de sangre. El horror, aberraciones, todo cuanto hacía las delicias de Jacques Lacombe.

Sharko se frotó las sienes. Estaba aturdido.

—Debían de proyectarlo en bucle a los pacientes. Mezclado con el sonido de los altavoces, debía de ser una verdadera lavadora de mentes. Ese Lacombe estaba tan chalado como Sanders.

—Ésa es sin duda la imagen que el cineasta tenía de las enfermedades mentales: escenas que representan la influencia, el encarcelamiento, la invasión del organismo por cuerpos extraños. Y todo ello para crear una especie de choque cerebral. Al igual que Sanders, quería erradicar la enfermedad golpeando directamente en el inconsciente. Bombardearlo como hoy se bombardean las células cancerígenas con un láser.

Sharko soltó el ratón y se mesó los cabellos.

—Vaya bárbaros... Hemos ido a parar al universo de la carrera de los descubrimientos. El de la guerra fría, la lucha entre el Este y Occidente, en el que existen personas dispuestas a cualquier sacrificio para conseguir sus fines.

Lucie suspiró y miró fijamente a los ojos del comisario.

—Y decir que son esos horrores lo que nos ha unido a los dos... Sin todas estas monstruosidades, nunca nos hubiéramos conocido.

—Sólo una relación fruto del sufrimiento puede unir a dos polis como nosotros, ¿no crees?

Lucie se mordisqueó los labios. La dureza y la locura del mundo la entristecían más que cualquier otra cosa.

—¿Y cuál es la lógica de todo ello?

—No hay lógica. Nunca la ha habido.

Señaló la pantalla con un gesto de su cabeza.

—La otra carpeta. Ha llegado el momento de ver los descubrimientos de Szpilman, quizá así desvelemos sus secretos y acabamos de una vez por todas.

Sharko asintió con seriedad. Alrededor de ellos dos, la atmósfera de la habitación se había vuelto húmeda y pesada. El policía clicó y desveló el contenido informático de la carpeta titulada *«Szpilman's discovery»*. Se trataba de un único archivo de Powerpoint con el nombre *«Mental contamination.ppt»*. Lucie notó cómo se le formaba un nudo en la garganta.

—Espera un segundo. Rotenberg me habló de contaminación mental justo antes de que le dispararan. Con todo lo que sucedió después, los disparos y las llamas, se me había ido de la cabeza. Abre el archivo.

—Parece una sucesión de fotos...

La presentación se abrió y desveló la ponzoña contenida en sus píxeles. Aparecieron las fotos del soldado alemán encañonando a las mujeres judías que los policías ya habían visto en la reunión en las oficinas de Nanterre. La mirada del soldado en primer plano estaba contorneada con un marcador.

—Los ojos... Szpilman quería llamar la atención sobre la mirada.

La siguiente serie de fotos: fosas comunes.

Cadáveres de africanos apilados, embrochalados, recogidos por el ejército. La expresión inhumana de una matanza vergonzosa.

—Ruanda... —murmuró con voz queda el comisario—. 1994. El genocidio.

Una foto particularmente desgarradora mostraba a unos hutus en plena acción, armados con sus machetes. El odio desfiguraba los rostros de los agresores, las bocas espumeaban saliva, los nervios del cuello y de las extremidades se dibujaban en relieve sobre la piel.

Una vez más, las miradas de los asesinos estaban rodeadas con un círculo. Lucie se aproximó cuanto pudo a la pantalla.

—Siempre la misma mirada, siempre... El alemán, el hutu, la niña con los conejos. Es un... rasgo común de la locura, que concierne a todos los pueblos y a todas las épocas.

—Diferentes formas de histeria colectiva. Estamos en el meollo de la cuestión.

El fotógrafo de guerra se había aventurado luego entre los cuerpos, capturando detalles de los cadáveres, sin ahorrarse los primeros planos macabros.

La fotografía siguiente dejó estupefactos a Lucie y Sharko.

Era un tutsi enucleado, con el cráneo cortado en dos.

La foto tenía una leyenda: «Más que una masacre... La prueba de la locura de los hutus».

Lucie se hundió en su silla y se llevó una mano a la frente. El fotógrafo de guerra había creído que se trataba de una barbaridad perpetrada por los propios hutus, pero la verdad era muy diferente.

—No lo puedo creer...

Sharko se tiró de las mejillas, como si quisiera evitar que sus ojos se le salieran de las órbitas.

—También estuvo allí. El tarado que roba cerebros. Egipto, Ruanda, Gravenchon... ¿Y en cuántos otros lugares habrá estado?

Se sucedieron nuevos documentos: fotos de archivos, artículos o páginas de libros de historia escaneados.

Siempre se trataba de genocidios o de matanzas. Birmania, 1988. Sudán, 1989. Bosnia-Herzegovina, 1992. Fotografías inmundas, tomadas en un momento de rabia. Allí estaba, frente a ellos, lo más nauseabundo de la historia. Y las miradas rodeadas con un círculo. Sharko rebuscaba los cráneos cortados entre las montañas de cadáveres, sin hallarlos. Pero seguro que estaban allí, entre los muertos. Simplemente no los habían fotografiado.

—¡Basta! —exclamó el policía.

Se puso en pie, se llevó las manos a la cabeza y anduvo de un lado a otro de la habitación. Lucie estaba estupefacta.

—La contaminación mental... —repitió ella maquinalmente.

Hizo desfilar las últimas imágenes y la presentación se terminó.

Calma en la habitación. Un discreto ronroneo del aire acondicionado. Lucie se fue hasta la ventana para abrirla.

Aire, necesitaba aire.

57

Sharko apretaba su cabeza entre sus manos.

—Seguro que el asesino estaba allí... Presente tras cada matanza para robar los cerebros.

Pálida, Lucie había vuelto a sentarse sobre la cama. Miraba a la pantalla, con la mirada perdida.

—A Szpilman le importaban una mierda las razones políticas, étnicas o existenciales de los genocidios. Iba tras alguna cosa en esas matanzas en las que padres o hijos perfectamente normales se ponen a matar de repente. Poco antes de morir, Philip Rotenberg me habló de las investigaciones en curso del belga sobre esa contaminación mental. Me dijo que tal vez existía un fenómeno que, por su violencia, modificaba la estructura cerebral.

—¿Un virus?

—Sí, salvo que no habría nada físico ni orgánico. Sólo... algo que a través del ojo podría modificar el comportamiento humano y liberar la violencia.

—Una forma de histeria colectiva criminal.

—Algo así. Desde que vi el film con las niñas en la sala blanca, sólo tengo una imagen en la cabeza: la de una escuadrilla de aviones de guerra. El primer avión, el elemento desencadenante, comienza a virar hacia el suelo y los otros hacen exactamente lo mismo, uno tras otro, como si los uniera un hilo invisible. ¿Y si el síndrome E fuera eso? ¿Un individuo desencadenante, ultraviolento, que actúa y hace que, casi instantáneamente y gracias a la contaminación mental, esa violencia se propague de individuo en individuo? ¿Y si fuera ése el objetivo de los experimentos ocultos en el film de Lacombe? ¿Tratar, a cualquier precio, de crear ese fenómeno frente a una cámara? ¿Demostrar su existencia con una prueba concreta?

Sharko caminaba mecánicamente de un lado a otro de la habitación. A su alrededor no existía nada más. El caso le absorbía, y lo que contaba Henebelle le parecía a la vez estrafalario y de una terrible veracidad. Szpilman, gracias a sus investigaciones personales y a su empecinamiento, lo había comprendido. Había pasado años estudiando libros. Se había puesto en contacto con fotógrafos de guerra y había coleccionado fotografías en pos de un descubrimiento horroroso. Al final, el film que sin duda acabó en sus manos gracias a un azar provocado, fue la piedra angular de su investigación, la que necesitaba para comprender la propia esencia de su búsqueda.

—Hay gente, en este mundo, que trata de comprender de manera médica, diría que incluso quirúrgica, cómo funciona ese fenómeno filmado oficialmente por Lacombe hace más de cincuenta años en el marco de experimentos secretos. La contaminación mental de la violencia a partir de un desencadenante. Eso es el síndrome E.

—La contaminación mental de la violencia a partir de un desencadenante —repitió Lucie—. Un fenómeno raro, aleatorio, que se produce en cualquier lugar y en cualquier momento. Es difícil estudiarlo en un laboratorio, así que se experimenta sobre el terreno. En los lugares donde se han producido masacres, en el corazón de los fenómenos de histeria colectiva. Se busca en las cabezas de los muertos una pista, un indicio.

Sharko proseguía su peregrinación, con la mano en el mentón.

—Chastel sabía de la existencia del síndrome E, y eso significa dos cosas. La primera es que ese asunto, que en los años cincuenta estaba en manos de la CIA, pasó a manos de los servicios secretos franceses. Y la segunda es... intrínseca a la propia Legión. Se trata de un lugar donde a los hombres, sobre todo durante la fase de selección, se les lleva al límite físico y psíquico. Donde cualquier detalle puede hacer que todo explote de repente.

—¿Te refieres a que la Legión sería un territorio propicio para la aparición de la contaminación mental?

—Exactamente. Recuerda la foto de los soldados frente a las madres judías y a sus hijos, o la de los hutus, blandiendo sus hachas... la violencia inherente a esas escenas, su contexto. A buen seguro existen factores previos a la aparición del síndrome, como el estrés, el miedo o el condicionamiento exterior.

—La guerra, el encierro... Todo cuanto tiene que ver con alguna forma de autoridad. La monja ha mencionado el nerviosismo de las niñas, a las que encerraban en salas a gritos.

Sharko asintió con convicción.

—Totalmente de acuerdo. Antes de asumir la comandancia del cuerpo, Chastel dirigía entrenamientos de supervivencia en Guyana, un infierno que podía enloquecer a los legionarios. Tal vez allí se produjo una manifestación del síndrome. Y por ello Chastel despertó el interés de nuestro ladrón de cerebros. Fue destinado a continuación a los servicios secretos, antes de regresar a Aubagne. Creo que obtuvo la comandancia del cuerpo para tratar de desencadenar el síndrome E en el propio seno de sus efectivos y así poder estudiarlo con seres vivos.

—Una especie de incubadora. El equivalente de las experiencias de 1955, pero al aire libre.

—Sí. Y cayó en su propia trampa. Mohamed Abane, un individuo particularmente agresivo, se convirtió en un incontrolado y arrastró a otros cuatro hombres en su locura. Probablemente fueron abatidos antes de que Chastel pudiera intervenir. Por ese motivo, el coronel tomó las riendas del asunto personalmente. Él, su esbirro Manœuvre y nuestro «ladrón de cerebros» se pusieron manos a la obra: obertura de cráneos, enucleación, sepultura de los cadáveres...

Sharko se puso en pie y, con el estómago revuelto, agitó su lista de los participantes en el SIGN.

—Manœuvre y Chastel no eran más que comparsas. Tenemos que dar con el verdadero asesino. El que mutiló a las egipcias. El que, desde hace años, se desplaza de país en país para abrir cráneos. El gran manitú. Está aquí, delante de nuestras narices, en esta lista de nombres. Birmania nos obliga a remontarnos veinte años atrás. Si realmente fue allí después de la masacre, nuestro asesino debe de tener actualmente por lo menos cuarenta y cinco años.

Sharko se cerró como una ostra, se sumergió en su lista y empezó a tachar nombres. Aún aturdida, Lucie aprovechó para conectarse a la wi-fi del hotel. En Google introdujo el nombre «Peter Jameson», y no le ofreció ningún resultado concluyente. Probó a continuación «James Peterson». Y aparecieron resultados.

—¿Franck? Deberías ver esto... Hay un James Peterson que corresponde a nuestros criterios.

Sharko no la oyó, y ella tuvo que repetir sus palabras. Alzó la vista y señaló el listado.

—Creo que lograré eliminar el cincuenta por ciento.

Se aproximó. Lucie señaló la pantalla. Había accedido a un artículo de Wikipedia relativo al individuo. La foto presentaba a un hombre delgaducho, de rasgos angulosos y mirada intransigente.

Ambos policías leyeron en silencio. James Peterson... Padres que emigraron de Nueva York a Francia. Nacido en París en 1923. Un superdotado que accedió a la Universidad a los quince años. Profesor asociado de fisiología, antes de dedicarse al estudio del sistema nervioso cuando ni siquiera tenía veinte años. Emigró a Estados Unidos, a la Universidad de Yale, donde se especializó en la investigación de la estimulación directa del cerebro mediante técnicas eléctricas y químicas... Ése fue el tema de su principal y única obra, publicada en 1952 y titulada *El condicionamiento del cerebro y la libertad mental*. En 1953, extrañamente, Peterson abandonó la escena científica y nunca más se oyó hablar de él.

Lucie emprendió nuevas búsquedas que no les aportaron más información acerca del personaje. Peterson se había desvanecido. Los policías, sin embargo, conocían su destino después de 1953: el Mont-Providence, bajo la híbrida identidad de Peter Jameson. Fue reclutado por la CIA, como los otros, para llevar a cabo experimentos con niños. Hasta aquel momento, la pista acababa allí. Los policías esperaban la llamada del gendarme Pierre Monette para obtener informaciones más detalladas.

Lucie clicó sobre el enlace al libro escrito en aquellos años por James Peterson. Apareció entonces la imagen de sobrecubierta, y ambos policías se quedaron de piedra.

En la sobrecubierta podía verse un toro de talla descomunal frente a frente con un hombrecillo de bigotito rubio, con las manos a la espalda y sonriente. El mismísimo James Peterson.

—El toro frente al hombre, como en el film de Lacombe —dijo Sharko—. ¿De qué habla ese libro, exactamente?

Con unos cuantos movimientos de ratón, Lucie obtuvo una breve sinopsis de la obra. Leyó en voz alta:

—«Los progresos de la fisiología son de tal magnitud que hoy en día es posible explorar el cerebro, inhibir o excitar la agresividad, o modificar los comportamientos maternales o sexuales. El tiránico cabecilla de una panda de simios cede el paso a sus subordinados si se consigue estimular una zona en particular de su encéfalo. Ese acceso directo al cerebro, gracias al milagro de sorprendentes técnicas físicas, constituye tal vez un paso más decisivo en la historia de la humanidad que la conquista del átomo.»

Sharko se puso en pie. Percibía que en las páginas de aquella obra se ocultaba la evidencia de la solución que andaban buscando. Se puso la americana que había dejado a los pies de la cama, cogió su lista y se dirigió hacia la puerta.

—Sígueme. Mientras esperamos la llamada del gendarme, vamos a ver qué horrores encierra ese libro.

58

El libro de James Peterson se podía encargar, pero no estaba disponible en ninguna de las librerías que Sharko y Lucie visitaron. A la vista del título y de una breve sinopsis de la obra, un librero sensato les aconsejó que se dirigieran a la facultad de medicina de la Universidad de Montreal —la tercera facultad de América del Norte por su magnitud—, y más concretamente al Centro de Investigación de Ciencias Neurológicas. Como prueba de su benevolencia, el librero consiguió ponerse en contacto con un profesor llamado Jean Basso. Le pasó entonces a Sharko, y ambos se dieron cita unas horas más tarde, tiempo suficiente para que Basso se impregnara de nuevo de aquel libro que, efectivamente, a buen seguro poseía y ya había leído.

En el taxi, Lucie y Sharko no hablaron demasiado, puesto que ambos se sentían al borde de la náusea. Estaban rasgando las tinieblas que habían cubierto un país entero, la religión, la ciencia, y que se habían insinuado en los dobleces de unas mentes enfermas. Lucie pensó en su familia. Aquellas hijas a las que trataba de educar en la inocencia y en un mundo en el que ella aún quería creer. Los rostros de Clara y Juliette se superpusieron de nuevo a los de Alice y Lydia, aquellas niñas que no habían pedido nada y a las cuales no se ofreció oportunidad alguna. Hoy más que nunca, Lucie se sentía impotente y terriblemente falible.

Llegaron a su destino.

La universidad se alzaba cual monstruo de cemento y cristal, entre la falda oeste del Mont-Royal y las infinitas alineaciones de residencias estudiantiles. Lo más impresionante, sin embargo, era el enorme vacío que reinaba allí en pleno verano. Más de cincuenta mil alumnos ausentes, calles desiertas, cafeterías, polideportivos, librerías y tiendas cerrados. Daba la impresión de un lugar fantasma por donde sólo circulaba una pequeña parte de sus investigadores, así como empleados que se ocupaban de la intendencia y del mantenimiento.

Lucie y Sharko pidieron que les dejaran frente a los edificios de increíble diseño de la Politécnica y preguntaron a las primeras personas con las que se cruzaron. Con esfuerzo, consiguieron obtener el nombre de un pabellón: Paul Desmarais.

La institución se hallaba al otro extremo. Un kilómetro más lejos, tras tomar unos subterráneos que unían los edificios entre sí, les condujeron a un despacho y les presentaron al profesor Jean Basso, director del denominado Grupo de Investigación sobre el Sistema Nervioso Central, el GRSNC. El hombre tenía unos cincuenta años y unos falsos aires de Einstein.

Sharko explicó de nuevo, en dos palabras, el objeto de su visita. Deseaba obtener información acerca del libro de James Peterson titulado *El condicionamiento del cerebro y la libertad mental*.

—Lo conozco. ¿Quién podría ignorar sus trabajos sobre el cerebro? Un científico notable que interrumpió su investigación demasiado pronto.

—¿Sabe por qué lo hizo?

—No.

Sharko tuvo ganas de decir: «Nosotros sí lo sabemos... Hacía experimentos no muy lejos de aquí, con niñas a las que trataba como conejillos de Indias en el marco de un proyecto secreto de la CIA, junto con un cineasta loco llamado Jacques Lacombe».

—¿Y sabe qué fue de él?

—No tengo ni la más remota idea. Sólo me interesaba el aspecto científico de ese hombre. Su vida privada, en absoluto.

Mostró un libro negro y verde de unas cuatrocientas páginas, con la sobrecubierta del hombre frente al toro. El volumen había vivido sus años, y tenía las páginas amarillentas y arqueadas.

—Trataré de ser breve y claro en mi explicación. Hay que saber que, para los científicos de la época, lo que sucedía en nuestra cabeza era, grosso modo, una gigantesca caja negra. Peterson, un tipo con talento, se interesó en una cosa fundamental para la neurociencia: ¿qué sucede entre las entradas sensoriales, el ojo que ve un semáforo rojo, y las salidas del comportamiento, el pie que pisa el freno? ¿Cuáles son los mecanismos que se ponen en funcionamiento en esa caja negra para que, a partir de un sonido o un olor, se produzca un gesto o un comportamiento? El principio fundamental que guió el trabajo de Peterson fue el de la tabula rasa: según ese principio, la mente recién nacida no es más que una tablilla virgen sobre la cual la experiencia inscribirá sus mensajes y así se desarrollarán las diferentes áreas del cerebro, correspondientes a cada uno de los sentidos. A grandes rasgos, el origen de los recuerdos, la reactividad emocional, las aptitudes motrices, las palabras o las ideas que constituyen un individuo se hallan, en el inicio, en el exterior de ese individuo. Peterson llevó a cabo numerosos experimentos ilustrativos con animales para apoyar sus suposiciones. Por ejemplo, con monos, a los que privaba de varios sentidos desde su nacimiento. O con gatos, a los que estimulaba visualmente sin interrupción. En el caso de la privación, el cerebro no se desarrollaba, y en el de la sobreexposición sensorial, el cerebro alcanzaba un peso superior a la media. Ello probaba que la estructura cerebral se conforma a lo experimentado a través de los sentidos. El libro segrega esa fascinación de Peterson por la interacción entre los sentidos y el cerebro.

Lucie trataba de aferrarse a sus recientes descubrimientos.

—¿El término «síndrome E» le dice algo?

—En absoluto.

—¿Y el de «contaminación mental»?

—¿A qué se refiere?

—¿La propagación de la violencia y de la agresividad a través de los sentidos? ¿Imágenes y sonidos tan violentos que pueden modificar la estructura cerebral de un individuo en particular, que actúa y provoca la modificación en cadena del comportamiento de una serie de individuos que le rodean?

A la propia Lucie la sorprendió la frase que acababa de pronunciar pero, de hecho, ¿no era ése el balance final de su investigación?

El profesor se frotó el mentón.

—¿Como si se tratara de un fenómeno viral? ¿Con un paciente cero y una propagación de la enfermedad por intermediación de los vecinos? Su teoría es interesante, pero...

El profesor se tomó un tiempo antes de proseguir. Parecía desconcertado.

—Debo confesar que jamás había oído nada semejante. Tendría que pensar en ello, reflexionar. Tal vez Peterson tuviera, en el fondo, un objetivo oculto, sobre todo teniendo en cuenta que se interesó efectivamente en las zonas cerebrales asociadas a la violencia. En particular con las colonias de monos.

Sharko y Lucie intercambiaron una mirada.

—¿Cómo?

—Demostró que los monos que sufren heridas en el área de Broca y en la amígdala cerebral desarrollan comportamientos sociales anormales, que conducen a la incapacidad de controlar sus frustraciones y su ira. Peterson incluso logró que atacaran a tigres. Igualmente, observó una región amigdalina anormalmente reducida en los animales que se volvían agresivos naturalmente. Como si esa parte del cerebro se hubiera atrofiado. Nunca pudo explicar la razón de esa atrofia.

Progresivamente, los policías comprendían el razonamiento de Peterson y la importancia de sus descubrimientos. A cada segundo que pasaba captaban mejor la esencia misma del síndrome E. Lucie hojeaba lentamente la obra. Unas viejas fotos en blanco y negro le saltaron a la vista. Unos gatos con los cráneos conectados a decenas de electrodos. Unos monos con unos grandes cascos eléctricos sobre sus cabezas. Luego el propio Peterson frente al toro: la misma fotografía utilizada en la sobrecubierta.

Lucie mostró el libro al profesor.

—¿Qué significa esta imagen?

—Es impresionante, ¿verdad? Peterson también fue uno de los precursores de la estimulación cerebral profunda. O cómo actuar sobre los comportamientos individuales mediante impulsos eléctricos.

Sharko sintió de repente una llamarada en su estómago. La estimulación cerebral profunda... Aquel término lo había leído en el informe del forense relativo al macabro hallazgo de Gravenchon. Mohamed Abane tenía un fragmento de cánula bajo la piel, a la altura de la clavícula, y el forense había sugerido la hipótesis de la estimulación cerebral profunda como una de las posibles explicaciones para la existencia de aquella cánula.

—Explíquenoslo —dijo con voz apagada.

—Galvani, 1791: el músculo de la rana se contrae con una estimulación eléctrica. Experimento que retomarán Volta en 1800 y luego Dubois y Reymond en 1848. Avanzamos veinte años: en 1870, Fritsch y Hitzig observan que la estimulación eléctrica del cerebro en un perro anestesiado provoca movimientos localizados del cuerpo y de los miembros. Saltamos luego a 1932, a un experimento que influyó notablemente a Peterson: la estimulación del cerebro en un gato sin anestesiar provoca actos motrices organizados y reacciones emocionales: maullidos, ronroneos, estallidos de cólera...

Era espantoso. Lucie podía imaginar a Peterson, en su laboratorio, abriendo cráneos para acceder al cerebro de animales vivos y despiertos.

—Trabajar con animales sin anestesiar constituyó un importante paso adelante, puesto que permitió constatar que la electricidad no sólo estaba en la base de los movimientos, sino también en la de las emociones. Fue Peterson quien asistió al nacimiento de la estimulación cerebral profunda, es decir, la implantación en el cerebro de electrodos unidos a un dispositivo que permite enviar impulsos eléctricos. Esas grandes cajas que ve ahí, señorita, sobre los cráneos de los monos, son, ni más ni menos, el equivalente de un cuadro eléctrico. Dándole a uno u otro interruptor se estimulan diversas zonas cerebrales y así se inducen reacciones diferentes. El sistema era muy burdo y aparatoso, claro está, pero funcionaba.

Todo aquello era muy instructivo. Sharko imaginaba una hilera de interruptores que se encendían y se apagaban, y que actuaban sobre el sueño, la ira o la motricidad. ¿Qué sucedía si se encendían varios interruptores a la vez? ¿Qué sentían los gatos que se oían maullar a sí mismos sin quererlo? Los experimentos debían de ser ilimitados tanto en el horror como en la crueldad.

El profesor seguía hablando, para desvelar una verdad atroz y muy real.

—Peterson era muy demostrativo, quería impresionar. Por lo que respecta al toro, simplemente implantó electrodos en las áreas motrices del cerebro del animal. El dispositivo queda oculto a la cámara y Peterson esconde un mando a distancia de radio en la mano. Al apretar un botón, una corriente eléctrica inhibe las áreas motrices e impide que el animal se mueva. Es instantáneo, como si se tomara una foto con una cámara.

Sharko se llevó las manos a la frente. Con su esquizofrenia y sus sesiones en la Salpêtrière, había visto de qué eran capaces los científicos, pero no hasta aquel punto...

Jean Basso percibió su incomodidad y sonrió.

—Parece increíble, ¿verdad? Eso era, sin embargo, hace cincuenta años. Hoy, la estimulación cerebral profunda es una técnica que está bastante de moda y que es relativamente corriente. Todo se ha miniaturizado. Hoy en día, el estimulador se coloca bajo la piel, unido por cables a los electrodos implantados en el cerebro. Los propios pacientes disponen de un mando a distancia que les permite lanzar o no la estimulación. Así se pueden mitigar algunas enfermedades, como el Parkinson, los trastornos obsesivos compulsivos, y pronto las depresiones o el insomnio crónico. Ya se están definiendo los protocolos.

Sharko trataba de desechar la monstruosa idea

que, progresivamente, crecía en su cabeza. Aquello estaba fuera del alcance de cualquier entendimiento. Y, sin embargo, se atrevió a plantear la cuestión.

—¿Cree que podría hacerse lo mismo con la agresividad? ¿Desencadenarla o inhibirla a voluntad con un simple... mando a distancia?

Pensaba evidentemente en el paciente cero, en el elemento desencadenante de la masacre, al cual se podría controlar de manera científica en lugar de confiar en el azar de una interminable espera.

—Todo es posible. Es horrible reconocerlo, pero la electricidad siempre es más fuerte que la voluntad y el pensamiento. Con la estimulación cerebral profunda se puede detener el corazón, suprimir o crear el sueño o los recuerdos. Las posibilidades son infinitas. El único secreto está en dar en la zona pertinente con los electrodos para enviar el estímulo eléctrico exactamente al lugar adecuado. Por un lado, los largos electrodos deben atravesar el cerebro físicamente, y por lo tanto tienen que atravesar las zonas motrices, del lenguaje o de la memoria, cosa que no es sencilla y provoca problemas para los cuales aún no tenemos solución. La gran preocupación, acto seguido, es la zona en sí misma. En el caso de la violencia, la amígdala central es muy pequeña, multifuncional y está en contacto con partes extremadamente sensibles. Un error, siquiera de una fracción de milímetro, y el paciente perdería los recuerdos, comenzaría a delirar o se quedaría paralizado. Ésa es la razón por la cual la definición de los protocolos experimentales para validar la utilización de implantes exige tiempo y dinero. Equivocarse en neurocirugía es una posibilidad que ni siquiera se plantea. Esta técnica prometedora y mágica es, a la vez, el paraíso y el infierno para el cerebro... Y con esto creo que ya les he dicho cuanto podía explicarles acerca del libro.

Sharko cerró el libro y lo dejó frente a él. Sin más preguntas, los policías se despidieron del científico y se marcharon, con la sensación de que sus propios cerebros estaban a punto de estallar.

59

Los dos franceses se sentaron en un banco, en medio de la universidad desierta. En aquel espacio muerto reinaba la calma. Sharko sacó de su bolsillo la lista de las doscientas diecisiete personas y con su bolígrafo punteaba cada identidad aún sin tachar.

—¿Has entendido lo mismo que yo, Lucie?

—No buscamos sólo a un individuo con conocimientos médicos, sino a alguien capaz de llevar a cabo una operación tan compleja como una estimulación cerebral profunda, un científico especializado en la estructura del cerebro... Supongo que James Peterson no figura en la lista. ¿Qué edad tendría hoy?

—Demasiado viejo... Incluso si hubiera cambiado de identidad, en este listado sólo figura una persona nacida el mismo año que él, en 1923. Y se trata de una mujer.

—No olvides que sólo dispones de la lista de franceses.

Sharko tachaba, uno tras otro, los nombres.

—Lo sé, lo sé... Pero el legionario Manœuvre era

francés, y me temo que el ladrón de cerebros también lo sea.

—¿Quizás el doctor Peterson tenía hijos? ¿Un hijo, que habría proseguido su trabajo?

—Monette nos llamará en unos instantes. No tardaremos en saberlo.

Lucie se había inclinado hacia delante, con las manos juntas entre las piernas.

—Casi lo hemos conseguido —suspiró—. El asesino seguro que se esconde ahí, ante nuestras narices, y creo que... creo que hemos llegado al final de lo que vinimos a buscar aquí. ¿Te das cuenta del alcance de nuestros descubrimientos? Si realmente existe el síndrome E, hay que poner en tela de juicio muchas cosas acerca de la libertad del individuo, de la capacidad de decidir, de ser responsable de los propios actos... No creo que todo lo que nos rige sea sólo puramente químico o eléctrico. ¿Qué pintaría Dios, entonces? Los sentimientos, el alma... no son artificiales.

La cantidad de sospechosos en el listado disminuía, pero aún era considerable. Una cuarentena de personas, a ojo de buen cubero.

—Y, sin embargo... Pongamos, por ejemplo, a un esquizofrénico. Puede ver a una persona exactamente como tú ves a aquel investigador con bata blanca, allá abajo, bajo las arcadas. Y esto simplemente porque unos pocos milímetros de su cerebro funcionan mal. Eso nada tiene que ver con Dios o con la brujería. Química pura. Sólo una putada química.

Sonó su móvil. Miró el número.

—Pierre Monette...

Pulsó la tecla del altavoz y descolgó.

—Tengo algunas informaciones acerca de Peter Jameson —dijo el gendarme.

Peter Jameson... Así que James Peterson llegó a Canadá con una falsa identidad. Y, a la vez, no se devanó los sesos para inventarse un nuevo nombre.

—Se instaló en Montreal en 1953 y trabajó en el Mont-Providence como médico e investigador en el ala de los retrasados mentales profundos. En 1955 contrajo matrimonio con una mujer llamada Hélène Riffaux, canadiense de nacimiento y profesora de matemáticas. Ambos adoptaron a una niña y Jameson desapareció de la circulación al cabo de unas semanas, llevándose a su hija y abandonando a su esposa. A primera vista no dejó ni una nueva dirección ni rastro alguno. Nadie ha vuelto a verle. El matrimonio fue un puro pretexto para poder adoptar, pues de lo contrario no hubiera tenido derecho a hacerlo. Es algo escueto pero, grosso modo, es cuanto podemos saber. ¡Ah! Una última cosa que para ustedes será importante, creo. La niña era una de las huérfanas del Mont-Providence.

Aquellas palabras provocaron un verdadero seísmo interior en Lucie y Sharko, que se miraron, estupefactos, y parecieron comprender al mismo instante.

—¡La niña! ¡Díganos su nombre!

—Coline Quinat.

El índice de Sharko recorrió el listado. Había visto una Coline. Letra Q. Quinat. Ahí estaba. Sharko dijo «gracias» con voz apagada y colgó. Lucie se había pegado a él, con los ojos clavados en la línea impresa.

«Coline Quinat — 15/10/1948 — Investigadora en neurobiología del Centro de investigación del servicio de sanidad de los ejércitos, Grenoble.»

—El servicio de sanidad de los ejércitos —murmuró Sharko.

—Dios mío... Nacida en 1948, como Alice. Coline Quinat, Alice Tonquin. Un anagrama perfecto. Ahí lo teníamos, ante nuestras narices.

Lucie se cubrió el rostro con las manos.

—Ella no... Alice no...

Sharko suspiró, impresionado por la revelación.

—Investigadora en neurobiología... Seguramente un empleo utilizado como tapadera para disimular sus verdaderas actividades en el seno del ejército. Ahora todo cuadra perfectamente. La niña martirizada que se convierte a su vez en verdugo. La ladrona de cerebros es ella. Es ella quien está detrás de todos estos horrores. Fue ella quien asesinó y mutiló a las jóvenes egipcias. Fue ella también quien estuvo en Ruanda, y allí donde hubiera masacres...

El silencio los aplastó durante unos segundos. Lucie estaba en estado de choque. Aquella a quien quería hacer justicia desde el principio era precisamente a la que perseguía, era la que asesinaba, la que robaba los ojos y los cerebros. La gran organizadora. La enferma, la asesina.

Sharko estaba agitado, como un león enjaulado.

—Imagina lo siguiente: a base de experimentos, investigación y empecinamiento, Peterson y Lacombe filman juntos un descubrimiento monumental, el de la existencia de la contaminación mental en la que el científico Peterson creía y por la cual recibía financiación de la CIA. Pero tras su extraordinario descubrimiento en la sala de los conejos, el investigador convence a Lacombe de no revelar nada a la CIA. Sabe de la magnitud de su descubrimiento. Y tal vez tenga en mente vender su hallazgo, sus conocimientos, a otros contactos dispuestos a pagar una fortuna. Los servicios secretos franceses, en particular, los de su país de origen...

Lucie asintió y completó las palabras de Sharko.

—Lacombe se deja seducir por Peterson y acepta. Para proteger su secreto de la CIA, ocultan el film de los conejos en otro cortometraje extravagante del que Lacombe conoce el secreto. Incluso si la CIA llegó a ver el film, puesto que cabe suponer que controlaba las bobinas, el revelado y la película, no debió de percatarse de nada. Como mucho debió de descubrir algunas imágenes subliminales de Judith Sagnol. Lacombe, con su genio y su locura latente, engañó a la inteligencia americana con sus propias cartas.

—Exacto. Por su parte, Peterson ya tenía la idea de desaparecer, de huir de Canadá, y quería llevarse a Alice, aquella con quien había logrado provocar el síndrome E. ¿Se convirtió para él en objeto de estudio? ¿Sentía algún tipo de apego por ella? ¿La consideraba la prueba viviente de su éxito? ¿Un trofeo? ¿Una curiosidad? Poco importa. La cuestión es que se casa, adopta a Alice y asesina a Lacombe en un incendio provocado. Luego, probablemente con la ayuda y el apoyo de los servicios secretos franceses, desaparece en su país de origen, Francia, con Alice y el film original fabricado por Lacombe.

—Salvo que Lacombe, por su cuenta, había tomado precauciones, copiado el film y ocultado en varios lugares. Ambos individuos debían de vivir con miedo y paranoia, no sólo con respecto a la CIA, sino también con respecto el uno del otro.

—Exactamente, pero esas precauciones no le evitaron a Lacombe acabar asesinado. Protegido y oculto, Peterson se instaló en Francia y sin duda prosiguió sus trabajos. Los descubrimientos acerca del síndrome E pasaron a manos de los franceses ante las narices de la CIA. Alice fue víctima del fanatismo de Peterson, de su locura. No olvidemos su calvario en el Mont-Providence y, sobre todo, el desencadenamiento en la sala del experimento. Fue ella quien se puso a masacrar conejos en primer lugar. Ella es el paciente cero del síndrome E, ella fue el origen de la ola de locura que se cebó en todas las niñas. Aquel experimento le tuvo que dejar por fuerza graves secuelas psicológicas. Una violencia y una agresividad profundamente enraizadas en ella, en la propia estructura de su cerebro. Pero eso no quiere decir que no fuera brillante y que no tomara, sin duda, el relevo de su padre, por decirlo así.

—Recuerdo perfectamente los cuerpos de Luc Szpilman y de su novia... Todas aquellas cuchilladas. Hubo ensañamiento, una agresividad sorda, incomprensible.

—Como con las muchachas egipcias... Y con el

restaurador de films. Como con los conejos. Hoy, Alice tiene sesenta y dos años, y eso no le impide seguir matando. La locura y la violencia la dominan como dominaron a todos los implicados en esta historia.

Lucie apretó los puños, sacudiendo la cabeza, con la mirada clavada en el suelo.

—Hay algo que sigo sin entender. ¿Por qué aplicarle electrodos y estimulación cerebral profunda a Mohamed Abane?

—Es sencillo. Hubo una manifestación natural, instantánea y descontrolada del síndrome E en la Legión, que llevó a un tiroteo y a la masacre de cinco jóvenes legionarios. Salvo que Abane, herido en el hombro, seguía vivo. Por un lado, no cabía la posibilidad de dejarlo vivir debido a la chapuza que habían hecho, pero por otra parte Abane era, como Alice, un paciente cero. Creo que antes de matarle, Alice Tonquin, conocida como Coline Quinat, quiso llevar a cabo algunos experimentos. Tenía allí a un conejillo de Indias humano vivo, cosa que no debe de sucederle a menudo. Tenía a alguien que, en el fondo, se le parecía y debió de retrotraerla a su período más doloroso. Sólo Dios sabe el martirio al que debió de someterlo.

El rostro de Lucie se ensombreció.

—No sólo lo sabe Dios. Pronto también lo sabremos nosotros.

Se puso en pie y miró un avión que surcaba el cielo. Luego se volvió hacia Sharko, que manipulaba el móvil nerviosamente.

—Te mueres de ganas de llamar a tu jefe, ¿verdad?

—Sí, es lo que debería hacer.

Ella le cogió de las muñecas.

—Lo único que pido es ver a Alice cara a cara. Necesito hablar con ella, enfrentarme a su rostro, para poder exorcizarla. No quiero seguir considerándola una pobre niña, sino convencerme de que es una terrible asesina.

Sharko recordó su propio cara a cara con el cadáver clavado de un hierro de Atef Abdelaal, la mórbida sensación de placer experimentada cuando le dio a la piedra del encendedor y vio cómo su rostro se inflamaba. Se acercó a Lucie y le dijo a la oreja:

—Esta historia ya hace más de medio siglo que dura, no viene de unas horas más. Llamaré antes de que despeguemos. Yo también quiero estar en primera fila y no perderme nada. ¿Qué pensabas?

60

Aquella tarde consiguieron atrapar el último vuelo que partía con destino a París. Dado que el avión no estaba lleno, pudieron sentarse uno al lado del otro. Con la frente pegada a la ventanilla, Lucie vio cómo Montreal se transformaba en un gran navío luminoso que, progresivamente, fue absorbido por las tinieblas de la noche. Una ciudad de la que sólo había conocido su lado más oscuro.

Luego llegó la infinita negrura del océano, esa masa insondable que se estremece de vida y que en su vientre blando lleva nuestro destino.

A su izquierda, Sharko se había puesto un antifaz y se había acurrucado en su butaca. Cabeceaba, y por fin se abandonó al sueño. Hubieran podido aprovechar aquellas ocho horas de viaje para hablar, para explicarse sus vidas o sus pasados, aprender a conocerse mejor, pero ambos sabían que era en silencio como mejor se comprendían.

Lucie observaba con deseo y tristeza aquel rostro cuadrado, aquella cara en la que estaba escrito que había vivido. Con el dorso de la mano acarició suavemente la barba naciente y recordó que sus propios sufrimientos se hallaban en el origen de su relación. Había esperanza. En el fondo de sí misma, quería convencerse de que había esperanza, de que todas las tierras quemadas acaban por volver a dar trigo, un verano u otro. Aquel hombre debía de haber atravesado lo peor de lo peor, debía de haber tratado, día tras día, de empujar con su bastón una bola de vida que se destruía más y más a cada nueva incursión en los dominios del Mal. Pero Lucie quería intentarlo. Intentar devolverle la décima o la centésima parte de lo que había perdido, quería estar a su lado cuando las cosas no funcionaran, y también cuando funcionaran. Quería que abrazara a sus gemelas contra su corazón y que, cuando sumergiera su nariz entre sus cabellos, pensara quizá en su propia hija. Quería estar con él, simplemente.

Retiró su mano y abrió un poco los labios para murmurarle todo eso, aunque durmiera, porque ahora sabía que una zona de su cerebro la oiría y que sus palabras se almacenarían en algún lugar de su mente. Pero de su boca no salió sonido alguno.

Entonces se inclinó hacia él y le besó la mejilla.

Tal vez eso fuera el inicio del amor.

61

Tras el aterrizaje en Orly, todo se había acelerado. Tan pronto como supo las últimas novedades, Martin Leclerc puso sobre aviso a la unidad de la policía judicial de Grenoble. Sin pasar por el 36, Sharko fue a buscar su coche al aparcamiento del aeropuerto y, con el equipaje en el maletero, enfiló hacia el sur en compañía de Lucie.

Enfilaba la recta final... Como una última raya de coca, euforizante y destructiva... Ya faltaba poco. A las seis de la mañana, los equipos de Grenoble irrumpirían en el domicilio de Coline Quinat, de sesenta y dos años, que residía en la calle Corato, frente al Isère.

Por lo que respecta a Sharko y Lucie, estarían a la cabeza del cortejo.

Los paisajes desfilaban, los suaves valles sucedían a los campos, las montañas cobraban vigor y resquebrajaban las tierras secas. Lucie, sucesivamente, se hundía en el sueño y luego se despertaba, con la ropa arrugada, el cabello despeinado y sin haberse lavado. Poco importaba. Había que ir hasta el final. Así, de sopetón, sin detenerse, sin respirar, sin darle más vueltas. Había que reventar el absceso lo antes posible. Acabar de una vez por todas, acabar, acabar...

Grenoble era una ciudad de connotaciones ásperas para el comisario. Recordaba las tinieblas que le arrojaron al abismo, sólo unos años antes. En aquella época, Eugénie estaba junto a él, en la parte de atrás de su vehículo, y dormía tranquilamente, acurrucada en el asiento posterior. Sharko no se atrevía a pensar que ahora todo iba mejor, que el fantasma había desaparecido definitivamente de su cabeza desde la noche en que se acostó con Lucie. ¿Había logrado por fin cerrar la puerta tanto tiempo abierta a los rostros de Éloïse y de Suzanne? ¿Había conseguido eliminar de sus labios la miel de su duelo inacabado? Por primera vez en muchos años, así lo esperaba.

Volverse por fin como los demás. Bueno, casi.

Se encontraron con los colegas de Grenoble hacia las cuatro de la madrugada. Las presentaciones formales, los cafés y las explicaciones se sucedieron.

A las cinco y media, una decena de hombres se puso en camino hacia el domicilio de Coline Quinat. Un sol rojo como la sangre luchaba por desprenderse del horizonte. El Isère se cubría lentamente de reflejos plateados. Lucie comenzaba a olerse que la persecución llegaba a su fin. El mejor momento para un policía, la última recompensa. Por fin acabaría todo.

Llegaron a su destino. La fachada de la vivienda era inmensa e imponente. A los policías les sorprendió descubrir que, entre los huecos de las persianas del piso, podía verse luz: Quinat no dormía. Con prudencia, los equipos ocuparon sus posiciones. Músculos tensos, miradas sagaces, picores en el pecho. A las seis en punto, cinco mazazos de la policía nacional hicieron saltar la cerradura de la pesada puerta cochera.

En un instante, los hombres se diseminaron por el interior, como abejorros. Rápidamente, Lucie y Sharko siguieron los pasos de los que ascendían hacia la primera planta. Los haces de las linternas bailoteaban en los peldaños, percutían unos contra otros, y las pesadas botas zapateaban marcando el ritmo.

No hubo lucha, ni explosiones, ni disparos. Nada a la altura del increíble estallido de horrores y de violencia de los últimos días. Simplemente la impresión de indecencia al violar la intimidad de una mujer sola.

Coline Quinat acababa de ponerse en pie frente a su mesa de despacho, con el rostro sereno, ni siquiera sorprendida. Depositó lentamente su estilográfica frente a ella y miró a Lucie mientras los agentes la esposaban. Durante la lectura de sus derechos, no protestó ni se resistió, como si todo fuera consecuencia de una lógica implacable.

Lucie se acercó a ella, casi hipnotizada, extasiada al ver finalmente la materialización de un personaje en blanco y negro perdido en un film de cincuenta años atrás. Quinat le sacaba una cabeza. Vestía una bata de seda azul. Sus cabellos cortos, rubios y grises, enmarcaban un rostro duro, perfectamente conservado, de mandíbulas prominentes. La mirada... Lucie se perdió en aquella mirada negra, que había atravesado los años sin perder su severidad, con su terrible vacío. Aquella mirada de niña enferma que tanto la había conmocionado. Los labios de la sexagenaria se abrieron y de su boca salieron unas palabras:

—Sabía que vendrían, tarde o temprano. Tras la muerte de Manœuvre y el suicidio de Chastel, las fichas de dominó empezaron a caer, una tras otra.

Inclinó la cabeza, como si tratara de adentrarse en el pensamiento de Lucie.

—No me juzgue con tanta severidad, jovencita, como si fuera una criminal horrible. Sólo espero que haya comprendido qué tratábamos de conseguir mi padre y yo.

A sus espaldas, Sharko le habló a la oreja al comandante de la operación. En los segundos siguientes, él y sus hombres abandonaron la habitación y le dejaron solo con Quinat y Lucie. Cerró la puerta y se aproximó. Lucie no logró contener su rabia.

—¿Conseguir? ¡Ha matado vilmente a un viejo indefenso, le colgó... y lo destripó! ¡Acuchilló sin piedad y con ensañamiento a una chica y a su novio que no tenían ni siquiera treinta años! ¡Es usted la más horrible de las criminales!

Coline Quinat se sentó sobre la cama, resignada.

—¿Y qué esperaba? Soy una paciente cero, y lo seré durante mi vida entera. El síndrome E surgió de mi cráneo, un día del verano de 1954, y modificó de manera irreversible la estructura de una ínfima parte de mi cerebro. La violencia habita en mí, y sus modos de expresión no son siempre los más... racionales. Créanme, si hubiera podido disecar mi propio cerebro, lo hubiera hecho. Les juro que lo hubiera hecho.

—Está usted... loca.

Quinat sacudió la cabeza, mordiéndose los labios.

—Nada de todo esto hubiera tenido que suceder. Sólo queríamos recuperar las copias de los films que Jacques Lacombe había diseminado. Y lo habíamos conseguido, con la mayoría... Hasta fuimos a Estados Unidos. Pero... apareció esa maldita bobina, que viajó de Canadá hasta Bélgica. Ese Szpilman... tuvo que meter las narices en nuestros asuntos. Hay gente como él, paranoicos de la teoría de la conspiración y de los servicios secretos, y son los que más miedo nos dan, porque reaccionan de inmediato ante cualquier disfunción, tienen un sexto sentido. Probablemente había visto los films de la CIA, que se hicieron públicos tras los artículos del *New York Times*. Cuando compró, vayan a saber por qué casualidad, la bobina y la visionó, por fuerza se fijó en el círculo blanco en la parte superior derecha. La firma de Lacombe... Supo entonces que el film que tenía en sus manos era tal vez uno de los films de la CIA que no habían llegado a la comisión de investigación, y así fue como comenzó a seguir la pista... A analizar los fotogramas. Hasta descubrir... mi rostro de niña.

Sharko estaba junto a Lucie.

—Ha hablado en plural. Ha dicho «lo habíamos conseguido», «queríamos recuperar las copias»... ¿Quiénes son esos «nosotros»? ¿Los servicios secretos franceses? ¿El ejército?

Ella dudó y acabó por asentir.

—Gente. Un montón de personas que trabajan a diario para proteger nuestro país. No nos confundan con la chusma que puebla las calles. Somos científicos, pensadores, gentes con capacidad de decidir, personas que hacemos que el mundo avance. Y todo avance exige sacrificios de todo tipo. Siempre ha sido así, ¿por qué debería cambiar?

Lucie no podía soportarlo más. Aquel discurso sereno, demasiado tranquilo, salido de la boca de una loca, le hacía hervir la sangre.

—¿Sacrificios como los de las pobres muchachas egipcias? ¡Si no eran más que unas niñas! ¿Por qué?

Coline Quinat apretó las mandíbulas, no quería hablar pero la necesidad de justificarse fue más fuerte.

—Mi padre murió dos años antes del genocidio de Birmania. Pasó su vida entera en busca de manifestaciones del síndrome E, de la prueba de su existencia. Nunca se aventuró sobre el terreno, porque sabía a ciencia cierta que podía crearse y estudiarse en un laboratorio. Me utilizó y luego me arrastró tras de sí, me formó y casi me condicionó para que prosiguiera su labor. Estudios científicos, facultad de medicina, especialización en neurobiología... No podía decir ni media palabra, me había... embarcado. Crecí junto a militares, hombres de rostros oscuros en edificios sin ventanas. Y yo también me puse a buscar ese famoso síndrome, pero sobre el terreno.

—¿La enviaban allí? ¿A los lugares donde se producían genocidios?

—Sí, con legionarios, ayuda humanitaria o médicos de la Cruz Roja. Recogíamos los cadáveres, los apilábamos a decenas antes de que comenzaran a pudrirse. Y yo, provista de las debidas acreditaciones oficiales, aprovechaba para estudiar los cerebros.

—Y en Egipto, ¿también tenía credenciales oficiales?

—Los fenómenos histéricos de masas con manifestaciones violentas son tan raros y aleatorios que casi es imposible hacer estudios serios. Así, cuando supe que en Egipto se había producido una ola de histeria y que había chicas que habían conservado comportamientos violentos, no lo dudé. Fui a El Cairo, durante el congreso SIGN. Y di con esas muchachas.

—Y las mató, las mutiló. Esa vez actuó sola, sin órdenes de fuera. Y sin credenciales.

Replicó con frialdad, sin compasión.

—Sólo había una manera de confirmar que se trataba del síndrome E, y era abrir los cráneos, rebuscar en el fondo del cerebro en la región de la amígdala para constatar su atrofia. En aquella época no había escáneres que ofrecieran los resultados que ofrecen los de hoy. Traje las partes de cerebro que me interesaban en la maleta, en pequeños botes con un poco de formol, y no me registraron. Y aunque me hubieran registrado era una científica, participaba en un congreso, formaba parte de una delegación... Y en cuanto a las mutilaciones... —apretó los dientes—, así fue. Pueden llamarlo pulsiones o sadismo, y tendrán razón. Nuestra mente aún está muy lejos de revelar todos sus misterios. Su anciano historiador pagó los platos rotos. Quería hacerles ver que no se las veían... con esos criminales de poca monta que son su pan de cada día. El caso iba más allá, y me parece que el truco causó su efecto.

Se produjo un momento de pesado silencio, y ella prosiguió.

—Mi manera de proceder en El Cairo no gustó mucho «a los de arriba», por decirlo amablemente. En cuanto llegó a sus oídos el telegrama enviado por un poli egipcio, no tuvieron otra elección: tenían que cubrirme y cubrirse también ellos. Así que decidieron ordenar que al poli egipcio se lo cargara su propio hermano corrupto. Porque no tenían otra elección. Había que seguir preservando el secreto del síndrome E. El resto no eran más que daños colaterales.

Lucie no daba crédito a lo que oía. Las altas instancias y los servicios secretos habían reclutado a una mujer peligrosa, a una asesina dispuesta a cualquier cosa para lograr un avance de la ciencia.

—Una vez de regreso en Francia, estudié detalladamente aquellos cerebros y constaté que la atrofia de la amígdala estaba presente en las muchachas egipcias. ¿Se dan cuenta? Ahí no era un caso de genocidio. El fenómeno no tenía ningún origen conocido, nació sin explicación plausible y, en algunos casos, era capaz de propagar la violencia, de encasquetarla definitivamente en el cerebro humano. Tenía la prueba concreta, definitiva, de la existencia del síndrome E y de que éste podía afectar a cualquiera. ¡A cualquiera! Ustedes, yo, a cualquier persona. Atravesaba los años, los pueblos y las religiones. Lo verifiqué de nuevo, en julio de aquel año, en Ruanda. Un año fructífero... me atrevería a aventurar. Fui a las fosas comunes, pasé por encima de cadáveres y, de nuevo, abrí cráneos. Pero esta vez los cráneos de los verdugos. Los cráneos de aquellos que habían matado a mujeres y niños con sus machetes. Allí también pude observar la atrofia de la amígdala, casi en todas las ocasiones. Imagínense mi estupefacción. La violencia de uno que se propagaba al cerebro de otro, atrofiándole la amígdala cerebral y volviéndolo violento a su vez. Y así uno tras otro... Un verdadero virus de la violencia. Se trataba de un descubrimiento excepcional, que cuestionaba muchos conceptos fundamentales sobre las causas de las masacres...

—Una comprensión que usted y sus colaboradores se guardaron para ustedes, evidentemente.

—Había tantos intereses geopolíticos, militares y financieros en juego... Secretos que guardar. Desde entonces, mi obsesión ha sido comprender la aparición del síndrome E y dominar cómo desencadenarlo. La última manifestación aleatoria hasta la fecha se produjo en la Legión Extranjera. Durante años investigué en todos los sentidos, pero la «creación» de un paciente cero era casi imposible. La espera era demasiado larga, se requerían muchas observaciones y también se necesitaban conejillos de Indias humanos. Hace años, en 1954, los científicos tenían más libertad, podían aprovechar la deriva de las grandes potencias y de sus servicios secretos. Disponían de «materia prima», como la del hospital del Mont-Providence. Y yo era aquella materia prima.

Era monstruoso. Aquella mujer se había convertido en un pedazo de carne fría, sin sentimientos, sin resentimiento. El modelo más puro y más elaborado del científico empecinado.

Quinat suspiró.

—Hoy, sin embargo, mientras les hablo, existe una solución mucho más rápida que mi padre ya había indicado. Una solución que por fin la técnica y el progreso nos aportan. La estimulación cerebral profunda... es un medio excelente para crear al paciente cero, el que desencadena la contaminación mental. Unos electrodos que se implantan en la región amigdalina y que provocan una agresividad extrema simplemente pulsando un botón de un mando a distancia. Luego el fenómeno se propaga a los vecinos, a los que se ha puesto en una situación de miedo y de estrés, y a los que previamente se ha formateado con obediencia a la autoridad para que el síndrome E penetre en ellos con mayor facilidad.

Proseguía, imperturbable, con una evidente necesidad de justificarse, mientras desgranaba horrores.

—Imagínense unos soldados que ya no tuvieran miedo, que mataran sin remordimientos, sin titubeos, como un único brazo vigoroso. Imagínense otra forma de contaminación mental controlada, que incidiera en otras zonas del cerebro, como las zonas motrices o la memoria. Se podría dejar fuera de combate a un ejército entero sin siquiera necesidad de utilizar armas. Evidentemente, hay un montón de parámetros que aún desconocemos, en particular acerca de las condiciones más favorables para la propagación a partir del paciente cero. ¿Hasta qué punto hay que forzar el estrés de los vecinos? ¿Cómo hacerlo? Pero todo ello acabará por ser controlado, dominado y fijado en protocolos. Conmigo o sin mí.

Sharko ya no lo soportaba más, pero no le quitaba ojo a Quinat. Sus puños se cerraban compulsivamente.

—Hallamos una cánula de electrodo en el cuello de Mohamed Abane. ¿Qué le hizo?

—Abane sobrevivió a la «chapuza» de Chastel, y era un paciente cero. Antes de estudiar su cerebro, practiqué en él algunos experimentos de estimulación cerebral profunda. Estimulamos en particular las zonas del dolor, con el objeto de poder dibujar las curvas y rellenar los cuadros estadísticos. En cualquier caso, teníamos que eliminarlo, así que digamos que lo utilizamos hasta el final.

Sharko hizo una mueca de asco. Aquellos experimentos explicaban por qué habían hallado las uñas de las manos de Abane clavadas en su propia carne. Le habían hecho padecer un calvario. Quinat proseguía su sórdida explicación.

—Cuando finalmente murió, Manœuvre se ocupó de hacer de él un cadáver anónimo. Ese legionario no era precisamente fino, lo hizo a lo bruto, con hacha y alicates. Lugo enterró los cadáveres en Gravenchon, en medio de ninguna parte, allí donde nadie iría y donde jamás se podría establecer relación alguna con la Legión.

—Y Chastel, ¿qué pintaba en todo ello?

Ella se encogió de hombros.

—A pesar de las apariencias, no controlaba gran cosa. Además de sus funciones oficiales, sólo debía vigilar eventuales manifestaciones del síndrome E entre sus tropas. Él y yo nunca nos entendimos demasiado bien. Como otros muchos, no apreciaba mis «métodos», sobre todo los de Egipto. En cuanto al legionario Manœuvre, su misión era recuperar el film, estaba a mis órdenes. Cuando logró descubrir la pista de la bobina, con Szpilman y el viejo restaurador, le acompañé. Quería desembarazarme de los «testigos» personalmente.

Lucie presentía que Sharko estaba a punto de estallar.

—¿Y para qué robar los ojos? —preguntó Lucie con voz dura.

Coline Quinat se puso en pie.

—Acompáñenme...

Presa de los nervios, Sharko se abrió camino entre la masa de policías. Quinat les condujo a un sótano amplio y limpio. Señaló con un gesto de cabeza una vieja alfombra gris. Lucie comprendió. Enrolló la alfombra, descubrió una trampilla y la abrió. Arrugó la nariz: allá abajo era el horror.

En un minúsculo reducto reposaban decenas de botes en los que flotaban pares de globos oculares. Iris azules, negros, verdes, flotando en formol... Con asco, le tendió uno de los recipientes al comisario. Coline Quinat miró el bote con atención. Algo maléfico brillaba también en sus pupilas.

—Los ojos... La luz, luego la imagen, luego el ojo, luego el cerebro, luego el síndrome E... Todo está ligado, ¿me comprende ahora? Uno no puede existir sin el otro. Esos ojos que tiene en las manos son, en su mayoría, aquellos a través de los cuales se propagó el síndrome E. Siempre me han fascinado, como fascinaron a Jacques Lacombe y a mi padre. Son unos órganos tan perfectos y preciosos. Los que sostiene pertenecían a Mohamed Abane, a quien esos estúpidos legionarios confundieron con su hermano Akim Abane. Tiene entre sus manos los ojos de un paciente cero, señorita. Unos ojos que absorbieron ese síndrome de forma espontánea y lo guiaron hasta el cerebro para modificar su estructura de una manera que tal vez jamás consigamos explicar. ¿Acaso esos ojos no se merecían ser conservados preciosamente?

Las pupilas de Coline desprendían ahora una forma de locura que Lucie no conseguía definir. Una locura nacida del encarnizamiento de seres humanos dispuestos a cualquier cosa para llevar hasta el final sus convicciones. Lucie se volvió hacia Sharko, oculto en la sombra, al fondo, y luego asió a Coline Quinat del codo y la dirigió hacia los hombres que esperaban en la planta baja. Antes de entregarla a las fuerzas del orden, le preguntó:

—Pasará el resto de su vida en la cárcel. ¿Todo esto merecía la pena?

—¡Por supuesto, claro que merecía la pena!

Y le sonrió. Lucie comprendió, en aquel momento, que ninguna reja podría encarcelar aquella sonrisa.

—Las imágenes, jovencita... Hay imágenes cada vez más violentas por todas partes. Piense en sus propios hijos, embrutecidos frente a sus ordenadores y a sus videojuegos. Piense en esos cerebros maleables, que el reinado de la imagen altera desde su más tierna infancia. Eso, hace veinte años, no existía. Si tiene oportunidad, consulte los resultados de las autopsias de los cadáveres de Éric Harris, Dylan Klebold o Joseph Whitman, esos adolescentes que entran en un instituto con un fusil y disparan a tontas y a locas. Mire sus amígdalas cerebrales y verá cómo están atrofiadas. Entenderá así que es el planeta entero el que corre hacia su propio genocidio.

Cerró los labios y los abrió de nuevo.

—A cualquiera. El síndrome E puede afectar a cualquiera, en cualquier hogar. Mañana puede ser usted o sus hijos, quién sabe.

No dijo nada más. Los policías se la llevaron.

Helada, Lucie volvió a descender sola, sin hacer ruido, como privada de sus fuerzas, agotada, con un solo deseo: volver a su casa, acurrucarse entre los brazos de sus hijas y acostarse. Sharko estaba sentado frente a las decenas de ojos que le observaban y gritaban aún sus últimos sufrimientos.

—¿Subes? —le dijo a la oreja—. Larguémonos de aquí. No puedo más.

Él la miró un buen rato sin responder, y se puso en pie a la vez que exhalaba un profundo suspiro.

Habían ido hasta el final. Al fondo del horror, en un viaje sin retorno que había desvelado todas las locuras imaginables. Las de los hombres, los países y el mundo. Un mundo que vivía en el caos, sometido al imperio de la imagen violenta.

Sharko apagó el interruptor, en lo alto de la escalera. Los iris de Mohamed Abane brillaron una fracción de segundo, antes de apagarse para siempre en la oscuridad del sótano.

Se había acabado...

Epílogo

Un mes más tarde

Las playas de Sables-d'Olonne se extendían bajo el sol de agosto como un cuarto creciente dorado. Con los ojos ocultos tras unas gafas de sol, Lucie observaba a sus hijas, Clara y Juliette, que llenaban sus cubos con arena mojada y jugaban con sus palas. Unas cuantas gaviotas revoloteaban y del océano llegaba un rumor tibio y tranquilizador. Por todas partes a su alrededor, la gente era feliz y compartía el menor metro cuadrado de playa. El lugar estaba lleno hasta la bandera.

Por segunda vez en menos de una hora, Lucie se volvió hacia el dique. Iba a llegar, de un momento a otro. Él, Franck Sharko, el hombre que ocupaba sus pensamientos desde hacía más de un mes. Aquel cuyo rostro permanecía en lo más hondo de ella misma, como una lucecilla que no se apagara nunca. Tras la detención de Coline Quinat, sólo se habían vuelto a ver tres veces, combinando idas y vueltas relámpago en TGV que daban lugar a abrazos furtivos. En cambio, habían hablado por teléfono casi cada noche. A veces tenían pocas cosas que decirse y otras veces conversaban durante horas. Su relación se iba edificando, con tanteos y torpezas.

A pesar de que habían tratado de evitar el tema, su último caso había dejado una huella indeleble en las mentes de ambos. El sufrimiento interior tardaría en cicatrizar. En las horas siguientes a su detención, Coline Quinat lo confesó todo. Nombres de altos mandos militares, de miembros de los servicios secretos, de algunos políticos y de científicos. En los arcanos de los servicios de sanidad de los ejércitos, a diez metros bajo tierra, se había desarrollado un centro no oficial de investigación y de neurocirugía consagrado al síndrome E y a la estimulación cerebral profunda. Allí se estudiaba, se desarrollaban protocolos experimentales y también se llevaban a cabo operaciones quirúrgicas. Lentamente, pero con toda seguridad, las cabezas pensantes caerían una tras otra. El caso aún estaba en proceso de instrucción, evidentemente, y que tratara con información clasificada no facilitaba las cosas, pero los que tenían que pagar acabarían pagando y pronto. Normalmente...

Lucie miró a sus gemelas, sentadas en un charco de agua. Les había ordenado que permanecieran cerca de ella, dado que había mucha gente. Las niñas jugaban y reían a unos metros de distancia. Un cubo y una pala, la felicidad... Se acabaron los videojuegos. Lucie se había deshecho de todas las consolas. Preservar al máximo a sus hijas del mundo de la imagen, de su violencia intrínseca, de su nefasto efecto sobre la mente. Volver a cosas más sencillas, a los viejos juguetes de madera o de plástico, a las manualidades, a recortar y a pegar. Con el avance de la tecnología, todo se perdía muy rápidamente. En parte, Quinat tenía razón: ¿contra qué muro se estrellaría el mundo?

En una semana, las vacaciones se terminarían. Tendría que regresar a Lille, encerrarse en su apartamento y pensar. Pensar en el futuro, en un mañana que había que mejorar, en una vida donde todo iba demasiado deprisa. Lucie dejó escapar arena entre sus dedos, repitiéndose, de nuevo, que no podría existir ni crecer sin ser policía. Su trabajo era un gen, pegado a lo más profundo de sus células. Su oficio hacía que fuera Lucie Henebelle, le daba su identidad profunda. Sin embargo, sabía que podía mejorar, ser mejor madre y también mejor hija. Tenía la íntima convicción de que lo conseguiría. Era cuestión de voluntad.

En el rostro de Lucie se dibujó una inmensa sonrisa cuando oyó aquel crujir tan particular de la arena justo detrás de ella. Se volvió. Ahí estaba Sharko, con un insólito pantalón de tela, camisa blanca y los ojos ocultos tras su famoso par de gafas remendadas. Lucie se puso en pie y le abrazó. Se besaron. Lucie le acarició la mejilla.

—Te he echado tanto de menos...

Sharko se quitó las gafas, le dirigió una sonrisa, depositó su mochila sobre la arena y señaló con una inclinación de cabeza a las gemelas. Llevaba un paquetito en la mano.

—Son tan guapas... ¿Se lo has explicado?

—¿Por qué no lo haces tú mismo? ¿No me dirás que eres tímido?

—Son vuestras vacaciones, de las tres. No quisiera ser yo quien os estropeara vuestras partidas nocturnas del juego de la oca.

—Claro que sí, claro que se lo he explicado. Están dispuestas a acogerte en nuestro pequeño apartamento alquilado con una condición.

—¿Cuál?

Lucie señaló el paquete que el comisario sostenía.

—Que dejes de traerles castañas confitadas cada vez que las ves. ¡Las detestan!

Sharko alzó el paquetito, como si quisiera examinar las golosinas.

—Tienen razón. Son asquerosas.

Se acercó a una papelera, miró una vez más la caja de castañas confitadas y lo arrojó al fondo de la bolsa de plástico. Bajó la tapa. Se acabaron las castañas... Se acabó la salsa de cóctel...

Las chiquillas le vieron y fueron a abrazarle afectuosamente. Las besó en las mejillas y les acarició el cabello con ternura. Le pidieron que jugara con ellas a pelota y él les prometió que regresaría al cabo de unos minutos y les aconsejó que se entrenaran mientras le esperaban. Luego se sentó junto a Lucie, arremangándose los bajos del pantalón.

—¿Y tu jefe? —preguntó ella.

La mirada de Sharko se perdió en las chiquillas. Lucie nunca había visto tanta intensidad, tanta ternura en los ojos de un hombre.

—Se acabó... Ayer entregó su dimisión al *big boss*. Mira que hundirse a ocho años de la jubilación, después de tantos sacrificios, de tantos golpes duros... El oficio ha acabado con él.

—¿Y tú? ¿Y tu puesto en Nanterre? Nosotros... ¿Has pensado en eso?

Sharko agarró un puñado de arena y observó atentamente cómo los granos de arena se escurrían entre sus dedos.

—¿Sabes que hace unos años lo dejé todo y abrí una juguetería en el Norte? Luego retomé los estudios de criminología y más tarde...

Lucie abrió los ojos como platos.

—¿Te estás quedando conmigo? ¿Tú, una juguetería?

Rebuscó en su mochila y sacó la pequeña locomotora Ova Hornby a escala 0, con su vagoneta negra para la leña y el carbón. Brillaba bajo el sol.

—La tienda se llamaba El Pequeño Mundo Mágico. Ya no existe, y en su lugar hay una tienda de videojuegos.

Lucie sintió que se le hacía un nudo en la garganta. Sharko hablaba con mucha emoción.

—El Pequeño Mundo Mágico, es bonito...

Él asintió, ahora el horizonte cautivaba por completo su atención.

—Deseaba hacer un paréntesis en mi vida. Tener tiempo para ver crecer a mi hija. Quería recordar que un día había sido como ella, y que los mejores recuerdos que conservamos son los de los rostros de nuestros padres.

Depositó delicadamente la locomotora sobre la mochila.

—Durante nuestra relación ha sucedido una cosa muy importante. Se ha marchado alguien que ocupaba un gran lugar en mi vida. Alguien que, creo, sólo estaba ahí para explicarme lo que nunca he querido oír.

Lucie estaba nerviosa.

—Me das miedo.

—Tranquila, no quiero volver a ver a esa persona. Y para ello sólo hay una solución: avanzar. Así que, dentro de unos días yo también iré a ver al *big boss*... Para decirle que...

Juliette se les acercó y les pidió si podía ir a comprar un helado, interrumpiendo la explicación de Sharko. Rápidamente, Lucie miró hacia el vendedor de helados, a una decena de metros, en el dique. Quiso ponerse en pie para acompañarla, pero Sharko la asió de la muñeca.

—Espera, déjame acabar. Tengo que decirlo todo ahora.

Lucie le dio un billete a su hija.

—Ve con Clara y volvéis enseguida, ¿de acuerdo?

Juliette asintió. Las dos chiquillas corrieron entre la masa de turistas. Sharko se puso de nuevo a desgranar arena, mientras Lucie vigilaba a sus hijas a distancia.

—Te decía que le escribiré al *boss* para decirle que dimito. Si.. Si me quieres. No sé si funcionará. Tengo viejos hábitos y además... necesitaré una habitación especial para mis trenes, y las niñas no podrán tocarlos, ya que...

Lucie se inclinó de repente hacia él y le abrazó contra su pecho.

—¿Quiere decir que sí? ¿Que te vienes al Norte?

Apoyó el mentón en el hueco del hombro de Lucie y bajó los párpados.

—A mi edad aún puedo intentar muchas cosas, ¿no crees? No soy muy diplomático, pero eso no me impide ser bueno como comerciante. Y además... Tengo bastante dinero en mi cuenta, no soy manirroto, precisamente. ¿Sabes si el Némo, en la calle Solitaires en el Vieux-Lille, aún sigue en venta?

Lucie le pasó una mano por debajo de la camisa y le acarició cariñosamente la espalda. Adoraba aquellos instantes a su lado, aquello tenía que durar más y más.

—Franck...

Callaron unos segundos, rodeados de los rumores de la playa. Risas, gritos y el murmullo del viento. En aquel puro instante de felicidad, de mimos, Lucie echó un vistazo hacia la caravana donde vendían helados. Siluetas animadas atravesaban continuamente su campo de visión, la playa estaba llena de gente. Alargó el cuello y pudo entrever en el tumulto a las cinco o seis personas que esperaban su helado. Ni rastro de sus hijas. Lucie se inclinó aún más mientras Sharko, que se había puesto en pie, se quitaba la camisa.

—Frank, ¿ves a las niñas cerca del puesto de helados? Una lleva un bañador rosa y la otra amarillo.

De pie, Sharko se puso de nuevo las gafas de sol. Lucie se puso en pie, con un nudo en la garganta. Escudriñó hacia la playa, la orilla del mar, vio las palas y los cubos abandonados al sol. Sus ojos regresaron a la cola, los alrededores de la caravana. Chiquillos, familias, centenares de coches con parabrisas que lanzaban reflejos que la cegaban.

—¡Dime que las ves!

Sharko no respondió. Algo había cambiado en su actitud. Se dirigió primero hacia el dique, aceleró el paso y se echó finalmente a correr. Lucie le siguió, mirando a derecha e izquierda. La gente gruñía, porque sus pasos apresurados arrojaban arena sobre sus cuerpos aceitosos. Cuando Lucie llegó a la cola, la sangre batía en sus sienes. Preguntó a las personas que aguardaban.

—He visto a unas gemelas —dijo una mujer—. Se fueron con un hombre hacia la carretera.

Lucie se precipitó en dirección a la carretera sin respirar, quemándose los pies sobre el asfalto. Corrió por un lado del dique, Sharko por el otro...

Y entonces surgió un grito de lo más profundo de su garganta. Un grito milenario.

El de la madre que instintivamente sabe que a su prole le ha ocurrido una desgracia.

Título de la edición original: *Le syndrome E*
Traducción del francés: Joan Riambau,
cedida por Ediciones Destino, S. A.
Imagen de la sobrecubierta: Marina Lie
Fotografía del autor: Georges Seguin

Círculo de Lectores, S. A.
Travessera de Gràcia, 47-49, 08021 Barcelona
www.circulo.es
1 3 5 7 9 11 10 9 8 6 4 2

Depósito legal: B. 27339-2011
Fotocomposición: Víctor Igual, S. L., Barcelona
Impresión y encuadernación: Rotocayfo (Impresia Ibérica)
Barcelona, 2011. Impreso en España
ISBN 978-84-672-4536-3
N.° 27508